CHENG WU
YOU XIN

王充闾

◎ 著

名▲家○自△选●经△典○书▲系

辽宁人民出版社

图书在版编目 (CIP) 数据

乘物以游心 / 王充闾著 . —沈阳：辽宁人民出版社，
2015.10（2017.1 重印）

（名家自选经典书系）

ISBN 978-7-205-08340-3

Ⅰ . ①乘… Ⅱ . ①王… Ⅲ . ①散文集—中国—当代
Ⅳ . ① I247.7

中国版本图书馆 CIP 数据核字 (2015) 第 196888 号

出版发行：辽宁人民出版社
　　　　　地址：沈阳市和平区十一纬路 25 号　邮编：110003
　　　　　电话：024-23284321( 邮　购 )　024-23284324( 发行部 )
　　　　　传真：024-23284191( 发行部 )　024-23284304( 办公室 )
　　　　　http://www.lnpph.com.cn
印　　刷：辽宁泰阳广告彩色印刷有限公司
幅面尺寸：165mm×225mm
印　　张：19.75
字　　数：295 千字
出版时间：2015 年 10 月第 1 版
印刷时间：2017 年 1 月第 2 次印刷
责任编辑：刘国阳
封面设计：先知传媒
版式设计：丁末末
责任校对：于凤华
书　　号：ISBN 978-7-205-08340-3
定　　价：39.00 元

作者手稿
ZUOZHESHOUGAO

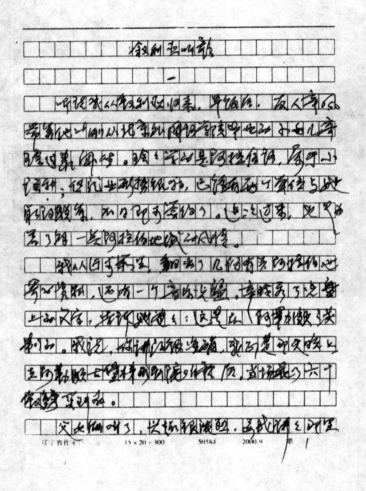

# |目 录|

意林

## 心 丝

# 屐痕

# 意林

# 回头几度风花

一

这是一个落红成阵的傍晚。

一丛丛金英翠萼的迎春花，正开得满眼鹅黄，装点出枝枝新巧，小桃红也忙不迭地吐出了相思豆一般的颗颗苞蕾；而堤畔的杏林花事已经过了芳时，绯桃也片片花飞，在淡淡的轻风中，划出美丽的弧线，飘飞在行人的眼前，漫洒在绿幽幽的草坪上，坠落到清波荡漾的河渠里。

面对着这种残红万点的景色已经不知多少次了。印象最深的，是小时候到姨母家去，时光不比现在晚多少，我却已经换了单衫了，是月白色的土布做的。路过一处桃园时，空中没有一丝风，缤纷的花瓣飘落在布衫上，一片叠着一片，乍一看，像是绣上去的细碎的花朵。妈妈在前面几次三番催我快走。我说，走不得，往外一走，我的绣花衫就又变成白布了。最后，索性站在桃林深处，一动不动，享受着大自然的美的赐予。

可是，等我们几天后回家，再度经过这里，已经是繁英落尽，绿叶蒙茸了。果真是"少年不识愁滋味"，当时，暗诵着王安石的"春风取花去，酬我以清阴"的诗句，觉得大野芳菲如此幻化无穷，确是蛮新鲜的，一时竟抑制不住心头的兴奋。当时实在不能理解，那些文人骚客对着绿暗红稀，居然愁绪茫茫，究竟所为何来。

还有一次，是"文化大革命"后期，我已经开始体悟到中年情味了，其时被抽调到偏远的山区去参加"改造落后队"的实践，当然，落脚点还是要改造我们这些"臭老九"的小资产阶级思想。时间是一年，种地之前农闲时进村，到次年的大忙季节返回。

任是再困难、再"落后"的荒村僻野，春风也照样吹开了冻土，我们便挥起镐头，刨那些秸秆割掉后留下的茬子，或者一担担地往地里挑粪，晚上还要顶着星星月亮，开那滚滚滔滔、无休无尽的会。一天过后，累得连炕都爬不上去。尽管这里水媚山娇，风情万种，人们却没有半点赏花玩景的心思，每天连脑袋都懒得抬一下。

可是，突然有那么一天，早晨出工时，我不经意地发现路旁的杏花残瓣正在随风飘落，不禁心神为之一振。这倒不是由于清景撩人，逗发了什么诗兴；只是想到杏花落了，表明春天已经来过多时，眼看就要开犁种地了，我们也即将脱离改造身心的环境，告别这种繁重的体力劳动了。

二

有人说，花朵是沟通大自然与人的心灵的一种不需要翻译的语言。借助花朵的昭示，人们能够体察到天地造化中的灵性，感知自己灵海的波澜、心旌的摇荡。也许果真是这样，但我自己的体会不深。只觉得年华老大之后，面对着残红委地、落英缤纷的衰凉景色，总有些"春归如过翼"、"流年暗中偷换"的丝丝怅惋。

在这方面，我们不能不佩服宋代女词人李清照感受力的敏锐与表现力的高超。她在一首调寄《清平乐》的词里，通过她在梅花面前的表现，刻画出自己青少年、中年、晚年心态的变化：

"年年雪里，常插梅花醉。"此时她在汴京，正处于待字闺中和新婚燕尔的花季，每当雪飘飞絮、梅吐清芬之时，她总要满含着盈盈笑意，如醉如痴地把那独占春先的梅朵插在青丝秀发上。一个"醉"字，就把小儿女春闺嬉戏的情景刻画得活灵活现。

待到哀乐杂陈的中年时节，她这个情感极为丰富的才女，更由于被丈夫疏远而无亲生子嗣，变得郁郁寡欢，了无意绪了，"挼尽梅花无好意，赢得满衣清泪"——一边揉搓着寒梅的花朵，一边想着心事，不觉清泪沾裳。

下片写她在汴京沦陷、丈夫病逝之后的晚年心境："今年海角天涯，萧萧两鬓生华。看取晚来风势，故应难看梅花。"在这里，人与花的命运是相互照应的，花犹如此，人何以堪！"看取晚来风势"，也正是词人审视自己晚年颠沛流离的处境和国亡家破的形势。

无独有偶，异曲同工。大约过了七十年左右，南宋另一位著名词人蒋捷写了一首《虞美人》词。说不清楚是妙手偶得，不谋而合，还是吸收、借鉴，探骊得珠，达到同鸣共振，反正除了他是以听雨为线索，与李清照以梅花为线索略有差异外，在整个谋篇布局、意蕴提摄方面如出一辙，甚至句式、段落也完全一致，都是上片写青壮年，下片写晚年，各为四句。他们都是以高度简捷、概括的手法，通过一种眼前的意象，刻画出曲折的人生经历，以及随着时空变换而呈现出的三个阶段、三种心态：

"少年听雨歌楼上，红烛昏罗帐。"绣帏低掩，烛影摇红，绮罗芗泽，写尽了少年时代恣情游冶、逐笑追欢、无忧无虑的放浪生活。迨至壮年，就在客舟中听雨了，"江阔云低，断雁叫西风"。笔端极度渲染了西风雁唳之中，风雨兼程、飘游江海的悲凉心境。与少年时代昏卧温柔乡中、红罗帐里，恰成鲜明的对比。"而今听雨僧庐下，鬓已星星也。"老去情怀本多孤寂，又兼息影僧庐，羁人偏逢夜雨，自然是倍感凄清、愁苦。"悲欢离合总无情，一任阶前点滴到天明。"——人生悲喜无常，离合难定，哪里有心绪去听那淅淅沥沥，通宵不止，仿佛点点滴滴都敲在心上的雨声，索性由它去吧。

道是无情还有情。说是不听，实际上心思并没有真正放下，甚至是牵肠挂肚，彻夜不眠。若不然，怎么会知道雨声"点滴到天明"呢？象征性地描绘出了国事蜩螗，生涯愁苦，萦萦难以去怀的故园心眼。语似解脱，实际上却是沉痛至极。

# 三

同是落英缤纷的春晚，同是漫步在"桃花乱落如红雨"的芳林里，一样的飞花片片，此刻，我的心境却与少年时节迥然不同。仿佛行进在霏霏细雨之中，耳畔听得见那似近似远，疑幻疑真的时间的淅沥，像是丝丝缕缕、点点滴滴都飘落在寂寥的心版上，切实地体验到一种流光似水、逝者如斯的感觉。我相信了，细雨真的是一种撩拨思绪的弦索，雨丝织出来的"情绣"常常是对于往昔的追思。何况，而今人过中年，正处在对于"韶华不再"最为敏感的年纪。一般地说，伴随着人生阅历的增加，人们心目中的宇宙似乎在不断地向外扩张开去，而从个体生命的角度看，人生的风景却在这种扩张中相对地缩微、收敛。从前曾经喧啸灵海的汐潮，在时序的迁流中，已如浅水浮花，波澜不兴了；许多生活的图像，或则了无踪影，或则漫漶模糊，在心灵的长期浸染下，它的釉彩也会变得斑驳不清，成为一种前尘梦影，旧时月色。

岁月无情，它每时每刻都在销蚀着生命；自然，它也必不可免地要接受记忆力的对抗，——往事总要竭力挣脱流光的裹挟，让自己沉淀下来，留存些许痕迹，使已逝的云烟在现实的屏幕上重现婆娑的光影。而所谓解读生命真实，描绘人生风景，也就是要捕捉这些光影，设法将淹没于岁月烟尘中的般般情事勾勒下来。

回忆是缠绵在中老年人身上的一种痼疾，说得好听一点，它是这个人群特有的专利。它常常是重新感受年轻，追忆逝水年华的一种无可奈何的心灵履约，是对于昔日芳华的斜阳系缆，对于遥远的童心的痴情呼唤，当然，也是对于眼前的衰颓老病所造成的心灵创伤的一种无可奈何的调适与抚慰。

普通的人们毕竟还都天机太浅，既不具备佛禅的顿悟，也没有道家坐忘的功夫，总是像《世说新语》中说的"未免有情"。因此，在回首前尘，也就是重新展现飞逝的生命的过程中，在感受几丝甜美，几许温馨的同时，难免会带上一些淡淡的流连，悠悠的怅惋；而且，由于想象中的完美和过于热切的期待终究代替不了实际上的近乎无情的变换，所以，回忆常常带有感伤的味道，"于我心有戚戚焉"。

当然，回忆终竟是有价值，有必要的。心灵慰藉之外，回忆还有更深一层的意义在。"前事不忘，后事之师。"人们可以通过平静而真切的回忆，去解读那多彩多姿的生命流程，揭示已不复存在的事物本相，汲取宝贵的人生经验。如果再进一步，能够把它写在纸上，形诸文字，那就无异于重现一个个鲜活的生命真实，描绘出种种生灭流转的人生风景，这对他人、对来者都是很有意义的。

## 四

不过，事情常常不像想象的那样简单。早在一千一百多年前，玉谿生就在《锦瑟》诗中慨乎言之："此情可待成追忆，只是当时已惘然。"当时就已惘然，何谈事后追忆！况且，追忆终竟属于想象的领域，它是在时空变换条件下的一种新的综合，新的加工。许多飘逝了的过眼云烟，通过回忆，获得一种以新的形态再次亮相的机缘，包括有些当时并不具备，而是由追忆者赋予它的新的意蕴，新的感受。

不要说凡是追忆都或多或少或显或隐地夹杂着本人对于过往情事的重新诠释；即使是当时，由于各个当事人诸多方面的差别，也往往是"智者见智，仁者见仁"，记其所见，而略其所未见。即如朱自清与俞平伯两位文学大师，原是同时同地，同在桨声灯影里畅游秦淮河，可是，他们所感知、所记述的，却是或抒诗怀，或重"主心主物的哲思"，存在着明显的差异。因此，无论回忆也好，捕捉光影、勾勒情怀也好，充其量只是粗略的素描，或者带有主观色彩的感悟，而绝非摄影机下原原本本的照相，更不可能是那种记录三维空间整体信息的全息影片。

当然，就算是原原本本的摄像或者全息影片，又怎么样？年光已经飞鸟般地飘逝了，留下来的只是一个个空巢，挂在那里任由后人去指认、评说。有人说得更为形象：照片这东西不过是生命的碎壳，纷纷的岁月已经过去，瓜子仁一粒粒咽了下去，滋味各人自己知道，留给大家看的唯有那满地狼藉的黑白瓜子壳。

# 心 中 的 倩 影

到了南京，第一个念头便是去寻访秦淮河。

《桃花扇》《板桥杂记》《儒林外史》等许多古籍对秦淮河的描写，确实给我留下了特深的印象。

梨花似雪草如烟，春在秦淮两岸边。

一带妆楼临水盖，家家粉影照婵娟。

这是明清之际的秦淮春景。"秦淮灯船之盛，天下所无，两岸河房，雕栏画槛，绮窗丝障，十里珠帘"，"城里几十条大街，几百条小巷，都是人烟凑集，金粉楼台。城里一道河，东水关到西水关足有十里，便是秦淮河。水满的时候，画船箫鼓，昼夜不绝"。这是十里秦淮的繁华胜概。

如果说，清代文人孔尚任、余澹心、吴敬梓笔下的秦淮是靓娘的浓抹；那么，朱自清先生眼中的"晃荡着蔷薇色的历史的秦淮河"，河水碧阴阴的，如茵陈酒，厚而不腻，一眼望去，疏疏的林，淡淡的月，衬着蓝蓝的天，颇像荒江野渡光景，便是西子的淡妆，更是别具一番风情。

由于古文化的熏陶、积淀，秦淮河早已活在一代代人的心里，每个人的脑海中都闪现着它的玫瑰色的丽影。而在我的心目中，它是一首璀璨的诗，一幅绮丽的画，一片如烟如梦的旧时月色。

可是没料到，当听说我要去寻访秦淮河时，市文联的同志却苦笑着摇头。他们告诉我，早在清末民初，秦淮一带便已萧条破败了，河道淤塞，河床狭窄，河水混浊。实际上，朱自清先生看到的秦淮河已非旧貌，只不过在朦胧的月色、眩晕的灯光下看不分明而已；或许诗人已经分明看出它的陋貌衰颜，但不肯去揭那玄色的面纱，做大煞风景的文字，也未可知。总之，今日的秦淮河再也找不出多少诗情画意，那个白舫青帘、桨声灯影里的秦淮河，已经像梦一样地消逝了。

看到我充满失望的神色，朋友们半是劝慰半是憧憬地述说，南京市政府已经把彻底整治秦淮河列为市政建设的一项重点工程，将采取一系列人工措施，清除污泥，运走垃圾，沿河恢复一些有特色的古建筑，建成富有特色的秦淮河风景带，涤除她的斑斑锈迹，恢复其天然姿色。

我终于打了退堂鼓，决定在秦淮河恢复秀丽的姿容之前暂不去探访，尽管为她魂牵梦绕了几十年，尽管重来南京不知何日。我不想让那如诗如画如烟如梦的旧时月色倏忽消失，我愿在记忆中永存她的倩影。

回来后，我把这些想法讲给几位朋友听，多数人都不以为然。有的说我"痴情可哂"，有的笑我"书生气十足"，"理想主义"，我却至今不悔。特别是读到文洁若的散文《梦之谷中的奇遇》，对作家萧乾的举措，更是赞其通脱，引为同调。

1928年，十八岁的萧乾在汕头角石中学任教时，结识一位名叫萧曙雯的女学生。二人心心相印，灵犀互通，诚挚地爱恋着。不料，校长从中插足，声言如果曙雯拒婚，就要对萧乾狠下毒手。姑娘断然斥绝了这个恶棍，同时劝说萧乾赶紧离开，以免遭到暗算。本来，她是准备同萧乾一道乘船逃离的；可是，当发现码头上有歹徒持枪环伺，她只好改变主意，悄悄地溜回。她知道，若是萧乾只身出逃，他们会高兴地放他走开；如果二人同行，萧乾就会死在这伙恶棍手中。

尘海翻腾日月长，一别音容两渺茫。这对情人南北分飞，无缘重见，各自在布满荆棘的坎坷路上建立了家庭。八年后，作家萧乾以此为题材，写了一部长篇小说《梦之谷》。他是多么盼望有朝一日能够再见一面当年恋人——书中的女主人公盈姑娘啊！

六十年过去了，他终于有机会旧地重游，回到了汕头的"梦之谷"，并且，得知萧曙雯仍然健在。这对于千里离人来说，尽管不无苦涩，却也毕竟是一种抚慰。可是，经过一番斟酌，他毅然决然放弃了这个此生难再的机缘。他不愿让记忆中的清亮如水的双眸，堆云耸黛的青丝，轻盈如燕、玉立亭亭的少女丰姿，在一瞬间，被了无神采的干枯老眼、霜雪般的鬓华和伛偻着的龙钟身影抹掉，他要把那已经活在心目中六十年的美好影像永远保存下来。萧乾说："这不光是考虑自己，也是为了让曙雯记忆中的我永远是个天真活泼的小伙子，所以，还是不见为好。"

留恋少时的风华，珍视美好的印象，是无分境遇，人同此心的。随着岁月的流逝，这种感情会日益浓重。世间许多宝贵的事物，拥有它的时候常常并不知道珍惜，甚至忽视它的存在；而一当失去了它，到了"求之不得，寤寐思服"的时候，才会真正认识它的价值，懂得它的可贵。韶华就是这一类的东西。

人生是不可逆的，"长江一去无回浪"，古今中外永远不会有时间的收藏家。我们仿佛看到雪莱的诗剧《被解放了的普罗米修斯》中的时间的精灵——神色仓皇的御者，正赶着一匹匹肋生彩翼的飞马，拖着一辆辆雕花镂彩的神车，踏着香风彩云向前飞奔。自从远古以来，无数智者就从哲学、科学的角度，努力探求无限的时空，最后，总是在奔流不息的时间长河面前惊愕不已；诗人则力图通过无穷的想象力和有限的艺术形象，去追求和把握浩渺的时空，在想象中让时间冻结、压延、超越和倒流，但是，结果只是一连串的浩叹：

> 恨无壮士挽斗柄，坐令东指催年华。
> 今朝零落已可惜，明日重寻更无迹。

那年春天，一位著名表演艺术家应邀来营口市讲学。闲谈中，已经离休的市文化局局长，提到上世纪六十年代初期这位艺术家首次来营口访问演出时的情景。"您那时真是风华正茂，光彩照人，我手里还保存着当时我们的合影呢！"老局长说着，把一张已经泛黄的黑白照片递过去。这位表演艺术家眼睛刷地一亮，说："太宝贵了，赠给我吧。我在'文化大革命'前的所有留影，全都在这场浩劫中损失了。"她坐在镜子前面，静默良久，看着三十多年前流溢着青春气息的秀影，充满了对昔日风华和峥嵘岁月的忆念。我即兴题赠一首七绝：

> 卅年回首感千重，妙艺人人赞化工。
> 且莫伤怀悲老大，青春犹在画图中。

她看了苦笑着，说："您这诗看似慰语，实际上正是憾词。"

当然，在特定条件下，也还有红颜长驻的情况。记得台湾作家林清玄在一篇文章中讲过这样一个故事：一对热恋中的情人同登喜马拉雅山，不幸遇上了雪崩。男青年被雪堆埋得不见踪影，女的却活着逃了出来。她无限地怀念着情人，年年此日，都要去当日的出事地点，寻找恋人的踪迹，终于在第二十个年头，在雪堆的一角，找到了情人的尸体，仍是当年那样年轻、俊俏，朱颜秀发；而自己却早已失去了往日的风韵，垂垂老矣。这虽然也是一种驻颜之术，无奈说来实在是太惨苦了。

人们也许会问：那位女士苦苦奔波二十年，她究竟要寻觅什么？只是为了要见上一面情人的年轻、俊秀的倩影吗？——这在她的记忆之窗上，本是永远抹不掉的，而且，会久而弥新。那么，除此之外，又是要追求什么呢？或许是要重温昔日的恋情，寻觅那一经失去便再也不会重现的、无比珍贵的纯真诚挚的情愫。

由此可以联想到，留给亲人、朋友一个美好的形象固然重要，但是，它所附丽的却是珍贵百倍的真情诚意。如果有朝一日，那位女士发现日夜思念的意中人竟是一个骗子，那么，再美好的形象也会随之而化为丑陋了。

# 两 个 爱 情 神 话

夏历七月初七又到了。

小时候，每到这一天，老祖母都要拄着拐杖到外面仰望云空，察看喜鹊、燕子的踪迹。当上上下下确实见不到它们的影子时，便喃喃地自言自语："去了，都去了！"如果谁若是问上一句："去哪里了？"她会惊讶地看上你半晌，意思是：连给牛郎织女银河会架桥的事都不知道，也太不懂事了。

这一天，最好是阴雨天，因为这证明了牛女双星已经在鹊桥上洒泪相见。于是，老祖母和母亲也都出现黯然神伤的样子。

在中国古代神话中，牛郎织女的传说，大概是最牵动人心，最具有群众性的了。据我所知，汉族祖先构思的星象神话流传下来的很少，这是其中之一，所以，弥足珍贵。

正是由于老祖母的启蒙，后来，入私塾读到《诗经·大东》篇中"跂彼织女，终日七襄。虽则七襄，不成报章"的时候，感到分外亲切，对这位独处天庭的女郎因终日相思而无心织布的情怀，似乎也理解了许多。记得我在吟诵《古诗十九首》中"迢迢牵牛星，皎皎河汉女，纤纤擢素手，札札弄机杼。终日不成章，泣涕零如雨。河汉清且浅，相去复几许？盈盈一水间，脉脉不得语"的诗句时，还曾洒下过一掬同情之泪。

后来，读书渐多，发现有的诗人力辟牛女传说之妄。比如，杜甫就曾写过：

"牵牛出河西,织女处其东。万古永相望,七夕谁见同? 神光意难候,此事终朦胧。飒然精灵合,何必秋遂逢! "诗意是说,从古以来,人们只见到牛女双星各据银河一畔,有谁见到他们曾经聚合到一起? 就算是架桥相会的说法能够存在,作为天上的星宿,神通无限广大,精灵飒然即合,又何必偏偏等到七夕才能相见! 诘问得可说是凿凿有据,蛮有道理。只是,由于美丽的传说已经先入为主,就人们的意愿来讲,还是宁肯信其有,不愿信其无的。这样一来,倒觉得这位杜陵叟有些"刻舟求剑",大煞风景了。

事实上,中国历代诗人、词客总是出自美好的愿望,驰骋其丰富的想象力,为牛女双星写下了许许多多感人的诗章。有祝愿他们长相聚、不分离的: "愿天上人间,占得欢娱,年年今夜。"(柳永《二郎神》词)"唯愿年年此夜,人月双清。"(高则诚《琵琶记》句)也有为他们鸣不平的,欧阳修在《渔家傲》词中说: "一别经年今始见,新欢往恨知何限? 天上佳期贪眷恋,良宵短,人间不合催银箭! "认为牛女终年长别,只有七夕才能会面,而且良宵苦短,应该让他们尽兴欢娱,而不要银箭频催,过早地惊破他们的甜梦。当一切美好的祝愿在冷酷的现实面前归于破灭,"乍见还别"的处境无法改变的时候,诗人们又从一个新的角度来抒写情怀,歌颂他们的爱情忠贞不渝,万古长新,不像人世间爱海波澜,翻云覆雨。苏轼在《菩萨蛮》一词中这样写道: "相逢虽草草,长共天难老。终不羡人间,人间日似年。"这真是绝妙的立意,而且,未曾经人道语。诗人提出一个耐人寻味的富有哲理性的课题: 怎样看待爱情与幸福? 什么样的爱情才算幸福?

在这方面,写得最出色的,要算"苏门四学士"之一秦观的那首《鹊桥仙》词了:

> 纤云弄巧,飞星传恨,银汉迢迢暗度。金风玉露一相逢,便胜却人间无数。　　柔情似水,佳期如梦,忍顾鹊桥归路。两情若是久长时,又岂在朝朝暮暮!

词人从七夕仰望星空的角度,次第地写出了所见、所感。全词可分四层理解。第一层，写词人眼中的七夕银河畔的美丽：纤薄、绵邈的秋云在不断地变换着繁巧的花样；牛女双星不停地闪烁，似乎四目含情，蕴蓄着无限的离愁别恨。看，他们渐渐地踏上鹊桥，渡过银河，开始一年一度的会合了。

第二层，即景抒情，歌颂他们爱情的坚贞不渝。"金风玉露"点出相会的季节；"便胜却人间无数"，寄寓了关于爱情与幸福的深刻哲理，体现了少与多、暂与久的辩证关系。"今日斗酒会，明日沟水头，蹀躞御沟上，沟水东西流"（卓文君《白头吟》），"玉颜盛有时，秀色随年衰，常恐新间旧，变故兴细微"（傅玄《明月篇》）。这类诗歌在古诗中屡见不鲜，反映出人世间无数薄情郎爱情不专，反复多变，色衰爱弛，见异思迁的实际情况。对比之下，牛女双星虽然一别经年，离多会少，但爱情专一，坚贞不渝，万古长新，永恒不变，确实是令人艳羡不已的。早在唐代，就曾有人吟咏："乌鹊桥头双扇开，年年一度过河来。莫嫌天上稀相见，犹胜人间去不回。"

第三层，词人想象双星鹊桥相会的情态。他们满怀深情，无限依恋，情切切，意绵绵，倾诉着长别的衷曲，相互间都不忍心看那只身归去的离别之路。一幅"儿女恋情图"跃然纸上。

最后一层，补足第二层的哲理思考，并以此相互劝慰，也表达了作者对爱情与幸福的结论性意见：理想的伴侣应是两情久长，坚如金石，而不在乎朝夕厮守的枕席之爱。俄国著名诗人普希金与冈察罗娃，法国著名古典主义作家莫里哀与亚尔玛特，都曾是朝夕相伴，形影不离的爱侣，充满了甜情蜜意，有时竟达到狂热的程度。然而，曾几何时，由于相互间在志趣、追求、道德修养方面存在着根本的差异，导致忌恨、猜疑，同床异梦，造成终生的痛苦，甚至葬送掉宝贵的生命。可见，"朝朝暮暮"厮守不离，并不即等于爱情的幸福。当然，爱情幸福中应该包含长相聚、不分离的内容。古往今来，人们也一向把这作为爱情追求的良好愿望。《长恨歌》中就做过这样的倾诉："七月七日长生殿，夜半无人私语时：'在天愿作比翼鸟，在地愿为连理枝。'"不过，这在实际生活中是难以实现的。"多情自古伤离别"，这在任何时代都难以避免。而"两情若是久长时，又岂在朝朝暮暮"的千秋隽句，恰好给人世间饱谙离别之苦的夫妻、情侣，带来了无边的慰藉和有力的支持。

除了牛郎织女《天河配》，在我国古代汉族的爱情神话中，还有巫山神女的故事也久为人们传诵。它最早见于战国时代宋玉的《高唐赋》：

> 昔者楚襄王与宋玉游于云梦之台。望高唐之观，其上独有云气，崒兮直上，忽兮改容，须臾之间，变化无穷。王问玉曰："此何气也？"玉对曰："所谓朝云者也。"王曰："何谓朝云？"玉曰："昔者先王，尝游高唐，怠而昼寝，梦见一妇人，曰：'妾巫山之女也，为高唐之客，闻君游高唐，愿荐枕席。'王因幸之。去而辞曰：'妾在巫山之阳，高丘之阻，旦为朝云，暮为行雨。朝朝暮暮，阳台之下。'旦朝视之，如言，故为立庙，号曰朝云。"

对于出自古代文人笔下的这个"巫山云雨"的故事，唐代以来，许多诗人都曾提出过质疑。像刘禹锡在《巫山神女庙》诗中就直接地进行诘问："巫峰十二郁苍苍，片石亭亭号女郎。何事神仙九天上，人间来就楚襄王？"也有对楚襄王加以讥讽的，李商隐在《过楚王宫》一诗中写道："巫峡迢迢旧楚宫，至今云雨暗丹枫。微生尽恋人间乐，只有襄王忆梦中。"诗中说，地位卑微的下民都懂得留恋人间的男欢女爱，只有愚不可及的楚襄王，才迷恋梦境里的虚无缥缈的神女。王安石更喜欢作翻案文字，他在《巫峡》诗中指出："神女音容讵可求？青山回抱楚宫楼。朝朝暮暮空云雨，不尽襄王万古愁。""空云雨"，"万古愁"，这里讲得更直截了当了。

如果说，牛郎织女的神话揭示了爱情与幸福的"久与暂"的辩证关系；那么，巫山神女的传说，实际上提出了一个爱情的"虚与实"问题。

在男女恋情问题上，西方有所谓"柏拉图式的精神恋爱"说。古希腊哲学家柏拉图认为，爱情是从人世间美的形体窥见了美的本质以后引起的爱慕，人经过这种爱情而达到永恒的理念之爱。这种爱情排斥一切肉体上的欲望，恋人只停留在纯粹的精神世界之中，在纯精神享受的云空中畅游，嘴唇永久不能接触，双臂只能拥抱理想的空间云雾。这种"精神恋爱说"虽然有别于通俗禁欲主义，而且，具有反对庸俗爱情的意义，但因是一种有节制的带有绅士气味的苦行主义，所以，本质上是柏拉图的唯心主义体系的一部分。

与这种超脱尘世的幻想相区别，古今中外绝大多数学者所持的则是现实主义的恋爱观。十九世纪德国著名诗人海涅说得十分直白：男人不可能娶米洛的维纳斯雕像为妻，女人也不会嫁给普拉克希特利的赫尔麦斯雕像。人应该从幻想回到现实中来，把注意力转向现实世界。中国宋代女诗人朱淑真和晚清学者黄遵宪也都在爱情方面发出过现实主义的呼喊："但愿暂成人缱绻，不妨长任月朦胧"；"人人要结后生缘，侬只今生结目前"。当代年轻女诗人舒婷对流传了几千年的神女峰的虚无缥缈的爱情神话，写下了与传统决裂的热情、勇敢的诗章："沿着江岸，／金光菊和女贞子的洪流，／正煽动新的背叛：／与其在悬崖上展览千年，／不如在爱人肩头痛哭一晚。"另一位诗人则借此题目，提出了幸福、实在的爱情要靠自己去争取的见解："情也绵绵，恨也绵绵，／爱化作了一块冰冷的石头，／我们读了百年、千年。／幸福怎能靠默默地坐等？／不如去学精卫吧，／用行动表达你的信念！"

这里鲜明地体现了两种爱的追求。

我们说，爱情不是来去无踪的神秘天使，也不是随手可拾的寻常草棍，而是发生于两性之间的符合人伦道德的爱慕之情。它是感情与理性、自发与自觉、本能冲动与道德文明、直观与愿望、现实与理想的对立统一。

爱情永远是动人的回忆和美好的期待。

# 节 假 光 阴 诗 卷 里

宋代诗人陈与义有两句诗："客子光阴诗卷里，杏花消息雨声中"，千古脍炙人口。据说，当时就曾受到南渡后偏安一隅的宋高宗的激赏，以至作者被拔擢为参知政事。

此事深为清代文人张佩纶所诟病，他在《涧于日记》里写道：即此，足"以见其用人之轻。此何时，而以诗拔人耶！"批评得十分剀切。不过，平心而论，这两句诗，景而带情，洵为上品。因为喜爱它，我把"客子"二字易为"节假"，用来描述我的读书生活。

这里的"节假"属于泛指，既包括节假日、星期天，也包括课余、工余时间。每逢节假，一些青年朋友挈妇（夫）将雏，到两父母家欢聚，以尽人子之情，叙天伦之乐；如果风日晴和，有些朋友则与亲友一道，赶赴名园胜地，共尽游观之兴；或者趁雨天雪夜，聚三五朋侪，垒方城，跳伴舞，畅一日之欢。我以为，节假期间无论省亲、访友、游玩、聚餐，都是正常生活的组成部分，纯属个人自由，无须他人置喙。

当然，这里有一个摆放在何等位置，支配出几许时间去安排它的问题。业余时间如何利用，绝非细事。爱因斯坦甚至说，人的差异就在于业余时间。业余时间可以造就人，也能够毁灭人。

古人以"三余"（冬者岁之余、夜者日之余、风雨者时之余）之时读书。

毛泽东生前经常告诫身旁的青年：要让学习占领工作以外的时间。而且，他是身体力行的。可见，"节假光阴诗卷里"，以此作为人生一大乐趣的也大有人在。

十年动乱中，"读书无用论"颇为盛行，一度在社会上产生很大影响。近年来，"厌学"之风又有滋长，社会上讲究实惠的人增多了。用俄国十九世纪民粹派的说法，"一双皮靴顶一个莎士比亚"。走笔至此，我记起了清代诗人朱彝尊针对重饮食轻读书的时尚而写的一首诗：

> 槛边花外尽重湖，到处杯觞兴不孤。
> 安得家家寻画手，溪堂遍写读书图！

马克思说："我最喜欢做蛀书虫！"这道出了我的心声。我从六岁开始接触书籍，先是"三、百、千"启蒙，而后读四书五经、诗古文辞，到了"志于学"的年龄，在中学第一次走进了图书馆，一整天伏在里面不出来，从此，与书卷结下了不解之缘。

我的老师里没有叶圣陶、朱自清那样的名家，但是，他们自有其高明之处，就是从来不肯用繁杂的作业把孩子们的课余时间全部占满，而是有意无意地纵容、放任我们阅读课外书籍。我的父母也从不因为我在节假日埋头读书、不理家务而横加申斥。这大大地培植了我读书的兴趣，以后，便一发而不可收，像王羲之爱字、刘伶好酒、谢灵运酷嗜山水那样，与生命相始终，从来没有厌倦的时候。

但兴趣与自觉性还不是一码事。我的切身体会是，读书自觉性的形成，首先来自迫切的需要。我并不相信"书中自有黄金屋""颜如玉""千钟粟"之类的"神"话，但我相信培根说的"知识就是力量"，相信理论是行动的指南。我曾下过很大功夫埋头钻研马克思和黑格尔的著作，每读一次，都被其中强大的思想魅力所吸引，都有新的收获。

我也曾相信苏东坡所说的："学如富贵在博收，仰取俯拾无遗筹。"因此，举凡左史庄骚、汉魏文章、唐宋诗词、明清杂俎，以及西方近现代的一些代表性学术著作，都综罗博览。后来懂得，书犹三江五湖，汇而成海，浩无际涯，而个体生命却是很短暂的，"任凭弱水三千，只能取一瓢饮"。所以，必须有所选择。

古诗中说：

> 人生七十古来少，前除幼年后除老。
> 中间只有不多时，还有一半睡着了。

特别是人过中年，时间仿佛过得更快，"岁月疾如下坂轮"，光阴自当以分秒计，正所谓"时间常恨少，苦战连昏晓"。无论节假日、早午晚，一切工余之暇，我都攫取过来用于学习。即使每天凌晨几十分钟的散步，也是一边走路一边构思、凝想；甚至晚间睡前洗脚，双足插在水盆中，两手也要捧着书卷浏览，友人戏称之为"立体交叉工程"。

1988 年 8 月，东北三省宣传部长雅集长春市，东道主举办舞会，盛情邀请客人出场。我因疏于舞艺，再三推辞，大家终不放过，最后只好即兴口占七律一首，才算"蒙混过关"，但诗中所述都属实情：

> 晚雨迎凉送暑天，未谙歌舞愧华筵。
> 非关左旧轻时尚，为恋诗书断雅缘。
> 盛会岂堪人寂寞，良朋空羡影翩跹。
> 吟诗且作他年约，重聚春城再比肩。

确确实实，是"为恋诗书"断了一切"雅缘"。
1990 年 9 月，我还写过六首七绝《读书纪感》。

其一曰：

> 绮章妙语费寻思，天海诗情任骋驰。

　　绿浪红尘浑不觉，书丛埋首日斜时。

其三曰：

　　伏尽炎消夜气清，百虫声里梦难成。

　　书城弗下心如沸，鏖战频年未解兵。

其四曰：

　　学海深探为得珠，清宵苦读一灯孤。

　　书中果有颜如玉，戏问山妻妒也无？

其五曰：

　　如饮醇醪信不诬，朝朝埋首勉如初。

　　情怀老大无稍减，沧海扬尘或忘书。


　　都是心路历程和苦读生涯的真实写照。

　　也许有人要问：这样埋头苦读，摒绝了各种娱乐活动，为什么不感到枯寂呢？

　　道理简单得很，凡事着迷、成癖以后，就到了"非此不乐"的程度，不仅没有厌倦情绪，有时甚至甘愿为此做出牺牲。柳永词中说的"衣带渐宽终不悔，为伊消得人憔悴"，正是这种境界。

　　看过《聊斋·娇娜》的，当会记得这样一个情节：娇娜给孔生割除胸间痛疽，"紫血流溢，沾染床席，生贪近娇姿，不惟不觉其苦，且恐速竣割事，偎傍不久"。

　　读书固然是苦差事，但苦中有乐，乐在其中。林语堂有个很幽默的说法：读书要能产生浓厚兴趣，必须在书境中找到情人，"一旦找到文学上的情人，必胸中感情万分痛快，而魂灵上发生猛烈影响。如春雷一鸣，蚕卵孵出，得一新生命，入一新世界"。

　　说得很神秘，我至今尚无这样的体验，说明还不到火候。但书卷的吸引力是极大的，确是事实。

　　据笔记小说记载，明人屠本畯平生好读书，至老尚手不释卷。有人问他：

"老矣，何必自讨苦吃？"他的答复是："我于书，饥以为食，渴以为饮，欠伸以当枕席，愁寂以当鼓吹，未尝苦也。"虽然没有说"生活中当情人"，但迷恋之情并无稍异。

孔夫子当年读《易》，"发愤忘食，乐以忘忧，不知老之将至"，不也是一种痴情迷恋吗？所不同的是，生活中的恋人贵在用情专一，具有排他性，而书境中的恋人则多多益善，而且，这种恋情可以与众分享，绝不会招致麻烦，产生嫉妒。

我以为，林语堂说的在书境中寻找"情人"，也可以作为读书当求会心，读书是一种精神享受来理解。陶渊明就曾说过："好读书，不求甚解，每有会意，便欣然忘食。"他在读过一些古籍之后，曾写了这样一首诗：

泛览周王传，流观山海图，
俯仰终宇宙，不乐复何如！

他觉得读了《穆天子传》和《山海经》，仿佛神游于几千年的历史长河和广袤无垠的宇宙空间，俯仰之间即可穷究宇宙的奥秘，真是欢快之极。叩其所以然，或许是由于这两部书中所记述的神话传说，在一定程度上显现了我们种族的原始意象，积淀了我们祖先无数次的欢乐与愁苦，饱含着人类命运和远古生涯的残迹与奥秘。其中的黄帝、夸父、精卫、西王母、三青鸟、三危山等，都作为一座座路标，引导人们返回辽远的精神家园和熟悉却又陌生的人类童年，因而，令人产生一种快感。

古人有"书卷多情似故人"，"亡书久似失良朋"的说法，都是以书喻友，说明读书犹如会友。朋友中有畏友、诤友，也有昵友、腻友。书籍何尝不是如此。

陆游赞赏王深甫的作品，说："此书朝夕观之，使人若居严师畏友之间，不敢萌一毫不善意。"同样，书中也有直面人生、直言规过、不留情面的诤友和"昵昵儿女语，恩怨相尔汝"，亲热狎玩的昵友、腻友。

每当面对高大的书橱，我总觉得：那些已经熟读过多次的书籍，颇似积年稔熟的老朋友，属于深交、挚友。古人诗句"旧书读似客中归"，说的正是那种老友重逢、联床话旧的亲切之感。有些书只是略加翻检，粗粗浏览一过，比之于朋友，好似初交乍见，不过点头之识。还有很多书罗列案边却未尝展读，这就像闻名未曾见面的友人，素昧平生，觌面不识。对它们冷落地挤在书架中，未得"周郎一顾"，我往往感到由衷的歉疚。

还可以说，读书是交友的延伸。交友受共时性限制，必须是同时代人才有交往的可能，而从书卷中则可以广交异代与异地的朋友，能够神游域外，上下千年，不受时空限制。也是陶渊明说的：

愚生三季后，慨然念黄虞。
得知千载外，正赖古人书。

这位老先生慨叹他出生在夏、商、周三代之后，虽然向往黄帝与虞舜的德政，却因"萧条异代不同时"，无缘得见；只有借助披览古代典籍，才能知晓千载以上的往事。

就是说，经由书卷这个门径，可以进入更深更广的领域，获得无穷无尽的知识宝藏。确如盲姑娘海伦·凯勒所言："一本书就像一艘船，带领我们从狭隘的地方驶向广阔的生活海洋。"高尔基也说过："似乎每一本书都在我的面前打开了一扇窗户，让我看见一个不可思议的新世界。"

列宁早在我出世十多年前就去世了。进一步说，即使我提早出生三十年，与列宁生活在同一时代，大概也无缘见到他。但是，书籍却给了我熟悉、接触这位伟大人物的机会。我读过许多描写列宁的书籍，其中尤以高尔基的回忆录《列宁》留给我的印象为最深刻。高尔基与列宁有着深厚的友谊，他倾注了全部的爱，以其敏锐的洞察力和卓越的表现力，为我们再现了这位伟大的人物。列宁夫人看过回忆录后，赞许说："整个列宁是栩栩如生的"，"写得好极了"。我们在高尔基的笔下，不仅看到了列宁特异的丰姿，而且了解了他的精神世界，仿佛活生生的列宁就站在我们面前。

最令人难忘的是列宁的一段话。高尔基回忆说：一次，列宁用一种特别轻巧、温柔的手势抚摸着孩子，说："这些孩子将来一定会比我们生活得好些；

我们生活中遭遇过的很多东西，他们是不会经历了。"沉思一会儿，他接着说："可是，我毕竟不羡慕他们，我们这一代已经完成了一桩在历史上有惊人意义的事业。"前一时期，我曾回味过列宁这些感人肺腑的话。列宁当年抚摸过的孩子，如今也都进入了耄耋之年，他们可还记得这些掷地有声的时代强音吗？

数千年来，我国无数文人、骚客、旅行家，凭着他们对山水自然的特殊的感受力，丰富的审美情怀和高超的艺术手法，写下了汗牛充栋的诗歌、散文，为祖国的山川胜迹塑造出画一般精美、梦一样空灵的形象。一篇在手，可以心游象外，悠然神往，把心理境界、生活情趣和艺术创造的第二自然作为三个同心圆联叠一起，不啻身临其境，而又能免却鞍马劳顿，解除风尘之苦。

我曾在一年秋天游览了杭州西湖，有幸看到了"三秋桂子"，却无缘观赏"十里荷花"；而且，由于来去匆匆，许多名胜都失之交臂，深感怅惘。回来后，翻出明人袁宏道、史鉴、张岱等人的西湖游记，未出斗室，而极四时之娱，揽八方之胜，算是补上了这种缺憾。

当然，我这样说，绝没有以读书代替实践的意思。实践是认识的基础。"纸上得来终觉浅，绝知此事要躬行。"所以，我们既要读有字之书，又要到社会实践中去读无字之书。单就旅游来说，卧游、神游、梦游、醉游，无论怎样空灵浪漫，富有诗意，也都代替不了实地考察，亲身经历。

不过，话又说回来，即使身临其境，也需要从容玩味，细心涵咏。如果像《儒林外史》中马二先生那样漫游西湖，只是吃熟牛肉，喝大碗茶，瞧贵妇人进香，看阔人家请客，于湖光山色全无会心，所得也就微乎其微了。

# 昙花，昙花

因为我写过《因蜜寻花》《天涯芳信》之类的散文，有些朋友便以为我精于花道，向我请教何为传统名花、现代名花者有之，特邀我出席一些赏花盛会的亦有之。殊不知我的写花，多是避实就虚，借题寓意，别有寄托的。而且，大凡赏花的里手，都兼具丰富的情趣和必要的逸豫。于此二者，我很难称为富足。当然，爱好还是有一些的。

大约是中秋节前两天吧，我从外地出差归来。因为在火车上已经用过了晚餐，便径直到办公室去翻阅积压的报刊，同时，打开半导体收音机，听一曲悠扬悦耳的广东音乐。顿时，觉得旅途的劳顿渐渐融释，全副身心都沉浸在诗一般的优美、和谐的意境里。突然，电话铃声大作，是妻子打来的，说是家里的昙花已经绽蕾，马上就将开放，催我急速赶回去观赏。

这是一个月白风清、沁凉如水的秋夜。空气像新鲜的牛奶一样清净，吸上几口，凉爽而恬适。但是，因为"昙花一现"这句成语萦结在心头，我不敢作片刻流连，只好三步并作两步，匆匆忙忙地追踪芳踪。

推开了屋门，只见雪亮的灯光下，妻子正全神贯注地观察着那盆平素很不引人注意的昙花。在扁平的叶状新枝的边缘，翠玉般的花蕾，无风自荡，颤颤摇摇，似乎不胜负载；过了一会儿，竟和电影特写镜头里的一模一样，逐渐地，逐渐地张开了，中心涌射出一簇黄澄澄、金灿灿的花蕊，每一茎都像纤细的金丝，又像粉蝶的触须，在微微地颤动。四围的层层花瓣上的每根筋络，还在拼力地向外舒展，仿佛要把积聚了多年的气力和心血，尽情地倾泻无遗，要把全部的美和爱，一股脑儿奉献给培育它的主人。

花冠大似碗口，晶莹如玉，洁白胜雪，透出浓郁的幽香，沁人心脾。那空灵俊逸的神韵，轻轻摇曳的身姿，使人联想到葱葱郁郁的树冠上的一朵飘忽的白云。我连大气也不敢嘘出，唯恐一不小心将它吹荡开去。

按照我们中华民族以雅致为核心的审美观，这艳而不亵、冶而不娇的昙花，堪称花中圣品。无论是"竞夸天下无双艳，独占人间第一香"的牡丹仙子，"开处自堪夸绝世，落时谁不羡倾城"的西府海棠，还是"水中轻盈步微月"的水仙，"烂红如火雪中开"的山茶，都无可比拟。

有人嫌它花时太短，惊鸿一瞥，稍纵即逝。其实，这是过苛的挑剔。长短总是相对而言的；而且，决定事物价值的，往往是质而不是量。生命无论短长，关键是看它有无亮色；没有亮色的生命，再长也不过是一片虚空。何况，人生七十古来稀，即使寿登期颐，放在无始无终、万古如斯的时间长河里，也只是短暂的"一现"。只要能在这"一现"之中，像一颗陨星冲入大气层之后，能在剧烈的摩擦中发出耀目的光华，自尔神采高骞，同样称得上星云灿烂。

为着追求唐诗中"昨夜月明浑似水、入门唯觉一庭香"的意境，我顺手关掉了电灯，使昙花在皓月清辉中显现其空灵淡雅的芳姿。妻子认为，这样美好的景色，只是两个人欣赏，未免辜负了它的一片芳心。她提议招呼一些亲邻好友来共同赏花。古人说：独乐乐，不若与人乐乐。在一般情况下，这无疑是真理。但此刻我却认为，还是保持一种静穆的气氛为好。

在这一片光雾迷离之中，只容意念回旋，不宜有过多的人物点缀。那种"歌鼓喧阗，笙簧齐奏"的聒噪，与夫"千门如昼，嬉笑冶游"的粗俗，对于昙花来说，都是很不适宜的。史载，南宋画家、词人张镃当牡丹开放时，招邀友好举行赏花盛会，宾客齐集后，吩咐开帘通气，立刻满座皆香，然后伴以歌姬舞女，檀板清樽，喧腾彻夜。这种"厚爱"施之于昙花，大概是难以忍受的。

据说，昙花原属热带植物，为了避开日间的燥热，便躲在深夜里开花。

它并不计较条件的优劣、土壤的肥瘠，淡泊自甘，多予少取；勘破了名利关，不愿取悦于人，招蜂引蝶。它同"出淤泥而不染"的莲花，笑傲秋霜、幽香独抱的菊花，实可并列而为"花国三清"。

此时，和平恬静的空间完全为奔走不停的秒摆所占据。"当、当、当……"，时钟敲了十二下。妻子回到寝室去睡了。我默坐一旁，仔细地端详着掩映在清冷的月华下的隽秀的幽姿。超逸，雅静，妙相庄严，通体明亮。这哪里是花？分明是一颗怦怦跳动着的心！此刻，我的胸臆里既满怀着兴奋，也夹杂着一种带有苦涩味的酸楚与歉疚。真个是：舌兼五味，百感交集，不觉慢慢地沉浸在如烟往事的回忆里。

三年前，暮春时节。一位朋友赠给我一段昙花的叶状嫩枝。抱着试试看的心情，我顺手将它插在一个幼苗尚小的菊花盆里。十几天后，它竟扎下根须，渐渐长大起来。我于养花一道，纯属外行，如何给水施肥，全然不懂。有时看盆里发干，就随手将一大杯凉茶倒进去。赠花的朋友发现后，嗔怪我硬拉着李逵去跟张顺汹水。原来菊花耐湿，而昙花喜干，我这么"一锅煮"，岂不苦了它也！此后，我就把它移进另一个小花盆里。转眼间，一千个昼夜过去了，它由一段扁平的叶片，繁衍成几茎柱状青枝，于今已绿叶婆娑，高达数尺了。劳人草草。每天我都怀着一颗忙碌的心，匆匆来去，早出晚归。回到家里，只觉得身心两乏，倒头便睡，几乎把培育昙花一事完全忘诸脑后，既没有按照植株大小换土更盆，也从未根据生长需要为它追施任何肥料，偶尔心血来潮，"咕嘟嘟——"灌上半盆清水，谈不上及时，更未必合理。可是，它，这株昙花却全不在乎待遇的菲薄和条件的艰苦，凭着高度的使命感和顽强的生命力，经过长时间的蕴蓄元气，硬是"拼命三郎"似的，在寂静的秋夜里悄然开放。唯一的追求就是把心灵中最美好的东西和盘托出，给人们以爱的温馨和美的享受。

冰心老人写过这样的诗句：

> 成功的花，
> 人们只惊羡她现时的明艳！

> 然而当初她的芽儿，
> 浸透了奋斗的泪泉，
> 洒遍了牺牲的血雨。

想到这些，我益发觉察到心中留下的缺憾。我筹划着，明春一定买个大花盆，满装上肥沃、松软的腐殖土，早早地把它移植过来，殷勤、合理地加以培护。

月亮下去了，屋里一片黯淡。我开亮了灯。呀！昙花巨大的花冠已经垂了下来，花瓣全部闭合了。再看那青葱的枝叶，似乎也渐形枯萎。这该是长期疏于管理，养分匮乏所致。昙花，昙花！为着绽放一朵奇葩，竟然使尽浑身解数，最后力尽而竭！做人果能如此，也就很够标准了。

记得《随园诗话》中记载过这样一个故事：一个叫陈浦的老寒士，带着自己的诗稿，请求当时的诗坛巨擘袁枚评点。袁枚日夕游宴于权贵、诗翁、才女之中，对这个寒士的诗稿并未引起重视，随手放在一边。几年之后，想起这件事来，取出诗稿细细品玩一遍，发现作者原是一个才分很高、颇有造诣的诗人，诗稿中不乏一些传世之作。他便忙着打听其人下落。不料，这位老寒士早已在贫病交攻之下黯然故去。袁枚满怀深情地录下已故诗人的七绝《醉后题壁》：

> 贫归故里生无计，病卧他乡死亦难。
> 放眼古今多少恨，可怜身后识方干！

然后，凄然地在《诗话》里写道："呜呼！余亦识方干于死后，能无有愧其言哉！"

这里说的方干，是唐代的诗人，很有才识，科场失意后，息形山林，郁郁以终。后来，朝廷发现并承认了他的才干，追认他进士及第。但逝者已矣，已经于事无补了。历史上许多奇材俊逸之士，没身草泽，不为朝廷与社会重视，直到显露了才华，做出了贡献之后，人们才赏鉴其才识，但因贫病摧残，心身交瘁，往往为时已晚。这种情况，今天也时有出现。报纸上不是时常介绍一些生前未被重视，死后才予以赞美、宣扬的人才吗！

自然界的花卉自有其生长的规律，本与人事无关。但事有可鉴，理有可通，有时一些物象也能给人以深刻的启示。

人过中年，久经世事，已经淡化了昔日豪情似火的衷怀。但在名花零落、深情悼惜之余，总觉得有一股激情在胸中喷涌。遂步寒士陈浦的七绝原韵，题诗一首，作为本文的结尾：

一枝素艳惜凋残，旋现旋消补过难。
顾理失时成大错，花中我亦负方干！

# 人 过 中 年

## 一

何为"人过中年"？进入老境之谓也。

域外的诗翁耆宿心态如何，知之甚少；反正中国旧时的文人上了一定年纪之后，是常常把"老"作为热门话题的。我印象最深的，一是南宋的陆游，一是清代的袁枚。当然，他们的格调不同。

陆游是"老骥伏枥，志在千里；烈士暮年，壮心不已"，用他自己的话说，属于"老不能闲真自苦"的类型，因而不时地咏叹"壮士凄凉闲处老"，"骨朽成尘志未休"。梁启超赞之以"亘古男儿一放翁"，非虚誉也。

而袁枚谈老，却是常常以诙谐出之。比如他写老态："作字灯前点画粗，登楼渐渐要人扶。残牙好似聊城将，独守空城队已无。"还有一首《夜坐》："斗鼠窥梁蝙蝠惊，衰年犹是读书声。可怜忘却双眸暗，只说年来烛不明。"都是充满情趣的，否则，就不成其为性灵派的旗手了。

他们或庄或谐，作为寿登耄耋之翁，确都充分具备谈老的资格，不像杜甫、苏轼，张口"野老"，闭口"老夫"，其实，彼时他们都不过四十上下，拿今日的眼光来看，还都处于风华正茂、血气方刚的青年阶段。韩愈也曾说："吾年未四十，而视茫茫，而发苍苍，而齿牙动摇。"当然，他这里说的属于实情。

大抵旧时文人骚客失意者居多，却又耽于幻想，不切实际，劳生有限而想望无穷，一当与现实发生冲突，便不免感慨兴怀，嗟卑叹老。又兼呕心作赋，面壁穷经，"焚膏油以继晷，恒兀兀以穷年"，自然心神劳损，未老先衰。这一切，都是不难理解的。

人们一般谈老，主要是依据年岁而言。古籍《文献通考》上说，晋朝以六十六岁为老，隋朝以六十岁为老，唐朝以五十五岁为老，到后来甚至以年过四十为老。似此每况愈下，说不清楚是什么原因。

有的论者认为，上古之人清心寡欲，与世无争，环境清洁，生活简素，许多人的寿命是长过今人的。并引据古籍为证，神农在位一百二十年，黄帝、少昊都在位一百年，帝喾、帝尧、帝舜分别享年一百〇五岁、一百十八岁、一百一十岁。最后得出结论，认为杜甫所言"人生七十古来稀"是不确的。这里说的当然都是生理年龄。

其实，即便专就年岁而论，由于每个人健康情况的不同，身体素质、心理素质、生活质量等各方面的差异，也是非常之大的。古人有云："松柏之姿，隆冬转茂；蒲柳之姿，望秋而落。"如果按照所谓"心理年龄"来讲，那就更有云泥之别了。身老，常常源于心老。一个人精神状态好，可以延缓衰老；而精神颓废，意志消沉，则必然导致未老先衰。

孔夫子虽然也曾对于生命易逝，流光不再，发出过"逝者如斯夫，不舍昼夜"的深沉浩叹，但他毕竟是达观、进取的。他曾这样描述自己："其为人也，发愤忘食，乐以忘忧，不知老之将至云尔。"我大约就属于那种"不知老之将至"的类型。过目诗书犹忆诵，上楼腰脚未衰疲，这也助长了几分"元龙豪气"、壮烈情怀，难免有意无意地忽略了面上日见深密的皱纹和鬓边潜滋暗长的华发。

有一句俗语：人过中年万事休。孔老夫子自己奉行"不知老之将至"，"知其不可而为之"的人生哲学，反过来却也说："四十、五十而无闻焉，斯亦不足畏也矣。"这番话是对照"后生可畏"来讲的。

其实，大器晚成，也是一种带有规律性的现象，神童毕竟是少见的。中年过后仍然大有可为，甚至可以说，有些事业恰是刚刚开始。这里一个核心问题，是如何充分利用这无限宝贵却又十分有限的时间。

二

　　无限的期求与有限的生涯，这是摆在人类面前任何人也无法回避的悲剧性命运。中国古代的哲人庄子曾经企望达到一种"大知"境界。但他分明知道，这种"大知"目标的实现，绝非个体生命所能完成，只能寄托在薪尽火传的生命发展历程之中。他有一句名言："吾生也有涯，而知也无涯。以有涯随无涯，殆已！"

　　人生是一次单程之旅，对生命的有限性和不可重复性的领悟，原是人生的一大苦楚。它包括在佛禅提出的"人生八苦"之中，属于"求不得"的范围。由于时间是与人的生命过程紧相联结的，一切作为都要在这个串系事件的链条中进行，所以，古往今来，人们对于时间问题总是特别敏感，备加关注。古人说："恨不得挂长绳于青天，系此西飞之白日。"还幻想有一位鲁阳公挥戈驻日，使将落的夕阳回升九十里。凡是智者、哲人，无不对于时间倍加珍惜。自然，也可以反过来说，珍视生命，惜时如金，正是一切成功者的不二法门。随着年龄的增长，这种珍惜时间的情结会越来越加重。特别是文人，对于流年似水、韶光易逝更是加倍的敏感。可是，时间又是一匹生性怪诞的奔马，在那些对它视有若无、弃之如敝屣的人面前，它偏偏悠闲款段，缓步轻移，令人感觉着走得很慢很慢；而你越是珍惜它，缰绳扯得紧紧的，唯恐它溜走了，它却越是在你面前飞驰而过，一眨眼就逃逸得无影无踪。

　　尤其是过了中年，"岁月疾于下坂轮"。弹指一挥间，繁霜染鬓，"廉颇老矣"。米兰·昆德拉说得很形象：一个人的一生有如人类的历史，最初是静止般的缓慢状态，然后渐渐加快速度。五十岁是岁月开始加速的时日。在与时间老人的博弈中，从来都没有赢家。人们唯一的选择是抓紧当下这一段或长或短的时间。清代诗人孙啸壑有一首七绝："有灯相对好吟诗，准拟今宵睡更迟。不道兴长油已没，从今打点未干时！""从今打点未干时"，这是过来人的沉痛的顿悟之言。过去已化云烟，再不能为我所用；将来尚未来到，也无法供人驱使；唯有现在，真正属于自己。

当然也可以说，手中握得的现在，其实也是空空如也，因为时间并没有停留过片刻，转瞬间现在已成过去。但这样，未免迹近虚无，所以还是要讲，与其哀叹青春早逝，流光不驻，不如从现在做起，珍惜这正在不断遗失的分分秒秒。"东隅已逝，桑榆非晚"，"失晨之鸡，思补更鸣"。

有些年轻人见到一些上了年纪的人仍然分秒必争，寸阴是竞，觉得不能理解。这也不奇怪，如同百万富翁体味不到穷光蛋"阮囊羞涩"的困境一样。世间许多宝贵的东西，拥有它的时候，人们往往并不知道珍惜，甚至忽视它的存在；只有失去了，才会感到它的可贵，懂得它的价值。

也有好心的朋友，见我朝乾夕惕，孜孜以求，便引用清人项莲生的话："不为无益之事，何以遣有涯之生？"加以规劝。我的答复是，如果这里指的是辛勤劳作之余的必要调解与消遣，那是完全必要的，不能称之为"无益"。可是，项氏讲的"无益之事"，指的是填词，这原是一句反语。前人评他的《忆云词》："荡气回肠，一波三折"，"殆欲前无古人"。哪里真是无益！而且，他在短暂的三十八年生命历程中，一直惜时如金，未曾有一刻闲抛虚掷过。"华年浑似流水，还怕啼鹃催老"，这凄苦的词章道出了他的奋发不已的心声。

## 三

人们的理想、追求差异很大，同样，兴趣、快活之类的体验，也往往是"如鱼饮水，冷暖自知"，他人难为轩轾，更无法整齐划一。所谓"趣味无争辩"，就正是这个意思。有些老年人把含饴弄孙、庭前笑聚视为暮年极乐；也有许多人，或投身"方城之战"，或加盟胜地之游，或垂竿湖畔，或蹁跹舞场，或终日与"方脸大明星"——电视机照面。

我则异于是，总想找个清静地方，排除各种干扰，澄心凝虑地做学问、搞创作，把这看作余生最大的乐趣。总觉得，过去，肩承重任，夙夜在公，无暇旁骛；现在，由于年龄关系，工作担子相对减轻了，正可"华发回头认本根"，作"遂初之赋"，实现多年的愿望。因此，每天除去把"三餐一梦"和一两个钟头的散步作为必保项目外，其余时间就都用于读书、创作，有时参加一些必要的公务活动和友朋交往，或者去高校讲课、外出考察。

我习惯于把读书、创作、治学、游历紧密地结合在一起。以创作、治学为经，以脚下游踪与心头感悟为纬，围绕着所要考察、研究、撰述的课题，有系统、有计划地阅读一些文史哲书籍。

1996 至 1998 年，结合访问河北、河南、安徽、云南、黑龙江、山西等地的一些名城胜迹，研读了有关先秦、魏晋、唐宋、辽金、明初的历史，以及庄周、严光、李白、苏轼、陆游和赵匡胤兄弟、朱元璋祖孙、文成公主夫妇的传记，生发出许多人生感悟。

于是，便在现实风景线的"画布"上，饱蘸历史的浓墨，纵情挥洒，以一条心丝穿透千百年时光，使活跃的情思获得一个当下时空的定位，使自然景观烙上强烈的社会、人文印迹，透过"人文化"了的现实风景，去解读那灼热的人生，鲜活的情事，同时也从中寻找、发现着自己。

这样，为香港大公报《大公园》副刊写了三十几篇随笔。还应一家出版社约稿，历时百天，编写了一部古代哲理诗选释。从唐至清代浩如烟海的诗歌总集、别集、选本中，选辑三百余首富有哲思、理趣的五、七言绝句，一一加以注释，并作内容讲解和艺术赏析，同样体现了读书、治学、创作的结合。

创作切忌雷同，艺术的生命力在于不断创新。如果千头一面，那么天地间又何贵乎有我这个人；如果千篇一律，那么，文坛上又何贵乎有我这些文字！因此，在散文创作中，我苦苦追求自己的特有风格。我重视吸收、借鉴他人的长处，但耻于依傍，也忌讳模仿。如果听到有人说我的什么文章与某某人的相像，我便设法另起炉灶，改弦更张。"和尚在此，我却何往？"这总是很难堪的。

当然，形成自己的风格，固属不易，但是，更为难能可贵的还在于如何不断地超越自己，取得新的突破。一个作家最大的前进障碍，正是他自己营造的樊篱。他必须时时努力，跳出自己现成的窠臼。

我不懂得"百无聊赖"是一种什么滋味，每天都过得异常充实，"忙"是生活的主调。书籍越积越多，苦于没有时间细读；走了许多国家，足迹遍布九州，随手记下许多随感，苦于没有时间加工整理成文章；各地报刊约稿信雪片飞来，欠下了无数笔文债；许多优秀影视作品，朋友们再三推荐，却抽不出时间去看；长函、短简篓满桌盈，未能作复的为数不少。

前人说："不好诣人贪客过，惯迟作答爱书来。"四项中我能对上三项，唯有"贪客过"没有做到，因为舍不得这点时间。朋友们也都理解，有要紧事必须找我，总是说，知道你忙，只打搅五分钟。我散步时总是踽踽独行，并非由于生性孤独，只是为了便于一边走路，一边进行创作思考。甚至睡前洗脚，双足插进水盆中，两手也要捧着书卷浏览，家人戏称之为"立体交叉工程"。

这样一来，生活是否过于清苦、单调，缺乏应有的乐趣呢？每当听到朋友们的这类询问，我总是会心一笑，戏用庄子的语式以问作答：子非我，安知我不以此为乐耶？明代的归终居士有句十分精辟的话："要得闲适，还当在一'劳'字上下功夫。盖能劳者，方体味得闲适。"

从前对这句话缺乏理解，现在体会到，劳作与闲适是相反相成的。闲适是一种心境，这种心境的产生有赖于充实与满足。无所事事的结果是身闲而心不适。情有所寄，才能顺心适意。读书、创作，本身就是一种寄托，实际上也是一种转化，化尘劳俗务为兴味盎然的创造性劳动，化喧嚣为宁静，化空虚为充实，化烦恼为菩提。

前些年曾经大病一场，几乎和死神接了吻。那时想的是，一切一切，都没有时间、没有条件做了，死逼无奈，只好同缪斯女神斩断情缘。——也好，撒手尘寰，一了百了。不料，重新拥有了健康之后，竟全然忘记了当日的决绝，依旧痴情眷恋，难解难分！看来是不可救药了。

# 收 拾 雄 心 归 淡 泊

一

　　莎士比亚在喜剧《皆大欢喜》中，借杰奎斯之口说，世界是个大舞台，所有的男男女女不过是一些演员。一个人在一生中扮演着多种角色，可以分为七个时期：最初是在保姆怀中啼哭、呕吐的婴儿，然后是满脸红光、背着书包、很不情愿地走进课堂的学童，然后是"像炉灶一样叹着气"、咏着恋歌的情人，然后是爱惜名誉、好勇斗狠的军人，第五个时期变为满嘴都是格言和老生常谈的法官，第六个时期成了鼻子上架着眼镜、腰边悬着钱袋、形体精瘦的龙钟老叟，最后一场是孩提时代的再现，全然的遗忘，没有牙齿，没有眼睛，没有一切。把整个人生描绘得形象、深刻，惟妙惟肖，十分耐人寻味。

　　但我觉得，如果从中国的文化传统背景出发，按照习惯说法，把人生的童年、青年、中年、老年四个阶段分别比喻为一年的春、夏、秋、冬四个季节，倒是很贴切的。

　　阳春烟景，万物昭苏，充满了生机，饱绽着活力，颇像一个人的少年时代。但初春发育的幼芽，毕竟未曾饱经风雨，没有受过磨折，还不免有些娇嫩、稚拙。待到炎阳播火的夏日，滚滚鸣雷赶着一阵阵的疾雨，"绿遍郊原白满川"，正是谷物茁壮成长的时节，有如人生处于青壮之年。大时代的弓弦呼唤着年轻的臂力，风帆鼓满，豪气冲天。

秋天是成熟的季节，收获的季节，人到中年正是如此。经验丰富，阅历深广，情怀由浪漫、激烈而至于深沉、阔大，处事由粗犷、焦灼变为成熟、稳健，像封存日久的佳酿、品味甘醇的水果一般。如果说，青年生活于未来，老年生活于过去，那么，中年则生活于现在，更加注重实际了。

在人的一生中，老年虽为收敛时期，是生命的黄昏，却也意义充盈，丰富多彩，像一年四季中的冬天一样。冬天是透明的，蓝天澄明高爽，白云浅淡悠闲，"落木千山天远大，澄江一线月分明"。冬天可以使人透视宇宙万般，冬天使人清醒。由于它接受了春的绚烂、夏的蓬勃、秋的成熟，因此，冬天也是充实的。

与此相似，作为命运交响曲的第四乐章，老年包容了生命之旅中的欢欣和烦恼、期待与失望、颂赞与非议、慰藉和苍凉，领悟着哲学意义上的宁静与超然，称得上是人生的冠冕。在七色斑斓的黄昏丽色中，继续演奏着生命真实的凯歌。最后，生命火花闪灭，树高千丈，落叶归根，一切都返回大地母亲的怀抱，消溶于苍茫无尽之中。

在一年四季中，我最喜爱的是明艳的秋天。我爱它的丰盛、充实、成熟、圆满。林园漫步，处处光华耀眼，硕果盈枝，或丹红，或金黄，或绛紫，沐浴着艳美的秋阳，清香四溢，供人们恣意赏玩，尽情撷采。我爱秋天的清凉明澈，深沉淡泊，这远远胜过春天的喧嚣、浮躁，夏日的热烈、张狂。

唐代诗人刘禹锡有一首寓有深刻哲理的《秋词》：

> 山明水净夜来霜，数树深红出浅黄。
> 试上高楼清入骨，岂如春色嗾人狂！

他说，面对苍凉萧瑟的秋光，人们会觉得思想沉静，心境澄明，清爽入骨，精神振奋，而那千娇百媚、浓艳繁华的春色，却会挑动人沉酣迷乱，浮躁轻狂。秋天由炎炎夏日的繁华、激越转入宁静、安详，使人思想深邃，头脑清醒，有助于沉静地思考一些问题。比如，每当我面对白云、黄叶、雁阵、澄潭的无边秋色时，都联想到，人过中年也应该像秋天那样，"收拾雄心归淡泊"，"绚烂之极归于平淡"。

二

淡泊，是一种人生哲学，一种生存方式，也是一种审美文化。它的内涵十分丰富，大体上涵盖了平淡、冲淡、素淡和散淡等多方面的意蕴，反映出一个人内在的襟怀与外在的风貌，但集中地表现为一种人生境界，精神涵养。"少年心事当拿云"。人在年轻时节，雄心勃勃，豪情四溢，充满了奇思、狂想，敢于藐视权威，勇于冲锋冒险，不主故常，不怕失败；在青年心目中，无事不可为，无事不能为。这是最为难能可贵的。当然，有时也会闯出一点"乱子"，撞下几处伤疤；由于虚荣心作怪，或者经验不足，有的也难免逞强、使气，显示、卖弄。

"春行秋令"，要求青年人都像老年人那样宁静与淡泊，是不现实的，也是不应该的。及至他们饱经世事的磨炼，"阅尽人间春色"，历遍世路艰辛，"淡装平步入中年"，那时，便会显得成熟与历练，不再担心失去或者错过什么，也不肯茫然地赶冲某种喧腾的热浪，便会觉得天高地阔，极目悠然。

这种宁静与淡泊，会使人们显示智慧的灵光、超拔的感悟，以"过来人"的清醒与冷静，对客观事物作静观默察，持超拔心态。平淡不是消沉，乃是修养已深，思想和见解均已成熟，返于纯粹自然，而无丝毫做作。因为是自然的表现，不能包装，也无法模拟。

如果拿文学来比拟，这种人生境界，有如陶渊明的诗文，看起来平淡质朴，却是无从学起；李太白、苏东坡的作品也是这样，纯粹自然，近于天籁，后人也有刻意模仿的，但总是学不到家。平淡是诗文中的一种很高的境界，苏东坡就有"寄至味于淡泊"的说法。

平淡不是气象萧索，不是淡而无味。苏东坡说："大凡为文，当使气象峥嵘，五色绚烂，渐老渐熟，乃造平淡。"看来，平淡正是臻于成熟的表现。

诗文如此，人生何独不然。

正是由于淡泊是一种人生境界，在人的心理素质上，首先要求能够看得开和放得下。看得开事物的发展规律，对于名利、权势等身外之物不可看得过重。庄子讲过，外物偶然到来，只是寄存于此，寄存的东西，来时不能阻挡，去时不能挽留。有些人在对身外之物的追逐中常常迷失了自我，这实在是一种缺憾。

而且，"万物都有待尽之日，岂有吾人可得长生不死之理"（朱熹语）。只要看开了"生命无常"这个自然法则，懂得一身是随着"大化"而存灭的，能在精神上超越死生的拘牵，那样，自然也就会放得下对于世间利害、得失和人事升沉、荣辱的执着，养成悠然的心境、达观的意识了。

曹聚仁先生在《浮过了生命海》一书中讲过这样一个故事：

> 相传波斯王即位时，要他的臣下编一部完整的世界史。几年过后书编成了，是一部六千卷的煌煌巨著，可是国王已到了中年，由于国事忙碌，抽不出时间来看。于是，他要臣下把书缩短一些；及至缩编成功，国王已经年老了，连那缩本的世界史也没精力看了，他便要臣下把它再缩短一些。直到他垂死时，终于没有读成那部世界史，深以为憾。这时，一位年老的史学家赶到病床前，把这部长达六千卷的世界史缩减成一句很短的话，说给国王听："他们生了，受了苦，死了。"

人类的历史画卷卷帙浩繁，纷纭万端，然而要以最简捷的话来概括，确也不过如此。

淡泊萧然的暮年心性是精神层面上的。本来，溪水无心地流淌着，不涉人情，无关世事，可是，原本积极入世的孔老夫子溪旁闲步，看在眼里，却蓦然兴起岁月迁流、"逝者如斯"的慨叹。秋风萧飒，如波涛夜惊，风雨骤至，草木无情，有时飘零，而"方夜读书"的欧阳子，却为生命无常，人生易老，"渥然丹者为槁木，黟然黑者为星星"，凄然愀然。

在寒暑迭更、四季分明的北方住久了的人，乍到终年皆夏的南方往往不太习惯。我曾到过南亚一些国家，尽管那里不乏绿草红花、明楼翠阁的人间佳景，尤其是净洁如洗的澄空、葱茏蓊郁的雨林、通体透明的碧海，令人叹为观止；但是，由于一年四季都是溽暑炎蒸，节候的概念十分模糊，觉察不到一年四季的变化，置身其间，总有一种景物单调、时间凝滞、生活混沌的感觉。

人生犹如登山。年轻时节体力充盈，心高气盛，又满怀着好奇心，不知艰难险阻为何物，谈笑风生，奔突跳跃，攀上了一个又一个制高点。最后立足顶巅，凭栏四望，但见江天寥廓，大野苍茫，不禁快然自足，心神为之一爽。但是，"却顾所来径，苍苍横翠微"，特别是望中并没有想象中的奇观胜景，也解释不清楚攀登中那样风风火火、沸沸扬扬的心理基因，于是兴奋中又夹杂着几丝迷惘。

这种心态颇似中年过后情景。下山时的步履总是平缓、悠闲的，时时以一种"过来人"的淡泊情怀，扫视着那些也是风风火火、沸沸扬扬的登山热客，对他们的磅礴气概和热切心情，似乎领略了一些却又并不真正理解。

## 三

"暮年心事一枝筇"。在古人眼里，一根朝夕相伴的竹杖能够最鲜明地参透与映衬那老去的情怀。因此，又可以说，淡泊无求的心性也植根于生理的实际。此无他，存在决定意识也。

"不知筋力衰多少，但觉新来懒上楼。"在这里，疲惫的双腿向稼轩先生提示着老之已至。而彻夜难眠、辗转反侧，则使随园老人深谙衰年的苦楚："老去神昏夜不眠，更筹数尽五更天。"由少壮而老迈，由劲健而衰颓，"芳林新叶催陈叶，流水前波让后波。"新陈代谢，生老病死，这原是铁一般的自然规律。威尼斯商人安东尼奥的朋友葛莱西安诺曾经发问："谁在席终人散以后，还能保持初入座时那么强烈的食欲？哪一匹马在漫长的归途上能像起程时那么长驱疾驰？"这是不答而自明的。

而他的喟然叹惋，也是极富哲理性与真实感的：

> 一艘新下水的船只扬帆出港的当儿，多么像一个矫健的少年，给那轻狂的风儿爱抚拥抱。可是等到它回来的时候，船身已遭风日的侵蚀，

船帆也变成了百结的破衲，它又多么像一个落魄的龙钟浪叟，被那轻狂的风儿肆意欺凌！

当然，对于这类一般性的自然规律，人们的认识、想法也并不一致。一首老年的述志诗，是这样写的：

> 路遥，正是测马力的时候。
> 自命老骥就不该伏枥。
> 问我的马力几何？
> 且附过耳来，
> 听我胸中的烈火，
> 听雪峰之下内燃着火山，
> 听低啸的内燃机运转不息！

看了着实令人五内升温，感发奋起。

是的，每个人都只有一次人生，而不同的人完全可能让生命呈现出不同的相对长度。如何设法使生命永远成为一团烈火，一股清泉，燃烧着理想，流注着憧憬，让生命的每一天都向着各种新的可能性敞开，永不封闭，永不凝滞，这确是一个富有意义而且引人深思的话题。

但是，生无所息，奋力拼搏，毕竟不能止于励志，而首先是一种实践，这就不能不受到体力与智力的制约。

古代的桓温看到他当年亲手种下的柳树，"皆已十围，慨然曰：'木犹如此，人何以堪！'攀枝执条，泫然流泪"。薛平贵"一马离了西凉界"，兴冲冲地回到阔别一十八载的武家坡，想不到发妻王三姐竟觌面不识，诧异地说："儿夫那有五绺髯？"薛平贵及时地提醒她：你也是同样，"不是当年彩楼前"了。寒窑里找不到菱花镜，且到水缸上照容颜。不照还好，一照，王三姐哭了起来："呀，老了！"

过去说，人生七十古来稀，今天，寿登耄耋，也属常事。所以，对于身体状况，许多人常常自我感觉良好，我就总是不愿意承认老之已至。年少时觉得四五十岁就很老了，及至自己到了这个年龄，又觉得六七十岁才算老迈；而到了六十岁，又觉得自己头脑依旧清楚，腰腿还算灵快，离衰老尚有一段路程。

这种不断地把老年起点向后推移的心理现象，表明了老当益壮的勃然之气，有积极的一面；但终究不那么切合实际。专从顺生养性角度来看，也值得深长思之。人的年龄大了，不要说经受不起持续、紧张的劳累，连剧烈的心理矛盾也担承不了。卸去沉重的工作担子，保持平和、恬淡的心境，实现一种良好生命状态的恒常化，无疑有利于强身祛病，益寿延年。

这和所谓"老有所为"并不相悖。应该从自身的实际情况出发，有所为有所不为。老树十围，亭亭如车盖，浓荫匝地，是柔枝幼干所代替不了的，但是，开花吐蕊，却非千年古木的事。

人到晚年，远离了工作岗位，并不等于无所事事，只能隔着窗子闲看飘飞的雪花，或者挂着拐杖漫踏阶前的黄叶，需要做而且能够做的事情很多很多。古人早就有"老马识途"，"乡有三老，万般皆好"和"落红不是无情物，化作春泥更护花"的说法，表明了老年人无可代替的特殊作用。

而老有所为也应坚持量力行事。孔老夫子有一段关于"君子有三戒"的论述，末了说："及其老也，血气既衰，戒之在得。"意思是，人到年老了，气血已经衰弱，便要警诫自己，不要脱离实际，贪求无厌，莫知止足。

这里有一个分寸、尺度的问题，假如掌握失当，也会造成一些不良后果。

因此，古人要说"不在其位，不谋其政"，"宿将还山不论兵"。非不负责，有所避忌也。

闲翻今人文集，见到这样一首七绝：

> 丹青不知老将至，富贵于我如浮云。
> 总是夕阳无限好，管它近不近黄昏！

作者翻用了唐人杜甫和李商隐的两首名诗，既表述了中年过后的淡泊心性，又不现丝毫衰飒之气，可谓善作文章者。

# 生 命 还 乡 的 欣 慰

　　每当我徜徉于大自然赐予的这一片敞开的大地上，总有一种生命还乡的欣慰与生命谢恩的热望。我把这种感觉写下来，于是，便留下了笔底心音。它是我在这自然的怀抱中居停的宣言书和身份证，是我探寻真源的心灵印迹和设法走出有限的深深的感悟。

　　"人诗意地居住在大地上"，荷尔德林这句诗因海德格尔的阐发而在世界上广为流传。悠悠万物，生息繁衍，无始无终，作为个体的人却不过是匆匆的过客。而要使这短暂的居停超越瞬间走向永恒，就理应把存在审美化，使之与自然和谐地融为一体，用海德格尔的话讲，就是"通过原一，大地与天空、神圣者与短暂者，四者统一于一"。由此，便产生了原根意义上的诗性。

　　世界上没有哪个民族能与中华民族对于自然美的虔敬和敏锐的审美感受力相比。从庄子、屈原到谢朓、王维、李白、杜甫、苏轼，诗人们一直行进在寻求存在的诗化和诗的存在化的漫漫长路上。这些诗哲留给我们的绝不仅仅是一幅幅风景画，它是一种人与自然和谐的情绪，即海德格尔所说的，它是人"诗意地居住"的情怀，是对自然的审美观照。

　　当我面对山川胜景时，前人对于自然的盛赞之情便从心中沛然涌出。这些美的诗文往往导引我走向那些人与自然互相融合的审美境地，从古老的文明中寻求必然，探索内在的超越之路。于是，我"因蜜寻花"，或如庄子所言，乘美以游心，脚踏在自在的敞开的大地上，一任尘封在记忆中的诗文涌动起来，同那些曾经驻足其间的诗人对话。心中流淌着时间的溪流，在冥蒙无际的空间的一个点上，感受着一束束性灵之光。

仁者乐山，智者乐水。在山水间，大自然与那一个个易感的心灵，共同构成了洞穿历史长河的审美生命、艺术生命，"天地精神"与现实人生结合，超越与"此在"沟通。大自然，成为人们的生命之根、艺术之源。

当我沿着历史的长河漫溯，极目望去，也常常会感受到生命之重，前思古人，后望来者，天地悠悠，心潮喷涌。作为地球上的暂住者，我习惯于饱蘸历史的浓墨，在现实风景线的长长的画布上去着意点染与挥洒，使自然景观烙上强烈的社会、人文色彩，尽力反映出历史、时代所固有的纵深感、凝重感、沧桑感。

站在大自然的一座座时空立交桥上，任心中波涛滚滚翻腾，那种凿穿了生命隧道的欢愉，那种超拔的渴望，飞腾的觉悟，走向自由、自在的轻松，又使我渐渐地有了对于儒、释、道以不同方式界说的"天人合一"的深悟。

当我仰望星空，俯瞰大地，目既往还，心亦吐纳，许多人生感慨就会从胸中涌荡出来。宣泄心灵深处的欢乐与悲哀、沉重与轻松，物我双会，见物见心，还一个真实的完整的生命，这实在是一个召唤，一个诱惑。

正是从这里出发，我读懂了许多作家，也读进了自己。青天云霞，让我看尽了女作家萧红的风景线，也隐约展现了自己内心的风景。绍兴沈园，梦雨潇潇，写下陆游一生"爱别离""求不得"的苦痛，半个多世纪的爱之梦和沈园那雅淡、萧疏的韵致，一起走到我的心灵深处，触发着我的情思。七夕牛女鹊桥会凄绝千古的动人传说和"巫山云雨"恍兮惚兮的爱情神话，同样是在自然中倾注心声，也使我情动于中，思与境偕。

当我行进在连天朔漠、茫茫瀚海之中，这些时间上悠远、空间上浩瀚的景物，往往成为可以与之直接对话的生命之灵，使你切实感悟到生命有涯而大块无涯。苍茫的大地托着浩渺的天穹，显得格外开阔，至此，才真正有了百年一瞬、万古如斯的感慨，才在灵魂深处与千百年前的那个声音和鸣：哀吾生之须臾，羡宇宙之无穷。

我也喜欢那些未经开发的、原始粗犷的自然景观，那里往往蕴藏着一种野性力量，一种蓬勃的生机，一种旺盛的生命活力。而当面对九寨沟的造化神工，又会忘情于清风白水般的自然天籁、荒情野趣。那淙淙飞瀑，飒飒松风，关关鸟语，唧唧虫鸣，那宛如娇羞不语、情窦初开的少女的笑靥的杜鹃花萼，那隐现在水雾氤氲的瀑面上，酷似七彩神龙夭矫天半的虹彩，那悬挂在枝头的一<u>丝丝</u>、一缕缕，随风飘荡，如新娘头上轻柔的婚纱的长松萝，那五角枫、高山栎、黄栌木、青榨槭的如霞似火、燃遍天际的醉叶，那充盈着质朴的美、粗犷的美、宁静的美的梦之谷、画之廊，都在人类感情的琴弦上奏起美妙的和声，不期然而然地淹没了你的性灵。置身其间，真如裸体婴孩扑入母亲的怀抱，生发出一种重葆童真，宠辱皆忘，挣脱小我牢笼，返回精神家园，与壮美清新的自然融为一体的感觉。

保护、珍惜大自然的这些恩赐，是我们"诗意地居住"的前提，是我们以性灵之光驱逐黑暗，让大地不再被遮蔽的路径。然而，作为自然之子的人类，却往往忽视和忘却了大地母亲的恩泽，疯狂地掠夺它，野蛮地践踏它。有朝一日，当大自然失去了青春、活力和平衡时，它会痛苦而愤怒地实行报复，从而使人类陷入难以摆脱的困境。

我曾经对破坏大自然的行为表示愤怒，为那些戕害大地母亲也贬低自己的人感到耻辱。有时，我甚至想，假如工业文明的物欲满足是以破坏生态平衡为代价，那么，宁愿让自然美景再沉睡百年、千年，直到人类的"居住"真正成为"诗意的居住"。

无论如何，山川万物总是与我们同在。诗人何为？诗人使人达到诗意的存在。此刻，似乎读懂了庄子，又似乎与荷尔德林长谈，吟着他的诗句："我们每人走向和到达／我们所能到达的地方"。

# 岁短心长

一

在中国古代诗人中，对于老年情味，摸得最熟、体悟得最深的，大概要算南宋诗人陆游了。这当然和他活到八十六岁高龄有直接关系。清人陈古渔有"老似名山到始知"之句。有了长寿的经历，又能悉心体察，准确地诉诸文字，自然效果就可观了。

比如，陆游在一首七律中，讲到"老觉人间岁月遒"，我就击节称赏，觉得一个"遒"字说尽了老来岁月的独具特色，多彩多姿。"遒"字多义，用在这里主要是说明岁月匆遽、急速、迫促；同时，也含有晚境深沉、苍劲、豪迈的意蕴，"遒深""遒迈"之类词语亦常见于古代诗文；词典中还有"遒丽""遒逸"的词目，以之形容老来心境的劲健、超逸，自然也十分恰当。我以为，"岁月遒"的含蕴，大体上与《千字文》中的"年矢每催，曦晖朗曜"相当。

正如唐人杜牧所云："与老无期约，到来如等闲。"不知不觉的，我也到了花甲之年。回头一看，两万多个日夜已被抛在身后，这还了得！难道生命的基础不过是面对前尘影事，召唤遥远的感觉世界，只剩下淡淡的追怀了吗？昔日戏言衰迈事，今朝忽到眼前来。应该承认，思想准备是不足的。突然间，强烈地觉察到岁短心长，光阴迫促，时不我待。我曾题诗慨叹：

青春余梦感蹉跎，老去狂奔逐逝波。
一卷未终天又晚，人间难觅鲁阳戈！

"鲁阳戈"是个典故，出自古籍《淮南子》。说的是战国时有个鲁阳公，挥戈奋战，眼看日头栽西，他便冲太阳挥起长戈，结果，太阳为之返回三舍。这当然只是神话传说。明代诗人何景明早就慨叹过："世无鲁阳子，坐惜朱颜衰。"

但是，唯其如此，也就令人更加深切地感悟到，与其把衰老所带来的一切，看成人生最沉重的东西，莫如从容品味生活的分量，真正受用好这无比珍贵的分分秒秒。即使是回忆，也要在苍茫情味中，实现一种新的置换，新的综合。

实际上，每个人都有一个内宇宙，天性中都蕴含着自然母亲赋予的感受力和创造力，都应拥有气吞八荒、胸藏万汇的气概和权力。然而，匆忙、迫促的日子，一个个最现实的目标、最具体的杂务，剪不断理还乱的纷争、矛盾，往往肢解了、冲淡了人生的总体性感觉，使其沦为碎片，变得琐屑，使人之所以为人的最本质的东西被淹没、被忽略了。

要想修复这被切割、被蚀损了的总体感觉，首先，要求一份内心的宁静与空灵。"静故了群动，空故纳万境。"一旦得以卸掉杂务的纠缠，挣脱尘网的羁绊，走进这种生命的鲜活境界，便有了深刻体验人生，归返自我，走向无穷的可能。

这时，只有到这时，生命的有限和无限，历史的存在与虚无，心灵的栖居与超越，内宇宙与外宇宙的沟通，人与自然的亲和与疏离……这许许多多根本性的问题，才会跳入你的胸中，搅动你的思绪，使你为之焦虑，为之欣喜，为之沉醉。这真是一种令人难以遏制的诱惑！

过去重任在肩，无暇旁骛；现在，工作担子减轻了，公务活动变少了，人际关系简化了，世情纷扰也渐渐淡去，正可恢复书生本色、云水襟怀，实现多年的夙愿——把读书、创作看作一种诗意存在的生存形式；把屐痕处处，游目骋怀，"平生塞北江南，归来华发苍颜。布被秋宵梦觉，眼前万里江山"，视为人生的至乐。

每天清晨，我都要到公园里去散步。人生感悟、创作构思也就在这里丝丝缕缕、片片层层地展开。任身旁人声嘈杂，墙外车流涌荡，也并不为其所扰。身在红尘嚣嚷之中，心驰四野八荒之遥。此刻，对前人说的"静，在心不在境""心远地自偏"的意蕴，有了切实的理解。

也正是在这种新的岁月里，我开始用心品啜着一种新的人生况味，体验着一份纷乱中的澄静，挣扎后的从容，体味着对生命的诗意感受和老来岁月遒迈的悲壮之美。

## 二

我喜欢游历，喜欢访古，习惯于胜地寻踪、荒园踏梦，洗去岁月的尘滓，再现历史的光泽；通过理性思考和感性认知，连缀文明的断简，把散文创作的艺术背景放在广阔的历史空间，让笔底流露出厚重的文化积淀和世事沧桑之感。但过去游观，大多是在参加各种会议的缝隙，虽然也走了不少地方，获得诸多感受，可是，毕竟行色匆匆，来不及仔细咀嚼，从容玩味。匆遽的心境所感受的东西，往往止于触景生情，谈不到"乘物以游心"，发掘深层的奥蕴。

近两年总算有了纵情登览的条件。我曾专程寻访了号称历史博物馆、文化回音壁的古都开封、洛阳、临淄；徜徉于群雄逐鹿的中原和历代兵家必争之地的"三晋"古战场；驻足战国时期辩才云集的齐都稷下；临流淮上，体验着庄、惠观鱼的"濠濮间想"；踏着晚秋的黄叶，漫步在采石矶头、桃花潭畔、敬亭山下、天柱峰前，冲破时空的限界，亲炙诗仙李白的幽情逸韵。

当我漫步在这些曾经产生过辉煌的古代文明、布满斑驳史迹的大地上，仿佛置身于一个瑰奇、丰厚的艺术世界，在感受沧桑，把握苍凉中，敞开传统文化与现代文化双重渗透下的自我，去体味焦灼里的会心，冥思后的渐悟，凄苦中的欢愉，从而产生深刻的人文批判，对文化生命作一番富有兴味的慧命相接。

出游前、归来后，我都怀着浓烈的兴趣，沉浸在深邃、浩瀚的"诗渊史海"之中，使游观、治学、创作有机地结合起来。一部《宋史》告诉我们，为了赵家王朝的万世一系，开国皇帝赵匡胤可说是虑远谋深，"机关算尽"。但是，从他陈桥举事，黄袍加身，建立宋王朝；中经"杯酒释兵权"，以文官取代武将节制方镇，以书生为宰辅削弱相权，实现集权柄于皇帝一身；直到末帝赵昺在蒙元铁骑的追逼下崖州沉海自尽，宣告赵宋王朝灭亡——三百多年宛如瞬息间事。当初，得天下于周家的孤儿寡母，后日又失天下于赵氏的寡母孤儿，一往一复，历史简直像旧片重映。

人事如此，大自然又如何呢？仰首苍穹，放眼大千世界，依旧是淡月游天，闲云映水，仿佛亘古都未曾发生变化。"后之视今亦犹今之视昔"，这是一个深刻的哲学命题，让后人生发出许多联想。前代诗人何希齐只用了十四个字："陈桥崖海须臾事，天淡云闲今古同"，就完整地把它概括出来，真可谓气吞沧海，举重若轻。从书卷中我读出了古人"通天尽人"的怆然感怀，体味到无数哲人智者的神思遐想，从而打开一个新的视界，提供了足够的思考空间。

通过散文创作，我把飞扬的思绪、开启的心智，连同思索与领悟、迷茫与困惑，以艺术形式表现出来；在艰苦的劳作中寻求着思想的重量，同时将深心里的情境展开，以探求与读者交流、沟通的心灵渠道。

正是这种知识的储备和智能活动，使心胸豁然开朗，一如浩荡的江河，融汇了自己，也包容了客观世界。我喜欢这种心灵的维度，这种丰满的人生。

而丰满的人生是要靠思想来滋养的。思索使我在世俗生活之外感受到了至高至重的幸福与欢愉。在尘嚣十丈、物欲横流之中，保留一块思索的净土，这是多么不容易，又多么值得庆幸啊！

在大学讲课时，中文系一个学生问我，先秦诸子百家争鸣，著书立说，留下了许多传世之作，其中充满了哲学智慧。请问：这种传统，在历代诗歌中是否有所继承？如果说，诗歌中同样反映了哲学智慧，那它又是如何体现的？受到这个问题的启发，我利用春节前后一段时间，编写了一部古代哲理诗选释。这些诗即事寓理，意蕴深沉，"称名也小，取类也大"，言近旨远，别有寄托，同样称得上是哲学智慧的渊薮。

不妨举例说明，还从"老"字谈起。老，在古代哲理诗中也是一个热门话题。围绕着如何看待老的问题，仿佛那些异代诗人超越了时空的限制，聚会一堂，各抒己见。

"莫道桑榆晚，为霞尚满天。"刘禹锡率先表述了积极、进取的"老境"观。

命途多舛的李商隐却怆然叹惋："夕阳无限好，只是近黄昏！"

清代的任锦心和龚定庵都是坚定的"刘派"，分别借助霜叶、落花的意象，谈了自己的观点："莫嫌秋老山容淡，山到秋深红更多。""落红不是无情物，化作春泥更护花。"

到了现代，朱自清则与玉谿生针锋相对，直接反驳："但得夕阳无限好，何须惆怅近黄昏！"

这些诗不仅充满了智慧，而且情趣浓烈，兴味盎然，有一股迷人的美学冲击力。研究起来，令人陶然心醉，本身就是一种艺术享受。那段时间，我整天沉浸在这种美学意蕴和智慧海洋之中。

人过中年，极目悠然。同少年一样，老人也是"不识愁滋味"的。俗谚就有"小小孩、老小孩"的说法，意思是人老了常有孩子气，贪玩也许就是一例。只是暮年晚景，要玩没得工夫。人生就是这样，当你在一方面充分获得的时候，就要准备在其他方面有所放弃。对文学的执着追求，使我失掉了许多人生享乐的机会，但我坦然无悔。

正是在这种沉酣、迷恋中，扩大了生命的内涵，使人生内在的丰富性充分体现出来，这何尝不是对缺失的一种补偿？其实，这样的生活本身也是很有滋味的。一边倾听历史回音壁上的足音，一边思考当下的生活底蕴，生命呈现出一种内在的自由状态，它悠远而阔大，有形接连着无涯，有尽融入无尽，由此走向审美人生，走向一种近乎永恒状态的创化。这种境界，难道还不迷人吗？

# 三

艺术的生命在于不断创新。没有不断地创新与突破，就谈不到成功与飞跃。我耻于因袭他人，也不愿意重复自己。新时期开始，我的散文格调比较清新，时代感比较强，但有时失之直白，流于清浅。我便下功夫钻研马克思的哲学著作、西方哲学史，以及黑格尔的《美学》，注意从哲学的高度认识世界，感悟人生。逐渐地，自己感到作品的思想内涵，特别是美学意蕴较前厚实一些了。这大约在80年代中期。

进入90年代，我体会到，散文应予社会人生和宇宙万物以深度关怀，融进作家深切的人生感悟，表露充满个性色彩的人格风范，实现诗、思、史的有机结合。散文随笔集《春宽梦窄》《面对历史的苍茫》《沧桑无语》，都是这种追求下的产物。

创新与突破，还体现在我对工作方式现代化的追求上。沉浸于历史是为了走出历史，是为了更好地理解今天，憧憬明天。当世界已经走进信息时代，信息的处理速度已经超出了以往的理解力，"换笔"便成为一种新的诱惑，新的挑战。1994年底，我下决心学习用电脑写作。这既可节约大量劳动时间，也能进一步理解现代工作方式给人们生活方式以至思维方式带来的巨大变化。

当时，周围的人"换笔"的还很少，尤其是像我这样年纪的人，更是望而却步。当我打开电脑书，也觉着"键入""回车""主菜单""任意键"等一大堆术语令人眼晕，更感到五笔字型输入法难以掌握。"王旁青头戋五一，土士二干十寸雨……"，不仅要背下这一百三十种基本字根，而且要把每个汉字拆分得开，再一个个敲击出来。大前提是必须准确地掌握每个字的写法，否则就休想打上去。

我在冲闯这个关卡过程中，敲出第一篇千字小文，竟用了三整天的时间，但这也带给我足够的慰藉。面对打印出来的第一张由漂亮的宋体字组成的文稿，我反复地端详着这个"宁馨儿"，心中的得意和快活真是难以言表。从此一发而不可收，五六年间我用电脑写出了上百万字的文稿。每当打开计算机，在自己设定的绿色屏幕上打字、编辑、修改、复制，总有一种涉身现代化的自豪，体验到手指运作的一份快感，尝到了应用现代科学技术的甜头。

工作效率的提高是惊人的，既免除了抄写之劳，又能将大量资料存储在硬盘里，以备随时调用。当然，这还仅仅是开始，电子计算机每一程序所能展示的深广世界，对我来说，许多仍是未知数。在它面前，我永远承认："弱水三千，只能取一瓢饮。"

文字编辑软件我也换了几回。先是用WPS，经过一年操作，达到熟练程度。后来听说UCDOS更好一些，于是又学会用这种软件操作，确实尝到了甜头。去年初，友人又向我推荐WINDOWS系统和WORD软件，说WORD的编辑功能远远超过WPS。但是，对于已经适应了前一种软件的我，学起来还是遇到了许多麻烦。

界面不同了，一个个的窗口，一个个的下拉菜单，由过去的"熟头巴脑"一变而为面目全非。术语改换了，功能键的作用不同了，操作方式也变化了，"块删除"命令变成了一把形象的小剪刀，靠控制符编辑的文件变成了"所见即所得"……一切都变得陌生，不习惯。但是，在朋友演示下，它的神奇、强大的排版、编辑功能所产生的诱惑力，使我再也无法排拒。经过一个星期的刻苦磨炼，我终于又和这种新的软件结了情缘，可以熟练掌握、运用自如了。

电脑写作，苦乐相循，在诸多的快感中，也夹杂着一些烦恼。有时，一个误操作使整个屏幕变成一片空白；临时性的断电曾导致几个小时的劳动成果化为乌有。我也曾产生过返回旧路，重新把笔的念头，但是，终因电脑太多的优越性而不忍"移情"。相交日久，我才发现，原来电脑这个"劳什子"也懂得"欺生"，当你和它磨合好了，摸准它的脾气，"调皮蛋"自会变得百依百顺，成为亲昵的"方脸大情人"。

进行大容量多媒体信息处理，实现信息资源的数字化转换，已经为期不远了。那时，卷帙浩繁的图书馆藏势将"缩龙成寸"，进入电子网络，我的居室里顶天立地的十几个书架也将完成它们最后的使命。如果说，在电视时代，文学在影视传媒冲击下，有呈现边缘化的趋向；那么，在后电视时代，随着个人化媒介——电脑的出现，文学的个人化特征则将更加凸现出来，从而获得新的生机，恢复其应有的尊严。

我期待着这一天。

我想，一个人只要有志于成为"电脑发烧友"，时时向往遨游在因特网上，徜徉于地球村中，渴望进入"人机交流"的全新境界，起码就心理来讲，距离真正的老境总还有一段路程吧。

# 天凉好个秋

人总会老的，对此绝无异议。但正如古人所说："老似名山到始知"——人，只有到了"天凉好个秋"的时节，才会对"老"有足够的敏感，足够的警觉，足够的理解。

几年前，我在福建泉州看过一场木偶戏。有一个节目名为《青春梦未还》。悠扬而低沉的乐曲把观众带进一种耽于遐思与回忆的境界。灯光亮处，在技艺娴熟的妙龄女郎的操纵下，一个披着满头白发的老妇人踉跄出场，老态龙钟，蹒跚而行。但她的心并没有沉寂，面对着青春焕发的操线少女流露出艳羡的神色，她仰头顾盼，俯首沉思，想象着自己也能够重返青春年少。突然，一个转身，白发头套甩掉了，变成了半老徐娘，一下年轻了二十岁，她脸上泛溢着光彩，扬起了舞袖，闪动着腰肢，前后左右地往复穿行，过不多时，她又再度陷入了沉思，想望着能够像操线人那么年轻，那么漂亮。忽然全身上下颠倒，兜头翻了个筋斗，一个唇红齿白，"美目盼兮"的如花少女赫然出现在观众眼前。腰肢曼妙，舞步轻盈，顾影自怜，袅娜作态，时而旋转如风，时而飘然若仙。她为自己重返青春感到无比的自豪，无边的快慰，似乎忘记了这不过是一场梦幻。我想，就剧情发展来说，最后应该安排她恢复原态，显示这种变化原是一番梦想。但表演者告诉我：许多年轻观众都不喜欢那么做，认为是有煞风景。

是的，在一些年轻人看来，"老"是极其遥远并且难以想象的事，因此，"我也会老吗？"竟然是个疑问，至少是没有认真考虑过。由此，我深深叹服美国盲姑娘海伦·凯勒的睿智与清醒。她在那篇著名的散文《假如给我三天光明》中提议："我们最好把每天都看成是自己生命的最后一天。持这种态度对待生活，才能深刻体会生命的价值。"她说："我有过这样的想法，如果让每个人在他成年后的某个阶段，失明几天，失聪几天，也许是很有益的。黑暗将使他们更加珍惜光明，寂静将教会他们领略喧哗的欢乐。"设想一下，如果你只剩下三天的时间利用视力，那么，该如何发挥它的作用呢？随着那即将降临的第三天的夜晚的到来。当你已经意识到了太阳不再为你升起时，你该怎么办呢？"

也许我们觉得，这位盲姑娘过于吝啬，为什么只设想"三天"而不是更多时间呢？但这对于她个人来说，已经是奢望了。她曾感慨无限地说："啊，如果我有哪怕只是三天的机缘，让我的眼前大放光明，该有多好！那时，我将能看多少东西啊！"我相信，一切耳聪目明且神智健全的人，当听到这些晨钟暮鼓般的"醒世恒言"时，总不会冥顽不灵、无动于衷的。

人生怕忆少年时。解放初期刚进城读初中时，我们这些十三四岁的男孩子都不怎么用功，脑子里常常惦记着在故乡抓螃蟹、养蝈蝈、偷摘邻居瓜枣一类的乐事；身在书桌旁，心却像孟老夫子说的那样，"以为有鸿鹄将至，思援弓缴而射之"，当老师点名提问时，往往是蓦地惊起，答非所问。

几个月后，班主任教师领着我们排了一个小话剧，名叫《老头三年生》。剧情梗概是：一个小学生终日嬉游耍闹，不肯用功读书，结果课业荒疏，屡屡降级。这天，他忽然做了一个梦，恍惚间自己已经头秃齿豁，垂垂老矣，却仍和十来岁的儿童一起读小学三年级。建校六十周年庆典到了，同学们的祖父母——他当年的同学们，纷纷从全国各地赶回母校。这里有工程师、农艺师、大学教授，也有工厂经理、劳动模范。他们听说还有一位当年的老同学在校，便都与他相约，要一起叙叙旧。"老头三年生"得知这个信息后，非常愧怍，登时汗流浃背，悚然警觉。从此，他刻苦自励，加倍用功，矢志成才。这出小戏情节简单，主题也没有脱出"少壮不努力，老大徒伤悲"的俗套。但在当时，对我们这些思想单纯、可塑性强的少年儿童，却起到了有力的激励作用。

"劝君莫惜金缕衣，劝君惜取少年时。"青少年时期是一个人的黄金时代，大脑内部机能发展迅速，精力、体力、记忆力、创造力都处在最旺盛的时期。有人做过统计，在 1243 位著名科学家、发明家中，65% 以上的人是在二十到四十岁这段时间里做出第一项发明和创造的。所以，有"英雄出少年"的时谚。如果说，自然界是"春宵一刻值千金，花有清香月有阴"；那么，人生的春天无疑就更宝贵、更美丽了。就一个人来说，青春时期拥有巨大的发展优势。古人说的"后生可畏"，"丈夫未可轻年少"，道理正在于此。

当然，在看到这种特殊优势的同时，青年人也应该意识到自身所面临的挑战。青年时期正值学龄阶段的后半期，是奠定知识鸿基的关键时刻，又处在工作阶段的开端，因而亟须掌握实际本领，取得独立工作能力。外国有一句谚语："一个人成年时收获着青少年阶段播下的种子。"含义与"种瓜得瓜，种豆得豆"大体接近。就这个意义来说，青年时代既是播种时期，也是收获时期。记得有一位无产阶级革命家语重心长地对一些青年人说过："假使你们珍惜自己的优势，那么可以肯定地说，你们会超过我们。但是，如果你们把自己的优势浪费了，不管时代怎么前进，历史怎么发展，你们和退出历史舞台的老一辈相比，可能还是望尘莫及。"

其实，世间任何优势都是相对的。作为一种生命现象，青春的优势也是一样。青年人固然比中老年人拥有更多的生命时间，但并不等于同时拥有经验、知识、智慧，以及修养、能力等方面的优势。要在这些方面同样具有优势，就须抓紧学习，刻苦磨炼，认真打好基础。而且，"流光容易把人抛"，生物性的优势时刻都在转化。当青少年步入中老年之后，年龄优势就将随之而递减与消失，这是自然规律所决定的。

但可惜的是，许多人在青春年少时并不知惜取韶光，直到年华老大，百事无成时，才痛悔前尘，但为时已晚。清代诗人孙啸壑写过一首哲理性很强的七言绝句：

有灯相对好吟诗，准拟今宵睡更迟。

不道兴长油已没，从今打点未干时！

告诫人们不要等到"油尽灯残"之时才思有所进取，凡事应该早作安排，"莫到无时想有时"。诗人以哲学的眼光，生动的形象，揭示了人生的真谛，内涵丰富，寄慨遥深。

"从今打点未干时"，寄寓着过来人的沉痛反思与顿悟。世间许多宝贵的东西，拥有它的人常常并不知道珍惜，甚至忽视它的存在；只有失去了它的时候，才真正认识到它的可贵，懂得它的价值。如同百万富翁体味不到"阮囊羞涩"的困境一样，青少年中很多人不能充分理解中老年人惜时如金、奋力拼搏的心情。

十多年前，有人写过一篇题为《减去十岁》的小说，说某单位传开一个喜讯：听说上边要发一个文件，把大家的年龄都减去十岁。于是，人们奔走相告，各打各的美妙算盘，结果当然是一场荒诞的梦幻。其实，与其当绿鬓消磨、老之将至时，寄希望于减去十年（争取年轻十年）的虚幻意识，何如提前十年、二十年、三十年刻苦拼搏、奋力进取呢！

受这些奇思妙想的启发，我倒觉得，每个人不妨假定自己倏忽间长了十岁，像那个梦境中的"老头三年生"那样，在意念中增设一种内驱力，从而"浃背汗流，悚然警觉"，而今而后，再不做轻抛虚掷大好韶光的蠢事了。

# 问世间，情是何物

一

　　"问世间，情是何物？直教生死相许。"元好问的这两句词，我是在读高中时记下的。前些天，忽然见到有的文章说是台湾作家琼瑶之作，不禁大吃一惊。细想想，又觉得怪也不怪，十多年前，不是有个文艺出版社编选了《琼瑶的诗》，竟然把"蒹葭苍苍"和《红楼梦》中林黛玉的《问菊》诗都列在了这位当代女作家的名下吗？说来真叫人脸红，还是到此打住。

　　记得那天教语文的石先生给我们讲的课文是汉乐府《孔雀东南飞》。当谈到诗中主人公刘兰芝和焦仲卿为反抗封建礼教的压制，分别"举身赴清池"与"自挂东南枝"，以死殉情时，他在黑板上写下了这两句词。说，金代文学家元好问写过两首有关殉情的词，课后同学们可以找来看看。至于这两句，他并没有多加阐释，可是，却给我们这班初涉世事的年轻人留下了一道终生都在叩问、求索的课题。是呀，情是何物？竟有如此巨大的震撼力量！

　　那天，石先生还说，堪与这首被明人称之为"长诗之圣"的经典作品比美的，在西方还有伟大剧作家莎士比亚的《罗密欧与朱丽叶》。那时的中学生与今天的不同，眼界十分闭塞，读书范围很窄，多数人还是第一次听到这部作品的名字。先生便略为详细地讲述了剧情，讲了年轻、勇敢、纯洁、善良的一对恋人终因两个家族的世仇而双双赴死的人间悲剧。最后，以嘶哑的声音朗诵着罗密欧自杀前的那段话："你无情的泥土，吞噬了世上最可爱的人儿，我要擘开你的馋吻，索性让你再吃一个饱！"

先生年轻时当过副刊编辑，文学修养很深，三四十年代在沈阳的《盛京时报》、大连的《泰东日报》上发表过许多作品。教我们课时已经年过半百，但是，仍然豪情似火，充满了诗人气质。平素感情容易激动，有时一件细微的物事，也会激起他奋袖低昂，情见乎辞，脸上经常浮现着红艳艳的华彩。据校医说，这和他患有严重的肺结核也有直接关系。这天，他又是带着两颊潮红，像是醉酒一般，讲了一大篇，然后匆匆地离开了教室。

几天后，先生便因咯血住进了医院。我是班上的语文课代表，受班上同学委托，到病房去慰问他。这天，他精神很好，在询问过课程的情况之后，又从《孔雀东南飞》谈起了"情死"这个话题。说，过去在编辑部，听一位南方籍的同事讲过，西南少数民族地区也有一部类似《孔雀东南飞》的长诗，名字记不得了。据说，这个少数民族历史上殉情的事十分盛行。

此后不久，反右就开始了，石先生被错划为右派。批斗中，由于大量咯血，终致惨死在会场上。当时一条突出的罪名，就是他曾经在课堂上大肆宣扬爱恋和殉情等"极不健康"的内容，严重地毒害了青少年稚嫩的心灵。可是，我们这些学生却私下里议论，课讲得最棒的是石先生。别的老师克勤克谨，照本宣科，尽管也是严肃认真，但只是一般地授业、解惑；而石先生则能够以其汪洋恣肆的才情和富于魅力的讲演给学生以感染。他交给学生的是一把开启心灵的钥匙、一大堆颇富情趣的问号和渊深渺远的联想。

二

四十年倏忽飘逝，石先生的面影早已变得模糊不清了。可是，那堂颇有特色的语文课，至今我还记忆犹新。遗憾的是，先生谈到的那部少数民族的杰作却始终没有见到，后来读大学中文系，曾经向业师请教，也没有弄出个究竟。我曾经怀疑是否先生记错了。又过了许多年，大约是九十年代初吧，我在省图书馆偶然翻检到一部《纳西族文学史》，从中发现原来纳西族有一部名为《鲁般鲁饶》的东巴叙事长诗。从文学史中叙述的内容、情节看，完全符合石先生所说的，但只有片断的引文，全诗却无从看到。

今年秋天，参加中国作家协会的采风活动，来到了云南丽江，这里正是纳西族聚居的地区。放下了行囊，我还来不及洗去脸上的征尘，便连续跑了两家书店去寻觅那部长诗。谁知，营业员竟连《鲁般鲁饶》的书名都没有听说过。我只好拜托当地一位熟悉的文友代为物色，结果仍是落了空。

第三天，参观丽江七大喇嘛寺之一的玉峰寺，听说上院有一株树龄近五百年，每年春天开花两三万朵的古山茶树，被誉为"云岭第一枝"，有人为诗以赞："树头万朵齐吞火，残雪烧红半个天。"刚刚踏进了院门，突然，一位文友告诉我，山下一个书摊上有《鲁般鲁饶》这本书。听了，我便不顾一切地跑到山下，唯恐迟到一步被他人买走。万朵山茶就这样失之交臂了。不料，赶过去一看，并非原书，不过是收在东巴文化论集中的一篇论述《鲁般鲁饶》的文章。我也还是兴冲冲地掏钱把它买下。——纵使没有见到卧龙先生，能够遇见他的老弟诸葛均，也算"慰情聊胜于无"，刘玄德不是照样步上草堂施礼，再三殷勤致意吗！

那些天，为着寻找这部《鲁般鲁饶》，真个是魂萦梦绕，茶饭无心。天天想的，日日盼的，梦里见的，嘴里念的，无非《鲁般鲁饶》。这个"劳什子"实在是害人好苦。

一天早上散步，我在丽江旅行社的橱窗前偶然停步，不经意地往里瞄了一眼，忽然发现书架上摆着一本《东巴经典选译》。我想，作为一部代表作，这部经典性的长诗肯定是要录入的。当时还没有开门，我便转到后面，找到一位值宿的老汉请求帮助，老人告诉我必须等到八点半上班时才能开橱销售。看了看表，刚刚六点一刻，我便四下里闲逛，一直挨到开门才算把书买到。翻检一过，《鲁般鲁饶》赫然印在里面。真是：踏破铁鞋无觅处，得来全不费工夫！当时的兴奋劲儿实在难以形容。尽管已经过了饭时，饿了半天肚子，心中仍然感到无边的快慰。

原来，"鲁般鲁饶"是"牧奴迁徙下山"的意思。"鲁"字意译为牧奴，"般"是迁徙，"饶"是从高山上下来。它是纳西族东巴祭司用原始象形文字写下的古代书面文学，主要描述奴隶制度下牧奴的爱情悲剧。故事的梗概是：在很古的时候，一群纳西族的青年男女牧奴在高山牧场里放牧，他们搭起帐篷，吹笛子，弹口弦，相亲相爱，过着自由自在的生活。住在平坝上的牧主不能容忍这种自由的心性和举动，勒令他们迁徙下山。但牧奴们向往的是自由婚恋，为了摆脱拘束，拒不从命。一次又一次地催促，一次又一次地遭到拒绝。牧主怕他们逃跑远游，就在山下修了几道石门加以拦阻。青年牧奴们推倒石门，逃逸而去。前路被金沙江隔断，洪水滔天，他们便造船、溜索，战胜了重重困难，聚集在新的牧地。

这时，牧女开美久命金发现情人祖布羽勒排不见了，不知道他已在半路上被父母拦截回去，便请托善飞的黑乌鸦捎带口信到祖布羽勒排家里去问讯，结果遭到其父母的一番咒骂。可怜的开美久命金在绝望中踏上归程，来到什罗山的大桑树下，用一条牛毛编结的绳索结束了年轻的生命，口里还叨念着要去那雪山上的"十二欢乐坡"，会见爱神游主阿祖。七天七夜后，因为寻找丢失的牦牛来到什罗山的祖布羽勒排发现恋人已经吊死在树下，悲痛欲绝，便将她的尸首从树枝上卸下，投入到熊熊烈火之中，同时自己也葬身火海。生时没有得到幸福结合的自由，死后共同奔向理想的"山国乐园"。他们相信，那里是个风景绝佳、没有尘世污浊的净洁之地，在那里，处处是鲜花，冰雪酿美酒，白鹿当坐骑，没有嫉妒和干扰，情侣自由爱恋，永远年轻。

纳西族中还流传着一个"情死树"的故事。说是在刺是坪坝上，长着一株亭亭如伞盖的硕大无朋的古树，树身伛偻着，枝杈像虬龙，笼罩的阴凉有几十平方米。传说，当年开美久命金就是在这棵树上吊死的。从此，远近村寨的青年男女，每当遇到自由选择的婚姻受阻时，就跑到这棵树下来结束生命，每年至少有几十对。有人夜间从附近经过，发现树下点燃着熊熊篝火，周围几圈人围着它跳阿蒙达舞。远近传闻：这棵树聚结了情死者的精魂。

# 三

据纳西族的学者考证，丽江纳西族是西北河湟地区古羌人的后裔，他们的身上世世代代流淌着这个古老游牧民族奔腾、炽热的血液。高耸的雪山，幽深的峡谷，急折陡转的金沙江，浩渺苍茫的连天牧野，造就了这个民族刚烈、奔放，渴望自由，视死如归的性格。这里，长期保留着母系氏族社会的古老婚姻习俗，男女结合极为自由，没有任何附加条件，唯一需要的就是两人之间的真挚爱情。这种自由自在、了无拘禁的性爱观念，已经成为一种稳定的社会心理结构，深深地积淀在纳西族的传统文化之中。后来在汉族文化的强力冲击下，他们在充分享用社会文明成果，推动生产力进步的同时，一些人特别是老一代人，在观念上也不可避免地接受了儒家封建礼教、包办婚姻的毒害。可是，男女青年们骨子里却依旧按照本民族传统的情感方式去理解和追求他们的爱情。这样，两种文化的剧烈冲突出现了，殉情悲剧也随之而愈演愈烈。丽江，因此而获得一个"殉情之都"的艳称。

世世代代，为了实现美丽神圣的爱情自由，无数恋人相约到丽江城外的玉龙雪山去赴死，寻找那传说中的"十二欢乐坡"。而《鲁般鲁饶》中的开美久命金则开其先河。当然，有理由说，这只是一种传说。可是，在没有史书记载的地方，作为早期历史的折射，神话传说确有其不可忽视的认识作用。人们可以从神话传说中窥见已经失载的人类早期社会的影子。事实上，在一些特定情况下，幻想世界有时比哲人的记述还更为精辟。因为并非所有的生活都能被语言所阐释。那些疑幻疑真的神游情思，常会在如梦如烟的网络中显现出某些真实的影像。

一位美籍学者指出，在这里，"神话事件构成了原型情境，所颂扬的神话主人公的经历是类似情境中活着的人们再体验。这样，活着的人又成为神话主角。"那些年纪轻轻的人愿意在生命的花季里潇洒地离开人世，以为这样，青春与幸福就会永远地伴随着一对对情侣。按照纳西人的信仰观念，情死者深信，殉情并非生命简单的结束，而是从此进入了一个美妙无比的胜境。

他们在那里啜饮露珠，在云彩中漫游，与自己的情侣永世恩爱。在他们看来，情死绝非对于生命的轻抛虚掷，而是一番求真求美的生命实验。因此，出发前，男女青年总要梳洗打扮，穿上平时最喜欢的衣裳，好像要做新郎新娘一样。

听当地的朋友讲，现在这种"情死"的现象很少了，一是包办婚姻不合潮流，为人们所抛弃；二是纵使遇到这种情况，当事者抗争不成，也会一走了之，出现了"跑婚"现象：两人一起跑到很远的地方，去过自己向往的自由生活；或者一方跑到对方家里偷偷藏匿起来，待到生米做成熟饭之后，再托人到家里说亲。数百年来，无数青年男女无法逾越的天堑，在当代恋人的脚下，一步就跨越过去了。

往者已矣。古老、神秘的"情死"本身，原是一种爱情遭受摧残后的感情变形，终竟属于过去制度下的一道风景。但它所蕴含的那种渴望爱情自由，誓不与陈规旧制妥协，宁为玉碎不为瓦全的抗争精神，却是具有深刻的认识价值和美学意蕴的。

## 四

文友们说，要想深入探究"情死"这个蕴含丰富的话题，了解一番"十二欢乐坡"的奥秘，就必须去造访玉龙雪山。这个冰清玉洁的所在，恰是纳西人心灵世界的写照。在这里，不仅残存着玄奇、幽渺的原始风韵，而且，每天都在生发着新的神话，每造访一次都会有新的发现、新的感悟。

我以为，关于雪山的话题，当地文友讲得非常到位。玉龙雪山无疑是最佳的一处旅游景点。那透着寒凉、闪着幽光的银雕玉砌的万代冰峰，仿佛要刺破苍天，遗世独立。晴雨晦明，风晨月夕，雪山景观总在交替变幻着，呈现出多姿多彩的画面。山间分布着北半球最南端的现代冰川和雪海，被专家誉为"我国天然冰川博物馆"。主峰扇子陡海拔五千六百米，是世界上攀登难度最大的险峰之一，至今仍为处女峰。雪山的观赏效果，当然是必须肯定的。可是，文友们并没有停留在这个浅近的层面上，而是突出强调其认识价值。

长期以来，玉龙雪山被纳西族人民赋予了许多瑰奇、神秘的色彩。只要你凝眸一望，就会铸定终生相许的情怀；只要你面对雪山有过一段深沉的思考，你的心灵就会从此被它牢牢地占据。由于举目可见，你会觉得它就在身旁，离得很近；可是，当你想到罩在它头上的魔魇的光环，神话的空灵，传说的奇诡，又仿佛面对一个扑朔迷离的梦境，只能在想象中认知，而无从确实地把握。你会觉得，对于它的阐述，充其量是在表述环境，烘托氛围，若要潜入它的内界探索更深的奥妙，还须解开许许多多的谜团。

比如，纳西人为什么会把自己的理想之国建立在这个冰雪世界之中？是一些什么因素使它获得了灵山圣境的光环？一对对相爱的人们，为了爱情宁愿将生命抛向这晶莹的世界，这么巨大的魅力从何而来？面对这座图腾式的庞然大物，这个古老而充满活力的族群，感到的是轻松抑或沉重呢？作为一个民族的象征，一种古老文化的载体，玉龙雪山不仅象征着神圣与豪纵，而且也映衬着悲凉和苦难。这种神圣、豪纵、悲凉、苦难，体现出纳西族的哲学思想、民族心理、生命情调、价值取向以及自然观、情爱观，需要我们进行全方位的探索。

秋初的一个响晴天，我们驱车向雪山进发。出了丽江城，驶过一片铺满沙砾的白沙坝子，便有一条水清见底的溪流从雪山深涧中涌出。车子停了下来，陪同的友人指着向左前方岔开的一条狭窄的山路，说，顺着这条小路走过去，穿过那一大片原始森林，就到了雪山脚下的云杉坪。这是一个神秘的所在，据说，《鲁般鲁饶》中描绘的"欢乐山国"——十二欢乐坡就在那里。我想，纳西族那些痴迷倾倒的世世代代的殉情者，走的该都是这条路吧。山路弯弯，望眼迢遥，若隐若现，伸入了莽莽的丛林。应该说，人们所见的只是一条世俗之路，而殉情者真正踏上的不归之路却是无形的，那是一条除了自己、其他人谁也看不见的心灵之路。

在穿过云杉林时，我忽然产生了一种错觉，仿佛置身于一座庄严肃穆的大教堂。一棵棵光滑笔直、高耸天际的林杉宛如支撑堂奥的排排支柱，而透过林梢倾洒下来的光束，不就是从哥特式的窗子照射进来的吗？走着走着，一阵山风乍起，高高的林梢间掀起一场骚动，原先还在喁喁低诉的丛林一下子腾起了滚滚涛声，几只鸦巢像洪波中的扁舟似地摇晃起来，群鸦"鸹一鸹"

地惊叫着，听来有些像晚祷的钟声。又走了一段，犹如武陵人闯进了桃花源，眼前豁然开朗，一片茫茫无际的巨大草坪刷地摊开。山风掠过，缀满了杂花野卉的绿茸茸的草海，翻腾着五彩浪花，一直荡漾到雪山脚下。

云杉坪又名锦绣谷，海拔三千二百多米。按照通常想法，在这片人迹罕至的草场面前，总会感到一种轻松与宁静，生发出心旷神怡的快感。可是，我从踏上这块草地伊始，便经历着心灵之海的浪激潮涌，感受着感情的风雨的飒飒、萧萧。我觉得，这里的一花一草一木一石都具有鲜活的生命，都潜伏着一个个情死者的柔弱的凄婉的幽魂。不要说在草坪上狼奔豕突，肆意践踏，哪怕是采撷一株青草、一朵野花，也不忍心，也下不得手。或许是关于云杉坪就是"情死坡"的观念太浓烈了，我以为，在这里一切喋喋浮言都是多余的。它需要用心灵去感受，去体悟，而不是用嘴巴，用眼睛。

## 五

是的，草木花鸟都是有知觉的。这在中外古今的传说中可说是连篇累牍。晋人干宝《搜神记》卷十二中记载，战国时有个韩凭，为宋康王的舍人。妻子何氏饶有姿色，康王夺之，而把韩凭囚禁起来。二人相约坚守爱情，以死抗暴。韩凭自杀，妻子也投台而死。他们遗言，希望能葬在一起。康王忌恨，偏把他们分开埋葬。两坟相望，不久，各长出一棵大树，根须环抱，枝叶交织。人称之为连理枝。"在天愿为比翼鸟，在地愿为连理枝。"历代诗人为之谱写出无数凄婉动人的华章，就中，元好问的两首词可说是千秋绝唱。

金泰和五年，年仅十六岁的元好问从故里秀容到并州去赴试，途中听一位捕雁的人讲述："今天我捕获一只大雁，把它杀了。没想到，侥幸脱网的另一只雁竟然宛转悲鸣，哀哀不肯离去，而后自投于地，惨然死去。"词人深受感动，便掏钱买下了这两只死雁，葬于汾水之旁，累石作记，号为"雁丘"。他即兴写了一首《雁丘词》，后来作了润色，调寄《摸鱼儿》。

全词紧紧扣住一个"情"字。上片以拟人化手法，为雁作传，赞叹雁为情死的"痴"操。开头两句就是前面引过的"问世间，情是何物？直教生死相许。"以问领起，笔势凌厉，震撼人心。表面上是在提问，实际上申明了作者这样的见解：必要时献出宝贵的生命，才称得上真正有情。在这里，词人寄托了无尽的哀思，也表达了深深的赞誉。接着是："天南地北双飞客，老翅几回寒暑。欢乐处，离别苦，就中更有痴儿女。"先说空间，无分东西南北；后说时间，无分春夏秋冬，大雁总是双宿双飞，形影不离。既有为情而欢，也有为情而苦，而且和人间的痴情儿女一样，更有为情而死的。"君应有语：渺万里层云，千山暮雪，只影为谁去！"意思是：殉情的孤雁如果能够说话，它会这般哭诉：层云漠漠，暮雪茫茫，叫我这单身孤影去追踪谁人，投向何方？言下之意，除了殉死一途，别无选择。凄怆之辞，催人泪下。下片由雁及人，直抒胸臆，写下了词人的深沉感慨。最后说，这对殉情的大雁绝不会像寻常的莺莺燕燕那样与时间俱逝。"千秋万古，为留待骚人，狂歌痛饮，来访雁丘处。"予以深重的期许，崇高的评价。

　　无独有偶，也是在泰和年间，元好问听说，河北大名府一对民家儿女，"以私情不如意"双双赴水。人们跟着巡查，没有见到踪影。后来，挖藕的人发现水里有两具尸体，经过验证，正是这两个青年。这一年，池中荷花盛开，全都是并蒂的。于是，他又填写了《迈陂塘》这首词：

　　　　问莲根、有丝多少，莲心知为谁苦。双花脉脉娇相向，只是旧家儿女。天已许，甚不教、白头生死鸳鸯浦？夕阳无语。算谢客烟中，湘妃江上，未是断肠处。香奁梦，好在灵芝玉露。中间俯仰千古。海枯石烂情缘在，幽恨不埋黄土。相思树，流年度，无端又被西风误。兰舟少住。怕载酒重来，红衣半落，狼藉卧风雨。

　　一开头，作者就抒发了无限的感慨。以莲丝缕缕象征这对恋人的缠绵无尽的情思，以莲心苦涩表现他们的悲惨遭遇。"双花脉脉娇相向"，刻画出这对殉情精魂的深沉爱恋尽在凝眸不语、含情睇视之中。紧跟上就愤愤地逼问一句：既然坚贞不渝的爱情可以感动上苍（死后化生出满池的并蒂荷花说明了这一点），那为什么就不能在人世上白头偕老，非要在付出生命的代价之后才能获得相爱的自由呢？"夕阳无语"——作答的只是斜阳一抹，死一般的静默。看来，即使是人神相恋而不得通其情的江妃，追寻舜帝英灵而失声长泣的湘水女神，比起这一对殉情的痴儿女，都算不上怎样的断肠了。好在这种坚贞之情当会像灵芝玉露一般，俯仰千古，永世长新。纵使海枯石烂，情缘也在，黄土又岂能埋没得了这巨恨幽怀！然而，自然界毕竟布满了风霜雨雪，当西风掠地，大野寒凝，连高大的相思树都要落叶飘零，更不要说这弱质纤柔的荷花了。因此，还是暂驻兰舟，多多看上几眼这并蒂莲吧，只怕下次载酒重来，已经是残红委地、风雨凄凄了。

两首词都寄寓了作者对世间美好事物（包括坚贞爱情）的由衷赞颂和对殉情儿女的深沉的悼惜之情。可是，我仍然觉得似乎还没有说清楚究竟"情是何物"——这个"斯芬克斯之谜"似的问题。看来，还是泰戈尔说得巧妙："爱情是个无穷无尽的奥秘，就连它自己也说不明白。"

# 从 容 品 味

辞典上说，从容，是一种举动，一种举止状态、行为方式。其实，也是一种境界，一种心态，在很大程度上反映着一个人的境遇、情致和襟怀、修养。处于紧张、波动、喧嚣、浮躁的现代生活漩涡中的人们，很不容易做到悠闲舒缓，沉静安详，静观默察，细心玩味，也很少有这样的机会。

近日，在北京饭店参加国际红楼梦学术研讨会，友人邀我到对面一家老店去吃羊肉泡馍。不经意间获得了一次从容品味的机会。

原来，为了能饱吸汤汁，甘软适口，那特制的白面馍馍要食客自己一点一点地掰开，以细碎、匀整为佳，这就要耗上一段时间。我们便卸却尘樊，脱略形骸，以悠闲的心态，从容操作，款诉衷肠，从七情、八苦说到多彩人生，昵昵尔汝语，娓娓话桑麻。尽管并没有跳出"三界"，远离人海，但因心境宁贴，生发一种重返自然、回归乡园的感觉，也就达到陶渊明所说的"心远地自偏"了。

我们一边说着话，一面把视线扫向窗外车如流水、人似潮奔的都市风景线，类似江浙人说的"看野眼"。发现在交叉路口的红灯下面，不同走向的人群的心理状态表现出明显的差异；而同一去向的行人，神态也各式各样，有的舒徐，有的急迫，有的躁动不宁，有的沉静娴雅，你可以尽情地从中猜测他们的身份、阅历、文化水准，甚至想象背后隐藏着的情节、故事。

过去，每天都和街上的人流打交道，却从来没有仔细地观察过哪一个面孔，感知的只是一片模糊，一色朦胧，一条由车尘轮迹、衣香鬓影织成的前不见头、后不见尾的流水线。此刻才注意到，原来这里竟是时装的荟萃，发型的博览，妙曼的或臃肿的身段的大汇展。单是这一点，也尽可以供人们从容品味了。

我们就这样聊着天，观着景，欣赏着，品鉴着，直到一大碗泡馍煮好了，端上来，再优哉游哉地填进肚子。人生有味是清欢。羊肉泡馍是甘美的，那种悠闲的心态，散漫的清谈，无拘无束的身心的放松，同样是甘美的，令人历久难忘。

在北京、开封、南京、洛阳这些古都作客，我喜欢晨兴闲步，沿着幽深静谧的胡同踽踽独行。那里滤除了嚣尘，充溢着宁馨，残留着经过历史风雨汰洗的斑驳的色彩，是一幅幅萧疏淡雅的风情画。那一条条迂回折曲，仿佛没有尽头的古城路，到处都昭示着岁月的悠长，世事的沧桑。似乎每一条窄巷里都沉淀着感人的故事，荡逸着凄清的韵味，展现着古城的意蕴与魅力。

在这些现代的"乌衣巷"里，每户人家都有各自的沉浮录、兴衰史。通过从容品味，可以在软尘十丈中独得一份清新，在震耳聒噪中保持几分恬淡。这本身就是一种惬意的享受。

无分古代现代，人们都是喜欢游览的。所不同者，古人心境悠闲，无论是孔子的游学、论政，柳宗元、苏东坡的登山临水，还是徐霞客的地理考察，都是悠然自得的。为事功也罢，为学术也罢，为饱享山水之乐也罢，反正都是宁心静虑，沉潜其中，必有所得。

相比之下，现代人们外出旅游就总是显得过于匆忙，过于迫促，为旅游而旅游，似乎只要看完所有的景点，跑遍全城的胜迹，就算达到了目的，完成了任务。不肯按迹寻踪，叩问一个究竟，更谈不到沉潜涵泳，宛转低回，从中捕捉一些灵感，实现某些妙悟了。只是习惯于遇到一个景观，就按动快门，"咔嚓咔嚓"，再遇到一个景观，还是按动快门，"咔嚓咔嚓"，于是大功告成，带回一大沓照片就算了事。

特别是现今交通发达，出游方便，到处都以汽车、游艇代步，纵然不像孙悟空那样，翻一个筋斗云就越过十万八千里，也总是云烟缥缈，过眼匆匆，来不及细细赏玩，从容品味。实在有负于那些名园胜地，美景奇观。

人们常常揶揄《儒林外史》中的马二先生，嗤笑他不懂得从容品鉴西湖的烟柳画桥、情山媚水，"三秋桂子，十里荷花"，只是匆匆地过雷峰塔，进净慈寺，穿六桥，上吴山，看红男绿女，吃美味佳肴。说句不太客气的话，我们自己有时就恰恰当了一回现代的"马二先生"。

自然风物、人文景观是不同于一般商品的。商品的特点是消耗，是占有，价值在于实用，买到手了就算了事；而自然、人文景观的价值在于欣赏，可以久存、共享，耐人反复寻味，只是"咔嚓咔嚓"，浮光掠影，是无济于事的。游览的妙处在于得趣、尽兴，在于随缘随机发现物我之间的妙谛，在于暂避尘嚣、纷扰，从"空山无人，水流花开"的境界中作缥缈烟霞之想。

日本学者鹤见佑辅说过，旅游是解放，是求自由的人间性的奔腾；是把拘谨的世故中秘藏胸底的浪漫情怀尽情发露开来。因此，善游者往往不去那种名扬九州、人海沸腾的景点，而要寻觅一个很幽静、有情趣、耐玩索的去处，像袁中郎说的，"逍遥林莽，敧枕岩壑"，意在荡涤胸襟，品玩逸趣。

人们来去匆匆，常常是为了奔赴一个又一个遥远的目标。不能设想，一个人在生活中没有目标、理想、追求，因为人生的道路原本是由目标铺成的。但这并不等于说，过程可有可无，无关紧要。德国著名文学家莱辛甚至说："我重视寻求真理的过程，甚于重视真理本身。"爱因斯坦把这句话作为终身的座右铭，从中汲取美感，寻求慰藉。

人们都有这样的体会：钓鱼的乐趣并不体现于最后的吃鱼，它是在持续的等待、观察、期望、追求中获得心理上的充实、满足，体验情致上的悠闲、恬适。如果放弃了从容品味，过程自然枯燥不堪，目的也就化为乌有了。

一次，我在旧金山观光，游览了闻名于世的九曲花街。这是一条从小山岗以四十度坡向下倾斜的街道。市政厅要求，街道两旁住户遍植鲜花，花圃可以伸入街心，但必须犬牙交错。这样，当汽车向下行驶时，就要弯弯拐拐，作锯齿状下旋，既缓解了坡度，又增加了情趣。可惜我们坐在车上，个个提心吊胆，冷汗涔涔，根本无心赏玩两旁的鲜花丽景。唯恐司机稍有疏忽，或者汽车出现故障，造成人仰车翻。所以，虽然置身花团锦簇之中，却什么也无心赏玩。直到汽车走到尽头，停在平地之上，人们才放下惴惴不宁的心，回头细看那壁立的花街，久久不肯离去。

我想，这和七色人生有些相似：年轻力壮之时，因为要匆匆赶赴征程，身旁纵有千般旖旎，万种奇观，也不能从容玩赏。及至走下工作岗位，有了闲暇余裕，那似锦年华，如花盛景，却已逝者如斯，成了明日黄花，统统付与了淡淡的追怀。

从中我也悟出，要从容品味，必须具有悠闲的心境。而这种悠闲、从容的心境，常常产生于经过文学熏陶、哲学感悟的文化气质。悠闲，既标志着心灵的平静与解脱，也显示出一个人的生存状态与心理倾向的细腻、复杂与深沉。就一定意义来说，文化艺术本质上又是悠闲的产物。悠闲的背后，有内涵，有背景，有文化积淀，否则，单是悠闲自身是留不下东西的。在中国，它以强大的内在吸附力，在琴棋书画、花鸟虫鱼以及武功、戏曲、音乐、饮食等各种传统文化中沉淀下来。

至今，我们打太极拳，还讲求圆融、轻灵、舒缓、柔婉之中寓托着凝重，体现中国文化的尚和贵柔与从容、悠闲的心态。煎中药，讲究文火、武火兼用，而以文火为主。因为只有慢火细煎，才能充分地汲取药力。

闽粤一带喜欢喝功夫茶，顾名思义，需要破出功夫来慢慢地品啜。二三知己对坐，端起又浅又小的茶杯，一小口一小口地细细地品味茶茗，自如自在地神聊海侃。最有代表性的要算听京剧啦，唱腔缠绵回荡，节奏婉转悠扬，那类"西皮流水"的慢节拍常令许多人闭目晃头，沉酣坐忘。这一切，都凭借着悠然自得的心境，体现了一种审美文化、精神涵养和人生境界。

本来，广撷博览，从容品味，是人类应当充分享用的一份"特权"。自从开始直立行走，人类就拓宽了视野，调整了视角，既能俯瞰大地，统察品类之盛，又可流眄天穹，仰观宇宙之大。这是其他生物所不具备的。而且，这种"万物之灵"的每双眼睛都面对着两个世界，即围绕着视觉而构筑起来的知觉体系，属于现象世界；和围绕着记忆而凝结起来的经验体系，属于本体世界。一为感觉，一为想象；一为设景，一为达情。双方面结合起来，才有创造，才有艺术，才有诗文。

　　这里，怕的是反应迟钝，感情粗糙，来不得半点浮躁，半点遑遽，半点造作。需要的是沉潜涵泳，全身心地浸淫其间，使主体与客体，眼前光景和心中的经验与回忆，交织成一种形象，或者一种感悟。

　　天涯遍地皆芳草，何处楼台无月明。美是到处都有的。对于我们的眼睛，不是缺少美，而是缺少发现。关键是培养一个易感的心境和悠闲的心态，多一些从容，少一些恓惶；多一些安详，少一些喧嚣；多一些沉思，少一些浮躁。

# 张 公 子 的 叹 恨

《聊斋志异·鸽异》中讲了一个令人哭笑不得，却又发人深思的故事：山东的邹平有个张公子，癖好养鸽，搜得许多世间难觅的珍稀鸽种，精心培育，爱惜备至，即使是至亲好友前来索求，也不肯轻易送给。

一日，贵官某公见到了张公子，问他"畜鸽几许"，公子以为这位父亲的老朋友也有同样的爱好，想要送上两只，实在又舍不得。思来想去，觉得"长者之求，不可重拂"，最后还是忍痛割爱，精选了两只上等的良种鸽送过去，自以为千金之赠亦未过此也。

公子觉得给长者办了一件很了不起的大事，可是，几天过后，当他再次见到这位贵官时，却没听见说上一句道谢的话，心里有点纳闷。最后，实在忍不住了，便主动问询："前两天给您送去的鸽子怎么样？"贵官淡淡地回答说："还算肥美。"公子听了，惊骇不已，急问："难道您把它们杀吃了？"贵官点了点头。公子哭丧着脸，愤然地说："这可不是平常的鸽种啊，乃俗所谓'靼鞑'者也！"贵官回想了一下，说："吃起来味道也并没有什么两样。"

吃，吃，颠来倒去都是吃！真是"削圆竹方杖，漆却断纹琴"，大煞风景。"夏虫不可以语冰"，张公子除了沮丧，还有什么可说的呢？只好"叹恨而返"。

蒲松龄老先生通过这则寓言式的讽刺小品，想要阐明的是如何识别人才、使用人才的问题。是呀，再出色的良材，如果"明珠暗投"，不遇识者，也只能"吃起来味道也并没有什么两样",无非是终古埋没,与草木同朽。可见,识才、知遇是极为重要的。

宋代诗人梅尧臣有感于许多英杰之士,大才槃槃,却没有施展机会,像那些千里马一样,徒怀绝尘之志,枉负驰骋之心,"空传八骏名","压抑头不起",最后郁郁以终,遂写了一首名为《伤骥》的古诗:

> 驽骥同一辀,迟速能几里?
> 当其被问时,举策数耳耳。
> 驰骋心独存,压抑头不起。
> 空传八骏名,未遇穆天子。

意思是很清楚的:把千里马与驽马同驾在一辆车上,是无法辨识其快慢、考察其优劣的。换句话说,要识别人才,就应该给他提供施展才智的条件,营造有利的环境,让"千里马"能够跑起来。

王安石在《材论》一文中,以类似的比喻讲了同样的道理:如果把良骥和驽马一起关在厩中,让它们一起吃料饮水,嘶鸣踢咬,那是难以辨其优劣的。唯一的办法是安排它们负重长驱。——良马拉着重车,不用再三鞭策,只要一顿缰绳,"千里至矣";而驽马拉车,即使昼夜不停地跑,弄得筋败骨伤,也是无法赶上去的。

明代抗倭名将俞大猷的千里马诗,讲得更清楚:

> 笑将龙种骋中庭,捷巧何施缓步行。
> 待看流沙遥万里,须臾踏破古丰城。

将千里马放在中庭小院里,即使它再捷巧,也只能缓步前行,而无所施其技;假如放它去万里之遥,那么,它就会很快地踏破丰城,跑遍天涯。人才也是这样,只有在合适的条件下,通过合理的使用,才能鉴别其高下。

同篇首提到的贵官某公恰相反衬,汉文帝不仅懂得千里马要当千里马用,而且知道应该把它放在足以充分施展其才能的处所。史载，有人给汉文帝奉献一匹千里马。文帝说，你们看，我出行的时候，前面有"鸾旗"开路，后面有"属车"相随，日行不过三五十里。即使我用上这匹千里马，它也没办法率先到达目的地，充分展示其奇材异秉。于是，下诏曰："朕不受献也。"

事情虽小，但寓意很深，它对于我们识才、用才是颇有启发的。

# 换 个 角 度 看 问 题

日本畅销书《怎样进行创造性思维》中记叙了这样一则故事：

一家儿童玩具店购进许多新奇玩具，很讲究地摆放在柜台里。可是，出乎意料，儿童们来到商店却全然不顾，而是去附近其他玩具店买那些大路货。店老板请来一位中小企业咨询员帮助分析原因。这位咨询员四周巡视一番，便坐在地板上把视线降低到小孩子所能看到的高度，这回发现了问题：原来，大人容易看到的地方，对于小孩子来说，却是一个死角。于是，他同店老板一面用膝盖在地板上行走、观测，一面按照小孩子的视线高度，把玩具重新摆放一遍。尔后，这家儿童玩具店的生意便空前兴隆起来。

由此可见，观察事物的角度，确是一个十分重要的课题。同是这座庐山，"横看成岭侧成峰，远近高低各不同"（苏轼诗）；一部《红楼梦》，"单是命意，就因读者的眼光而有种种：经学家看见《易》，道学家看见淫，才子看见缠绵，革命家看见排满，流言家看见宫闱秘事……"（鲁迅语）

《绣珠轩诗抄》载，晚清女诗人郭六芳写过一首《舟还长沙》的七言绝句：

侬家家住雨湖东，十二珠帘夕照红。

今日忽从江上望，始知家在画图中。

家在自己眼中，朝夕晤对，原也平淡无奇；可是，当换个角度从江上去望，却发现它宛在画图之中，融在自然的一片美的形象里。

事物本来是复杂的、多向的，因此，应该从多种角度去考察。解决问题的途径也是多种多样的，我们应该从多方面去探索。主体考察、审视思维客体时，只有从多角度、多侧面进行多向思考，才有可能获得全面、正确的认识。可是，在日常实践中，我们却经常看到，有些同志坚持直线式思维，考虑问题往往局限在一个点、一条线、一个面上，一条道跑到黑，钻牛角尖，闯死胡同，而不愿多想几种可能性，多开辟几条解决问题的途径。

比如，以前发生过的为了发展粮食生产而毁林开荒、拦海造田的失误，就同这种直线式思维有关系。有些同志坚持习惯性思维，头脑僵化，习惯于用过去的教条解释现实，在已知的旧路上徘徊。凡是过去存在过的，或曾被证实过的东西，就认为绝对正确，万无一失，而对现实中与传统相抵触的新事物，则往往不予承认。

再比如，一谈到防治害虫，人们便习惯地想到种类繁多、浓度不断加大的化学农药。实际上，这是囿于一种旧框框。如果换个角度考虑问题，就会发现治虫是可以不用农药的。有些植物本身具有毒杀作用，而且为某些害虫所爱吃；有些植物的根、茎、叶、花含有挥发油、生物碱等化学物质，害虫对它们避而远之。如果我们在农作物区选择适当的农业生态体系，利用某些植物的毒杀、忌避作用，不施农药，同样可以防治害虫。

作战有正攻、反攻和绕到敌人后面或侧面进攻的迂回战术；思维科学中也有反向思考、侧面思考、多向思考等形式。在中国古代，孙膑以减灶擒庞涓，而虞诩却以增灶破羌兵，因时因地制宜，变换战略战术，这是克敌制胜之道。思维活动也是如此，一个方向受阻了，不妨换个角度作逆向思考。《丝路花雨》中英娘反弹琵琶的舞姿，日常生活中"推推不成拉拉看"的俗话，对我们进行多种形式的思考，都有直接的启示。

早年清除灰尘，不是用现在这种根据真空负压原理制成的吸尘器，而是用吹的办法。1901 年，在伦敦一个火车站举行新式除尘器公开表演，就是用吹的办法把灰尘赶跑。可是，当把它实际应用于火车车厢除尘时，就立刻显现出了弊端，这么一吹，使扬起的烟尘呛得整个车厢的人透不过气来。当时，一位叫作赫伯布斯的人心想：吹尘不行，那么，反过来吸尘行不行呢？回家后，他就用手帕蒙住鼻子和嘴，趴在地上猛力吸气，结果，灰尘都被吸附到手帕上了。于是，带有灰尘过滤装置的负压吸尘器问世了。

运用逆向思维进行发明创造的事例，还有很多。诸如，削铅笔由动刀不动笔，转化为动笔不动刀，因此，诞生了卷笔刀；由声音引起振动，反过来把振动还原成声音，于是，发明了留声机；等等。

当人们陷入某种盲目性之后，往往像陆逊进入诸葛亮的"八阵图"一样，怎么也走不出来。反之，动动脑筋，换换角度，或者经人指点，变单向思维为多向思维，则会产生新的思路，进入新的境界。听说，巴黎有一家旅馆，住客乘电梯上下，抱怨速度太慢。老板发愁了，若是重新设计、安装，这要花一大笔钱。一位心理学家给他出了一个主意：在电梯室里装上几面镜子。老板依此行事，果然奏效——批评电梯太慢之声遂息。原来，住客走进电梯室之后，都要对镜整装、梳理一番，这样，不但不嫌速度慢，反面觉得电梯太快了。

从相反的事物有同一性、既对立又统一这个前提出发，明确思维的多向性，这是开阔思路，克服直线式、习惯性思维方式的有效途径。

# 过 度 阐 释

从网上看到文豪李敖和他的儿子李戡的一段对话：

父：你去买瓶汽水。

子：是可乐还是雪碧？

父：可乐。

子：铁罐的还是瓶装的？

父：瓶装的。

子：没糖的还是普通的？

父：普通的。

子：500cc 的还是 1000cc 的？

父：你好烦！算了，水就可以啦！

子：矿泉水还是过滤水？

父：矿泉水。

子：冰的还是不冰的？

父（生气了）：你再啰嗦，看我拿扫帚打你！

子：是拿塑胶的，还是竹子的？

父：你这个畜生！

子：像猪还是像牛？

父（气喘）：我……我会被你……你气得吐血……血啦！

子：要拿垃圾桶，还是扶你到厕所？

父：我死了算了。

子：你要土葬，还是火葬？

父：他妈的！你是存心气死老爹了……

　　原本是十分简单的事，由于一味地寻根究底，最后竟闹出了一场笑话。

　　这使我联想到冯友兰先生讲的一个趣话：假如有一天，公孙龙要出门旅行，叫弟子去牵马。弟子去了，结果空手而回，说："先生，马厩里没有马，只有白马。"公孙龙就让他把白马牵来。隔了一会儿，弟子又来汇报："白马也没了，只有瘦白马。"公孙龙非常不耐烦地说："呆子！那就牵瘦白马来。"可是，死心眼儿的弟子还是没领会，又来报告："师父，我只看见一匹瘸腿的瘦白马。"公孙龙火了，揪住弟子的耳朵，来到马厩，指着马说："就是这匹马，你要认清了！"

　　其实，这并不是弟子呆，而是公孙龙自讨尴尬，他把名词慷慨地赠予共相世界，而留给实际世界的，只剩下可怜的指示代词"这"和"那"了。偏偏遇上这个"老实巴交"的听话弟子，忠实地按照他的指示办事，最后陷入了过度阐释的窘境。

二

　　关于这种过度索解的事例，我曾实地碰上过一次：

　　一年，在辽宁电视台文艺晚会上。作为嘉宾，省内的知名人士纷纷到会，堪称是"名流荟萃，冠盖如云"，正在沈阳演出的全国著名京剧表演艺术家李胜素女士也应邀出席了。节目进行过程中，惯于出洋相、说废话的主持人，一时雅兴大发，出人意外地即兴提出一个有趣的问题，请到场观众解答：

"请各位嘉宾分析、解答：李胜素女士的名字——'胜素'二字，有什么含义？"

主持人话音一落，坐在前两排的几位名流，当即举手响应。

一位从事艺术教学的老师说："素"者，质朴、素雅之谓也，不施粉黛，明慧天成，达到了美的极致；"胜素"，就是取胜之道，在于抱朴守素。一位专门从事国学研究的学者，站起来讲：这个"素"可大有讲究。一是纯白，纯白的质地上施以彩绘，叫作"素以为绚"，这是见诸《论语》的；二是属于根本性质的事物，比如质素、元素；三是安于现在，《中庸》里说："君子素其位而行。"朱熹解释说，安于现在所居之位，为其所当为。"胜素"则表明，不能安于现状，必须积极进取。

一位年轻的女作家，以颇快的语速讲：素，可以理解为"朴素的底子"。

张爱玲说："唯美的缺点不在于它的美，而在于它的美没有底子。""我只能从描写现代人机智与装饰中去衬出人生素朴的底子。""以人生的安稳做底子来描写人生的飞扬。没有这底子，飞扬只能是浮沫。许多强有力的作品只能予人以兴奋，不能予人以启示，就是失败在不知道把握这个底子。"这"素朴的底子"就是日常生活的痕迹，就是张爱玲文字中的独特韵味。"胜素"就是崇尚这种"素朴的底子"，体现了一种生命哲学、人生的追求。

台下仍然有人举手，但主持人却做了一个停止的手势，他可能觉得分析的深度够了，便恭敬地走到李胜素女士面前，说："请您自己谈谈对名字的认识；是哪一位艺术大家给您起出这么一个高深、儒雅的名字？"

只见李女士站起身来，谦虚而娴雅地给观众们鞠个躬，说："感谢各位对我的高看。其实，我的名字没有那么多的讲究。我是河北柏乡人，在我们老家那里，女孩小名都带个'小'字。我出生之后，奶奶抱起来看看，说：'长得很素气，就叫小素子吧！'我奶奶一个大字不识，她哪里懂得那么多学问！"一番话，闹得全场哗然，接下来是热烈的掌声。而最感难堪的，倒是那几位"考据家"和"名师"。

此癖非独今日有，遥遥古步已先行。

陶渊明有一篇文章，叫《与子俨等疏》，陶俨是他的长子，下面还有四个弟弟。疏是一种文体，通常用于训诫、告谕或者说明情况。钱钟书先生引述这篇文章中的一句话："然汝等虽不同生，当思四海皆兄弟之义"，说明由于被人过度穿凿、随意阐解，结果，不仅背离了原意，而且闹出了笑话。这句话本意是说，他的几个儿子虽然不是同时出生，但要团结友爱，因为"四海之内皆兄弟"，何况是同胞骨肉呢！不料，后世的学究们却穿凿附会，猜测陶渊明有妻有妾，或者说他的妻子死后又续娶了一房，或者说他有两个孪生的儿子。这样将无做有，节外生枝，岂不可笑！

三

从上述几则事例中，引出了一个道理：凡事，应该顺应自然，不宜穿凿过度，无限吹求。在人们的心目中，过于简单的事物，或者一看就懂的事，体现不出来高深的学问；因而习惯于把本来十分简单的问题特意复杂化，于是，层层追索，步步深挖，最后竟然闹出了令人哭笑不得的趣闻。

近日，看到刊载于《新华日报》的贾梦雨的一篇文章，其中谈到了中小学考试中常见的"过度解读"问题：

"过度解读"往往意味着钻牛角尖，一些考题拼命"臆想"文章背后的微言大义，到了挖地三尺乃至歇斯底里的地步。比如说，一个考题中，作者写自己"抓耳挠腮"，题目要求学生"写出作者当时的五个心理活动"。还有一道考题开篇引述了一句诗，"花开的声音"，要求学生指出其中"常识性错误在哪里"。翻开现在的各类中小学语文试题，这样的考题层出不穷。一位学生家长说，他上小学的孩子，经常拿这些考题向自己请教，让自己很"无助"，很"无语"。其实，这些微言大义，往往带有出题者自己的局限、偏见乃至错误，不但与作者无关，更与文本无关，尤其是一些文学性表达，完全变成"分数点"后，人文意境和审美意义已被忽略了。很显然，"过度解读"割裂了文章意蕴，伤害了文化审美；牵强附会的解读，没有把学生的思想和审美引向深入，反而让学生陷入了机械化与枯燥化之中，文字与语言的美感消失了，在为难学生的同时，也让语文教学走向了歧途。

过度解读、过度索解、过度阐释，也会影响到学生的思维习惯。一次，老师给学生出题："一个人面向东，一个人面向西，他们中间至少要放几面镜子才能相互看到对方的脸？"学生听了，认真进行思考，又反复演练、测算。于是，有的学生答说：两面；有的答说，至少要四面。最后，老师亮出了答案：根本用不着镜子，一面也不需要。是呀，两个人，一人向东，一人向西，不正好是面对面吗？还用什么镜子！学生说，没想到，老师会出这么简单的题。

走笔至此，我又想起了过去的一则趣闻：1945 年，著名漫画家廖冰兄的漫画《猫国春秋》在重庆展出，郭沫若先生应邀参加首展剪彩仪式。郭沫若问廖冰兄："你的名字为什么取得这么古怪，要自称为兄呢？"版画家王琦代为解释："他有个妹妹名字叫冰，兄妹二人相依为命，所以他就取名为冰兄。"郭沫若听了哈哈大笑，说："噢，我明白了，郁达夫的妻子一定叫郁达；邵力子的父亲一定叫邵力。"引得在座宾客捧腹大笑。

其实，郁达夫也好，邵力子也好，郭沫若都是十分熟悉的，他不会不知道他们的亲情、家世。他这样说，不过是开个玩笑罢了。

凡事都有个"度"，度是一定的质所能容纳的量的活动范围的最高与最低界限。生活常识也好，生存智慧也好，无不告诉人们，在实践过程中，必须掌握适度的原则，也就是把握好分寸。辛弃疾词中"物无美恶，过则为灾"一语，有深意存焉。

# 意 足 不 求 颜 色 似

宋代诗人陈与义的五首《水墨梅》七绝，颇负盛名。其四曰：

> 含章殿下春风面，造化功成秋兔毫。
> 意足不求颜色似，前身相马九方皋。

据说，宋徽宗看到这首诗以后，击节称赏，当即会见了作者，有相识恨晚之憾。陈与义自此名播海内，并被拔擢晋用。

诗，确实写得很好。前两句为一般的铺叙，大意是说：南朝宋武帝的含章殿下，有你（梅花）美丽的笑靥，大自然孕育名花的功绩，全靠一支兔毫画笔完成。精彩之处在于三、四两句，借咏墨梅提出了一个富有哲理的思想。中国古代诗论中，有过"古诗之妙，专求意象"的说法。中国古典艺术最讲究摄取事物的神理，而遗其外貌，像九方皋相马那样，达到那种"超以象外，得其环中"的境界。"意足不求颜色似"，讲的正是这个道理。

原来这里面有个典故：据《列子·说符》记载：

> 秦穆公问伯乐说："你岁数很大了，你的后辈里有没有能够接你的班，善于相马的呀？"

伯乐说："我的后辈只能凭着形容骨相去相一般的良马；至于天下无双的千里马，看上去神奇恍惚，难以捉摸，跑起来飞蹄绝尘，不留迹印，这光凭骨相去识别就不行了。我有一个自幼一起担柴挑菜的伙伴叫九方皋的，此人相马本领不亚于我。"

这样，穆公就把九方皋请来了。按照穆公的要求，九方皋四出相马，奔波了三个月，终于在沙丘一带找到了一匹千里马。

回来禀报时，穆公问他：马是什么样的？

九方皋答说："是黄色的母马。"

但是，前去取马的人回来了，却说是一匹黑色的公马。

穆公很不高兴，责备伯乐说："你推荐的那个相马之人，简直是胡闹，竟连黄、黑毛色和公、母性别都分辨不清，怎么能鉴别马的优劣呢？"伯乐答道："这正是他的高明之处。因为他对马的观察，深入到马的神理，得其精而忘其粗，在其内而忘其外，视其所视而遗其所未见。他重视的是马的风骨、气质，而把毛色、性别等次要因素都抛开了。"

后来，经过实际检验，果然是一匹天下稀有的佳骏。

这种抓本质、看主流、摄取事物神理而遗其皮毛外貌的做法，不独对于赏花相马、论诗评画具有指导意义，以之论才取士，同样是适用的。世上并无完人。我们选拔人才也应"得其精而忘其粗，在其内而忘其外"，"不以一眚掩大德"。

我国古代学者王充在《论衡》中讲过："志有所存，顾不见泰山；思有所至，有身不暇徇也。"当一个人专心致志于某一学问或事业时，他可能连泰山也视而不见，连身边的事情也无暇顾及。

法国大画家罗丹关于艺术人才也有这样一段精彩的论述：

在著名的画家与雕塑家的传记里，满载某某前辈的天真可笑的趣闻。但是要知道，伟大的人物因不断思考自己的作品而忽略日常生活。更要知道，有许多艺术家，虽然他们颇有智慧，但表面上好像肤浅得很，只是因为他们没有口才和应答不敏捷的缘故。可是，对于那些浅薄的观察家来说，善于辞令是聪明伶俐的唯一标志。

"意足不求颜色似"，重视神理、本质，而不胶柱于牝牡骊黄，作为一个指导思想，无疑是必要、正确的。但是，人才毕竟要比"马才"复杂得多，人事工作者不应以此为借口而粗心大意，马虎从事。在这方面，我们应提倡更耐心些，更细心些，多问几个为什么，多多看上几眼。

走笔至此，想起《儒林外史》中《周学道校士拔真才》一段故事：

　　五十四岁的童生范进，考了二十余次，迄未中举。这次，提学道周进主考，将范进的答卷用心用意看了一遍，心里不怎么喜欢，想道："这样的文字，都说的是些甚么话！怪不得不进学！"便丢过一边不看了。又坐了一会，还不见一个人来交卷，心里又想道："何不把范进的卷子再看一遍？倘有一线之明，也可怜他苦志。"于是，从头至尾，又看了一遍，觉得倒是有些意思。末了又看过第三遍，看罢，不觉叹息道："这样文字，连我看一两遍也不能解，直到三遍之后，才晓得是天地间之至文，真乃一字一珠！可见世上糊涂试官，不知屈煞了多少英才！"忙取笔细细圈点，卷上加了三圈，填上了第一名。

周老先生可贵之处，在于他爱贤惜才怀有一片赤诚之心。他想的是"倘有一线之明，也可怜他苦志"。这样，才能一看再看，细致认真，终于摄取神理，得其真髓。这一点，也是我们汲取九方皋相马的经验时，所不可忽视的。

# 自　荐

一

翻阅古籍，偶然看到这样一则故事：宋代贫士胡清才冠当时，只因无人赏识，落拓山中。他不甘寂寞，借咏叹轩旁小柏写了一首述志诗：

栽傍岩隈未足看，谓言斤斧莫无端。
他时直入抡材手，不独青青保岁寒。

本来是要写自己如何才华出众，但第一句却欲扬先抑，说我像这棵"栽傍岩隈"的小柏一样，本无足观；第二句楔入主题，意谓后生可畏，不可等闲视之，采樵者（象征豪强之辈）切莫无端地加以摧折。三、四句接着讲，日后如能被"抡材手"选为栋梁之材，那就不独善保寒操，坚贞自守了，言外之意是一定能够经邦济世，大有一番作为。这首自荐诗，后来被一位文人出身的惜士怜才的浙江漕运使看到，当即加以遴选，厚礼相待，还赠予他一份官田。胡清由此得以致身富贵。

自荐，古人也叫"自举"，就是自我推荐。形式多种多样，有的对面直陈，像平原君的门客毛遂那样自告奋勇；有的通过给当政者写信，或向皇帝、大臣飞章、献表、上疏、进奏，李白写信给韩荆州，韩愈连番进书宰相，即属此类；有的呈递诗文作品，以求赏识，像白居易写了一首《赋得古原草送别》的诗，使名士顾况击节称赏。这在古代，是屡见不鲜的。

　　清代文人邓嘉缉工诗、善书、能文，但半生沦落，抑居下僚，只捞得一个"候选训导"的闲职，他借着咏平原君，抒写其郁积的情愫，这里就包含着上干王侯、自荐求售的意思：

　　　　翩翩公子有遗祠，想象风流莫一卮。
　　　　臣亦毛生思脱颖，不知可有处囊时？

　　古代有些帝王为了罗致人才，主动颁发诏书鼓励人才自荐。李世民、武则天都曾号召文武高才"诣阙自举"，"以求进用"。汉高帝《求贤诏》、汉武帝《求茂材异等诏》，除了要求地方官举荐贤才，自然也包括了贤才自荐的内容。纵观历史，一些贤达之士，对自荐、自举的做法，一般都是持同情与肯定态度的。

## 二

　　在现代人才学上，有的把这种自荐活动称为"人才的自我表现"。它以充分发挥自己的才智，献身社会为目的，以公开、主动地表现自己的抱负，借以引起当政者的赏识与注意为其行为特征。今天看来，自荐确有其显著的积极作用。为现代化建设和改革、发展的浪潮所推涌，无数立志成才的青年，怀着振兴中华、建设祖国、发展自己的责任感和自信心，不甘落后，勇于进取，渴望得到信用，接受重托。他们不隐瞒自己的感情，勇于表达个人对社会变革的基本态度，冲破传统观念的束缚，从自我举荐中获得一种动力：这里包括为实现自己诺言而奋力拼搏的献身精神，不达目的绝不罢休的坚强意志和不安于现状的强烈的进取心。因而，这种行动是积极的、有益的，在多数场合也得到了各级组织和干部、群众的支持。

当然，由于传统观念和封建意识的束缚，也有的人把它视为异端，认为自荐是显示自己，妄自尊大，是利己主义，甚至看成有个人野心，而把安于平庸、得过且过的精神状态当作美德加以提倡。面对着这种情况，作为自荐者应该进行不懈的努力，通过一定量的优势积累，来冲破种种障碍，达到脱颖而出的目的。关键在于拿出自己的真本事，让具有保守思想的人在事实面前受到教育。

德国古典哲学家费希特，年轻时拜访哲学界的泰斗康德，希望得到他的提携与支持，不料康德却没有理睬。费希特知道这是因为他年少才薄。于是，废寝忘食，发愤学习，刻苦工作，经过一个时期的努力，写出了题为《一切天启的批判》的哲学论文。他把这份文稿寄给康德，并说明这篇论文就是他的自荐信。康德看后，大加赞许，当夜写信给费希特，祝贺他的成就，并邀请他前来一道工作。这个事例说明了，当自荐活动未有达到预期效果时，不应怨天尤人，灰心气馁，而要"反求诸己"，努力争取用创造性的成果来赢得伯乐们的青睐。

## 三

客观事物是错综复杂的。在谈到自荐的积极效果的同时，我们也不应该否认，确确实实有那么一些人打着"自荐"的旗号，在那里钻营奔竞，伸手要官，直至跑官、买官。这种现象是存在的，一些人以实用主义态度来对待中央的方针政策，任何纯正的东西，到了他们手里，都会走样，变味。改革开放伊始，上级强调解放思想，放开搞活，他们就搞"上有政策下有对策"；同样，组织上提倡自荐，有些人就"理直气壮"地为自己要官，而把抵制这种歪风邪气的斥之为观念保守，思想僵化。

当然，他们"要官"时也并非赤裸裸地伸手，总还要包装一下。比如，在给上级领导写信或面谈时，一般都是首先表白一番自己"过关斩将"的劳绩；进而说明眼前的处境：官卑职小，难堪舆论的压力；最后，总要说一些"趁着年纪尚轻，身体还好，愿意更多地为改革发展出些力，担些担子"之类的话，从而扣住主题。说到这里，我倒想起了古人曹翰的一首诗。

据《宋朝事实类苑》记载：宋初名将曹翰平江南有功，后归环卫，数年未得升迁。一日，御宴赋诗，曹翰因是武人未得参与，于是，写了一首七律，自陈太宗。诗曰：

> 三十年前学六韬，英名尝得预时髦。
> 曾因国难披金甲，不为家贫卖宝刀。
> 臂健尚嫌弓力软，眼明犹识阵云高。
> 庭前昨夜秋风起，羞见盘花旧战袍。

诗写得比较含蓄，较之今日之要官者算是委婉得多了，但意旨还是十分明确的。概言之，一曰夸功，二是诉穷，三是说，发展潜力还大，还可以担任更高的官职。《宋史》中说他"多智数，好夸诞，贪冒货赂"。看来，官声并不太好，但战功卓著却是事实，因而，太宗看了诗句之后，恻然心动，"骤迁数级"。

引古可以鉴今。从曹翰这面土花斑驳、铜绿茸生的古镜里，约略地能够映出今天的一些官欲甚炽之人的路径和手法。当然，情况不同，气质有异，表达的方式也会存在差别。有的对计较职位、待遇还有些羞于启齿，未免"足欲进而趑趄，口将言而嗫嚅"；也有些人却是惊人的"坦率"，丝毫不加掩饰，甚至理直气壮地质问组织："我也没有什么错误，为什么老当副职？""某某能力平平，为什么他能提拔，我就不能？"当组织上指出"这样伸手要官不好"时，他还会振振有词地辩解说："这不是要官，而是勇于自荐。"

## 四

表面上看，要官与自荐有些相似，实际上，二者是有原则的分野的。自荐者出以公心，以尽展才能，献身社会为依归。他们为形势所鼓荡，怀着振兴中华、建设祖国、奉献一己的责任感与自信心，不甘埋没，勇于进取，渴望得到信用、接受重任；而伸手要官者萦心注目的无非是一己的升迁，满足个人的权欲，而很少考虑社会的责任。自荐，是把竞争机制引进人才选拔制度中来，是一种社会性的选择，立足于公开的、民主的、平等的竞争，像体育竞赛一样，完全建立在自己实力的基础之上。千里马在赛场上公开亮相，优胜劣汰，毫不马虎，可以避开择人者个人感情、认识、利害关系等主观因素所造成的弊端。而伸手要官者靠的是奔走权门，夤缘求进，馈遗往还，私相授受。一公一私，泾渭分明。

令人深思的是，之所以有人敢于公然要官买官，总是由于有人在那里给官、卖官。因此，要杜绝这种现象，一要端正党风、严格组织纪律；二靠改革干部人事制度。

心丝

# 夜　　话

　　这是一件平凡的小事，牵涉到三个同样平凡的小人物。只是由于它连接了四十个春秋，又像历史长河中的一朵浪花，翻动着情感的波澜，闪耀出人性的光彩，才使它无论从当事人或者读者的角度来看，都还具有传述的价值。事情要从几位散文作家到边防某部采风说起。

　　我们来到这里，半个月过去了。"人间有味是清欢"。生活在大城市，经常苦于纷繁的俗务和杂沓的应酬，剥啄的叩门声，清脆的电话响，镇日间不绝于耳；回到家里，又会淹没在饭馆的卡拉 OK、小贩的沿街叫卖、广告车的往复喧腾的噪音狂潮里。现在，它们总算被一股脑地抛掷在千里之外，称得上是"轮蹄不到红尘远，一枕烟波梦也清"了。

　　绵延无尽的一带连山，像凌空壁立的屏风一般，遮蔽了长风，也遮蔽了人们的视野，使这一原本就甚为偏僻的小镇，更显得与世隔绝了。山的阳面，是一处莽莽苍苍的林茂粮丰、水草肥美的原野，一道清澈的山溪，傍着一条新近筑成的沙石路，笔直地伸向远方，把这片绿锦缎般的茫茫碧野齐崭崭地切割成两半。左面，丛林掩映中的营房大院被一列长长的红砖墙包围起来；右边，翠苇森森，簇拥着一潭清澈的湖水，朝朝暮暮，镜子般地面对着万里晴空，没有波澜，没有污染，给人一种亲切、自然、澄净、安详的感觉。而晨兴、入夜响彻营房内外的嘹亮的号角却在明确地提示人们，这里生活着一个朝气蓬勃的战斗集体，这里的自然同样是人化的自然。

此刻，我们刚刚从湖畔游泳归来，一起聚在院里的凉亭下聊天。忽然一辆军用卡车开进院里，"嘎"的一声停了下来，一位五十岁上下的中年妇女从驾驶楼里钻出，向司机道过谢后，便径直走了过来。她那修长的身姿，文静的气质，一副透着几丝忧郁的眼神，引起了文友们的注目，大家同时都起身让座。直到这时，我才意识到这位客人是专程前来与我会面的。

三天前，我曾接到一封寄自山西朔州的快信，署名姜敬好。信写得很简单，开板就说："我总算找到了您，哎，天涯苦觅，已经很多很多年了！"她要马上启程前来，叮嘱我一定要等见上一面再离开这里。

文友们就着信的内容作了种种猜测。有的认为，她是我的一个失散了多年的亲属；而素有"关东才女"之誉的白凌则歪着小脑壳，煞有介事地说：看来，她是老兄的早年女友，旧影依依，前情未忘，所以才不惮山长水远，要来这天之涯地之角，重温宿梦，畅叙离情。不管大家怎么说，我自己却心中有数，觉得这不过是一场误会。

此时，大家已经悄然散去，凉亭里只留下我们两个人。听说我已经收读了信件，她眼睛刷地一亮，笑着解释："都怪我太匆忙，急着把信发出，就是怕拖延了日期您收不到。结果，话也没说明白，让您丈二和尚摸不着头脑。"

我心里嘀咕，莫说当时，就是现在，我也还是处于蒙昧状态。便说："从信址得知，您是晋北人，我呢，世居辽河之滨，我们过去既无一面之识，又从来没有过任何联系。恐怕是搞错了。这种误会，十五年前我经历过一次，那时我在省委机关工作。当时收到一封由天津《散文》月刊编辑部转来的信，寄信人是南方某城市的一位女教师。1937 年她的胞兄与一家人失散，四十余年杳无踪影。一天，她看到《散文》上一篇文章的作者署名，竟与其胞兄的完全相同，欣喜之余，就给编辑部写信，请求帮助与作者联系。作者是我，编辑部就把信转过来了。结果，竟是一场由同名同姓造成的误会。"

停了一下，我接上说，生活中这类巧合致误的事原是很多的，不足为怪，只是千里迢迢，历尽艰辛赶来，却扑个空，未免太亏了您。看着她那瘦削的身躯和由于连日奔波而略显疲倦的神色，我竟有些过意不去了。尽管我也知道，过错并非由我造成。

敬好一改开始时的激动，现在却异常平静，不动声色地听着，看得出她是在仔细地端详着我。这时才莞尔一笑，还是那么娴静："没有错。怎么会错呢？"像是向对方申明，又似在自言自语。说着，从提包里珍重地取出一张四寸大的黑白照片，双手递了过来。接过一看，竟是四十年前我和一位名叫颜亦尊的上司的合影，不由得"啊！"了一声："快告诉我，老颜现在哪里？"不料，这一追问竟惹得她伤心地啜泣起来。"在哪里？在哪里？我也不知道他在哪里……"以问作答，她继续呜咽着，直到白凌跑过来招呼我们吃晚饭。

小白像发现了外星人的秘密一般，惊奇诡异地观察着眼前这一男一女，心里在证实着她预先织就的那张"罗曼蒂克之网"。而我，一边走着一边也在琢磨：她是老颜的什么人呢？当然不是妻子——老颜的妻子我熟悉，姓何，矮个，年纪也比她大。可是，那种深情，那张照片……

席间，客人总算恢复了常态，几个青年文友围拢过来，开着善意、亲切、谑而不虐的玩笑，她都大方、得体地应酬着。白凌知道我晚饭后还要接受附近一家报社的记者采访，便说，"晚上，大姐住在我那里。你们都暂告休息。"背朝着客人，向我扮了一副鬼脸。

由于闷葫芦还没有揭开，我显得心事重重，晚上的"记者问"也没有答好。记者以为是疲倦所致，提议明天再谈。我正巴不得颁下这道赦令，便匆匆离开，径直跑到白凌的房间。显然，她们已经谈了许多，而且，有一点可以确定，就是我已经从"罗曼蒂克之网"中被解脱出来。小白也不再耍怪态了，惊世骇俗的悲喜剧告吹，"大导演"英雄没了用武之地，像个泄了气的皮球似的，斜倚着墙，歪在床上。这边，我和敬好开始了竟夜之谈。

敬好说："1957 年'反右'，老颜可能有些言论。"

"情况是这样，"我插嘴说，"他大学毕业后，先是在中学教书，后来调进机关来办县报。我的经历与他相似。那时，机关里工农干部占绝对多数，大学生是凤毛麟角，我们都酷爱文学，气味相投，共同语言比较多。喜欢在一起谈论晏几道、李清照的词，欣赏中外的名曲，读些反映现实社会问题的小说，而颇不满于报社主编的不学无术却妒贤嫉能、妄自尊大。老颜当时是副主编，笔头子硬，小有名气，主编怕他取而代之，便到处制造舆论，说他的坏话。其实，老颜一身清正，也没有什么把柄可抓的，无非是'小资产阶级情调十足'，'目无组织，骄傲自负'等等。可是，说归说，工作却又离不开他。不久'反右'就开始了，这位主编总算找到了发难的机会，于是，首先起来揭发老颜的'反党言论'。"

现已回到原来的话头，我请敬妤接着讲。敬妤说：

"还是您讲，您是当事人，最有发言权。"

于是，我便接着讲下去：

我记得，有天晚上，主编特意把我找到家里，先是夸我年少有才，具备发展前途，接着，把话锋一转，色厉辞严地告诫说："你眼前正面临着严峻的考验，如果不同颜亦尊撕开面皮，划清界限，彻底揭发他的问题，后果将不堪设想。"一片"山雨欲来"的紧张气势。

果然，第二天就召开了批斗大会。几个"右派分子"面对着群众，站在长条板凳上。会议由主编主持，他扫视了一下会场，看我躲在后面，便轻轻地摆了摆手，示意到前排就座，我只好硬着头皮在前面找个空隙坐下。会议开始后，主持人首先领着大家喊了一通口号，叫作"杀威风""打态度"，然后，就喝令颜亦尊交代反党罪行。老颜昂头说道："我十六岁就投身革命，拎着脑袋找共产党，怎么现在变成反党了？笑话！"

主编弄得很尴尬，便以凌厉的目光盯住我，点名叫我起来揭发：大右派颜亦尊是怎样腐蚀青年的，他都放过什么毒。我从来没有见过这种阵势，慌忙站起，嗫嚅地说，老颜只是爱好文学，我们常在一起讨论李清照、欧阳修……主编厉声喝道："谁让你讲这些？要揭发反党言论，反党的言行！"我摇了摇头，说"我没听到什么"。会议卡了壳，泄了气，便不了了之地散了。

"后来呢？"敬妤紧着问了一句。

我说，欲加之罪，何患无辞。他们给老颜拼凑了一些"反党"言行，并以态度恶劣，抗拒运动，给他定性为"极右"，以后就不知下落了。当年冬天，我也被下放农村改造锻炼，两年后作了异地安排。

小白看敬妤有些倦怠，便下地将毛巾用冷水浸过，递给她擦了脸，又给我续了杯茶水。敬妤建议到外面散散步,走着谈。白凌立刻拍手响应。我看了看表,这时刚好是十二点一刻。

营房大门上了锁,三人便在宽阔的教练场上,踏着清凉的月光闲步着。月色浸润着整个大地,远山近树,旷野平畴,千般万象都涂上一层银灰色。天空没有一片云,清冷冷的,透明而洁净,令人感到无限的高远。近处的虫吟,远地的蛙鼓,一迭连声地喧嚣着,军营的夏夜却益发显得宁静。

敬妤接上前面的话题,低沉地说:

"老颜被投入内地一所监狱里关押起来,妻子老何怕连累了孩子,加上组织出面反复动员,不得不与丈夫办了离婚手续,然后就带领孩子,隐姓埋名,投奔山东老家去了。

"出狱之后,老颜觉得往事不堪回首,不愿意返回原籍,便被就地安置在我所在的县文化馆。我们经常一块下乡,很谈得来,对他的满腹经纶,我更佩服得五体投地。那时,我还没有处对象,馆内同志便加以撮合,于是,就走到了一起。

"婚后,我经常听到老颜念叨您。记得'文化大革命'开始时,他的境况已经相当艰难了,还曾和我说过:'人世沧桑,如今也不知道这位老弟落到了哪一步。当年,他不肯昧着良心说话,结果受了很重的牵累,我一直铭感于心,却无法表达。今生今世,怕是无缘相见了。'"

老颜的话,实在令人感动。现在反思,当时我的表现是很软弱的,无非是说了一句真话。可是,没有想到,他竟如此珍视,终生不忘。

此时此刻,我对他就更加怀念了。当下忙着追问:"老颜也在朔州吗?现在景况如何?"

由于背着月光,看不清敬妤的面容,只听她轻轻叹息一声,凄然地说:

"唐山大地震时,他正在那里参加一个会,被活活地压死在楼板底下。转眼间,又过去了二十年。当时,我拉扯着一个未满十岁的孩子,无依无靠,只好转到山西的哥哥那里,在矿上教小学。现在,孩子大学毕了业,也成家立业、娶妻生子了,新近我办了退休手续,过上了含饴弄孙的清闲日子。按说,可以告慰于地下亡灵了。

"可是，从他去世以后，心中就老是记挂着这件事。作为未亡人，我应该实践他的遗愿，想办法与您见上一面，说上几句感念的话。为此，我苦苦地寻觅着。心想，幽冥、人世，阴阳永隔，永生永世再没有见面机会，倒也死了那股肠子；可是，两个大活人，都在一个太阳底下，山不转水转，早不见晚见，怎么就无缘相会呢？亲友们都劝我丢掉这个念头，可我就是不死心。往各地发出过许多封信，有的如石沉大海，有的回函说'查无此人'。总之，失望连着失望，后来真的有些绝望了。"

走着走着，敬妤突然问道：

"听过没有，老颜唱法国的名歌《天鹅》？"

我说："听过不知多少遍，现在曲调还有印象，只是歌词全都忘记了。"

她说："我把天鹅当作我们的幻影，一想念他，我就唱上一遍。"

现在，她又月下怀人，情不自禁地轻轻地哼了起来，当唱到"伴侣啊永眠在梦乡，／只听得水波轻轻歌唱，／天鹅她垂头眼泪汪汪，／她在月亮下独自彷徨"时，竟泣不成声了。

这种浓情挚意，令我和小白都深深为之感动。我们都苦于找不出什么话语来安慰她，便陪着她回房间去。

灯下，三个人又默坐了一会儿，敬妤如梦初醒，从提包里翻出一张边防某部接待客人的名单，上面赫然印有我的名字。

原来，我们到边防某部后，部队首长曾经设宴招待，当时提供过一个名单。记得有位接待科长曾与我热情交谈，问询过一些情况。

敬妤说："那是我的亲侄，入伍之前多次听我讲过您和老颜的事。这次，多亏他牵线搭桥，传递了信息。"

我说，其实我的散文集上就印着我的简历。

她淡然一笑，说，山野之人看不到啊。

外面，天色大明了。小白回到屋里，不知什么时候在床上悄然睡去。我简单地向敬妤介绍了个人和家庭的情况。

她很欣慰，揉了揉眼睛，长舒了一口气，说：

"人也见了，话也说了，心也安了。有一年我上五台山，遇到一位八十多岁的老婆婆，沿着台阶，从山下一步一步往上爬，一直爬到山顶上，礼了佛，进了香，双膝都磨破了，心却特别安然。她告诉大家，这个愿总算还了，回到家里就能安心睡觉了。——我现在也是这种心境。"

　　吃过早饭后，她的侄子、前面说过的那位接待科长，带车前来接她。大家怀着依依惜别的心情，依次同她紧握过双手。我请司机开车走在前面，然后，同小白一起，陪着敬妤沿着那条沙石路，又步行了很长一段路程。分手时，我的眼睛已经湿润了，模糊了，以致根本没有看清楚敬妤是怎样登车上路的，直到汽车腾起的滚滚烟尘在视野中消失了，才憬然醒悟到人已经走远了。

# 感　　念

　　一年一度的法兰克福国际书展，金秋十月应时召开，2008 年刚好是第六十届。由于我的散文集《北方乡梦》被译成英文与阿拉伯文，这次，有关部门也安排我到场。

　　书展全程是五天，头三天集中开展洽谈和各项专业活动。我国由于两个月前刚刚举办过北京奥运会，进一步扩大了国际影响，洽谈中，外国客商往往把这作为首要的话题。一位美国书商对我说："你的书里说到中国北方有'三多'，皇帝多，军阀多，土匪多，我很想实际了解一下。如果早些时候读过你的书，参加过奥运会之后，我会直接前去踏访的。"我说，那些都是六十年前的往事了，你即便去，也看不到什么。莫如坐在屋里读《乡梦》这本书。他听了，高高地竖起了大拇指，说："你真会给书做广告。"

　　借助后两天"公众开放日"，我抓紧浏览了整个展区的各个分馆。最后又回到坐落在六号分馆的中国展区，一则是太累了，歇歇脚；二则重点翻翻台湾、香港两个展台的图书。大出意外的是，在这里竟然邂逅了一位久别的乡亲。

　　我正低着头看台版图书，突然听人喊了一声："王先生，王叔叔！"抬头一看，是位中年女士，觉得面熟，细一端详才认得出来："你是雅萍啊！"

　　我们已经近二十年没有见面了。她的父亲是我在沈阳的大学同学，供职于财税部门。旧事依稀，如烟似梦，唯一印象深的，是这位老同学特别喜欢喝酒。我奉调到了省城之后，他把我拉到家里，说是要用酒把我灌饱，他不说"灌醉"，而是说"灌饱"。结果，一瓶酒开封后，我只喝上三小盅，其余的都进了他的肚子。那时，雅萍还在大学读书，我曾在她就读的中文系讲过课，在她家里也见过面，标致，漂亮，我夸她像清水芙蓉。她爸爸顺杆爬上，当即托我在文学界给物色个对象。雅萍撒娇地双手蒙上爸爸的眼睛，说："你又喝多了！"毕业后，她被分配到出版社当编辑；后来，听说出国了，同一个留学德国的青年结婚。由于妈妈去世早，爸爸后来也不在了，她便很少回国，我们便再也没有联系过。

……

听我介绍了来意，她说："王叔，咱们出去吃饭，慢慢地向您汇报。"

对于法兰克福，雅萍也不算太熟，她住在德国南部城市慕尼黑，这次是专门来看书展的。好在德语精通，找中餐馆，特别顺利。坐定之后，我们点了水饺，几样菜，还有啤酒。她说，德国的啤酒饮誉世界，慕尼黑所在的巴伐利亚州，有一千多家啤酒厂，啤酒是家家必备的饮料。我笑说："良弓之子，必能善射"，凭你爸爸的酒量，你肯定也不是"善茬子"（辽宁土语，意为别人对付不了）。她笑着摇头，转身又点了一大盘绿色蘸汁和煮熟的马铃薯，说这是法兰克福的特色美食，大文豪歌德所青睐的。

我们就这样，边吃边谈，开始了名副其实的漫话——

雅萍跟随丈夫到了德国，先是做过一段华人家庭教师，后来到一家出版社供职。丈夫一直做律师，女儿、儿子都在念中学。

她连续喝了两杯啤酒，显得有点兴奋，突然问了一句："王叔，你当客座教授时，认识不认识哲学系的赵老师？"

"知名教授，谁不认识！不过，我接触的主要是中文系教授，同他联系不多。"

"人生的悲剧性，在于年轻时期盲目性大，常常感情用事，像没头苍蝇似的乱闯；待到阅历日深，情感稳定下来，却又像浅水浮花，波澜不兴，再也没有当年闯关夺隘、异想天开的锐气了。"她的这番话，听起来，显然蕴含着过来人的领悟。

这时的雅萍，仿佛又回到二十年前的青春岁月，下意识地用右手梳理了一下头发，细眯着一双漂亮的眼睛，像是自言自语地说：

"赵老师，复旦的高才生，后来又在南京大学读了博士。学问棒，文笔好，谈吐风雅，表达能力强，修长的身材，架着一副宽边眼镜，风度翩翩，很招同学们喜欢。我虽然就读中文系，但十分爱好哲学。您知道，中学生喜欢哪门课程，往往和老师讲得出色有关联，大学生也不例外。我课外读了一些西方哲学著作，最喜欢的是罗素的《西方哲学史》和《西方的智慧》。"

这时，我本想插上一句："其实，也不单是你，连爱因斯坦都曾赞扬过罗素，说：'阅读这个人的作品，使我度过了一生中最快乐的时光。'"但是，为了不扰乱她的思绪，我缄口不言。

"我常常就一些哲学问题向赵老师请教。记得我曾问过：为什么叔本华和尼采都讨厌女人？尼采强烈地反对男女平等，鼓吹要把妇女当作奴隶对待。是封建意识使然，还是出自一种自觉的价值判断？对我每次的问询，赵老师都耐心地予以解答。当时，我记了厚厚的一大本。后来，我又大着胆子给他写信，除了探讨学问，还曾请他谈谈个人、家庭情况。赵老师说，他有个幸福、和谐的家庭，女儿很聪明，中学快毕业了；妻子聪慧、大方，是典型的东方式的贤妻良母，在一所中学当教导主任。说到他自己，记得有这样一番话：'我原本是学习中国古代哲学的，西方哲学是后来补的课。也许是由于整天同孔孟、老庄打交道的缘故吧，写起文章来，也是老古板，年届不惑，老气横秋。我在同龄人中，属于保守、持重的那种类型。'"

我看她嗓子有些嘶哑，便递给她一杯茶水。她点头称谢，轻轻地呷了一口，又继续说下去：

"我那时还是年轻，缺乏理智，没有深思熟虑，任凭一时感情冲动，相信一条心丝足以把所有的门拨开，竟然一厢情愿地暗恋着他。整天盼着同他见面，可是，待到课堂上相见了，却又心在狂跳，眼在期待，经常走神儿，根本听不清楚他都讲些什么，往往是听着听着，便进入一种迷茫状态，坠入虚幻的童话王国里，连续多少夜晚失眠。可是，又没个人可以诉说，我不敢告诉爸爸；心里实在憋得难受，放学后，我便搭乘大巴到郊区的姑妈家去。姑妈在我小时候，就特别怜爱我，见我去了，喜出望外。上下打量了一通儿，说：'宝贝儿累瘦了。功课太紧吧？'马上挽起袖子，炖鸡、烙饼，做了各种好吃的款待我。可是，我却一点也没有胃口，眼睛盯着喷香的肉菜，泪珠儿不听话，竟滴滴滚落下来。姑妈惊呆了，硬是用话来套拢。我吞吞吐吐、模模糊糊，告诉她几句。一听说是有妇之夫，姑妈断然表示反对。我说，你可以不支持我，但绝不能向我爸爸告密，当'甫志高'！

"赵老师已经有所警觉，我几次写信，他也不作答复。但是，一直挂念着我。担心我的身心健康和学业受到影响，便在一个星期日找我谈话。我原想，一不做二不休，索性当面挑明了，打开窗子说亮话；但当看到他的端庄肃穆的神态，给人一种凛然不可侵犯的感觉，我便连一个'爱'字也说不出口了。只是说，老师是我终生崇拜的人，我愿在老师的直接引导下，走上人生的幸福之路。老师说，偶像崇拜，是靠不住的，何况你还年轻，远没有成熟，处于一种盲目状态！你还不晓得幸福之星挂在哪一棵树梢上，也不懂得怎样走上自己幸福的征途。现在，你的唯一使命就是煞下心来读书上进，走出虚幻，走出迷茫，走出自己绘制的海市蜃楼。须知，这里没有停车的位置；要揣着梦想上路，踏出满地风光。听得出来，他的每句话，都是作正面引导，又句句有针对性。

"过了一会儿，我嗫嚅地说，我正在苦恋着一位长者。老师问：长者？他没有家室吗？我说：有了。他说：这可是胡来！凡属这类情况，十个有十个——要记住，我说的是十个有十个，而不是十个有九个——必然落个悲剧下场。接着，老师给我讲了他的表妹的遭遇：哈工大毕业后，她分配到一个科研单位，半年过去，爱上了她的所长。所长长她二十岁，已经是两个孩子的爸爸了。这些她都知道，但由于涉世未深，天真烂漫，盲目崇拜名人，不懂得世间的复杂事态，更不知如何驾驭情感这匹烈马，结果，一经陷入，便难以拔出腿来。而所长是一位知名度很高的党外专家，又是全国人大代表，单位的学术带头人。他清正自持，爱惜羽毛，洁身自好，更不肯仳离原配，结果空自苦了我那个纯真的表妹。现在，已经三十七八岁了，仍然处于独身。

许多亲属都给她介绍男朋友，她却觉得哪个也不是意中人，或者严词峻拒，或者婉言谢绝，最后一无所成。'曾经沧海难为水，除却巫山不是云'，是挂在她嘴边的两句诗。这个教训是无比深刻的。在这场大错铸成中，板子应该打谁呢？小妹她有爱的权利，要说错，是在对象选择上；所长当然负有一定责任，姑念其属于被动受过——'楚人无罪，怀璧其罪'，最终尚能善于自处，可加原谅。只是，我那可怜的小表妹，却因一念之差，酿成了终生的悔憾。

"说到这里，老师问我一句：'那个长者，他持什么态度？'我说，冰冰的，冷冷的，不愿意理睬我，拒人于千里之外。老师问：'那你理解他的苦心吗？'我说：'我理解不了，心头只是恨怨。'老师一听，笑了。我心说，人家是'黄连炖苦胆——苦上加苦'，你可倒好，还在一旁轻松地笑！我立刻把嘴噘了起来。老师接下来给我讲了农民运动杰出领导者彭湃的一则轶事：1929 年 8 月，他和杨殷在上海龙华刑场就义，激昂慷慨，气贯长虹。他将宝贵的生命献给了人民解放事业，献给了工农劳苦大众。可是，在被押解游街示众时，一路上观者如堵，当时不少群众受反动宣传蒙蔽，不知他是一位革命者，更不知他为谁而死。看热闹的人群中不时爆发出讪笑声，他们既不同情，更不理解。彭湃同志感慨之下，口占了一首诗：'急雨渡江东，狂风入大海。生死总为君，可怜君不解（粤语读"解"为"改"）！'当然，这只是暂时的，过后，人们便完全理解了。同样，对于你所说的那位长者，日后你也肯定会理解的，知道他这样做完全是为你着想。当你从迷梦中醒来，进入清醒状态，特别是选择到真正理想的感情客体，过上幸福美满的家庭生活之后，回思既往，你会无限感念这位'不通情理'的长者，你会给他下一个正确的结论：'这是一个正派的人，是一个以德报德、对人负责、令人终生感佩的人。'

"老师还说，其实，是否理解，倒不重要；关键在于你必须迅速走出他的阴影，从迷恋状态中解脱出来。盲目地死抱住一个虚幻而永远无法把握的目标，空耗精力还在其次，最大的负面影响，是会形成一种既定的观念。因为人是有记忆的，人是在过去的经验中继续积累新的经验的，过去的痴情爱恋，可能为未来的情感生活罩上一层阴翳与暗影。'唯一'的爱，这种最真挚、最投入，纯然以感情作基础的爱的破解，很有可能使一个人一生中再次、多次的爱，都相应地贬值，甚至变得不屑一顾。我的表妹就正是这样。这种后果是不堪设想的。所以，你必须毅然决然尽快地挣脱出来。我愿意赠送你四句话：宜急莫缓，快快收缆，迟之一日，悔之已晚。

"分手时，老师说：'我一百个相信，像你这样纯真、聪慧、正直的青年才女，肯定能够获得美满的爱情、过上真正的幸福生活的。'"

雅萍正要接着说下去，突然，手机铃声大作。她看了看，说："是我的先生。"一阵欢快的对话，虽然里面不时地夹杂几句德语，但我大致听得出来，先生是问什么时候"打道回府"，他好到火车站去接她。

放下手机，雅萍带着微笑，说："被他给打断了，对不起。王叔，我再接着向您汇报。

"这次师生谈话之后，我倍感痛苦，一个人悄悄地躲在公园的僻静地方，号啕大哭一场。好多天，茶饭无心，颓靡不振，但是，逐渐地头脑觉得清醒了一些。恰巧，这时又收到了姑妈的一封信。里面是一首字迹工整的诗。姑妈退休前，是高中语文教师，旧体诗词写得很好，这一首却是白话的新诗，读来明白晓畅，朗朗上口，至今我还能够一字不差地背诵出来：

### 聪明的萍儿，你好糊涂

绿了，黄了，红了——果实日渐成熟
明确代替了模糊
加减变作了乘除
姑姑我看得出
　　姑姑是神，你瞒不住

你刚刚经历一场
　　冲破岩层的感情喷突
不，你正陷入痛苦的魔窟

萍儿，你不要嗔怪姑姑
原谅我搞一次破坏性的短路

那是萤光、虹影、水月、露珠
看着还在，扑去却无
诚然，其间确有情感的大厦
　　真诚的船坞
但绝非理想的归宿

因为，一个是安琪儿——自由天使
一个却是戴着礼法荆冠
　　锁着家庭镣铐的刑徒
一个是健翮凌空的小鸟
一个是积年困锁的碌磙

也许还不如刑徒
刑徒没有礼法的重负
也许还不如碌磙
碌磙没有观念的束缚
聪明的萍儿，你好糊涂

世间唯有情难诉
只怕你为情所累，误入迷途
贪恋短暂欢娱，酿成终生痛苦
姑姑期望着你幸福
　　日夜馨香默祝

"我真是净遇见'贵人'了。姑姑对我也是这么关心！我这个老公便是经她引荐搭桥，我们相识、相知、相爱的。"

"后来，你和赵教授通过信吗？"我问。

"通信很少。但我奉他为人生的导师，终生谨记他的教诲，不忘他的恩泽。出国之后，几乎断了联系，只是'中心藏之'。前年他六十大寿，我寄去一张亲手制作的贺卡，上面只写了两个字：感念。"

雅萍结过了账，一看时间还早，便又陪我回到了六号展馆。我们在台湾展台，一边翻看着图书，一边随便谈些共同关心的国内国外的事。她说，已经和丈夫商定了，待到女儿考取大学，他们便领着儿子回国；困难在于儿子的汉语基础太差，现在，父母每天都帮他突击补课。

正说着，她拿起一本台湾立绪文化公司出版的《21世纪的儒道》，翻了翻，顺手买下。她说，王邦雄的这本哲学著作，赵老师也许能感兴趣。随后，她又下楼在香港展台买下了李泽厚的《浮生论学》，委托我一并带给她的老师，笑着说："秀才人情纸半张啊！"

# 寻　觅

## 一

在我高中即将结业的前夕，一次体检中突然发现患上了浸润型肺结核。这在今天看来，原本算不上什么大不了的疾患，可是，在上世纪五十年代中期，却几乎等同于现在的癌症了。

前此，教导主任曾向班里透露，以我的优秀学品，可以不经过入学考试，直接保送到北师大或者东北师大；可是，我自己却并不以此为满足，暗自想望着、也觉得完全有把握考进学子们心目中的圣殿——北京大学中文系。甚至，梦境中已经戴上了北大的校徽，徜徉于柳丝垂映的未名湖畔，欢歌笑语在花丛间、草坪上。现在却被告知，升学的事只能以后再说，眼下必须休息、治疗。心情的怅惘、失望以至绝望，自不待说了。

这天，注射过链霉素之后，我回到家里卧床静息。突然，素心表姐推门进来了。她与我同年级，但不在一个班，这是参加过高考之后，从学校回来度暑假的。可能是怕我脆弱的心灵经受不住刺激吧，她没有谈有关高考、升学的事，只是告诉我，哪几位老师、哪些同学嘱托她向我转达劝慰、问候之情，听了自是感念不置，仿佛干涸的畦田流进了汩汩清泉，秧苗立刻展现出勃勃的生机。其中，尤其使我感动的是——

素心姐说："那天晚自习之后，我们宿舍的四个同学先后都回来了，记不得什么话题引出来，大家忽然提起了你，——你是学生会副主席嘛，同学们自然都熟悉——共同感到非常惋惜。D（姑隐其名，作者注），你有印象吧？个头不高，挺清秀，挺朴实的。"

我点了点头。

"D 平时话语很多，天真活泼，这天晚上却显得神情萧索，只是凝神地听着，突然，她插了一句，不，只说出了半句'出师未捷……'，便呜咽着，泣不成声了。"

我猜说："也许她的亲人中，有谁因为这种病……"

"没有。——几年相处，她的情况我了解。"表姐说。

我低声喃喃着："其实，我们之间没有过太多的接触。"

"这我清楚。"表姐说。

又谈论了一些别的，素心姐就回家了。我却静静地躺在床上，像过电影似的，把和 D 相识的过程，在脑子里复映了一遍。

## 二

那是七月中旬的一天，刚刚下过了一场暴雨，校园里到处汪洋一片。本来我就没有穿袜子，此刻，索性脱掉了鞋，蹚着泥水，来到一座陈旧的木楼里应试。解放之初，按照上级教育部门的规定，录取初中生，除了笔试——测评一大张包罗万象的卷子，还须进行口试，以实际了解考生的智力水准和应对能力。

老师很亲切、和蔼，大约三十岁上下，胸前戴着一个白布制作的名签，原来和我是一个姓。他照着报名花册，念出了我的名字，示意坐在他的对面，作好答题准备；同时，又招呼另一个应试者："D，你先进来等候，下一个就是你。"这是一个带着清纯的稚气的女孩子，体质有些瘦弱，一身旧衫裤，也是光着脚板。

“你喜欢什么课程？”王老师开始提问了。

我说，喜欢地理。

“哦！为什么？”

我说，长大了以后，我想阅遍名山大川，周游全国。

“那好，我就考你这方面的问题。”老师略微思索一下，便说，“你注意听着，题目是这样：我想从这里到广州去看望外祖母，你看要怎么走？要求是，尽量节省经费和时间，做到方便、经济；还要汽车、火车、江轮、海轮都能坐着。”

我说，可以从县城坐汽车到锦州，然后换乘京沈铁路列车到北京，再转乘京沪线的火车抵达南京，从南京登上长江客轮到达上海，再从上海乘海上轮船前往广州。

“现在发生了新的情况，”老师说，“我的妹妹在陕西的宝鸡读中学，放暑假了，她也要一同去看姥姥。你看这要怎么走？”

我说，那就通知她乘陇海铁路列车先赶到徐州，约定好车次。老师还是从这里坐汽车到锦州，再坐火车到天津，然后换乘津浦路的列车，在徐州车站接妹妹上车，依旧到南京下车，乘江轮到上海，再转乘海轮前往广州。

“好！”老师高兴地说，“给你打一百分。”

这次口试，可能给 D 留下了一些印象。

还有一次，学校组织部分优秀学生到兴城海滨参加夏令营活动，我和 D 都去了。那时的中学生眼界不宽，思辨能力较弱，对问题的认识也显得肤浅，但是，思想单纯，真情灼灼，充满着向上的激情，美妙的憧憬。我们曾在一起谈论过未来的理想，还曾共同背诵俄国作家柯罗连科的散文诗《灯光》。大意是，一个秋天的夜晚，我乘着小船漂流在一条阴暗的河上，前面有灯光在闪烁，实际却离得很远。现在，我还经常回想起这飘忽的灯光。可是，生活仍在河岸之间漂流，而灯光还很遥远，还得使劲划桨。不过，在前面毕竟有着灯光。

那天，我们背着西斜的阳光，浴着晚风，漫步在海滩上。她捡了许多五彩贝壳，说是要粘在画布上，挂在宿舍的床头。

记忆中，我们打交道也只有这么两次。实在没有想到，对于我的患病，她竟如此感到惋惜，直至痛哭失声。这令我深受感动，历久难忘。

三

病愈之后，我也考取了大学，毕了业就到外地中学教书，后来，又先后走上新闻岗位，进入机关工作。随着时间的推移，我越发强烈地感到青少年时代友情的纯真可贵，越发怀念起 D 这个瘦弱的姑娘。我多么想，能和她重见一面，亲口对她诉说：我衷心地感激您，是您，使我认识到自身的存在价值，从而增强了我同疾病做斗争的勇气、信心和力量。

我作过多方面的努力，可是，一次次地总是失望。

最先，当然是通过素心姐和她的班上同学探寻线索。她们说，只知道 D 考取了兰州的一所大学，学的是理科，毕业后可能在陇东工作过一段时间，"文化大革命"之后，就不知下落了。

听说在她的原籍沙岭乡有一个叔叔，我便趁新闻采访之便，跑了这个乡的几个村子，逐个地打听 D 姓人家，最后终于有了着落，原来，她的叔叔一家，三年自然灾害期间逃荒到了"北大荒"。结果又是断了线。

天高地迥，人海茫茫。我对于寻觅 D，已经不再抱有希望了。

去年，母校中学庆祝建校五十周年，我应邀参加了。当时，颇寄希望于这次聚会。设想，纵令见不到 D 本人，至少也可以从其他同学那里了解到有关她的线索。及至到了学校，才发觉"纪念会"已经有些"变味"了，校方以"联络感情，扩大发展"为宗旨，请的都是一些有名有位，有权有势，特别是能够提供赞助的学生，他们多数毕业于七八十年代。至于默默无闻的普通知识分子，包括五十年代毕业、已到退休年龄的老校友，根本就没有接到邀请函。失望之余，暗自想道：也应该尊重实际，略迹原情，——逝者如斯，时移势异，一切都在变化，四五十年过去了，怎么可能还保持往昔的清淳，还到哪里去找回旧日的温馨呢！

但是，这次聚会终竟还是有收获的。会后，我去拜望一位已退休多年、现在卧病在家的老师，从他那里访查到了 D 的下落。原来，她和这位老先生的女婿都毕业于兰州大学，后来又都在天水一所中等专科学校任教。现在，他们也都退休了。

"估计我这女婿能够知道 D 的近况，"老先生说着，就拨通了女婿家的电话。得知 D 现在太原，住在女儿家里，女儿在一家外资企业上班。我当即记下了她们的姓名和具体单位。

"踏破铁鞋无觅处，得来全不费工夫。"你这飘摇在万里云天中的风筝啊，我总算扯住了这条线！

四

借一个出差机会，我来到了太原，并找到了这家电子元件有限公司。通过她的女儿，我和 D 约好了在迎泽大街西段一家东北风味的楼上餐厅会面。

我知道，站在我对面的不会是别人，但是，确确实实，她已经变得我无法认识了。头发花白了，脸上爬满了细细的皱纹，个头没有变化，身材却过于发胖，爬了几步楼就大口地喘着气。衣服倒十分考究，全是进口的料子，剪裁得也很合身。一副闲适、富有的姿态。她有礼貌地轻轻地握了下我的手，平静地说：

"你还是当年的模样，说话声音也没有改。"

按照逻辑，我应该接上说，这些年我基本上没动地方，不像你一直在外面闯荡；可是说出来的，却是："你可让我找得好苦！"

"哦？"她略微有些诧异，但马上就沉静下来，"是呀，我们都期待着能够别后重逢。"

我请她点了几样菜，又特意订了高粱米粥和血肠、冻豆腐的汆锅。

"我永远不能忘记，你在精神上给过我巨大的支持。"我察觉到这句话有些贸然，也过于笼统，便又补充了一句，"听袁素心讲，高中毕业前夕，你得知我患了病，竟然……竟然哭了一场。"

"是吗？"她却显得很平淡，"我可记不得了。"

本来我还想告诉她，寻寻觅觅几十年，费了多少周折，通过几种途径，才打听到她的所在，但又觉得语境已被隔绝，这些话似乎是多余的了。

我们一边进餐，一边又随便唠些别后的琐事。

我了解到，她的丈夫已经不在了。女儿、女婿在西安交通大学拿到了硕士学位，属于高科技领域，原想继续深造下去，当时，恰好太原这家外资企业招聘外语翻译，待遇甚为丰厚；在母亲的极力撮掇下，他们便前来就职。收入自然大大增加了，居住条件也得到显著改善，但是，却付出了专业完全废弃的沉重代价。

对此，我流露出惋惜的心情，她却不以为然地笑着说：

"你呀，依旧是文人气质。——都什么时代了，看问题，还不现实一些？"这次会见，就这样匆匆地结束了。四十余年的渴望终于得偿，按说我应该感到轻松了，可是，不知为什么却反而有些闷寂，有一丝惘然若失的感觉。出乎意料，第二天晚饭后，D又带着一个十三四岁的小男孩到房间里来看我。一面热情地握着手，一面解释说，她昨天有些头晕——因为血压高，今天要和老同学好好地唠一唠。还说："小刚，快来向爷爷问好！"

"这是小外孙吧？"

"不，是孙子。"她抚摸着小男孩的脑袋，说，"我还有一个儿子，就是他爸爸，属于'下生就挨饿、上学就停课'的那一代人。整个都耽误了，费了很大力气才弄了个大专文凭。现在还留在天水，想往太原调转，联系了几次，都因为学历低，找不到接收单位，只好孤零零地飘在那里。这简直成了我的一块心病。"

稍稍停顿一下，她又继续说："你的情况我都知道了，一向都是凤毛麟角，也是老同学们的光荣啊。听说，我们省长过去和你在一起工作过，那当然很熟啦。倘若他能说一句话，我想，哪个单位也不敢说个'不'字。"

尽管未必如她所言，省长也未必肯说这个话，但我还是表示，要尽最大努力，争取办成。

D很高兴，同我热情地握手，说了几次"再见"。路灯下，目送着她渐行渐远的背影，我努力追寻着旧日的影像，旧日的情怀。

# 薏 苡 的 悲 喜 剧

辞典上说，薏苡俗称药玉米、回回米，是一种草本植物，颖果卵形，淡褐色，有营养，可供食用与入药。但我从前未曾见过，最先接触这两个字，是读了杜甫的诗句。他在感叹李白的际遇颠折、屡遭谤毁时，曾哀吟过："稻粱求未足，薏苡谤何频！"

这又涉及一千九百多年前的一桩有名的冤案。东汉时，伏波将军马援南征交趾，中了瘴疠。听当地的人说，服用薏苡仁可以疗治。马援吃了，果真见效。班师北还时，就买了很多个大粒饱的薏实装车载回。引起了一些人的注意。但在位时，都不作声；等他死了，就有人向皇帝告发，说他载了明珠、文犀等稀世珍宝回来，结果，害得他爵位被革，名誉受损，连灵柩都不能很好地安葬。后人把这称作"薏苡之谤"。许多诗人，像唐代的陈子昂，宋代的苏轼、陆游，清代的郑板桥、朱彝尊等，都曾写诗，为之愤愤不平。

这都是过往的事情了，只是作为一种谈资，顺便提起来，至于本文所说的"悲喜剧"，则与此毫无关联。

一

记得是 1994 年的春节前，我收到了一个寄自辽西某农村的一个邮件。

是用硬纸盒包装的，大约有三四斤重。解开塑料绳，撕破密封的纸口，赫然露出分装在六个纸袋里的薏苡粒。纸袋旁边还夹着一封信，开头是这样写的：

> 时间过得真快，转眼间，你离开我们村子已经三十六个年头了。当年的一个个毛丫头、愣小子，于今都已坐五望六了。人的年岁一大，就免不了要怀旧。我们六个人碰到一块，常常念叨起你。（另外几个，有的过世了，有的远嫁他乡，有的搬迁到外地。）

> 尽管分手以后，咱们再没见过面，但是，大家对于你的情况还是有所了解。对你的成长、进步，我们共同感到高兴，首先，在这里表示祝贺！

> 春节快到了，我们商量着给你送点"礼"——就是纸袋里的东西。城里人，一般的怕是叫不出它的名字来；可是，你，我们相信，不仅对它十分熟悉，而且，会感到异常亲切，看到它，你会联想起来许许多多的往事。

> 这些年，我们村的药玉米已经大面积铺开，并连续获得丰收。除了大部分按照合同交付医药公司以外，家家都贮藏不少，熬粥炖饭，健体强身。念记着当年你为引进这个"劳什子"费过一番苦心，念记着咱们的友谊，秋收后，我们这几个当年的共青团员，一致提议给你寄去一点点，表达我们各家的心意。

> ……

我怀着激动的心情，忙着翻看信尾的落款。"赵书琴、佟心宇……"恰好是六个名字，都是我所熟悉的。

简短的一番话，把我带回到往昔的岁月里。

二

那是 1958 年年初。县委决定，对一些没有经过实践考验的年轻的"三门干部"（出了家门进校门又入机关门的知识分子），下放到农村锻炼，通过参加体力劳动，"脱胎换骨，改造思想"。我就是这样来到辽河岸边一个叫作"秃尾沟"的小村落的。

我和另外一位同志被安排住在生产队长家的一间空房里，吃饭是到老贫农刘大伯家入伙，干活参加青年突击队，当时主要是往耕地里挑黑土，改良土壤。晚间，在夜校里教男女青年识字。村里原有十名团员，加上我，组成一个团支部，选我为支部书记。

这天，农业社的管委会主任到队里来，听说我教过中学，当过报社记者，来到队里很快就和群众打成了一片，当众鼓励了一番；然后，又领着我在村里村外转转，帮助我熟悉一下周围的环境。我知道，这是在向我进行热爱乡土、献身农村的实际教育。

望着大堤外黑黝黝、油汪汪的河滩地，我被深深地迷住了，当下情不自禁地甩了两句学生腔：

"多么肥沃的宝地啊！真是插进一根锄杠也能长出庄稼来的！"

管委会主任却说："地是没比的，只是年年受涝，除了一茬麦子，再没有其他收成了。"

"下茬种豆子不行吗？"我问。

"这里，年年夏天涨大水，二三十天下不去，什么样的豆子也挺不住哇！"他面带忧郁地说。

此后，我和队里那些年轻人依旧是天天到堤外挑黑土，心里却总是记挂着管委会主任所忧虑的事。

一天晚上，在队部看到《人民日报》第二版上登载一则消息，介绍河南省商水县农村种植一种富有营养、又能治多种疾病的药玉米。它的最大特点是抗涝，水中浸泡三四十天，仍有较好收成。回到住处，我连夜给商水县长写了一封信，并寄去五元钱，请他帮助购置一些药玉米种子。这事是悄悄干的，没有告诉年轻的伙伴。因为我知道"一县之长"工作很忙，未必能去过问一个外地青年的微不足道的请托。

大约过了半个多月，接到一个邮件通知单，我以为是家里寄来什么物品，便委托去镇上赶集的刘大伯代我取出来。带回来的是两个枕头般大小的包裹。

打开一看，正是我日夜盼望的药玉米种子。捧在手里，粒粒珍珠一般，椭圆形，淡褐色，有光泽，共有十斤左右。包裹里还夹了个便笺，简单地介绍了播种日期和它的喜肥、喜水的习性。

我在连夜召开的团支部紧急会议上，当众宣布了这一秘密。然后，大家一起研究、拟定了为期两年要使全社滩田受益的"宏伟规划"。一张张极度兴奋的青春面孔，在煤油灯的照映下，看去像涂上了一层油彩。

## 三

清早起来第一件事，便是去找管委会主任，请他批准划拨一块肥腴的腹地作为栽培药玉米的青年试验田。老主任听了我和回乡高中生赵书琴描述的神话般的远景，乐得合不拢嘴，马上就答应下来。

第二件事，便是挨户到团员、积极分子家里收集上好的农家肥。大家惦记着商水县长复信中讲的"喜肥"二字，决心把这个"大地的骄子"喂养得壮壮的。

经过一天一夜的紧张动员，试验田的旁边矗立起一座小山似的肥堆。

转眼到了播种时期。我们起早睡晚经营着这块腹地，地整得炕面一样平，土细碎得像用竹箩筛过一般。然后，套上一副牛犁杖，开了沟，起了垄，把上万斤的鸡、鸭、猪粪一股脑儿倾撒进去。

我们觉察到了，帮助干活的两个老庄稼把式——我的"饭庄"的刘大伯和书琴的父亲赵大叔有不同看法，但他们憋着不说，只是一个劲儿抽着老旱烟。也许是为这些孩子们的冲天热劲所感动，尽管有不同意见，也不忍心泼冷水。但是，回到家里以后，赵大叔按捺不住了，申斥女儿说："我看你们是瞎胡闹！什么事情都要有个限度。巴掌大一块地方，下了那么多的肥，将来还不得长疯了！"女儿——这个坚定的"跃进派"，嘴上不说，心里想的却是：老脑筋，老保守，到秋天放个"高产卫星"给你看！

下种的第三天正赶上一场透雨，真是天遂人愿。此后，几乎每天早上，我们都要跑到地头，伏下身子，察看萌芽的踪迹。药玉米终于齐刷刷地钻出了地面，它们摇摆着两片娇嫩的小耳朵，向主人微笑着。一个星期过后，我们又浇了一遍蒙头水。同伴们互相揶揄着，说是以后结了婚、生了孩子，也未必能像这样嘘寒问暖，关怀备至。

几十个难忘的日日夜夜过去了，药玉米已经蔚然成林，手指般粗细的茎秆上，枝分叶布，绿影婆娑，最后，竟繁密得连鸡鸭都钻不进去。为了按时灌水，佟心宇从家里扛来一根竹桅，一破两半，剜去节档，将一头顺进垄沟里，另一头支起来，连清水带粪汤一齐倾泻进去。

趁着雨季尚未到来，我们又一次踏勘河滩地，计算着明年大体需要多少药玉米种子。当时，想到了尽量节省用量，以便拨出一些来支援兄弟社。此刻，这伙年轻人确是有些"提刀却立，四顾踌躇"的志得意满之态。

但没过多久，这种乐观的情绪便为沉重的焦虑所取代了。大家注意到，那么葱茏蓊郁的药玉米秸棵上，竟没有几串花序，更很少见到颖果。随着时间的推移，连那几个最活泼、最乐观的女青年也把头耷拉下来。有的分析认为，是异地种植水土不服所致，还引证了"橘逾淮而北为枳"的古训。多数人不同意，理由是：河南的小麦、湖北的棉花到这里落户，不都生长得很好吗？最后，我跑了三十里路，请来乡农业技术推广站的技术员，他的诊断是："营养过剩，造成贪青徒长。"啊，真的"长疯了"！赵大叔的预言竟不幸而成为现实。结局自然是"一幕悲剧"——割倒后装满两大车，拉到村东头五保户家做了烧柴。

## 四

回想起来，当时我们都在二十岁上下，本来就缺乏辩证观点，易走极端。又兼当时处在"大跃进""放卫星"的气氛中，头脑更是发热膨胀。所以，尽管过后也曾懊悔几天，有的甚至痛心地流下了热泪；但是，很快就在"人有多大胆，地有多高产"的喧嚣声浪中淡忘了。亏得秋后我被调回县委机关，不然，在尔后的普遍深翻、高产密植以及"大办""大上"中，还会闹出更多的违反科学规律的笑话。

　　回来后，参加过几次比较尊重实际的农村调查，头脑变得清醒一些。我曾想以"薏苡的悲喜剧"为题写一篇文章，总结自己因违反辩证法而干了蠢事的沉痛教训，后因患急性肝炎进了医院而搁置下来。病愈后，反"右倾"开始了，我怕有人把这类自省文字同否定"大跃进"联系起来，便没有动笔。当然，即使写出来，肯定也是很肤浅的。限于当时的历史条件和认识能力，我还不可能站在历史的高度，俯瞰过去那段岁月的真貌。

　　当时由于走得匆忙，我未曾与同伴们交谈过这方面的意见。因此，一种歉疚之情时常在头脑中涌起：我应该坦诚地承认，在这件事上我是负有重要责任的。

　　想到这些，我重新展开同伴的来信，接着看下去：

　　　　如你所知，对咱们的蛮干，一些老年人是持反对态度的。书琴的父亲担心这一锤子会敲得"片种无存，全军覆没"，便在播种那天偷偷留下一些种子，打算第二年种在园子里。不料，转过年来他老人家竟一病不起。后来，书琴整理旧物发现了它，细心地种在地头上，没想到秋天居然收了三四斤。于是，她又分散给同伴们作种子，慢慢地便在全村扩展开了。现在，整个河滩都成了薏苡生产基地。

　　　　……

　　　　岁月如流。而今，孩子们都已超过了咱们那时的年龄。闲谈中，我们也曾将那些忽明忽暗的记忆碎片联缀起来，讲给他们听，因为这毕竟是一面镜子，既回振着自己的心声，也折射着往日的光谱。但他们听后，往往只是漫不经心地付之一笑。其实也难怪，时代前进了，认识发展了，他们毕竟比我们那时要聪明一些。

　　　　知道你重任在肩，异常忙碌。对这类"陈谷子、烂芝麻"，怕是早已忘得一干二净了。但我们觉得，闲暇时节，偶尔想上一想这些往事，也许还有一些益处，特别是对于你们这样担负领导工作的同志。

也难怪伏波将军身旁那些人，怀疑他从南方带回了珍珠财宝；我望着眼前这些光润、圆莹的薏苡粒，也竟觉得它们很像珍珠。古代传说中有一种记事珠，"或有阙忘之事，以手持弄此珠，便觉心神开悟，焕然明晓"。我想，若是把这些薏苡粒串缀起来，悬置座前，不也同样是一种"记事珠"吗！

# 我 的 四 代 书 橱

古有惠施"腹载五车"，边韶"腹便便，五经笥"的佳话。《明史·文苑传》记载：周玄"尝挟书千卷，止高楝家，读十年，辞去，尽弃其书，曰：'在吾腹笥矣。'"腹笥繁富，自是令人艳羡，但其人终属奇才异秉，而平凡如吾辈者流，大概是无法企及的。因此，自幼便渴望有个专门藏书的书橱。

这个愿望，在六十年代之初终于实现了。书橱样式，即在当时也谈不上新颖，但十分宽大、坚固。抬将过来，居然有二三同道称羡不已。他们帮我把二十年来积聚起来的书籍一一细心地存放进去。其中，新中国成立后出版的新书居多，也有我在童蒙时期读过的"四书五经"、《纲鉴易知录》、《古唐诗合解》、《昭明文选》等旧书数十种。

"书卷多情似故人，晨昏忧乐每相亲。"它们原来挤压在几个木箱里，随我出故里、入县城、进都市，历尽流离转徙之苦。于今，看到这些"故人"终于有了安身立命之所，心中颇觉畅然，甚至有一种"向平愿了"之感。

当时书价低廉，但薪俸也少，去掉必要的开支，已经所余无几。每当走进书店，总是贪馋地望着琳琅满架的新书，不想移步，无奈阮囊羞涩，只能咽下口水，空饱一番眼福，无异于"过屠门而大嚼"。尽管如此，几年过去，书橱里竟也座无虚席。工余归来，即使再累再乏，只要启开橱门，浏览一番书卷，顿觉神怡目爽，倦意全消。

不料胜景不常，"文革"浩劫到了，"破四旧"的狂飙席卷全城。自忖橱中书籍十之八九当在横扫之列。为了安全度过劫波，只好将它们再度塞回木箱，放置楼顶天花板上。尽管有些过意不去，但形势所逼，也只好屈尊了。转眼间三年过去，我从劳动锻炼的工厂归来，进门第一件事，便是从楼顶上搬下木箱，拂去蛛网尘灰，将书籍重新摆上书橱。"故友"重逢，恍如梦寐，相对唏嘘久之。

七十年代后期，大批新书上市，许多旧版书也陆续重印。冷落已久的书店，又是熙熙攘攘，门庭若市了。我呢，由于十年间物资匮乏，开销不大，手头略有些许积蓄。这样，几乎每次从书店出来，都要带回几本新书。加之，在"海、北、天、南"等大都市工作的朋友，知我嗜书如命，也都纷纷为我代购。一时间，床头、桌下，卷帙山积，竟然"书满为患"。于是，我又添置了两个新的书橱，是为第二代。

八十年代中期，散文集《柳荫絮语》出版后，我开始了随笔集《人才诗话》的创作。当时，做了两方面的准备：一是购置与借阅上百种历代诗词别、总群集，从中选出三百余首与人才问题有关的诗词；二是搜集、研读各种人才学论著，以及古今中外关于人才问题的故实、轶闻、佳话。在此基础上，兼顾"人才诗"（这是我杜撰的一个名词）的内容与人才现象、人才思想、选才制度、成才规律等各方面课题，拟定近百个题目，边准备，边构思，边创作，以文学的形式、史论的笔法，把情与理、诗与史熔于一炉，每月可得五六篇。其中有些篇章，曾在《人民日报·海外版》的《望海楼随笔》专栏中刊载过。通过这部书的写作，使我有机会研究了大量诗文典籍，也积聚了相当数量的书籍。为此，我又新置了两个书橱，是为第三代。

进入九十年代之后，新书出得更多，但书价之高昂，令人瞠目结舌。这期间，虽然我又出版了三本散文集、一本旧体诗词，但稿费无多。好在"天无绝人之路"，因工作之便，可以定期收到省内各出版社的样书。日积月累，数量也颇为可观。我还利用业余时间，从事美学与清前史的研究，相应地置备一些有关学术著作。适应这些方面的需要，我添置两个高与梁齐、装上有机玻璃拉门与铝材滑道的现代化书橱。后来居上，这第四代可称是"佼佼者"了。

多年来，书籍随进随放，见缝插针，有些杂乱无章。最近，我运用宏观调控手段，对它们进行一次综合治理，实行分级管理，分类陈放。藏书中，以散文与诗词为多，我让它们进驻第四代书橱；史书与理论、学术著作，由第三代书橱安置；第二代书橱中，一个用于存放诗词、散文以外的文学著作，一个用于存放各类社会科学杂著，三教九流，百家诸子。

与上述三代书橱相比，制作于六十年代的第一代书橱，未免有些寒酸、陈旧，有的朋友劝我改作他用，另置新橱，我却敝帚自珍，割舍不得。算来，它已经与我同甘共苦三十年了，伴我由青春年少到绿鬓销磨，渐入老境，彼此结下了深厚的情谊。"贫贱之交不可忘"，我为它派下了特殊用场，专门陈放各地文友签名、惠赠的书籍，现已达到几百种了。

四代书橱，比肩而立，占去了我的卧室与客厅的半壁江山，使原本就不宽敞的居室显得更为褊窄。但环堵琳琅，确也蔚为壮观。纵然谈不上桂馥兰馨、书香盈室，但，"四壁图书中有我"，毕竟不失雅人深致。尽可以志得意满，顾盼自雄，说上一句："丈夫拥书万卷，何假南面百城！"

清夜无眠，念及众多古圣先贤、硕学鸿儒、骚人墨客，各以其佳篇名著，竞技闲庭，顿觉蓬荜生辉，萧斋增色。陶彭泽当年不为五斗米折腰，而今却伫立橱中，静候主人光顾；而开创了中国大写意派，"病奇于人，人奇于诗"的徐文长，也居然俯首降心，屈己以待。

惭愧的是，橱中只有部分书籍我曾匆匆过眼，余则连点头之识也谈不到。我当在有生之年，焚膏继晷，夕惕朝乾，加倍地黾勉向学，以不负诸贤的青睐。

# 碗 花 糕

一

小时候，一年到头，最欢乐的日子要算是旧历除夕了。

除夕是亲人欢聚的日子。行人在外，再远也要赶回家去过个团圆年。而且，不分穷家富家，到了这个晚上，都要尽其所能痛痛快快地吃上一顿。母亲常说："打一千，骂一万，丢不下三十晚上这顿饭。"老老少少，任谁都必须熬过夜半，送走了旧年、吃过了年饭之后再去睡觉。

我的大哥在外做瓦工，一年难得回家几次，但是，旧历年、中秋节却绝无例外地必然赶回来。到家后，第一件事是先给水缸满满地挑上几担水，然后再抡起斧头，劈上一小垛劈柴。到了除夕之夜，先帮嫂嫂剁好饺馅，然后就盘腿上炕，陪着祖母和父亲、母亲玩纸牌。剩下的置办夜餐的活，就由嫂嫂全包了。

一家人欢欢乐乐地说着笑着。《笑林广记》上的故事，本是寥寥数语，虽说是笑话，但"包袱"不多，笑料有限。可是，到了父亲嘴里，敷陈演绎，踵事增华，就说起来有味、听起来有趣了。原来，自幼他曾跟"说书的"练习过这一招儿。他逗大家笑得前仰后合，自己却顾自在一旁"吧嗒、吧嗒"地抽着老旱烟。

123

　　我是个"自由民"，屋里屋外乱跑，片刻也停不下来。但在多数情况下，是听从嫂嫂的调遣。在我的心目中，她就是戏台上头戴花翎、横刀立马的大元帅。此刻，她正忙着擀面皮、包饺子，两手沾满了面粉，便让我把摆放饺子的盖帘拿过来。一会儿又喊着："小弟，递给我一碗水！"我也乐得跑前跑后，两手不闲。

　　到了亥时正点，也就是所谓"一夜连双岁，五更分二年"的时刻，哥哥领着我到外面去放鞭炮，这边饺子也包得差不多了。我们回屋一看，嫂嫂正在往锅里下饺子。估摸着已经煮熟了，母亲便在屋里大声地问上一句："煮挣了没有？"嫂嫂一定回答："挣了。"母亲听了，格外高兴，她要的就是这一句话。——"挣了"，意味着赚钱，意味着发财。如果说"煮破了"，那就不吉利了。

　　热腾腾的一大盘饺子端了上来，全家人一边吃一边说笑着。突然，我喊："我的饺子里有一个钱。"嫂嫂的眼睛笑成了一道缝，甜甜地说："恭喜，恭喜！我小弟的命就是好！"旧俗，谁能在大年夜里吃到铜钱，就会长年有福，一顺百顺。哥哥笑说，怎么偏偏小弟就能吃到铜钱？这里面一定有说道，咱们得检查一下。说着，就夹起了我的饺子，一看，上面有一溜花边儿，其他饺子都没有。原来，铜钱是嫂嫂悄悄放在里面的，花边也是她捏的，最后，又由她盛到了我的碗里。谜底揭开了，逗得满场轰然腾笑起来。

　　父母膝下原有一女三男，早几年，姐姐和二哥相继去世。大哥、大嫂都长我二十岁，他们成婚时，我才一生日多。嫂嫂姓孟，是本屯的姑娘，哥哥常年在外，她就经常把我抱到她的屋里去睡。她特别喜欢我，再忙再累也忘不了逗我玩，还给我缝制了许多衣裳。其时，母亲已经年过四十了，乐得清静，便听凭我整天泡在嫂嫂的屋里胡闹。后来，嫂嫂自己生了个小女孩，也还是照样地疼我爱我亲我抱我。有时我跑过去，正赶上她给小女儿哺乳，便把我也拉到她的胸前，我们就一左一右地吸吮起来。

　　但我印象最深刻的，还是嫂嫂蒸的"碗花糕"。她有个舅爷，在京城某王府的膳房里混过两年手艺，别的没学会，但做一种蒸糕却是出色当行。一次，嫂嫂说她要"露一手"，不过，得准备一个大号的瓷碗。乡下僻塞，买不着，最后，还是她回家把舅爷传下来的浅花瓷碗捧了过来。

　　一个面团是嫂嫂事先合好的，经过发酵，再加上一些黄豆面，搅拌两个鸡蛋和一点点白糖，上锅蒸好。吃起来又甜又香，外暄里嫩。家中每人分尝一块，其余的全都由我吃了。

蒸糕做法看上去很简单，可是，母亲说，剂量配比、水分、火候都有讲究。嫂嫂也不搭言，只在一旁甜甜地浅笑着。除了做蒸糕，平素这个浅花瓷碗总是嫂嫂专用。她喜欢盛上多半碗饭，把菜夹到上面，然后，往地当央一站，一边端着碗吃饭，一边和家人谈笑着。

二

关于嫂嫂的相貌、模样，我至今也说不清楚。在孩子的心目中，似乎没有俊丑的区分，只有"笑面"或者"愁面"的感觉。小时候，我的祖母还在世，她给我的印象，是终朝每日愁眉不展，似乎从来也没见到过笑容；而我的嫂嫂却生成了一张笑脸，两道眉毛弯弯的，一双水灵灵的大眼睛总带着甜丝丝的盈盈笑意。

不管我遇到怎样不快活的事，比如，心爱的小鸡雏被大狸猫捕吃了，赶庙会母亲拿不出钱来为我买彩塑的小泥人，只要看到嫂嫂那一双笑眼，便一天云彩全散了，即使正在哭闹着，只要嫂嫂把我抱起来，立刻就会破涕为笑。这时，嫂嫂便爱抚地轻轻地捏着我的鼻子，念叨着："一会儿哭，一会儿笑，小鸡鸡，没人要，娶不上媳妇，瞎胡闹。"

待我长到四五岁时，嫂嫂就常常引逗我做些惹人发笑的事。记得一个大年三十晚上，嫂嫂叫我到西院去，向堂嫂借枕头。堂嫂问："谁让你来借的？"我说："我嫂。"结果，在一片哄然笑闹中被二嫂"骂"了出来。二嫂隔着小山墙，对我嫂嫂笑骂道："你这个闲×，等我给你撕烂了。"我嫂嫂又回骂了一句什么，于是，两个院落里便伴随着一阵阵爆竹的震响，腾起了"叽叽嘎嘎"的笑声。原来，旧俗：三十晚上到谁家去借枕头，等于要和人家的媳妇睡觉。这都是嫂嫂出于喜爱，让我出洋相，有意地捉弄我，拿我开心。

还有一年除夕，她正在床头案板上切着菜，忽然一迭连声地喊叫着："小弟，小弟！快把荤油罐给我搬过来。"我便趔趔趄趄地从厨房把油罐搬到她的面前。只见嫂嫂拍手打掌地大笑起来，我却呆望着她，不知是怎么回事。

过后，母亲告诉我，乡间习俗，谁要想早日"动婚"，就在年三十晚上搬动一下荤油坛子。

嫂嫂虽然没有读过书，但十分通晓事体，记忆力也非常好。父亲讲过的故事、唱过的"子弟书"，我小时在家里"发蒙"读的《三字经》《百家姓》，她听过几遍后，便能牢牢地记下来。我特别贪玩，家里靠近一个大沙岗，整天跑到那里去玩耍。早晨，父亲布置下两页书，我早就忘记背诵了，她便带上书跑到沙岗上催我快看，发现我浑身上下满是泥沙，便让我就地把衣服脱下，光着身子坐在树荫下攻读，她就跑到沙岗下面的水塘边，把脏衣服全部洗干净，然后晾在青草上。

我小时候又顽皮，又淘气，一天到晚总是惹是生非。每当闯下祸端父亲要惩治时，总是嫂嫂出面为我讲情。这年春节的前一天，我们几个小伙伴随着大人到土地庙去给"土地爷"进香上供，供桌设在外面，大人有事先回去，留下我们在一旁看守着，防止供果被猪狗扒吃了，挨过两个时辰之后，再将供品端回家去，分给我们享用。所谓"心到佛知，上供人吃"。

可是，两个时辰是很难熬的，于是，我们又免不了起歪祸。家人走了以后，我们便悄悄地从怀里摸出几个偷偷带去的"二踢脚"（一种爆竹），分别插在神龛前的香炉上，然后用香火一点燃，只听"劈——叭"一阵轰响，小庙里面便被炸得烟尘四散，一塌糊涂。我们却若无其事地站在一旁，欣赏着自己的"杰作"。自以为神不知鬼不觉，哪晓得，早被邻人发现了，告到了我的父亲那里。

我却一无所知，坦然地溜回家去。看到嫂嫂等在门前，先是一愣，刚要向她炫耀我们的"战绩"，她却小声告诉我：一切都"露馅"了，见到父亲二话别说，立刻跪下，叩头认错。我依计而行，她则"爹长爹短"地叫个不停，赔着笑脸，又是装烟，又是递茶，父亲渐渐地消了气，叹说了一句："长大了，你能赶上嫂嫂一半，也就行了。"算是结案。

我家养了一头大黄牛，哥哥春节回家度假时，常常领着我逗它玩耍。他头上顶着一个花围巾，在大黄牛面前逗引着，大黄牛便跳起来用犄角去顶，尾巴翘得老高老高，吸引了许多人围着观看。这年秋天，我跟着母亲、嫂嫂到棉田去摘棉花，顺便也把大黄牛赶到地边去放牧。忽然发现它跑到地里来嚼棉桃，我便跑过去扬起双臂轰赶。当时，我不过三四岁，胸前只系着一个花兜肚，没有穿衣服。大黄牛看我跑过来，以为又是在逗引它，便挺起了双角去顶我，结果，牛角挂在兜肚上，我被挑起四五尺高，然后抛落在地上，肚皮上划出了两道血印子，周围的人都吓得目瞪口呆，母亲和嫂嫂"呜呜"地哭了起来。

事后，村里人都说，我捡了一条小命。晚上，嫂嫂给我做了"碗花糕"，然后，叫我睡在她的身边，夜半悄悄地给我"叫魂"，说是白天吓得灵魂出窍了。

## 三

每当我惹事添乱，母亲就说："人作（读如昨）有祸，天作有雨。"果然，乐极悲生，祸从天降了。

在我五岁这年，中秋节刚过，回家休假的哥哥突然染上了疟疾，几天下来也不见好转。父亲从镇上请来一位安姓的中医，把过脉之后，说怕是已经转成了伤寒，于是，开出了一个药方，父亲随他去取了药，当天晚上哥哥就服下了，夜半出了一身透汗。

清人沈复在《浮生六记》中，记载其父病疟返里，寒索火，热索冰，竟转伤寒，病势日重，后来延请名医诊治，幸得康复。而我的哥哥遇到的却是一个"杀人不用刀"的庸医，由于错下了药，结果，第二天就死去了。人们都说，这种病即使不看医生，几天过后也会逐渐痊复的。父亲逢人就讲："人间难觅后悔药，我真是悔青了肠子。"

他根本不相信，那么健壮的一个小伙子，眼看着生命就完结了。在床上停放了两整天，他和嫂嫂不合眼地枯守着，希望能看到哥哥长舒一口气，苏醒过来。最后，由于天气还热，实在放不住了，只好入殓，父亲却双手捶打着棺材，破死命地叫喊；我也呼着号着，不许扣上棺盖，不让钉上铆钉。尔后又连续几天，父亲都在深夜里到坟头去转悠，幻想能听到哥哥在坟墓里的呼救声。由于悲伤过度，母亲和嫂嫂双双地病倒了，东屋卧着一个，西屋卧着一个，屋子里死一般的静寂。原来雍雍乐乐、笑语欢腾的场面再也见不到了。我像是一个团团乱转的卷地蓬蒿，突然失去了家园，失去了根基。

冬去春来，天气还没有完全变暖，嫂嫂便换了一身月白色的衣服，衬着一副瘦弱的身躯和没有血色的面孔，似乎一下子苍老了许多。其实，这时她不过二十五六岁。父亲正筹划着送我到私塾里读书。嫂嫂一连几天，起早睡晚，忙着给我缝制新衣，还做了两次"碗花蒸"。不知为什么，吃起来总觉着味道不及过去了。母亲看她一天天瘦削下来，说是太劳累了，劝她停下来歇歇。她说，等小弟再大一点，娶了媳妇，我们家就好了。

一天晚上，坐在豆油灯下，父亲问她下步有什么打算。她明确地表示，守着两位老人、守着小弟弟、带着女儿过一辈子，哪里也不去。

父亲说："我知道你说的是真心话，没有掺半句假。可是……"

嫂嫂不让父亲说下去，呜咽着说："我不想听这个'可是'。"

父亲说，你的一片心情我们都领了。无奈，你还年轻，总要有个归宿。如果有个儿子，你的意见也不是不可以考虑；可是，只守着一个女儿，孤苦伶仃的，这怎么能行呢？

嫂嫂说："等小弟长大了，结了婚，生了儿子，我抱过来一个，不也是一样吗？"

父亲听了长叹一声："咳，真像'杨家将'的下场，七郎八虎，死的死，亡的亡，只剩下一个无拳无勇的杨六郎，谁知将来又能怎样呢？"

嫂嫂呜呜地哭个不停，翻来覆去，重复着一句话："爹，妈！就把我当作你们的女儿吧。"嫂嫂又反复亲我，问"小弟放不放嫂嫂走"，我一面摇晃着脑袋，一面号啕大哭。父亲、母亲也伤心地落下了眼泪。这场没有结果的谈话，暂时就这样收场了。

但是，嫂嫂的归宿问题，终竟成了两位老人的一块心病。一天夜间，父亲又和母亲说起了这件事。他们说，论起她的贤惠，可说是百里挑一，亲闺女也做不到这样。可是，总不能看着二十几岁的人这样守着我们。我们不能干那种伤天害理的事，我们于心难忍啊！

第二天，父亲去了嫂嫂的娘家，随后，又把嫂嫂叫过去了，同她母亲一道，软一阵硬一阵，再次做她的思想工作。终归是"胳膊拧不过大腿"，嫂嫂勉强地同意改嫁了。两个月后，嫁到二十里外的郭泡屯。

我们那一带的风俗，寡妇改嫁，叫"出水"，一般都悄没声的，不举行婚礼，也不坐娶亲轿，而是由娘家的姐妹或者嫂嫂陪伴着，送上事先等在村头的婆家的大车，往往都是由新郎亲自赶车来接。那一天，为了怕我伤心，嫂嫂是趁着我上学，悄悄地溜出大门的。

午间回家，发现嫂嫂不在了，我问母亲，母亲也不吱声，只是默默地揭开锅，说是嫂嫂留给我的，原来是一块碗花糕，盛在浅花瓷碗里。我知道，这是最后一次吃这种蒸糕了，泪水唰唰地流下，无论如何也不能下咽。

每年，嫂嫂都要回娘家一两次。一进门，就让她的侄子跑来送信，叫父亲、母亲带我过去。因为旧俗，妇女改嫁后再不能登原来婆家的门，所谓"嫁出的媳妇泼出的水"。见面后，嫂嫂先是上下打量我，说"又长高了"，"比上次瘦了"，坐在炕沿上，把我夹在两腿中间，亲亲热热地同父母亲拉着话，像女儿见到爹妈一样，说起来就没完，什么都想问，什么都想告诉。送走了父亲、母亲，还要留我住上两天，赶上私塾开学，早晨直接送我到校，晚上再接回家去。

后来，我进县城、省城读书，又长期在外工作，再也难以见上嫂嫂一面了。听说，过门后，她又添了四个孩子，男人大她十几岁，常年哮喘，干不了重活，全副担子落在她的肩上，缝衣、做饭、喂猪、拉扯孩子，莳弄园子，有时还要到大田里搭上一把，整天忙得"脚打后脑勺子"。由于生计困难，过分操心、劳累，她身体一直不好，头发过早地熬白，腰也直不起来了。可是，在我的梦境中、记忆里，嫂嫂依旧还是那么年轻，俊俏的脸庞上，两道眉毛弯弯的，一双水灵灵的大眼睛总带着甜丝丝的盈盈笑意……

又过了两年，我回乡探亲，母亲黯然地说，嫂嫂去世了。我感到万分地难过，连续几天睡不好觉，心窝里堵得慌。觉得从她的身上得到的太多太多，而我所给予她的又实在太少太少，真是对不起这位母亲一般地爱我、怜我的高尚女性。引用韩愈《祭十二郎文》中的话，正是"汝病吾不知时，汝殁吾不知日，生不能相养以共居，殁不能抚汝以尽哀，敛不凭其棺，窆不临其穴"，"彼苍者天，曷其有极！"

一次，我向母亲偶然问起嫂嫂留下的浅花瓷碗，母亲说："你走后，我和你父亲加倍地感到孤单，越发想念她了，想念过去那段一家团聚的日子。见物如见人。经常把碗端起来看看，可是，你父亲手哆嗦了，碗又太重……"

就这样，我再也见不到我的嫂嫂，再也见不到那个浅花瓷碗了。

# 绿 窗 人 去 远

一

我想了一下，这篇回忆文字，需要从我整理旧书说起。

我念过八年私塾，读过的、收藏的旧书不少，"三、百、千""四书五经"，连同那些铜版、木版刻印的古代诗文选本、专集，以及部分史学名著，流失了的不算，手头存留的总还有一百多本吧。那淡淡的书香中，不仅埋藏了我的辛劳、凄苦的童年，浸透着近三千个日日夜夜的心血；而且，许多书册上都留存着塾师的"手泽"——封面上有他用正楷题写的书名和我的名字，书页上还有他用朱笔点出的断句。

因此，半个世纪以来，我一直刻意地珍藏着。它们跟着我，从僻远的荒村走进了县城，又从县城到了我曾工作过二十多年的地级市，近三十年，又随着我进了省城。其间，它们也像人事一样，经历过甘甜，也遇到过苦难，甚至面临着毁灭的危险。说来，我们也是患难之交了。虽然那些书里没有什么珍本、善本，并不具备特殊的收藏价值，但是，"书卷多情似故人"，毕竟存在一种难剪难理的深厚感情。

"文化大革命"的狂潮刚刚涌起，"破四旧"就开始了。那时，我刚刚从一家报社调到市委机关工作，行李和物品零乱地堆放在楼上一间暂时没有住人的空屋子里。这些锁在木箱里的旧书，也随之原封不动地运到楼上，已经很久很久没有打开过了。我整天提心吊胆地关注着这些旧书的命运，唯恐那些难以理喻、思想单纯的红卫兵，会把它们作为"四旧"的典型付之一炬，可是，又苦于找不到一个理想的掩藏处所。为此，常常中夜惊悚，忧心如捣。

一天，我在窗外闲步，突然发现这座楼房原是尖顶的，就是说，上面装有木质的桁架。那么，天花板上必然有着很大的空隙了。回屋看了看，墙后果然有个可以直达棚顶的绳索结成的缘梯。于是，便在一天深夜，悄悄地把书箱搬到棚顶上去，密藏起来，然后，再把缘梯撤除。化用朱熹老夫子《九曲棹歌》中的两句诗，从此，也就"虹桥一断无消息，万卷千篇锁翠烟"了。

尔后，"破四旧"的飓风虽然止息，其他名目繁多的批判、斗争，却还是一场接着一场。随着我连续几年下放工厂、农村劳动改造，再就很少进入这座楼房来住宿了，更是难以提起展读旧书的兴致。直到机关给我分配了住房，家里从农村迁回城市，一切都安顿得差不多了，我才重新架起梯子，钻到顶棚上，沾着浑身满脸的灰尘，把旧书箱搬运下来。屈指一算，已经八个年头过去了。

这天，我敲开了木箱的锈锁，把那些线装书一本一本地放到太阳底下晾晒着。顿时，仿佛又回到了童年，像三十几年前那样，依旧坐在塾斋的炕上。其中的"四书"是用一条布带子打着"十"字花捆起来的，解开布带，见到每页的书角，全都用蜡液熨过，使得那些因为翻检频繁、边角有些打卷儿的书页，变得十分平整了。我想起来了，这都出自小妤姐当年的手泽。

记得，那是1948年的秋天，小妤姐看我早就读了《诗经》《书经》等一大批新书，"四书"已经放在一边不用了，便把这一摞旧书收在一起，带回她的房间里。多少天以后，重新放置在我的书桌里的"四书"，已经熨得平平展展，简直像新的一样。我现在记不起来，这布条是她捆的还是我捆的，反正从那以后，这一套书我再也没有翻检过。因为过了旧历年，我就进入了镇上的补习班，半年后，又考取了县城的中学。此后，面对的是全新的视界，便再也没有机缘接触这些旧书了。

现在，翻看着这一册册的线装书，有如旧梦重温，说不出滋味是酸是甜，情怀是悲是喜，也许是几分欣慰又夹杂着丝丝的怅惘吧。翻着翻着，我突然发现《论语》上卷里夹着一张写在带格的彩纸上的字条。铅笔字，不怎么熟练，有些歪歪扭扭，却写得十分认真。三十几个字，都是竖着写的（标点是我加的，改了两个错别字）：

> 我要走了，也许以后我们再也不能见面了。
> 嘱咐一句话：你太淘气，闹了几次危险了。

尽管过去没有见过小姁姐的字迹，但我知道肯定是她写的，不会是别人。

## 二

小姁姐是谁？她是我的塾师刘璧亭先生的小女儿。

要看她待我的那种真诚，那份情意，简直像我的亲姐姐一样，其实，我们之间没有任何亲属关系，但她在我就读私塾期间，一直充当我的"课外指导"。她小小年纪便遭遇到惨痛的不幸。十岁那年，在警察署长家充任家庭教师的母亲，因为遭到东家的奸污而含愤跳进了辽河。从此，她便开始了流离转徙的动荡生涯——先是嫁到邻县的姐姐把她接了过去；待到刘先生在我们村里安顿下来，她又从姐姐那里回到父亲身旁。父亲受"女子无才便是德"的封建思想影响，不让她念书识字。可是，由于她赋性聪敏，又兼较长时期在私塾这种文化环境里熏陶，也懂得许多文化知识。她认识许多字，而且，背得出来《弟子规》《名贤集》《神童诗》中的不少词句。

小姁姐的性格有些内向，比较孤僻，平素很少和邻居的孩子们交往，这可能和她从小就遭遇苦难、失去母爱有关；但与我却很合得来，用现在的话讲，共同语言比较多。我虽然小她三岁，个子却比她还高，生就一副"孩子王"的英雄气概，又兼天资颖悟，课业拔尖，因此，很受她的青睐。

有一次，我们坐在一起闲谈，说起了她的名字。她说：

"小妤，是我的小名，母亲起的。我出生时，父亲已经四十多岁了，因此，我的大名叫作晚芳；后来父亲又说，还是叫野芳好。待到我母亲去世以后，父亲日夜思念，为了纪念我的母亲，便放弃了我的大名，叫起了小名。""晚芳、野芳，名字都很典雅。"那时，我已经读过了许多书，便告诉她："'野芳'的来历，是宋代大诗人欧阳修的诗句：'曾共洛阳花下住，野芳虽晚不须嗟'。这个大文豪，似乎特别喜欢'野芳'这两个字，他在一篇文章里还写过：'野芳发而幽香，佳木秀而繁荫'。"

她听了高兴得跳起来，称赞我说："你知道的真多！"

这天，我到塾斋很早，老先生正在吃饭，小妤姐撂下碗筷，就过来和我闲谈，同时，带出来一些花生米和糖块给我吃。她悄悄地告诉我，父亲昨天晚上犯了烟瘾，早晨起来就没有好气，性情焦躁得很，让我背书时多加小心。

背书开始了，我站在地下，背对着老先生，面向着东墙上的孔夫子像。我从左侧的门帘缝隙，看到小妤姐隐在门外的身影。我知道，她是放不下惴惴的心，生怕我出现差错，招致斥责，因而偷偷地隐在一旁查看。幸好，从始至终，我背诵得十分顺利，这一关算是过去了。

我那时特别贪玩，在复习功课时，经常从炕席上拆下一些苇篾儿，弯作弹弓，去弹射嘎子哥，以致时间一长，屁股底下便破出一个大窟窿。小妤姐便悄悄地把牛皮纸抹上浆糊加以粘补，有时，还趁我们放学回家，把苇席调换一个角度。这样，我也就可以继续干那种拆折苇篾、弹射别人的淘气勾当了。多少天以后，屁股底下又出现了漏洞，小妤姐便再次地耐心粘补，看不到有丝毫的厌烦情绪。遇到夜黑天，伸手不见五指，路上绝少行人，我念完三排香的"夜书"回家时，她总是拎起门后的一条木棒，往前护送一程，然后，自己再独自回去。

过大年前后，私塾临时停学几天，我便常常跟着小妤姐到前村去看戏。戏台距离地面有五尺高，用木板搭成，坐北朝南，台下挤满了看客，周边都是卖各种小吃的。到了那里，小妤姐总是先去给我买个大麻花或带窟窿的烧饼，然后，我就一边吃着一边观看。这天，我们看到了最精彩的节目。台上跑着一只金钱豹，神气活灵活现，虽然是由人装扮的，却和真的一样，一蹿，一闪，一跳，一滚，博得了满场的掌声。

还有一个武生，出场时，先是威风抖擞地亮个俊相，然后把一支钢叉，朝着戏台右上方飞掷过去，不偏不倚，端端正正，恰好扎在戏台的柱子上。亏得他功夫到家，扎得准，不然，稍稍出一点偏差，飞叉就会掷到台下，扎在看客的脑袋上。尽管没有出现事故，台下的人群早已慌做一团，吓得一个劲儿地"妈呀、妈呀"地乱叫，过了好一会儿，才想起来拍巴掌喝彩。这时，武生却已经蹀回台后去了。我还瞪着一双眼睛，定定地等着看他的新招法，小妤姐却不容分说，拉起我的胳膊就往外走，嘴里一迭连声地叨咕着："白给咱八百吊（钱），也不看了，——太危险！"

在家里闲不住，我们便去村子东头看高跷秧歌。广场上的人，围得里三层外三层，唢呐翻着样儿吹，铙钹、锣鼓敲得震天价响。钻到里面一看，扮武丑的"头跷"刚好转到我们的身边。只见他，头戴着一顶黑尖帽，勾了个三花脸，嘴角旁留着个倒"八"字胡，手里摇着一条马鞭，左翻右摆，闪腰垫步，跳着各种秧歌的舞步。后面紧跟着大队人马，认得出来的，有许仙、白蛇、孙悟空、猪八戒一流人物。那智勇双全的孙大圣，一会儿蹦到这边，一会儿又蹿到那边，一手舞弄着金箍棒，一手又抓耳挠腮，异常活跃。而心存邪念、老惦着婆媳妇的猪八戒，腆着个大肚子，扇乎着两个大耳朵，扛着钉子耙，晃晃悠悠，滑稽可笑。

最逗趣的是那个丑婆，身穿一套花衣红裤，耳朵上缀着两只红辣椒，手里攮着一把棒槌，嘴上还叼着一个烟管很长的大烟袋，搔首弄姿，忸怩作态，洋相百出。当她发现许仙和白娘娘正在眉目传情、亲亲热热地翩翩对舞时，便忙不迭地跳过去，抢起棒槌捣乱，一而再再而三地加以干涉。我已经看得入神，咧着大嘴呵呵地笑，小妤姐却把嘴巴凑到我的耳边，嘟囔了一句："你看这个老东西，烦人不烦人？"

# 三

现在，回头说说小妤姐的字条上写的"淘气闹了几次危险"的事。

前两年，由于我在塾斋闹学，受到惊吓，病倒了三个多月。那期间，小妤姐曾多次到家里去看我，还给我做鸡蛋疙瘩汤吃；每次老先生去家里探视，她都要尾随前往。

还有一次，我站在秫秸垛上，与隔院的孩子打土坷垃仗，脚下一出溜儿，不慎滑进了两个秫秸垛的夹缝里。秫秸的茬子尖尖的，像锋利的枪刺一般，把我全身的皮肤划出了十几处伤口，这样，人们还说："太幸运了，多亏没有扎着眼睛"。最尴尬的是，处在两个秫秸垛的夹缝中，左右动弹不得，全都有尖刺顶着，挣扎了好长时间也钻不出来。最后，还是由我父亲和东邻的二哥帮忙，把秫秸一捆一捆地捣动开，才算解救出来。

最危险的那一次，是被牛犄角挑起四五尺高，然后抛落在地上，肚皮划出了两道血印子，周围的人都吓得目瞪口呆。事后，人们都说我捡了一条小命。听到我讲述这些情节，小妤姐一会儿焦急，一会儿惊悸，一会儿摇头，喃喃地说："简直把人吓死了，你可不能再这么闹下去！"过了一会儿，又补充一句："我父亲讲过，多难之人，必有厚福。——你是一个命大、有福的人。"她就是这样对我一片真情，时时处处关心着，照应着我。只是，由于我当时年龄太小，不懂得感情上的事，对于她没有过任何的回报，甚至连一句感激的话都没有表露过。

记得就在最后这年夏天，一个深夜，我从睡梦中醒转过来，听到母亲和父亲在说话。母亲说："小妤这个孩子，真挺好。人不大，特别懂事。对咱们的孩子，也是一片真心。"父亲接上说："老先生和他'魔怔'叔，也有心成全这门亲事，将来小妤嫁过来，两家好上结好，友情加上亲情。可是，我始终没有点头。我不吐口的原因，是他们二人的属性犯克，命相不对。"

说着，父亲叨念了一套口诀："自古白马怕青牛，羊鼠相逢一旦休，蛇见猛虎如刀斩，金鸡遇犬泪交流，龙逢玉兔云端去，猪与猿猴不到头。"

父亲说："咱们的孩子生在乙亥年，属猪；小妤生在壬申年，属猴。'猪猴不到头',古有明训,这叫犯属相;再者,他们一个是火命,一个是金命,火克金,金若遇火,必见销熔,'金火夫妻克六亲,祸及子孙守孤贫',这也是相书上写着的。命相不对,一生遭罪。这门亲事做不得!姻缘系由天定,人事不可强求。"

母亲又说:"那若是按这里本地的算法,女孩子算'进',小妤不是应该加一岁吗?"

父亲说:"命相学算的是属相,不论实岁、虚岁,她都是属猴——这没有变化。"

母亲也是最迷信命相的,听了父亲这番话,轻轻地叹息一声,两人便再也无话了。

看来,在那个年代,儿女们的婚事,在老一辈人的心目中,除了命相、属相,其他条件都是可有可无、无须过问的。每个当事人,不过是件金属、火焰、水滴、木块、土坷垃,至多只是一个大小动物,其他什么也不是。上了中学以后,我问历史老师,那套合婚、算命的玩意儿,有没有什么理论根据。

老师说,早在汉代,就形成了完整的天人感应的神学思想体系,《白虎通义》中讲到了"五行相克相害"的道理。这是属于传统文化中的糟粕。从那以后,再见小妤姐的面,就越来越少了。

后来听说,小妤经她姐姐介绍,嫁给了邻县农村的一个小伙子。此后,我们就再也没有会过面,音信也杳然了。昔梦追怀,我曾写过一首小诗:

> 秋水映长天,
> 黄花似昔妍。
> 绿窗人去远,
> 相见待何年?

# 我 的 第 一 个 老 师

　　小时候，我有一个近支族叔，本来有名有字，可是人们却总是叫他"魔怔"。其实，他在当地，算得是最有学识、最为清醒的人，只是说话、处事和普通人不一样，因而不为乡亲们所理解。正所谓："行高于人，众必非之。"早年，他在外面做事，由于性情骨鲠、直率，不肯屈从上司的旨意，又喜欢较真，凡事都要争出一个"理"来，因而，无端遭受了许多白眼。千般的苦闷全都窝在心里，没有发抒的渠道，致使精神受到很大的刺激，多年来一直"僵卧孤村"，在家养病。

　　他那种凄苦、苍凉的心境，留给我很深的印象，却又找不出恰当的话语来表述。后来，读了鲁迅的作品，看到先生说的，总如野兽一样，受了伤，并不嚎叫，挣扎着回到林子里去，倒下来，慢慢地自己去舔那伤口，求得痊愈和平复——心中似有所感，觉得大体上很相似。当然，这里只是就事论事，没有涉及更为广泛的内容。魔怔叔作为一介凡夫，是不能同思想家与战士相提并论的。

　　魔怔叔的面相，一如他的心境，一副又瘦又黄的脸庞，终日阴沉沉的，很难浮现出一丝笑容，眼睛里时时闪烁着迷茫、冷漠的光。年龄刚过四十，头发就已经花白，腰杆也有些弓了。动作中带着一种特有的矜持，优雅的懒散和恓惶的凝重，有时，却又显得过度的敏感。几片树叶飘然地坠落下来，

137

归雁一声凄厉的长鸣，也会令他触目惊心，四顾怆然。刚说了一句"悲哉，此秋声也"，竟然莫名其妙地流下来几滴泪水，呜咽着，再也说不出话来。

他感到空虚、怅惘和无边的寂寞。老屋里挂着一幅已经被烟尘熏得黝黑的字画，长长的字句很少有人念得出来。在我认得许多字之后，他耐心地一个字一个字地说给我听，原来是唐代诗人杜甫的七律。记得最后两句是："鱼龙寂寞秋江冷，故国平居有所思。"

他有满腹经纶，却得不到人们的赏识，心里自然感到苦闷。我父亲读的书虽然没有他的多，思想感情上倒是和他有相通之处，所以，两个人还能谈得来。只是，父亲每天都要从事笨重的体力劳动，奔走于衣食，闲暇时间太少。魔怔叔便把我这个毛孩子引为"忘年交"，这叫作"蜀中无大将，廖化作先锋"。但是，对我来说，却有幸结识一位真正的师长。

魔怔叔像一个不食人间烟火的方外之人，整天生活在精神世界里，对于物质生活从不讲究。他把各种资财、物品都看得很轻，不加料理；甚至连心爱的书籍也随处放置，被人借走了也想不到索还。他常常对我说，人情之常是看重眼前的细微小事，而对于大局、要务则往往态度模棱，无可无不可。这是人生的普遍失误。接着，就给我诵读一段韵语："子弟遇我，亦云奇缘。人间细事，略不留连。还问老夫，亦复无言。伥伥任运，已四十年。"开始，我以为这是他自己的述志诗，后来读书渐多，才知道是录自明末遗民傅青主的一篇小赋。

魔怔叔不愿与人交往，他认为，与其同那些格格不入的人打交道，不如孑然独处。有时一个人木然地坐在院子里，像一个坐禅的僧侣，甚至像一尊木雕泥塑。目光冷冷的，手里擎着一个大烟袋，吧嗒吧嗒，一个劲儿地抽烟。任谁走近身旁，他都不会抬眼瞧瞧。一天，本地一个颇有资财的表嫂去他家串门，见他那副孤高、傲慢的架子，便拍手打掌地说："哎哟哟，我的老弟呀，就算是'贵人语话迟'吧，也不能摆出那副酸样儿！难道是哪一个借你黄金还你废铁了？"魔怔叔睃了她一眼，现出一脸不屑的神情，冷笑着说："样儿不好，自家瞧。也没抬上八抬大轿请你来看。"

他平素不怎么喝酒，只有一次，到一个多年不见的朋友家，喝得酩酊大醉。

摔了人家的茶壶，骂了半晌糊涂街，最后跟跟跄跄地走出来，居然在丧失清醒意识的情况下，不费力气地找回了自己的家门。我问他是怎么找回来的，他说，不知道。这恐怕是因为以前无数次的回家记忆，已经内化在他的思维里，形成了一种无意识的自在机制。

童年的我，求知欲特别强，接受新鲜事物也快，正像法国大作家都德说的，"简直是一架灵敏的感觉机器，就像身上到处开着洞，以利于外面的东西随时进来"。我整天跟在魔怔叔身后，像个小尾巴似的，听他讲《山海经》《鬼狐传》。有时说着说着，他就戛然而止，同时用手把我的嘴捂上，示意凝神细听草丛间的唧唧虫鸣，这时，脸上便现出几分陶然自得的神色。

有时，我们去郊外闲步。旧历三月一过，向阳坡上就可以看到，各色的野花从杂草丛中悄悄地露出个小脑袋。他最喜欢那种个头很小的野生紫罗兰，尖圆的叶片衬着淡紫色的花冠，花瓣下面隐现着几条深紫色的纹丝，看去给人一种萧疏、清雅的感觉。

春天种地时，特别是雨后，村南村北的树上，此起彼伏地传出"布谷，布谷"的叫声。魔怔叔便告诉我，这种鸟又拙又懒，自己不愿意筑巢，专门把蛋产在别的鸟窝里。更加令人气恼的是，小布谷鸟孵出来后，身子比较强壮，心眼却特别坏，总是有意把原有的鸟雏挤出巢外，摔在地下。

魔怔叔说，燕子生来就是人类的朋友，它并不怎么怕人。随处垒巢，朱门绣户也好，茅茨土屋也好，它都照搭不误，看不出受什么世俗的眼光的影响。燕子的记性也特别好，一年过后，重寻旧垒，绝对没有差错。回来以后，唯一要做的事就是修补旧巢。只见它们整天不停地飞去飞来，含泥衔枝，然后就是产卵育雏，不久，一群小燕就会挤在窝边，齐簌簌地伸出小脑袋等着妈妈喂食了。平日里，它们只是呢喃着，似乎在热烈地闲谈着有趣的事情，可惜我们谁也听不懂。

鸟雀中，我最不喜欢的是猫头鹰，认为它是一种"不祥之鸟"，因为听祖母说过，它是阎王爷的小舅子，一叫唤就会死人。叫声也很难听，有时像病人的呻吟，有时发出"咯咯咯"的怪笑，夜空里听起来很吓人。样子也很古怪，白天蹲在树上睡觉，晚间却拍着翅膀，瞪起大而圆的眼睛。

魔怔叔耐心地听我诉说着，哈哈地大笑起来。显然，这一天他特别畅快。

他问我："你知道古时候它的名字叫啥吗？"我摇了摇头。他在地上用树枝书写一个"枭"字，他说，从前称它"不孝之鸟"，据说，母鸟老了之后，它就一口口地啄食掉，剩下一个脑袋挂在树枝上。所以，至今还把杀了头挂起来称为"枭首示众"。

我还向魔怔叔问过：有些鸟类，立夏一过，满天都是，很多很多，可是，两三天过后，却再也不露头了，这是怎么回事？他侧着脑袋想了一想，告诉我：这些可能是过路的候鸟。它们路过这里飞往东北的大森林和蒙古草原去度夏，在这里不想久留，只是补充一点粮食和饮水，还要继续它们的万里征程。说着，魔怔叔便领我到大水塘边上，去看鸬鹚捕鱼。只见它们一个个躬身缩颈，在浅水滩上缓慢地踱着步，走起路来一俯一仰的，颇像我这位魔怔叔，只是身后没有别着大烟袋。有时，它们却又歪着脑袋凝然不动，像是思考着问题，实际是等候着鱼儿游到脚下，再猛然间一口啄去。意兴盎然的鸟趣生机，给我带来无穷的乐趣。

我进了私塾以后，仍然和魔怔叔保持着亲密的关系。他和我的塾师刘璧亭先生是挚友，每逢刘先生外出办事，总要请他代理课业，协助管束我们。由于魔怔叔是一位地地道道的"博物学家"，讲授的都是些活的学问，所以，我们特别感兴趣。

在这天午后的课堂上，他随手拿起一本《千家诗》，翻到"双双瓦雀行书案，点点杨花落砚池"这几行，又用手指着窗外枝头的家雀，说：因为家雀常常栖止于檐瓦之上，所以，这里称作"瓦雀"。

接着，他又告诉我们，李清照的《武陵春》词中有这样两句："只恐双溪蚱蜢舟，载不动许多愁"。"蚱蜢"是一种形体很小的昆虫，用它来形容，说明这种船是不大的。蚱蜢的名字，听起来生疏，其实，你们都见过。说着，他就到后园里捉回一只翅膀和腹部都很长的飞虫，手指捏住它的双腿，它便不停地跳动着。我们认出来了，这是大蚂蚱，俗称"扁担勾"的，当即高兴地齐声念起儿歌："扁担扁担勾，你担水，我熬粥。熬粥熬得少，送给刘姥姥。姥姥她不要，我就自己造（辽西方言，吃的意思）。"

　　我从一部"诗话"中看到"一样枕边闻络纬，今宵江北昨江南"这样两句诗，便问魔怔叔："络纬是不是蟋蟀？"他说，络纬俗名莎鸡，又称纺织娘，蟋蟀学名促织，二者相似，却不是一样东西。说着，便引领我们走向草丛，耐心地教授如何根据鸣声来分辨这两种鸣虫。因为不能出声，他便举手为号：是促织叫，他举左手；络纬叫了，便举右手，直到我们能一一辨识为止。

　　夏天一个傍晚，气闷得很，院里成群成阵地飞着一些状似蜻蜓、形体却小得多的虫子。魔怔叔告诉我们：这就是《诗经·曹风》"蜉蝣之羽，衣裳楚楚……蜉蝣之翼，采采衣服"中的蜉蝣。这种飞虫的生命期极短，只有几个小时；可是，为了传宗接代，把物种延续下去，却要经历两次蜕壳和练飞、恋爱、交尾、产卵的整个历程。当这一切程序都完成之后，它们已经是疲惫不堪了，便静静地停下来，等着死掉。

　　《诗经》里的"岂其食鱼，必河之鲂"，鲂就是河里的鳊花，扁身缩颈，鳞细味美。——这也是从魔怔叔那里听来的。

　　但是，后来读书渐多，发现他所讲的有的也并不准确。比如，他说《诗经》中的"螟蛉有子，蜾蠃负之"，蜾蠃就是土蜂，这大概是不错的。可是，他依据旧说："蜂虫无子，负桑虫（即螟蛉）而为子"，把蜾蠃捕捉螟蛉等害虫为其幼虫的食物说成是收养幼虫，这就是谬误了。

　　不管怎样说，长大以后，我之所以能够"多识于鸟兽草木之名"，和童年那段经历是有着直接关系的。我要特别感谢那位魔怔叔的指教，他是我的第一位老师。

# 香 冢

一

　　我总觉得，她像一株冷艳的寒梅。

　　这也许是由于古人习惯以梅花来比拟心志高洁的佳人吧？再不就是受了唐人王建的诗句"天山路旁一株梅，年年花发黄云下"的感染，……实在说不清楚。反正一想起她来，我的脑海里就浮现出"暗香浮动""疏影横斜"的意象，渐渐地，这种意象竟活灵活现，袅袅婷婷地走过来了，"想佩环、月夜归来，化作此花幽独"（姜白石词）。

　　这已经是第三次访问北京的陶然亭了。没有风，空际云幕低沉，是一种酿雪的天气。果然，走着走着，丝丝、片片的雪花，就漫空飘舞起来。水木明瑟的平湖、高阜，还有那弯弯的柳径，淡雅的兰畦，脱尽了昔日的青青翠影，冷森森、白光光地默对着游人。平时，这里就不怎么嚣烦，此刻更是清空寂寥了。拾级步上高高的台地，在山门内檐瞧了瞧已经有三百余年历史的金字匾额"陶然"二字，又匆匆浏览了两边的对联，记得还有一副"十朝名士闲中老，一角西山恨有情"的联语，来不及寻看了，赶忙朝那北向的门窗纵目望去，立刻，前方雪影中闪现出几幅"素以为绚"的清妙的册页。

令我万分惊异的是，那满布着衰草寒枝的土坡上，分明挺立着一枝傲雪的寒梅。我知道，这肯定是一种错觉——在幽燕大地上，怎么可能见到那"惨淡江南白玉妃"的踪影呢？揉了揉眼睛，再定下神来，细看上去，原来竟是没有飘落的枝间红叶，闪烁在雪虐风饕里。我知道，这次所要寻访的"香冢"，就在它的下面。于是，我匆匆地走下亭台，沿着铺雪的石径，很快就来到银装素裹的土阜旁边，一盔三尺孤坟累然展现在眼前。

## 二

关于香冢，一如墓主的身世、遭际，有各种各样的说法，扑朔迷离，令人如堕五里雾中。我是相信这样的传说的：此间就是香妃的埋骨之地。披着满身的雪花，我静静地伫立在石碣前，一个字一个字地咀嚼着那没有留下作者姓名的哀感顽艳的铭文，并且依照流布已久的传闻轶话，凭着我的理解加以诠释、印证。

> 浩浩愁，茫茫劫；短歌终，明月缺。郁郁佳城，中有碧血。碧亦有时尽，血亦有时灭。一缕香魂无断绝。是耶？非耶？化为蝴蝶。

起首的四个短句、十二个字，形象地概括了香妃这位充满悲剧性、传奇性的女性凄苦、劫难的一生，堪称是以简驭繁、片言撷要的范例。古人驱遣文字的功夫着实了得。你看，唐代诗人杜牧在《阿房宫赋》的开头，也是用了同样的字数和短句，就把秦始皇并吞六国之后，大兴土木，修建阿房的过程，交代得一清二楚。

传说，香妃是一位出生在西域的貌美超群的人间绝色，回眸一笑，唇红齿白，能令人心醉神迷；而且，心地善良，性情温柔，天真活泼。由于她生来便体有异香，因而名为"伊帕尔罕"（维吾尔语：香姑娘）。她的童年时代，在亲人的爱抚下，整天过着无忧无虑的甜美的生活。可是，绮梦不长，这样一位貌似天仙、天真可爱的美人儿，长大了之后，偏偏赶上浓愁浩浩、劫难茫茫的动乱的年代，命运把她抛在一个动乱的地区、动乱的家族里，最后酿成一场"短歌终，明月缺"的悲惨结局。

她的丈夫霍集占是天山以南的维吾尔族地区当时称为"回部"的和卓木（教长或首领），当时参加了一场西部边疆的叛乱活动，把清朝派去的副都统、回部招抚使杀害了。乾隆皇帝派将军兆惠率兵讨伐。霍集占兵败逃亡，带着妻子、仆从三四百人遁入巴达克山，他本人被山民擒杀，香妃被清军劫获到大营里。

对于香妃的美艳绝伦，乾隆皇帝早有知闻，兆惠临行前，即有意暗示，在讨伐过程中，必须设法保护好香妃，并把她安全地带回京师。听到她已经被俘获的消息，皇帝又敕令沿途官吏悉心护视香妃的起居，万不可损蚀了她的玉颜姿色。进京"献俘"之日，乾隆皇帝一见倾心，惊为天人，立即下令，在宫内妥为安置。尔后，又几次去看她，觉得她神光高洁，有一种凛然不可犯的气概，因此，没敢伸出指尖去触她一触，只嗅得缕缕异香扑进鼻管来。心说，好一个绝代天仙，好一个香草美人！今得相见，也算是百世奇缘，三生厚福。当即赏赐了大量的珠宝衣饰，并嘱咐宫女、太监：只要香妃提出要求，一切都予以满足。

为了讨得美人的欢心，乾隆爷不惜破费巨量资财，在今天的新华门那里，专门给她修建了一座伊斯兰式的豪华住宅，名曰宝月楼，里面一切设施，包括浴池、壁砖、衣镜、装饰画等等，以及生活起居、日常习惯，都和在西域的情形没有什么两样。还在宝月楼的对面，特意修建了一座清真寺；在皇城墙外，盖起"回部"市廛楼台，设置了"回回营"，辟出一条"回回街"设肆售货，演奏体现"回部"风情的乐曲，使香妃有身在家园的感觉。但是，乾隆皇帝到底失算了，这种浓郁的环境氛围，不仅没能慰藉香妃的思乡之情，反而更加撩拨起心灵深处的背井离乡的痛楚。

## 三

自从入宫以来，香妃一直是冷若冰霜，对于皇上的种种垂顾，全然不加理睬。就是万岁爷的圣驾到了，她该着做什么还是做什么，旁若无人一般，一任皇帝在那里怔怔地望着，她只是撅着嘴巴，垂着眼角，木然没有半点反应。皇帝叹了一口气，自言自语地说，朕和香妃，怎么就这般无缘！难道真是天仙下凡，可望而不可即吗？

皇帝走后，宫女们赶忙过来相劝，说，后宫佳丽三千，哪个不翘首望幸！别说皇帝主动登门，就是有机会被瞧上一眼，也觉得无比荣幸。人活一世，草木一秋，女人一辈子图希着什么？还不是夫荣子贵，终身有个依托！你若是肯于顺从皇上，说不定一年过后就生下一个王子，马上就会成为正式的皇帝后妃，风光一世，万古留名。你怎么就这么任性，这么倔强，这么想不开事呢？

限于所受到的封建道统的浸染，宫女们的思维脉络，大概也只能这么想、这么说、这么劝解，应该说也没有什么恶意；可是，在香妃听来，却比挨一顿臭骂还难受得多，觉得极不顺耳，极度反感，便冷冷地还了一句：各人有各人的追求，各人有各人的活法，我更看重的是个性的独立，人身的自由。话说到这个份儿上，她觉得胸间郁闷难舒，于是，便又"突突突"地冒出了一团烈火般的话语：人终究是人，两条腿是用来站立的，不能像牛马那样四脚着地爬行，不能听从人家任意摆布！我才不想窝窝囊囊、委委屈屈地享受什么"荣华富贵"呢！

香妃生长在所谓"化外之邦"，处在一个与内地截然不同的生活环境里，那里没有受到那么多的封建礼教的污染，男女之间地位是平等的，关系是开放的。在她看来，爱情发自内在的情感，是最纯洁、最真诚的，掺不得假，勉强不得。她无论如何不能理解，三宫六院那么多如花似玉的女子，怎么全都泯灭了自己的意志，眼巴巴地盯着一个皇帝，得不到满足还哭哭啼啼。——她不懂得这是怎么回事儿。

是呀，男人女人，皇帝宫女，不都是人吗？为什么女人就不能有自己的意愿，自己的爱的选择和追求？霍集占犯了事，由他自己去承担，那叫自作自受，犯不上要把妻子搭上。香妃是清白无辜的，香妃的人身是自由的，人格是独立的，她有权利选定自己的出路，安排自己的情感取向。"三军可夺帅，匹夫不可夺志也。"为什么要像对待牲口似的，不吃草硬按脑袋？为什么硬要逼着去顺从皇帝？——皇帝又怎么样？

<h2 style="text-align:center">四</h2>

香妃的话语不多，却使宫女们听起来如雷震耳。个性？独立？自由？女人，特别是打入深宫的女人，同这些是根本不沾边的。虽然她们不能理解，也并不认同，但是，从此之后，对香妃却添了几分敬重，不能不另眼相看。几天过去，她们又来解劝香妃：皇帝可不是好惹的，"金口玉牙，说啥是啥"，万一龙威震怒，可就活不成了；就算是舍不得杀了你，哪一天，高兴了，忍耐不住了，硬把你弄过去，动了真格的，小胳膊还能拧过大腿吗？香妃听了，冷笑一声，说，人活百岁，终有一死，我早就做了这一手准备，一旦把我逼急了，我就……说着，"嗖"的一声，从衣服下摆里抽出一把雪亮的匕首。这可把宫女们吓傻了，天哪，自刎也好，刺人也好，后果都是不堪想象的。

她们慌忙跑到皇后富察氏那里，不敢隐瞒，把这种种见闻一五一十地交代清楚。皇后也觉得事态严重，但又想不出什么办法。自从香妃过来之后，皇帝早已把她冷冷地甩在一边，不闻不问，尽管恨满心头，嘴上却绝对不敢露出半个"不"字。最后，倒是乾隆的母亲——皇太后钮钴禄氏，一锤定了音：设法除掉她！因为她了解自己的儿子，极端任性，当面一定劝他不转，莫如下个狠心，干脆来个"釜底抽薪"，也就断了他想望的念头。于是，趁乾隆皇帝到天坛祭天之时，安排两个太监，悄悄地在宝月楼把香妃绞死了。"郁郁佳城，中有碧血"。哀哉！

因为一切都是太后策划的，乾隆皇帝也不便发作，只是，终日惨然寡欢，怔怔忡忡，失魂落魄一般。他现在唯一能做的，就是吩咐太监将香妃用上好棺木装殓起来，找个风景绝佳、环境幽静的地方埋葬下。于是，右安门内的南下洼，陶然亭北的土坡下，便有一座新坟掩映在荒烟蔓草里，给后世才人留下了无尽的遐思，缠夹不清的话题。"碧亦有时尽，血亦有时灭，一缕香魂无断绝。"如此而已。

依皇帝旨意，原本要在这里建一座规模宏丽的陵寝，设计方案已经定下，但未及开工就停下了。1933 年，清代著名工匠曹发达的后裔曹献瑞，迫于生计，将祖传下来的清朝各项工程图样转卖给北平图书馆与中法大学。整理图卷过程中，人们发现了一篇《香妃陵工图说》，详细记载了奉旨设计年月、工程图案、陵园地址，以及因太后干预、未能动工等情由。经核对，图样中所标示的地址正与香冢所在地点完全吻合。但是，"四十五言铭古冢，埋香瘗恨总模糊。"——那座短碣上的"瘗香铭"究竟刻在何时，是不是安葬当时就立下了？铭文出自谁人之手？如何索解？一切一切，都已为历史的烟尘所湮没，成了一个无人能够破解的谜团。"是耶？非耶？化为蝴蝶。"

## 五

雪已经停了，陶然亭公园内依旧见不到几个人影。我一时还无意离开，便在香冢周围随意地闲步，忽然联想起流传在域外的一桩故实。人世间的事情，往往是无独有偶，呈现意外的巧合，说来也是蛮有意味的。

十多年前，我在苏联的雅尔塔，参观过一处著名古迹巴赫奇萨拉伊，这里曾是古克里米亚汗国的首都。在始建于 16 世纪初的鞑靼王基列伊的宫殿的旁边，有一座非常显眼的用白色大理石镶嵌的喷泉，上面高悬着一钩金属锻造的弯弯新月，相传是基列伊国王为寄托他对痴情苦恋的一位波兰郡主的哀思而修建的。整整过去了三百年之后，伟大诗人普希金有克里米亚之行，从一位女友那里听到了这个动人的传说，于是，花费三年时间，把它写成了一部题为《巴赫奇萨拉伊的喷泉》的著名长诗。后来，剧作家又把它改编成一台名叫《泪泉》的四幕芭蕾舞剧。

剧情是这样的：波兰郡主玛丽雅·波托茨卡娅聪明美丽，活泼可爱，有一个幸福的童年；不料灾祸突然降临——可汗基列伊率领鞑靼大军像河水一样涌进了波兰，父王惨遭杀害，郡主本人也成了俘虏，被关在巴赫奇萨拉伊的豪华宫殿里。后宫里有无数妖姬美姿，可是无论哪一个，可汗都没有动心，甚至连年轻美貌的皇后莎莱玛也抛在脑后了。唯一情有独钟的是那个外来的波兰郡主。但这只是一厢情愿，玛丽雅却对可汗冷峻得像一块铁石，一柄利剑。这天晚上，可汗又来到玛丽雅郡主身旁，摘掉了王冠，脱下了斗篷，显得殷勤备至，恭谨有礼，可是，玛丽雅却全然不理不睬，憎恨他剥夺了她的自由和欢乐，葬送了美妙的青春。可汗无奈，只好悻悻然离去。玛丽雅在无边的孤寂中静静地睡去。这时，王后莎莱玛像幽灵一样走过来了，她发现可汗的王冠和斗篷留在那里，又看到郡主梦中伊甸园天使般的幸福的笑容，顿时妒火高燃，再也控制不住自己了，抽出利刃，向郡主的胸膛刺去，一场惨痛的悲剧终于酿成了。可汗看到这种惨状，愤怒得简直要发疯了，当即命令卫士将王后抛入大海，予以最严厉的惩罚。为了寄托对玛丽雅郡主的无尽哀思，在王宫幽静的一角，修建了一座喷泉。

……

从"记忆之宫"里转悠出来，我朝陶然亭公园的大门走去，最后向香冢投去依依惜别的目光。这两个影像——香冢与泪泉，已经在我的脑海里叠合在一起：

两个同样的惊才绝艳又志高行洁的女郎；

她们同样被迫离开可爱的家园，被幽禁在皇宫深处；

她们面对的是两个同样贪婪好色的独裁者；

同样因为酷爱个性自由和人格独立而坚贞不屈；

最后又遭遇同样悲惨的下场——死在两个同样凶狠毒辣的女人手里；

特别是，一瞑之后，同样没有身名俱亡，幸遇文坛知己，写下了各自的《瘗香铭》，使她们像两盏耀眼的明灯，闪烁在封建专制王朝幽暗的夜空里。

# 青 天 一 缕 霞

　　从小我就喜欢凝望碧空的云朵，像清代大诗人袁枚说的："爱替青天管闲事，今朝几朵白云生？"尤其是七八月间的巧云，如诗如画如梦如幻，对我有极大的吸引力，我能连续几个小时眺望云空而不觉厌倦。虽然眺者自眺，飞者自飞，霄壤悬隔互不搭界，但在久久的深情谛视中，通过艺术的、精神的感应，往往彼此间能够取得某种默契。

　　我习惯于把望中的流云霞彩同接触到的各种事物作类比式联想。比如，当我读了女作家萧红的传记和作品，了解其行藏与身世后，便自然地把这个地上的人与天上的云联系起来——

　　看到片云当空不动，我会想到一个解事颇早的小女孩，没有母爱，没有伙伴，每天孤寂地坐在祖父的后花园里，双手支颐，凝望着碧空。

　　而当一抹流云掉头不顾地疾驰着逸向远方，我想，这宛如一个青年女子冲出封建家庭的樊笼，逃婚出走，开始其痛苦、顽强的奋斗生涯。

　　有时，两片浮游的云朵亲昵地叠合在一起，而后，又各不相干地飘走，我会想到两个叛逆的灵魂的契合，——他们在荆天棘地中偶然遇合，结伴跋涉，相濡以沫，后来却分道扬镳，天各一方了。

　　当发现一缕云霞渐渐地溶化在青空中，悄然泯没与消逝时，我便抑制不住悲怀，深情悼惜这位多思的才女。她，流离颠沛，忧病相煎，一缕香魂飘散在遥远的浅水湾……这时，会立即忆起她的挚友聂绀弩的诗句："何人绘得萧红影，望断青天一缕霞！"

正是这种深深的忆念，和出于对作品的热爱而希望了解其生活原型，即所谓"因蜜寻花"的心理，催动着我在观赏巧云的最佳时节——八月中旬，来到这神驰已久的呼兰，追寻女作家六十年前的岁月。

呵，呼兰河，这条流淌过血泪的河，充溢着欢乐的河，依然夹带着两岸泥土的芬芳，奔腾不息，跳搏着诱人的生命之波。

穿过大桥，满目青翠中，一条宽阔的马路把我引入了县城。东二道街，十字路口，茶庄，药店，一切都似曾相识，一切又都大大地变了样。

但是，可能因为期望值过高，当我踏进萧红故居，却未免有些失望。寥寥几幅灰暗模糊的照片，一些作家用过的旧物，疏疏落落地摆在五间正房里。原有的两千平方米的后花园，这印满了萧红的履痕、泪痕和梦痕的旧游地，如今已盖上了一列民宅。更为遗憾的是，留下百万字作品的著名女作家，陈列室中竟没有收藏一页手稿、一行手迹。

联想到坐落在圣彼得堡的普希金就读过的皇村学校，虽然经过一百七八十年的沧桑变化，包括战乱与兵燹，但是，普希金当年的作业簿和创作诗稿，依然完好无损地保存在那里。相形之下，深感我们在搜集、保存作家的手稿、遗物方面没有完全尽到责任。

当然，也可以顺着另一条思路考虑：这位叛逆的女性的前尘梦影原本不在家里。在她自己看来，这块土地沦于敌手之前，"家"就已经化为乌有了。她像白云一样飘逝着，她的世界在天之涯地之角。"昔人已乘白云去，此地空余黄鹤楼"，如此而已。云，是萧红作品中的风景线。手稿没有，何不去读窗外的云？

"白云犹是汉时秋"。仰望云天，同女作家当年描述的没有什么两样，天空依旧蓝悠悠的，又高又远。大团大团的白云，像雪山，像羊群，像棉堆，像撒了花的白银似的。我想，如果赶上傍晚，也一定能看到那变化俄顷，令人目不暇接的"火烧云"。

记得沈从文先生说过，云有地方性，各地的云颜色、形状各异，性格、风度不同。在浪迹天涯的十年间，萧红走遍大半个中国，而且，曾远涉东瀛。她不会看不到沈先生盛赞不已的青岛上空的彩云，肯定领略过那种云的"青春的嘘息"和轻快感、温柔感、音乐感；她也该注意到关中一带抓一把下来似乎可以团成窝窝头的朵朵黄云。透明、绮丽的南国浮云，素朴、单纯，仿佛用高山雪水洗涤过的热带晴云，樱花雨一般的东京湾上空的绮云，——这些恐怕都能引发女作家的奇思玄想。然而，她全没有记在笔下。

当豪爽的江湖行、亢奋的浪游热宣告结束，"发着颤响、飘着光带"的胸境和"用钢戟向晴空一挥似的笔触"，渐次消磨，而难堪的寂寞、孤独与失落感袭来的时候，她便像《战争与和平》中曾是战斗主力的安德烈公爵，受伤倒在地下，深情地望着高远的苍穹，随着飘飞的白云，回到梦里家园去寻求慰藉，慢慢地咀嚼着童年的记忆——这人生旅途中受用不尽的财富。

对萧红来说，尽管童年生涯是极端枯燥、寂寞的，家园并无温馨可言，甚至经常感到扞格不入；但是，"人情恋故乡"，就像一首诗中描述的："满纸深情悲仆妇，十年断梦绕呼兰。"一颗远悬的乡心，痴情缱绻，离开得越远，回音便越响。于是，"一篇叙事诗，一幅多彩的风土画，一串凄婉的歌谣"，便在"永久的憧憬与追求"中孕育诞生了。

时代造就了萧红。难能可贵的是，她不仅在"五四"新文化运动影响下，冲破了封建枷锁，离家出走，成为中国北方的一个勇敢的娜拉；而且，由于亲炙了反帝反封建的民主主义精神和得到一批革命作家及其作品的滋养，同时也接触了世界近代以来人文主义思潮和人道主义、个性主义的文化觉醒意识，她在文学创作伊始，就显示了崭新的精神世界，以稚嫩的歌喉唱出了时代的强音和民众的愿望。

对于乡园，她没有沉浸在一般层次上的眷恋、遐想与梦幻之中，而是超越了"五四"新文学的美学思索，在现实主义与个性主义、人道主义交叠的文化视点上，力透纸背地写出了"北方人民的对于生的坚强，对于死的挣扎"，深入地开掘其关于"国民性"的哲理反思和病态社会的无情清算。

她"以女性作者特有的细致的观察和越轨的笔致"，以充分的感性化、个性化的认知方式，通过散化情节、淡化戏剧性、浓化情致韵味的艺术手法，揭露帝国主义、封建势力造成的弥天灾难，展示病态人生、病态社会心理的形成，以引起人们疗救的注意。

作为一个植根于现实土壤的现代文化追求者和思想先驱，她始终以其深邃的思考和"另一个世界"的眼光，审视着这块古老而沉寂的大地，呼唤着"别样人生"，期待着黎明的曙色。而且，为这一"永久的憧憬和追求"，付出了沉重的代价。

同那些跨越时代的文坛巨匠相比，萧红也许算不上长河巨泊。她的生命短暂，而且身世坎坷，迭遭不幸。她失去的不少，而所得可能更多；她像冷月、闲花一样悄然陨落，却长期活在后世读者的心里；她似乎一无所有，却在文学史上留下了一串坚实、清晰的脚印，树起了一座高耸的丰碑。她是不幸的，但也可以说，她是很幸运的。

像萧红一样，呼兰河既没有长江的波澜浩荡，也不像黄河那样奔腾汹涌；呼兰县城更是普通至极的一个北方城镇。但是，地以人传，河以文传，由于这里诞生了一位著名女作家，它们已被镌刻在文学碑林上，因此，名闻遐迩。这里的小桥流水、窄巷长街，都一一注入了生命的汁液，鲜活起来，充溢着灵性，吸引着无数中外游客。

而前来探访的客子、学人，也必然要对照萧红的作品去"按图索骥"，溯本寻源。这样，人文与自然相辅相成，历史和现实交辉互映，就益发强化了景观的魅力。

流光似水。如今，那被女作家诅咒过的岁月，远逝了；那没有人的尊严和独立人格的牛马般的生活，一去不复返了；女作家及其作品中的主人公血泪交迸的"生死场"，已经照彻了灿烂的阳光。

十字街头拐弯处，当年萧红读书的小学校还在。微风摇曳中，几棵饱经风霜的老榆树似在发出岁月的絮语。下课铃声响起，一群闪着澄澈、亲切的目光的活泼可爱的女孩子，野马般地拥向了操场，有的竟至和来访的客人撞了个满怀，随之而喧腾起一阵响亮的笑声。

我蓦然想起，《呼兰河传》中老胡家的团圆媳妇，不也是这般年纪、这样天真吗？可是，只因为她太大方了，走起路来飞快，头天到婆家吃饭就吃三碗，一点也不知害羞，硬是被活活地"管教"死了。

从"两眼下视黄泉，看天就是傲慢，满脸装出死相，说话就是放肆"的死寂无声的黑暗年代，到能够在阳光照彻的新天地里自由地纵情谈笑，这条路竟足足走了几千年！

如果萧红有幸活到今天，故地重游，看看呼兰河畔翻天覆地的变化，听劫后余生的王大姐讲讲她的苦尽甘来，再赏鉴一番故乡的"火烧云"，也许会用她那珠玑般的文字，写出一部《呼兰河新传》哩！

# 情 在 不 能 醒

一

初秋的傍晚，清爽中已经微微地透着一些凉意了。我信步走进京西阜成门外的紫竹院公园，拣了个视野开阔的地方坐了下来。斜晖一抹，弥望里，翠篠娟娟，晴波潋潋，整个园林显现出一种萧疏之美。这情调，这景色，正契合了我此时的心境。我睁大了眼睛向四下里瞭望，——我在刻意地搜寻着，不，应该说追寻着纳兰公子当日在此间"夜伴芳魂，孤栖僧寺"的踪迹。

时光毕竟已经流逝三百多年了。明明知道，失望在等待着我，到头来只能是满怀惆怅，一腔的憾惋。无奈，感情这个东西从来就是这样的不可理喻。临风吊古，无非是寄慨偿情，实质上是一种释放，有谁会死凿凿地期在必得呢？

尽管岁月的尘沙已经吞蚀了一切，不要说佛堂、梵刹踪迹全无，就是断壁残垣、零砖片瓦也已荡然无存，甚至连僧寺的遗址所在也难于确切地指认了；但是，我还是执拗地坐在这里，出神地遐想，从咀嚼"淅沥暗飘金井叶""经声佛火两凄迷"的纳兰词句中，体味他的凄恻幽怀，感受当时的苍凉况味。

这里原是明代一个大太监的茔墓地，万历初年在上面建起了一座双林禅院。清康熙十六年五月，纳兰性德的妻子卢夫人病逝后，灵柩暂时停放在禅院中，直到第二年初秋入葬纳兰氏祖茔皂荚村为止。这期间，痴情的公子多次夜宿禅林，陪伴夜台长眠的薄命佳人度过那孤寂凄清的岁月。

> 忆生来，小胆怯空房。到而今，独伴梨花影，冷冥冥，尽意凄凉。

他知道爱妻生性胆小怯弱，连一个人独自在空房里都感到害怕，可如今却孤零零地躺在冰冷、幽暗的灵柩里，独伴着梨花清影，受尽了暗夜凄凉。

夜深了，淡月西斜，帘枕黝黯，窗外淅沥潇飒地乱飘着落叶，满耳尽是秋声。公子枯坐在禅房里，一幕幕地重温着当日伉俪情深、满怀爱意的场景，眼前闪现出妻子的轻颦浅笑、星眼檀痕。他眼里噙着泪花，胸中鼓荡着锥心刺骨的惨痛，就着孤檠残焰，书写下一阕阕情真意挚、凄怆恨婉的哀词，寄托其绵绵无尽的刻骨相思。

心灰尽，有发未全僧。风雨消磨生死别，似曾相识只孤檠。情在不能醒。

生死长别，幽冥异路，思恋之情虽然饱经风雨消磨，却一时一刻也不能去怀。他已经完全陷入无边的痛苦之中而不能自拔，迷离惝恍，万念俱灰。除了头上还留有千茎万茎的烦恼丝，已经同斩断世上万种情缘的僧侣们没有什么两样了。

一阕《浪淘沙》更是走不出感情的缠绕：

> 闷自剔银灯，夜雨空庭。潇潇已是不堪听。那更西风不解意，又做秋声。城柝已三更，冷湿银屏。柔情深后不能醒。若是情多醒不得，索性多情！

情多、多情，醒不得、不能醒……回旋婉转，悱恻缠绵。沉酣痴迷，已经到了无以自解的程度。深悲剧痛中，一颗破碎的心在流血，在发酵，在煎熬。

纳兰的妻子不仅姣好美艳，体性温柔，而且高才凤慧，解语知心。婚后，两人相濡以沫，整天陶醉得像是浸泡在甘甜的蜜罐里。随着相知日深，爱恋得也就越发炽烈。小小的爱巢为纳兰提供了摆脱人生泥淖、战胜孤寂情怀的凭借与依托。任凭它外间世界风狂雨骤，朝廷里浊浪翻腾，于今总算有了一处避风的港湾，尽可以从容啸傲，脱屣世情，享受到平生少有的宁帖。

在任何情况下，意中人乐此不疲的相互欣赏，相互感知，都是一种美的享受。朝朝暮暮，痴怜痛爱着的一双可人，总是渴望日夜厮守，即便是暂别轻离，也定然是依依相恋，难舍难分。有爱便有牵挂，这种深深的依恋，最后必然化作温柔的呵护与怜惜，产生无止无休的惦念。纳兰这样摹写将别的前夜：

> 画屏无睡，雨点惊风碎。贪话零星兰焰坠，闲了半床红被。生来柳
> 絮飘零，便教咒也无灵。待问归期还未，已看双睫盈盈。

夫妻双双不寐，絮语绵绵，空使灯花坠落，锦被闲置。他们也知道，这种离别皆因王事当头，身不由己，祷告无灵，赌咒也不行，生来就是柳絮般漂泊的命了。既然分别已无可改变，那就只好预问归期了，可是，她还没等开口，早已就秋波盈盈、清泪欲滴了。一副小儿女婉媚娇痴之态，跃然纸上。

## 二

在旧时代，即使是所谓的"康熙盛世"，青年男女也没有恋爱自由，只能像玩偶似的听凭父母之命、媒妁之言的随意摆布；至于皇亲贵胄的联姻往往还要掺杂上政治因素，情况就更为复杂了。身处这样的苦境，纳兰公子居然能够获得一位如意佳人，实现美满的婚姻，不能不说是一桩幸事。不过，"造化欺人"，到头来他还是被命运老人捉弄了——称心如意的偏叫你胜景不长，彩云易散。一对倾心相与的爱侣，不到三年时光，就生生地长别了，这对纳兰公子无疑是一场致命的打击。

脉脉情浓，心心相印，已经使他沉醉在半是现实半是幻境的浪漫主义爱

河之中，想望的是百年好合，白头偕老。而今，一朝魂断，永世缘绝——这个无情的现实，作为未亡人，他是无论如何也接受不了的。因而，不时地产生幻觉，似乎爱妻并没有长眠泉下，只是暂时分手，远滞他乡，"影弱难持，缘深暂隔，只当离愁滞海涯"；他想象着会有那么一天："归来也，趁星前月底，魂在梨花。"当这一饱含着苦涩味的空想成为泡幻之后，他又从现实的想望转入梦境的期待，像从前的唐明皇那样，渴望着能够和意中人梦里重逢。虽然还不是"悠悠生死别经年，魂魄不曾来入梦"，但却总嫌梦境过于短暂，惊鸿一瞥，瞬息即逝，终不惬意。

一次，他梦见妻子淡妆素服，与他执手哽咽，临行时吟出两句诗："衔恨愿为天上月，年年犹得向郎圆。"醒转来，他悲痛不已，题写了一首《沁园春》词：

> 瞬息浮生，薄命如斯，低徊怎忘？记绣榻闲时，并吹红雨，雕阑曲处，同倚斜阳。梦好难留，诗残莫续，赢得更深哭一场。遗容在，只灵飙一转，未许端详。重寻碧落茫茫。料短发、朝来定有霜。便人间天上，尘缘未断；春花秋叶，触绪还伤。欲结绸缪，翻惊摇落，两处鸳鸯各自凉。真无奈，把声声檐雨，谱出回肠。

这样一来，反倒平添了更深的怅惘。有时想念得实在难熬，他便找出妻子的画像，翻来覆去地凝神细看，看着看着，还拿出笔来在上面描画一番，结果是带来更多的失望：

> 凭仗丹青重省识，盈盈，一片伤心画不成。

他几乎无时无日不在悲悼之中，特别是会逢良辰美景，更是触景神伤，凄苦难耐。

> 辛苦最怜天上月。一昔（同"夕"）如环，昔昔都成玦。若似月

轮终皎洁，不辞冰雪为卿热。

面对银盘似的月轮，他凄然遐想：这月亮也够可怜的，辛辛苦苦地等待着，盼望着，可是，刚刚团圆一个晚上，而后便夜夜都像半环的玉玦那样亏缺下去。哎，圆也好，缺也好，只要你——独处天庭的爱妻，能像皎洁的月亮那样，天天都在头上照临，那我便不管月殿琼霄如何冰清雪冷，都要为你送去爱心，送去温暖。

目注中天皎皎的冰轮，他还陡发奇想：妻子既然"衔恨愿为天上月"，那么，我若也能腾身于碧落九天之上，不就可以重逢了吗？可是，稍一定神，这种不现实的想望便悄然消解了——这岂是今生可得的？

> 海天谁放冰轮满？惆怅离情。莫说离情，但值凉宵总泪零。只应碧落重相见，那是今生！可奈今生，刚作愁时又忆卿。

人处在幸福的时光，一般是不去幻想的，只有愿望未能达成，才会把心中的期待化为想象。纳兰公子就正是这样。当他看到春日梨花开了又谢的情景，便立刻从零落的花魂想到冥冥之中"犹有未招魂"，想到爱侣，期待着能够像古代传说中的"真真"那样，昼夜不停地连续呼唤她一百天，最后便能活转过来，梦想成真。于是，他也就：

> 为伊判作梦中人，长向画图清夜唤真真。

妻子的忌日到了，他设想，如果黄泉之下也有阳世间那样的传邮就好了，那就可以互通音讯，传递信息，得知她在那里生活得怎么样，与谁相依相伴，有几多欢乐、几多愁苦：

> 重泉若有双鱼寄，好知他年来苦乐，与谁相倚？

情到深处，词人竟完全忽略了死生疆界，迷失了现实中的自我。意乱情迷，令人唏嘘感叹。一当他清醒过来，晓得这一切都是无效的徒劳，便悲从中来，辗转反侧，彻夜不能成眠。但无论如何，他也死不了这条心，便又痴情想望：今生是相聚无缘了，那就寄希望于下一辈子，"待结个他生知己"；可是，"还怕两人俱薄命，再缘悭、剩月零风里"——像今生那样，岂不照例是命薄缘浅，生离死别！

他就是这样，知其不可而为之，非要从死神手中夺回苦命的妻子不可。期望——失望——再期望——再失望，一番番的虔诚渴想，痛苦挣扎，全都归于破灭，统统成了梦幻。最后，他只能像一只遍体鳞伤的困兽，卧在林荫深处，不停地舐咂着灼痛的伤口，反复咀嚼那枚酸涩的人生苦果。

他正是通过这种层层递进的痴情泛溢，这种超越时空的内心独白，这种了无遮拦的生命宣泄，把一副哀痛追怀、永难平复的破碎的情肠，将一颗永远失落的无法安顿的灵魂，一股脑儿地、活泼泼地摊开在纸上。真是刻骨镂心，血泪交迸，令人不忍卒读。

## 三

不堪设想，对于皈依人间至纯至美的真情的纳兰来说，失去了爱的滋润，他还怎能存活下去？爱，毕竟是纳兰情感的支柱，或者说，纳兰的一生就是情感的化身。他是一个为情所累，情多而不能自胜的人。他把整个自我沉浸在情感的海洋里，呼吸着，咀嚼着这里的一切，酿造出自己的心性、情怀、品格和那些醇醪甘露般的千古绝唱。他为情而劳生，为情而赴死，为了这份珍贵的情感，几乎付出了全部的心血与泪水，直到最后不堪情感的重负，在里面埋葬了自己。

这种专一持久、生死不渝、无可代偿的深爱，超越了两性间的欲海翻澜，超越了色授魂与，颠倒衣裳，超越了任何世俗的功利需求。这是一种精神契合的欢愉，永生难忘的动人回忆、美好体验和热情期待，一朝失去了则是刻骨铭心的伤恸。

情为根性，无论是鹣鲽相亲的满足，还是追寻于天地间而不得的失落，反正纳兰哭在、痛在、醉在他的爱情里，这是他心灵的起点也是终点，在这里，他自足地品味着人生的千般滋味。

生而为人，总都拥有各自的活动天地，隐藏着种种心灵的秘密，存在着种种焦虑、困惑与需求，有着心灵沟通的强烈渴望。可是，实际上，世间又有几人能够真正走入自己的梦怀？能够和自己声应气求，同鸣共振？哪里会有"两个躯体孕育着一个灵魂"？"万两黄金容易得，知音一个也难求！"即使有幸偶然邂逅，欣欣然欲以知己相许，却又往往因为横着诸多障壁，而交臂失之。

当然，最理想的莫过于异性知己结为眷属，相知相悦，相亲相爱，相依相傍。但幸福如纳兰，不也仅是一个短暂而苍凉的"手势"吗？

不过，也多亏是这样，才促成纳兰以其绝高的天分、超常的悟性，把那宗教式的深爱带向诗性的天国；用凄怆动人的丽句倾诉这份旷世痴情。有人说，一个情痴一台戏。作为情痴的极致，纳兰性德在其短暂生涯中，演足了这出戏，也写透了这份情。"情在不能醒"，多少为情所困的痴男怨女，千百年来，沉酣迷醉在他的诗句之中。

艺术原本是苦闷的象征。《老残游记》作者刘鹗有言：

灵性生感情，感情生哭泣。《离骚》为屈大夫之哭泣，《庄子》为蒙叟之哭泣，《史记》为太史公之哭泣，《草堂诗集》为杜工部之哭泣。王实甫寄哭泣于《西厢》，曹雪芹寄哭泣于《红楼梦》。

那么，纳兰性德呢？自然是寄哭泣于《饮水词》了。

作为一位出色的词人，纳兰公子怀有一颗易感的心灵，反应敏锐，感受力极强，因而他所遭遇与承受的苦闷，便绝非常人所可比拟。为了给填胸塞臆的生命苦闷找出一条倾泻、补偿的情感通道，他选定了诗词的形式，像"神瑛侍者"那样，誓以泪的灵汁浇灌诗性的仙草。

在经历过深重难熬的精神痛苦之后，词人不是忘却，也没有逃避，而是自觉强化内心的折磨，悟出人生永恒的悖论，获取了精神救赎的生命存在方式。在这里，他把爱的升华同艺术创造的冲动完美地结合起来，以诗意般的情感化身展现出生命的审美境界，把个体的生命内涵表现得淋漓尽致，从而结晶出一部以生命书写的悲剧形态的心灵史，它真纯、自然、深婉、凄美，突破了时空限制，具有永恒的价值。

纳兰公子是"性情中人"，有一颗平常心。他听命于自己内心的召唤，时刻坦露着真实的自我，在污浊不堪的"乌衣门第"中，展现出一种新的人格风范。他以落拓不羁的鲜明的个性之美和超尘脱俗的人格魅力，以其至真至纯的清淳内质，感染着、倾倒着后世的人们。尽管他像夜空中一颗倏然划过的流星，昙花一现，但他的夺目光华却使无数人为之心灵震撼。他那中天皓月般的皎皎清辉，荡涤着、净化着也牵累着、萦系着一代代痴情儿女的心魂，人们为他而歌，为他而泣，为他的存在而感到骄傲。

在今天，纳兰实际上已成为解读诗性人生的一种文化符号，有谁不为这种原始般的生命虔诚而永远、永远地记怀着他。难怪他在京华年少中拥有那么庞大的追星族。当然，也不限于北京，就在我的身边也同样存在。那天，应邀在市图书馆举行《纳兰性德及其饮水词》讲座，我刚刚走下讲台，就见听众席上走出一个女孩子，递过来一张折着的纸。打开一看，原来是一首即兴诗：

从他身上 / 看到自身存在的根源 /

据说 / 他 / 就在我的前边 /

距离不近 / 可也不能算远 /

往事虽在时间之外 / 空间代价却是时间 /

只要一朝 / 获得超光的时速 /

那就坐上飞船 / 追寻历史 /

赶上三百年前 / 参加过渌水亭诗会 /

再在太空站上 / 共进晚餐——我和纳兰

清代学人陈其泰评论《红楼梦》时说过："宝玉温存旖旎，直能使天下有情人皆为之心死。"那他比起纳兰公子，又怎样呢？

# 一场虚拟的叩访

## 一

您对我很陌生，先自我介绍两句——耍笔杆的，记者出身，从上世纪六十年代初开始，访问过许许多多文化名人。访问的形式多种多样，有的是对话，有的是问答，有的是纯粹的纪闻——他说我记；唯独这一次例外，变成了记者的独白。

作为访问对象，您原本应该坐在记者的对面，然而，此刻您却没有到场。我的身旁只有这本《断肠集》，封面上印着您的名字：朱淑真。这倒真的用得上老杜的两句诗了："怅望千秋一洒泪，萧条异代不同时！"

二十年前，我第一次到杭州，正值梅子黄时。当时撑着一把布伞，漫步在丝丝细雨之中。这里靠近"绿水逶迤，芳草长堤"的西子湖，是古临安的著名街巷，据说当年您就曾居住在这一带。地面上的楼台、屋宇，不晓得已经是几番倾圮、几番矗起了。一般的景观我无心过问，只是关注着那些被您写进《断肠集》的"东园""西楼""桂堂""水阁""迎月馆""依绿亭"，想从中寻觅到诗人的哪怕是一丝一毫的心痕足迹。

您的诗集里有"东风作雨浅寒生，梅子传黄未肯晴"的锦句，今天看来，物候大致不差；只是，毕竟八百年过去了，一切一切，都已经满目皆非！由于多年来一直惦记着您的旧游之地，现在得便身临其境，也就执着地向往着此间的一切。结果呢，除了失望，还是失望。

当然，最令我愤懑不平、恨填胸臆的，倒不是因为地面上的遗存没有了，这完全可以理解；而是关于您——这位了不起的文学精灵的兰因絮果，竟然片言只字不见于史册，一切都统付阙如。我们的现存古籍，号称十万种之多；单是南宋以降的史书、笔记，也足以"处则充栋宇，出则汗牛马"了。可是，翻检开来，看看那些连篇累牍、不厌其详地记载的究竟都是些什么物事？怎么就偏偏悭吝于这样一位传世诗词达三四百首的才女！操纵在男性手中的史笔，那些专门为帝王编撰家谱的御用文人们，他们的心全都偏在腋下，竟把您的芳名，连同血肉、带着诗情，一股脑地轻轻抹掉了。

对于您，早在童稚时期，我就萌生了一种美好的印象。那是在读过蒙学课本《千家诗》之后。这部古书收了五七言律绝二百二十六首，除了两首偶然杂进的明人诗外，均为唐宋名家作品，其中您入选了两首，而大名鼎鼎的李清照竟然一首也无。小时候的我，由于记熟了您的《落花》《即景》两诗，便穿越时空，遥接百代，想望风采。特别是每当春困难挨之时，脑子里总会现出那句"谢却海棠飞尽絮，困人天气日初长"来。

有一次，我在雨中贪玩，捕鱼捉虾，竟然忘记了吃饭，耽搁了上课，老塾师带着愠色，让我背诵《千家诗》中咏雨的诗篇。当我吟过"天街小雨润如酥，草色遥看近却无"；"绿遍山原白满川，子规声里雨如烟"等令人赏心悦目的清丽诗章之后，塾师轻轻点了一句："朱淑真的诗，你可记得？"我猜想指的是那首《落花》："连理枝头花正开，妒花风雨便相催。愿教青帝常为主，莫遣纷纷点翠苔。"我当然记得，早已倒背如流了。但因觉得有些伤怀、痛心，便摇了摇头。老师也不勉强，只是轻叹一声："还是一片童真啊，待你到了我这个年纪，就会懂得人生多艰、世事无常了。"当晚回家，当我把这番话说给父亲时，父亲告诉我：老先生的爱侣，十年前在警察署长家充任家庭教师，因为遭到东家的奸污，不堪羞辱，便在一个漆黑的雨夜，含愤跳进了辽河。

那天，老先生专门讲了您的诗词风致之佳、用情之深、体悟之妙，说是

"韵味与诗境可以概括为'凄美'两个字",还扼要地介绍了您的凄凉身世。这样一来,您在我那小小的童心中,除了赢得喜欢,赢得仰慕,又平添了几分怜惜、几丝叹惋、几许同情。

后来,有幸通览了您的《断肠集》,更印证了老师的说法。

> 哭损双眸断尽肠,怕黄昏后到昏黄。
> 更堪细雨新秋夜,一点残灯伴夜长。
>
> 秋雨沉沉滴夜长,梦难成处转凄凉。
> 芭蕉叶上梧桐里,点点声声有断肠。

断肠,断肠,断尽愁肠,道尽了人世间椎心泣血的透骨寒凉。记得为《断肠集》作序的魏仲恭对您下过这样的断语:

> 一生抑郁不得志,故诗中多有忧愁怨恨之语。每临风对月,触目伤怀,皆寓于诗,以写其胸中不平之气。竟无知音,悒悒抱恨而终。自古佳人多命薄,岂止颜色如花命如叶耶!

您的生命结局,说来也是够凄怆惨痛的。一种说法是,辞世之后,"残躯归火",其根据得之于"魏序":"其死也,不能葬骨于地下,如青冢之可吊;并其诗为父母一火焚之";另有一说,"投身入水",毕命于波光潋滟的西子湖,传说,您入水之前曾向着情人远去的方向大喊三声。不仅人死于非命,而且,诗词文稿又被父母付之一炬,因此,传诵而遗留者不过十之一。真乃"重不幸也。呜呼冤哉"!

二

按照学术界的考证,也包括您的诗词所透露的,大略可知,您的少女时代的闺中生活是无忧无虑的，并且有一个情志相通的如意情人；随着年龄的增长，封建道德文化加于女性的桎梏，同您的渴望爱情、张扬个性的矛盾，日益凸显，渐趋激烈。这在您的诗词作品中，得到充分的反映。在您刚刚步入豆蔻年华时，萌动的春心就高燃起爱情的火焰，虽是少女情怀，却也铭心刻骨。且看那首《秋日偶成》：

> 初合双鬟学画眉，未知心事属他谁。
> 待将满抱中秋月，分付萧郎万首诗。

"萧郎"，常见于唐诗，大概即是泛指情郎吧。看得出，在您出嫁之前，就已经意有所属了。未来情境，般般设想，诸如诗词唱和、一门风雅等等，您大概都想到了。正由于心中存贮着这样一位俊逸少年，一位难得的知音，因而点燃起您对未来生活的磅礴的热情和殷殷的向往。那首《清平乐》词，就把这种少年儿女的憨情痴态，描绘得惟妙惟肖。

> 恼烟撩露，留我须臾住。携手藕花湖上路，一霎黄梅细雨。娇痴不怕人猜，和衣睡倒人怀。最是分携时候，归来懒傍妆台。

在含烟带露的黄梅季节，您来到湖上与恋人相见，一块游玩；淋着蒙蒙细雨，两人携手漫步欣赏着湖中的荷花，后来觅得一处极其僻静的去处，坐下来，窃窃私语，相亲相爱，如胶似漆。娇柔妩媚的您，再也按捺不住内心的爱火撩拨，索性不顾一切地倒入恋人的怀里，任他拥抱着，爱抚着，旁若无人，无所顾忌；在默默不语中，如痴如醉地畅饮着人间美好恋情的甘甜蜜液。

可是，后来的结局却十分凄惨——由于"父母失审，不能择伉俪"，这场自由恋爱的情缘被生生地斩断了，硬把您嫁给了一个根本没有感情、在未来的岁月中也无法培植爱的种芽的庸俗不堪的官吏。

就一定意义来说，爱情同人生一样，也是一次性的。人的真诚的爱恋行为一旦发生，就是说，如果心中早已有了意中人，就会在心灵深处贮存下历久不磨的痕迹。这种唯一性的爱的破坏，很可能使尔后多次的爱恋相应地贬值。在这里，"一"大于"多"。对于这种现象，我们应该提到爱的哲学高度加以反思，而不应用封建伦理观念进行解释。

当然，开始时您也曾试图与丈夫加强沟通、培养感情，并且随同他出去一段时间，但是，"从宦东西不自由"，终因志趣不投，而裂痕日深。及至丈夫另觅新欢，您就更加难以忍受了，抗争过，努力过，据理力争过，都毫无效果，最后陷入极端的苦痛之中。于是，您以牙还牙，重新投入情人的怀抱。那般般情态与心境，都写进了七律《元宵》：

> 火烛银花触目红，揭天鼓吹闹春风。
> 新欢入手愁忙里，旧事惊心忆梦中。
> 但愿暂成人缱绻，不妨常任月朦胧。
> 赏灯那得工夫醉，未必明年此会同。

当时，南宋小朝廷偏安一隅，过着荒淫奢侈的腐朽生活，元宵节盛况不减北宋当年。您曾有诗记载："十里绮罗春富贵，千门灯火夜婵娟。"就在这歌舞升平的上元之夜，您和昔日的恋人别后重逢，互相倾诉着赤诚相爱的隐衷，重温初恋时的甘甜与温馨。正是由于珍惜这难得一遇的销魂时刻，也就顾不上赏灯、饮酒了。明年不知又会有什么情况，能不能同游共乐，尚未可知哩！似乎您在欢情中已经预感到一种隐忧。

一年过去，转眼间又到了元宵佳节。可是，风光依旧，而人事已非。对景伤怀，感而赋《生查子·元夕》词：

> 去年元夜时，花市灯如昼。月上柳梢头，人约黄昏后。今年元夜时，
> 月与灯依旧。不见去年人，泪湿春衫袖！

这首词是很有名的，因为其中的感情是那样的真挚，让局外人也不由得不感慨伤情。此时的元夜，虽然依旧热闹，依旧繁华，但是"揭天鼓吹闹春

风"的热意却不见了，留给您的只是泪痕湿透的春衫双袖。这种无望的煎熬，直叫人柔肠寸断。我们有理由推测，与您热恋过的那位青年，许是面对社会舆论的压力和家长的阻挠，由于软弱而退缩，此后再不敢或不愿露面了。从此，您从日日夜夜的热切企盼中，转向消沉，深感失望："欲寄相思满纸愁，鱼沉雁杳又还休。"

这样，忆昔追怀，便成了无可选择的唯一的方式了。旧梦重温——对于往日恋情和心上人的思念，无疑是疗治眼前伤痛的并无实效的药方。且看《江城子》词：

> 斜风细雨作春寒。对尊前，忆前欢。曾把梨花、寂寞泪阑干。芳草断烟南浦路，和别泪、看青山。昨宵结得梦鸯缘。云水间，悄无言。争奈醒来，愁恨又依然。展转衾裯空懊恼，天易见，见伊难。

"对尊前，忆前欢"。从眼前的孤苦忆及昔日与情人两情相悦、恩爱绸缪的情景，再写到离别时的悲伤；最后，因相思至极而鸯缘相会，醒来却是南柯一梦，又由喜而悲，宛转缠绵，缱绻无尽。这样一来，结局必然是绝望，是怨恨：

> 鸥鹭鸳鸯作一池，须知羽翼不相宜。
> 东君不与花为主，何似休生连理枝。

将矛头直指不合理的婚姻制度，责问它为什么要把不相配的人强扭在一起？在《黄花》一诗中，您借菊花以言志，表达了自己绝不苟且求全的态度："宁可抱香枝上老，不随黄叶舞秋风"，说自己宁愿独守终身，也不再随便凑合。这在封建礼教森严的时代，同样是一种决不妥协的叛逆行为。您日益感到世事的无常和情感的空虚。那种情态，正如当时人所记载的："每到春时，下帏跌坐，人询之，则云：'我不忍见春光也。'盖断肠人也。"

您在《减字木兰花·春怨》中，也曾写道：

独行独坐，独唱独酌还独卧。伫立伤神，无奈春寒著摸人。此情谁见，泪洗残妆无一半。愁病相仍，剔尽寒灯梦不成。

三

文人的心，是相通的。在我由少而壮，世事渐明之后，我的感知又出现了变化，也可以说获致一种升华。由童年时对您的才情钦慕、无尽哀怜，转而为由衷地敬佩，激烈地赞赏。您可能会问：敬佩什么？赞赏什么？答复是：敬佩您的胆气、勇气、豪气，赞赏您的凛然无畏、冲决一切的叛逆精神。

如果说，男人生命中离不开爱情的滋润；那么，对于女人来说，爱情简直就是生命的存在方式。一位西方哲人说过，爱情在女子身上显得特别美。因为女子把全部精神生活和现实生活都集中在爱情里和推广为爱情。古代女子，尽管受着政权、族权、神权、夫权的压榨，脖子上套着封建礼教的重重枷锁，但她们从来也没有止息过对于爱情的向往、追求，只是表现形式有所不同。

在旧时代，当命运搬错了道岔儿，"所适非偶"，爱情的理想付诸东流的时节，大多数女性是把爱情的火种深深埋在心里，违心地听从父母之命，委屈窝囊地遣送流年，直到断尽残生。再进一层的，抱着抗争的态度，不甘心做单纯供人享乐的工具，更不认同"嫁鸡随鸡，嫁狗随狗"的混账逻辑，于是，偷偷地、默默地爱其所爱，"红杏"悄悄地探出"墙外"。更高的层次是勇敢地冲出藩篱，私奔出走，比如西汉年间的卓文君。

在几千年的中国封建社会里，私奔，一向是被视为奇耻大辱，甚至大逆不道的。而卓文君居然敢于冒天下之大不韪，跟着心爱的人司马相如毅然逃出家门，大胆冲破封建礼教的约束，勇敢地追求自由、追求爱情的幸福，不惜抛弃优裕的家庭环境，去过当垆卖酒的贫贱生活。做到这一点十分不易，那要终生承受着周围舆论的巨大压力。不具备足够的勇气，是下不了这个决心的。当然，较之她的同类，卓文君属于幸运之辈。由于汉初的社会人文环境比较宽松，不像后世的礼教罗网般的阴森密布，她所遭遇的压力并不算大；再者，不同于其他女性，有幸投靠了一个著名的文人，结果不仅没有遭到鞭答，反而留下一段千古风流佳话。

应该承认，从越轨的角度说，您同卓文君居于同等的层次，可说是登上了爱情圣殿的九重天。这里说的不是际遇，不是命运；而是风致、豪情和勇气。您，作为一位出色的诗人，不仅肆无忌惮地爱了，而且，还敢于把这神圣不可侵犯的权利张扬在飘展的旗帜上，写进诗词，形诸文字。这样，您的挑战对象就不仅是身边的、并世的亲人、仇人，或各种不相干者，而且要冲击森严的道统和礼教，面对千秋万世的口碑与历史。就这一点来说，您的勇气，您的叛逆精神，较之卓文君有过之而无不及。何况，您所处的时代条件的恶劣、社会环境的严酷，那要几倍于卓文君的。

爱情永远同人的本性融合在一起，它的源泉在于心灵，从来都不借助于外力，只从心灵深处获得滋养。这种崇高的感情，只有开始而没有结束。爱情消灭了时间、空间的限制，是永恒的。在这里，叛逆诗人以其豪迈的激情、悲壮的歌吟，向封建礼教勇敢地宣战，无论其为胜利，或者招致失败，都同样不朽。

有宋一代，理学昌行，"三从四德"的封建伦理，"饿死事小，失节事大"的残酷教条禁锢极深，社会舆论对于妇女思想生活的钳制越来越紧。当时，名门闺秀所受到的限制尤为严苛，"有女在堂，莫出闺庭。有客在户，莫出厅堂""莫窥外壁，莫出外庭。窥必掩面，出必藏形"。对于闺中女子来说，是一种完全封闭的状态。

令人难以理解的是，在那些无耻的男人身上，无论你把形形色色的淫猥秽乱描写得多么不堪入目，依然难以穷尽他们的丑恶，可是就算这样，也没有人去谴责，去唾骂；而完全属于人情之常的妇女再嫁，却会招人诅咒，更不要说"偷情""婚外恋"了。什么"桑间濮上之行"，什么"淫娃荡妇"，一切想得出来的恶词贬语，都会像一盆盆脏水全部泼在头上。

而您，那位儒家的大管家、宋代理学集大成者朱熹老夫子的族侄女，居然造反造到他老先生的头顶上。作为一个爱恨激烈、自由奔放、浪漫娇痴的奇女子，作为一个不满于封建婚姻、对抗传统道德、热烈追求个人情爱、自我觉醒的勇敢女性，全不把传统社会的一切规章礼法放在眼里，并以诗词形式进行大胆的描写，质疑妇女的传统生活方式，向往闺阁庭院以外的世界，再现了个人理想的挣扎，执着地追求生命中美好的情感、精神。由于您的思想、行为与世俗成规和周遭环境格格不入，所以长期以来被视为"另类"，牵累到您的诗词也长期受到不公平的评价。

那首《生查子·元夕》词，竟至聚讼纷纭，从南宋一直闹到晚清。有的把它作为"不贞"的罪证加以鞭挞，承认"词则佳矣"，但"岂良人家妇所宜邪"？有的则出于善意，为了维护您的"贞节"之名，说成是误收，于是把它栽到大文豪欧阳修头上。具有讽刺意味的是，在纳妾、嫖妓风行的男权社会中，尽管欧阳修以道德文章命世，却没有任何人加以责怪；偏偏在一个女子身上就成了大逆不道，岂非咄咄怪事！

其实，说到家，也无非是这么一点春心缭乱，根本谈不上什么"淫乱"。试问，那时节哪个文人没有这种出轨意识？所不同的只是您把它写进了诗词，却又写得十分娴雅、优美，完全不同于那些淫媟污秽、不堪入目的货色。但在那些道学先生眼中，却通通都成了罪证，他们一色的道貌岸然，却一肚子男盗女娼，"一见短袖子，立刻想到白臂膊，立刻想到全裸体，立刻想到生殖器，立刻想到性交，立刻想到杂交，立刻想到私生子。中国人的想像，惟在这一层能够如此跃进"（鲁迅先生语）。大约也正是基于此吧，您才写了那首反讽的诗，以"自责"的形式，谴责道学对女性的束缚，抒发对封建礼教的愤慨之情：

> 女子弄文诚可罪，那堪咏月更吟风。
> 磨穿铁砚非吾事，绣折金针却有功。

"咏月吟风"的结果，是一个天真无邪的旷代才女，被活活地逼死了。

在您身后几百年，清代文人吴敬梓在《儒林外史》中塑造了"自古及今难得的一个奇男子"形象——杜少卿。他"奇"在哪里呢？一是鄙弃八股举业，粪土世俗功名，说"秀才未见得好似奴才"；二是敢于向封建权威大胆地提出挑战，在"文字狱"盛行之时，竟敢公然反驳钦定的理论标准——"四书"的朱注；三是敢于依据自己的人生哲学，说《诗经·溱洧》一章讲的只是夫妇同游，并非属于淫乱；四是他不仅是勇敢的言者，而且还能身体力行，在游览姚园时，竟坦然地携着娘子的手，当着两边看得目眩神摇的人，大笑着，情驰神纵，惊世骇俗地走了一里多路。那些真假道学先生为之痛心疾首，却又无可奈何。

那么，若是将这位"奇男子"同数百年前理学盛炽的南宋时期的这位"奇女子"比一比呢？无论是勇气、豪情，还是冲决一切、无所顾忌的叛逆精神，简直就是小巫见大巫了。

正是出于一种由衷的敬意，于是，我有了这次虚拟的叩访。

# 诗 人 的 妻 子

在妇女地位低下、"妻以夫贵"的旧时代，凭借着丈夫的权势与财富，作威作福、颐指气使、飞黄腾达的女性，数不在少。皇帝之妻、宰相之妻、元帅之妻，自不必说，即使是六品黄堂、七品知县的妻子，也统统被称为命妇。唐代的命妇，一品之妻为国夫人，三品以上的为郡夫人，四品的为郡君，五品的为县君。清制，命妇中，一品二品称夫人，三品称淑人，四品称恭人，五品称宜人，六品称安人，七品以下称孺人。反正都是有封号、有待遇的。

但是，诗人的妻子不在其内，除非那些丈夫做了大官的，否则，不但享受不到那些优渥的礼遇，生活上还会跟着困穷窘迫，啼饥号寒。这就引出了幸与不幸的话题。套用过去那句"一为文人，便无足观"的老话，也可以说，一为诗人之妻，便只有挨累受苦的份儿了。这是不幸；但是，如果嫁给一个真情灼灼、爱意缠绵的诗人，生前，诗酒唱和、温文尔雅；死后，丈夫还会留下许多感人至深、千古传颂的悼亡诗词——这也是不幸中之大幸吧。

此刻，我想到了苏东坡的三位妻子。她们都姓王，死得都比较早，一个跟随着一个，相继抛开这位名闻四海的大胡子——苏长公。

一

先说苏公的第一任妻子王弗。

这是他在故乡时，由他的父亲苏洵一手包办的，当时属于早婚。妻子才十五岁，东坡刚到十八岁。女方家在青神，与苏家相距不过十五华里。

过门之后，王弗虽然岁数很小，却成熟得早，聪慧异常。特别是在东坡年富力强、意气风发、经常任才使气之时，妻子的箴规解劝，起到了良好的"减压阀""缓冲器"的作用。

有个"幕后听言"的故事，一直流传广远——

东坡这个人，旷达不羁，胸无芥蒂，待人接物宽厚、疏忽，性格有些急躁、火爆，用俗话说：有些大大咧咧，满不在乎。由于他与人为善，往往把每个人都当成好人；而王弗则胸有城府，心性细腻，看人往往明察无误。这样，她就常常把自己对一些人的看法告诉丈夫。出于真正的关心，每当丈夫与客人交谈的时候，她总要躲在屏风后面，屏息静听。一次，客人走出门外，她问丈夫："你花费那么多工夫跟他说话，实在没有必要。他所留心的只是你的态度、你的意向，为了迎合你、巴结你、讨好你，以后好顺着你的意思去说话。"她还提醒丈夫说：现在，我们是初次独立生活，身旁没有父亲照管，凡事应该谨慎小心，多加提防，不要过于直率、过于轻信；观察人，既要看到他的长处，也要看到他的短处；再者，"路遥知马力，日久见人心"，速成的交情往往靠不住。

东坡接受了妻子的忠告，避免了许多麻烦。

不幸的是，这样一个年轻貌美、精明贤惠的妻子，年方二十六岁，便撒手人寰，弃他而去了。抛下一个儿子，年方六岁。

东坡居士原乃深于情者，遭逢这样打击，益发情怀抑郁，久久不能自释，十年后还曾填词，痛赋悼亡。这样，由于嫁给了一位大文豪，王弗便"人以诗传"，千载而下，只要人们吟咏一番《江城子》，便立刻想起她来——

十年生死两茫茫，不思量，自难忘，千里孤坟，无处话凄凉。纵使相逢应不识，尘满面，鬓如霜。夜来幽梦忽还乡，小轩窗，正梳妆，相顾无言，惟有泪千行。料得年年肠断处，明月夜，短松冈。

上阕抒写生死离别之情，面对闺中知己，也抒发了沉郁在胸中已久的因失意而抑郁的情怀，"凄凉"二字，传递了个中消息；下阕记梦，以家常语描绘了久别重逢的情景，以及对妻子的深情忆念。

二

妻子离世之后，苏东坡开始续弦。他的第二任妻子，名叫王闰之，是王弗的堂妹。这一年她刚好二十岁，小东坡十一岁。

自幼，她就倾心仰慕姐夫的文采风流，可说是佩服得五体投地。堂姐故去，她立即表达了愿意锐身自任，相夫教子，承担起全部家务的愿望。得到了胞兄的鼎力支持，更获得了未来丈夫的首肯。东坡先生过去就见过这位小堂妹，觉得她正合己意。

关于这个王闰之，林语堂先生在《苏东坡传》中多有刻画：

她不如前妻能干，秉性也比较柔和，遇事顺遂，容易满足。在丈夫生活最活跃的那些年，她一直与他相伴，抚养堂姐的遗孤和自己的儿子，在丈夫宦海浮沉的生活里，一直和丈夫同甘共苦。男人一生在心思和精神上有那么奇特难言的惊险变化，所以，女人只要聪明解事，规矩正常，由她身上时时使男人联想到美丽、健康、善良，也就足够了。

苏东坡的妻子知道她嫁的是一个人人喜爱的诗人，也是个天才，她当然不会和丈夫比文才和文学的荣誉。她早已打定主意，她所要做的就是做个妻子，一个贤妻。

丈夫才气焕发，胸襟开阔，喜爱追欢寻乐，还有——是个多么渊博的学者呀！但是，佩服丈夫的人太多了，有男的，也有女的！难道她没看见公馆南边那些女人吗？还有在望湖楼和有美堂那些宴会里的。……苏夫人聪明解事，办事圆通，她不会把丈夫反倒推入歌妓的怀抱。而且，她知道丈夫这个男人是妻子管不住的，连皇帝也没用。她做得最漂亮——信任他。

王闰之默默地支持丈夫度过了一生中崎岖坎坷、流离颠沛的二十多年。其间，东坡曾遭遇过平生最惨烈的诗祸："乌台诗案"——以"谤讪新政"的罪名，他被抓进乌台，关押达四个月之久。这是北宋时期一场典型的文字冤狱。闰之的父亲是进士，她本人也能读会写；但是，她把这些全都一概放下。

她只为丈夫做他所爱吃的眉州家乡菜，做丈夫爱喝的姜茶。东坡先生对她非常满意。他曾说过，他的妻子比诗人刘伶的妻子贤德，因为刘伶的妻子限制丈夫饮酒。他还曾写诗，说儿子或可责备，像陶渊明曾有《责子诗》一样；而妻子就只有表彰的份儿了，她十分贤惠，大大超过东汉的学者敬通——

> 子还可责同元亮，妻却差贤胜敬通。

我们都读过东坡的《后赤壁赋》，该能记得其中的这样一段：

> 客曰："今者薄暮，举网得鱼，巨口细鳞，状似松江之鲈。顾安所得酒乎？"
> 归而谋诸妇。
> 妇曰："我有斗酒，藏之久矣，以待子不时之需。"
> 于是，携酒与鱼，复游于赤壁之下。

那位说"我有斗酒"的妇人，就是王闰之。尽管文中没有披露名字，但妻子体贴、支持丈夫的这段佳话，由于被东坡写入他的名篇，因此而千古流传。王闰之死时，东坡居士已经五十八岁，不禁老泪纵横，哭得肝肠寸断，几不欲生。他写了一篇祭文：

> 维元祐八年，岁次癸酉，八月丙午朔，初二日丁未，具位苏轼，谨
> 以家馔酒果，致奠于亡妻同安郡君王氏二十七娘之灵。
> 呜呼！昔通义君，没不待年，嗣为兄弟，莫如君贤。妇职既修，母
> 仪甚敦，三子如一，爱出于天。
> 从我南行，菽水欣然，汤沐两郡，喜不见颜。我日归哉，行返丘园。
> 曾不少顷，弃我而先。孰迎我门？孰馈我田？
> 已矣。奈何！泪尽目干。旅殡国门，我实少恩。惟有同穴，尚蹈此言。
> 呜呼哀哉！尚飨！

祭文主体分三部分，第一部分是说，闰之是贤惠的妻子、仁德的母亲，视前妻之子，一如己出；第二部分是说，丈夫屡遭险衅，仕途蹉跌，妻子安时处顺，毫无怨言；第三部分，做出承诺：生则同衾，死则同穴。

"通义君"指王弗，这是王弗殁后朝廷对她的追赠。"没不待年"，是说王弗去世不到一年，他们的婚事便定了下来。因为王弗留下的幼儿无人抚育。"三子"，一是姐姐留下的，加上自己婚后生育的两个。

苏东坡被贬黄州，闰之随他南下，生活十分拮据，困难时吃豆子、喝白水，妻子也欣然以对；待到丈夫接受两郡封邑，收取许多赋税，渐渐富裕起来，她也并没有怎么欢喜，做到了古人所说的"不戚戚于贫贱，不汲汲于富贵"。

"孰馈我田"，有学者研究，元丰二年七月发生乌台诗案，苏东坡下狱，闰之为了营救丈夫，不得不请求父亲施以援手，父亲遂拿出很多财产让她去京城打点。

妻子死后百日，苏东坡请大画家李龙眠画了十张罗汉像，在和尚为王闰之诵经超度时，他将此十张画像献给了妻子亡魂。待到苏东坡去世后，弟弟苏辙按照兄长的意愿，将他与闰之合葬在一起。

# 三

苏东坡的第三任妻子，也姓王，名朝云，字子霞，年龄小东坡近三十岁。她在十二岁时，即从杭州来到王弗身边作了丫鬟，后来被东坡纳为小妾；在他被流放到岭南惠州时，闰之已死，这样，就只有她一人随行。在凄清的晚境中，东坡由她相伴，倒也情怀愉悦，心境安然。两人相亲相爱，关系非常融洽。

朝云生有一个儿子，名叫遁儿。在他出生三天举行洗儿礼时，苏东坡写了一首著名的七绝：

> 人皆养子望聪明，我被聪明误一生。
>
> 惟愿孩儿愚且鲁，无灾无难到公卿。

诗是有感而发的，或者说，是借助写儿子来发泄老子的弥天愤懑。这也难怪，东坡一生由于聪明过度，才华横溢，所受到的挫折与打击实在是太多了。不过，诗句的幻想成分过重，在那忌才妒能的封建时代，又要做公卿，又要无灾无难，岂非是甜蜜蜜的梦想！

朝云小时识字不多，但天分极佳，到了苏家之后，接受长时期的文化熏陶，奋力读写，获得飞速进步。东坡先生非常喜爱她。她好佛，对道家也感兴趣，东坡便称她为"天女维摩"，意为一尘不染。据佛经记载，当年释迦牟尼居住在一个小镇，这天，正与门人研讨学问，空中忽然出现一位天女，将鲜花撒在他们身上。众门人身上的花瓣均纷纷落在地下，只有一人身上的花瓣不落下来，沾着不掉。天女解释，此非花瓣之过，乃是此人凡心不退，尚有人我之分。

初到惠州时，朝云才三十一岁，东坡曾给她写过一首词，调寄《人娇》：

> 白发苍颜，正是维摩境界。空方丈，散花何碍？朱唇箸点，更髻鬟生彩。这些个，千生万生只在。好事心肠，着人情态。闲窗下，敛云凝黛。明朝端午，待学纫兰为佩。寻一首好诗，要书裙带。

这里也提到了"维摩境界",说她"散花何碍"。诗人把爱升华到了宗教高度,充分体现出他对妻子的挚爱之诚、赞许之深。

朝云三十四岁华诞,东坡曾写诗《王氏生日致语口号》,前有小序,略云:"人中五日,知织女之暂来;海上三年,喜花枝之未老。"诗是一首七律:
罗浮山下已三春,松笋穿阶昼掩门。

太白犹逃水仙洞,紫箫来问玉华君。
天容水色聊同夜,发泽肤光自鉴人。
万户春风为子寿,坐看沧海起扬尘。

前两句,交代时间、住所;中间四句,描写女主人的精神风貌——太白、紫箫,依然透露着道家仙气;"天容水色","发泽肤光",状写她的花容玉貌。

最后两句,落脚到生日祝贺上来。

时在春中,可是,到了七月,惠州一带瘴疫流行,朝云即染疾身死。东坡悲痛异常,觉得失去一个知音。"织女暂来"云云,竟然一语成谶!

说到朝云的巧慧、机敏,明人曹臣所编《舌华录》,记载过这样一个故事:东坡一日饭后散步,拍着肚皮,问左右侍婢:"你们说说看,此中所装何物?"一婢女应声道:"都是文章。"东坡不以为然。另一婢女答道:"满腹智慧。"他也以为不够恰当。爱妾朝云回答说:"学士一肚皮不合时宜。"东坡捧腹大笑,认为"实获我心"。

朝云死后,东坡将她葬在惠州西湖孤山南麓大圣塔下的松林之中,并筑亭纪念,因朝云生前学佛,诵《金刚经》偈词:"如梦、如幻、如泡、如影、如露、如电"而逝,故亭名"六如"。楹联为:

从南海来时,经卷药炉,百尺江楼飞柳絮;
自东坡去后,夜灯仙塔,一亭湖月冷梅花。

还有一副楹联：

　　不合时宜，唯有朝云能识我；

　　独弹古调，每逢暮雨倍思卿。

　　妙在以东坡口吻，状景描情，极饶韵致。

# 未 了 情

一

　　天色已经完全暗淡下来，街灯把斑驳的树影投射到青年歌德的身上。掠地的秋风穿过莱茵河畔，向着他那灼热的前额漫漫地扑来。他打了个寒噤，陡然感到丝丝凉意，裹紧了披在身上的宽大外套，加快了步伐。

　　有几户人家窗子里透出雪亮的灯光，间或夹杂着喧腾的笑语，他全都顾不上去听，径直地奔向红十字广场拐角处，在那过分稔熟的豪华住宅前停下了脚步。如果是在从前，他会急匆匆地闯上楼去，然而此刻，却像一个陌生人，一个被放逐者，一个幽灵那样，在楼前的法国梧桐树下往复地踱着步，目不转瞬地向楼内那间屋子搜索着。

　　绿色的窗帘垂下来，但他还是看得比较清楚，座灯仍然放在往常的地方。隐约映现出丽莉苗条的娇小的身影。此刻，她在做什么？她在想什么？望着，想着，心中不禁感伤起来。时光仅仅过去几个月，往日的亲密情侣于今竟形同陌路。人间万事，因缘而起，缘尽而逝，最终都归于寂灭。

　　伴着"刷啦啦"的桐叶的飘零，寂静的房间里突然传出钢琴弹唱的声响。那细细的充满忧伤的吟唱，如泣如诉，如怨如慕。这是在唱当日他献给她的情诗："呵，／为什么／你牵着我／毫无抵抗，／到那繁华之场？／难道年轻善良的我／没有欢乐，／在这孤寂的晚上？"伴着袅袅的余音，灯光映出身影在慢慢地移动，她已经站起来了，在屋里走来走去。停了一会儿，又传出几句："秘密地关在自己的室内，／卧对着月光，／我沐着它的战栗的幽辉，／进入了梦乡。"此刻她想没想到：那人就站在窗子外面，只隔咫尺之遥？

歌德再也忍不住了，眼睛一热，滚出来两滴清泪。

明天，他就要离开法兰克福这座古老而拥挤的城市，到魏玛公国去任职了，归来不知何日。临行前，很想再见上丽莉一面。但他终于打消了这个念头，迟疑了一下，便默默地走开了。

路上，一幕幕地闪现着他们由相识到相爱到最后分手的"电影画面"。

## 二

《少年维特之烦恼》这部书信体小说的问世，引起了巨大的轰动，在青年中间掀起了一股"维特热"，他们穿上了维特式的蓝色燕尾服，黄色背心，模仿维特的一举一动。而它的作者，自不必说，更成了一些文学青年的偶像。有一次外出，朋友们开玩笑，把同伙中的一位年轻人装扮成歌德，结果，周围的人立即围拢过来，对冒充者表示深深的敬意；"歌德来了"的信息，也随之很快传播开去。

赞扬和崇拜像急雨一般倾泻在这位二十几岁的青年作家头上，同时也给他增添了许多麻烦。所到之处，不论是溜冰场、舞场、歌厅、假面舞会，还是文人沙龙，身旁总会聚集着一些少男少女，问询个没完。"人们希望见到我，跟我交谈，"后来，他回忆说，"甚至在远方也希望听到我的消息，因此，我便被迫尝到门庭若市的滋味。来访的客人有的讨人欢心，有时是招人嫌的，但总是使我失时费事，……本来宁静、幽晦的境界是大有利于完美的创作的，但是，我却从这种境界中被拉出来，而置身于白昼的嘈杂之中，为他人而消失了自己"。

这天，他匆匆地用过晚餐，便穿上那件灰色的海獭皮冬装，戴上咖啡色的丝绒围巾，登上长筒皮靴，去赶赴朋友的约会——到一位已故银行家的豪宅，参加一个小型的家庭音乐会。

到得稍晚一点，楼内宽敞的客厅里，已经坐满了上流社会许多相识与不相识的客人。

壁灯、吊灯闪现着耀眼的光辉，气氛显得欢腾而热烈。他微微颔首，逐个打着招呼之后，便找个相当的位置坐下。女主人的未满十七岁的小女儿安娜·伊丽莎白（昵称丽莉），正坐在大厅正中的一架钢琴前，熟练地弹奏着，动作灵巧而自然，神态里流露出一种童稚的妩媚。弹完一首奏鸣曲之后，朝着歌德默默地点了下头，算是正式打了招呼。可以看出，她是在很留心地打量着这个不同流俗的青年男子，神情十分专注，像是瞧着玻璃橱窗中的一件展品。

接着，四重奏就开始了。歌德端坐在一旁，细细地端详着，饱餐着她的秀色。苗条的身段，浅黄的头发，深蓝色的眼珠，透出蓬勃的朝气；宛若一朵含苞待放的花儿，充满着迷人的青春气息。而那发式、衣着，特别是神情、举止，更把她的魅力、她的丰采衬托得恰到好处。有生以来，他还从未见过如此曼妙的少女风姿。

到了散会告别的时候，丽莉的母亲笑逐颜开地向他这个"本城的名人"表示欢迎，希望他抽出空闲再来做客；丽莉也以殷勤、亲切的口吻为母亲帮腔。歌德真是兴奋异常。归途上，忽发奇想：若是双手握得着宇宙的转轮，他会把这个悠长的夜晚立即翻转作清晨，而后，转身过访，重睹芳容。

三

几天来，歌德的脑海里一直浮现着丽莉的影像。现在，他们终于再次见面了。穿过古色古香的门廊，在丽莉的导引下，来到了她家的客厅。开始时，她的母亲还坐在一旁，后来说是有急事要办理，便离开了，嘱咐女儿好好地接待客人。

这时，歌德才注意到，丽莉的脖子上围着一条浅绿色的水波纹一样的丝巾，这使得她的大眼睛显得更加清亮。在正常情况下，他也许要说，这是一双可能在男性世界中掀动波澜甚至引发灾难的眼睛，而此刻，他只觉得它是两汪神液，楚楚怜人。

他们坐在一对沙发的对面，互相诉说一些少年时的往事和日常的癖好。从而得知丽莉从小就是在饱享家境的豪富与世俗的欢乐中长大的，宽松的社交环境赋予她开朗、大方、敏捷的灵性。

丽莉的卧室整洁而清丽。似乎同它的女主人相互映衬——壁上挂着的那帧小照，那令人为之倾倒、为之心醉神迷的一双媚眼，也在欢快地朝着客人微笑。壁炉里闪射出赭红色的幽光，炉火在熊熊地燃烧着，像两副鼓满青春活力的胸膛里喷薄着的热血。

同丽莉单独会面已经是第四次了。歌德告诉丽莉，她是他理想中的女性，等待她足足过了四分之一世纪了。她也同样敞开心扉，表达对他的爱慕之情。随着接触的增多，感情在迅速地升温，以致双双堕入了爱河，变得难解难分了。时间快速地驶过，不知不觉间，荧荧的月光从窗子映射进来。但他们并不想开灯，顾自在那里娓娓地倾谈着。倾心的爱恋，使得他那颗素常有些忧郁的心顿时开朗了起来。

他预感到，这个小小的精灵会带给他终生的幸运与快活。而丽莉则坦诚地向他诉说了自己作为豪门少女在世俗环境中所养成的生活习性与细微的弱点。她说："我自认有一种天生的吸引人的魅力，博得许多人的青睐；在您面前，自然也释放了这种本能。但结果是自己受到了惩罚——因为我发觉，现在已经被您牢牢地吸引住了。"这种半是矜持半是奖饰的自白，是从那样一个纯洁而天真的心坎里吐露出来，所以，歌德听了，感到她是把他完完全全看作意中人了。

青春，注定充满着不安与躁动，而过于丰沛的热力和泉涌的激情更亟待着宣泄。歌德情不自禁地从丽莉的桌子上拿起笔，抒写一个月来的全新的爱恋，全新的生活："心，我的心，这却是为何？／什么事使你不得安宁？／多么奇异的新的生活——／我再也不能将你认清。／失去你所喜爱的一切，／失去你所感到的悲戚，／失去你的勤奋和安静——／唉，怎会弄到这种处境？／……这种充满魔力的情网，／谁也不能够将它割破，／这位轻灵可爱的姑娘，／就用它强力罩住了我。／我只得按照她的方式，／在她的魔术圈中度日；／这种变化，唉，变得多大！／爱啊，爱啊，你放了我吧！"

后来，乐圣贝多芬曾把这首著名的情诗谱成了乐曲，使它在世界各地广为传唱，到处飞扬。

四

两人单独会面时，丽莉总是习惯于穿着素朴的家常便装，很少替换。而现在，她却以时髦而华丽的装束，容光四射地出现在歌德的面前。原来，按照妈妈的安排，她将出面接待一批客人，无论是谈吐、举止，都要比平时更加灵活、体面，仪态万方。这样，她的娴雅、温柔的气度与姿质，她的种种动人之处，也就会随之而充分地显露出来。

不过，在歌德的内心深处，也产生了些微的不快。两人已经进入"一日不见，如三秋兮"的热恋阶段，忘记昏晓与眠食，无止无休地相对倾谈，已经成了常课，也是双方最紧迫的需求。可是，连续两次，他们刚刚坐下，便被母亲唤出，一同会见来访的客人。弄得歌德十分为难：借故走开吧，既不礼貌，又太不甘心；而跟进跟出，也实非所愿——除了与丽莉可以无拘束地交谈，平素他喜欢宁静，惯于一个人闭门思索，多一个人在场都觉得应对麻烦，更不要说置身于稠人广众之中了。

尽管会客过程中他们仍然可以娴熟、自然地暗通情愫，每一回互送的秋波、嫣然的微笑，都透露出他们之间深深的默契，脉脉的情肠；但是，这些频繁的应酬，"她的周遭和与她来往的人们的言行常常妨碍着我们尽兴地欢聚，因此，我纵然特别去看望她，却不知有多少日子虚掷掉，多少钟头浪费掉。"很久以后，歌德还曾这样写道。

生活在故乡富有的市民阶层之中，歌德的心情常常是矛盾的：为了心爱的丽莉，既舍不得离开这个颇有吸引力的圈子，却又日甚一日地产生一种隔阂、反感以至厌弃的心情。他往往抱着一种玩世不恭的态度，表现出固执而深刻的"不信任感"。一位画家朋友曾这样记述他当时的情态："有时候在谈话谈得活跃的时候，他忽然一跃而起，走开去，再不见回来"；"在那些人们穿着节日盛装的场合，他偏偏相反，硬是穿上一身普通至极的家常便服，大大咧咧，率情任性"。

这一切，感觉敏锐、视角独特的丽莉，当然都看得分明。可是，在她那单纯而痴迷的眼睛里，不过是一种超尘脱俗的举止。结果，这种出于逆反心理与消极抵制的不合流俗的孤高、执拗，反倒成了她另眼相看的一种资本。

大打折扣的，不真实的，情人的眼光哟！

## 五

奥芬巴赫小城离法兰克福很近，丽莉的姨父住在这里。得知她到这里来探亲，歌德就像追花逐蕊的蜂蝶一般也跟踪赶来，而且为丽莉可以暂时脱开"人情的围困"感到欣慰。

痴情的春风吹绿了美因河畔，林带顺着河岸伸展开去，繁枝密叶间不时地闪现着一对对情侣的身影。他们牵着手，缓缓地穿行在丛林中的小径上。高大的橡树林的浓荫像遮天的巨伞一样笼罩着晴空，阳光照射不进来，林间显得寂静而幽暗。有时，高高的树冠上传出一两声怪禽的凄惨的啼叫。这时，丽莉便紧紧地抓住他的衣襟，低声说："怕，我有些怕。"他便顺势把她拉到自己身边，因此而更加亲近。

然后，他们便迅疾地奔向光亮的地带，那里覆盆子和冬青丛生着，叫不出名字的野花娇艳地探出枝头。两人终于寻觅到一处可以畅快地驰骋感情的奔马的地方，在一棵倒卧的树干上，相依偎着坐下来。他随口念着诗句："如今，那春花烂漫的原野，／我不再迷恋；／天使，只要你出现，／就有爱、／亲切和自然。"她听得很仔细，很认真，而后，便报之以灿烂的微笑。

歌德和丽莉的恋情，正处于他们所说的"我虽睡着，但是我的心醒呢"那样的情态，它像晚春的天气一样，一天比一天炽热起来，已经达到难以自拔的程度。因为白天要处理律师事务及其他琐事，歌德便在晚上过来与她欢聚。他们并肩挽手，漫步在芳香四溢的郊原驿路上，尽情地享受着夜色的温柔和精神交流的愉悦。他说："白天黑夜对于我们都是一样，白天的阳光不能盖过恋爱的光辉，夜里却因热情发射的光芒而灿同白昼。"

就这样，一直到深夜，他才把心爱的丽莉送回亲戚家，然后，自己顺着大道返回法兰克福。走累了，就坐在路边的椅子上稍事休息，在寥廓澄澈的深夜里，聆听着天籁之声，构想着自己和丽莉未来的幸福前程。

途中，有一座葡萄园。这天，他实在是过分疲乏了，倒在园子里一枕沉酣，梦见他和丽莉踏着彩云飘荡；又像是坐在静谧的湖边准备早餐，可是，忽地一大帮人围拢过来，他们只好另觅去处……真是演不尽的春梦婆娑。醒来时已是黎明。一条长长的雾带飘动起来，指示出美因河的所在。

## 六

由热恋的情侣结成为终身伉俪，原本是顺理成章，也是二人心念所归的事。歌德同丽莉缔结婚约，是由德尔弗小姐从中牵线的。跟双方的父母交谈，肯定费了她不少唇舌；但究竟是怎么谈的，他们都不甚了了。

今天一见到这对情人，德尔弗小姐就快言快语地说："妥了，一切完备。你们握手吧！"歌德站在丽莉的对面，伸出手来，丽莉郑重而缓慢地把手放在他的手中。他们深深地呼吸一下之后，便猛然拥抱了。

古谚说"盛极必衰"，这话有很深的意义和根据。一当某种理想的情事成为现实的时候，一当人们相信这种情事已经告一段落的时候，那么，危机也便开始萌生了。说来也怪，丽莉仍是丽莉，歌德也还是歌德，关系明确之后，却各自觉得一宿工夫两人都发生了变化，变得懂事了，成熟了，心事复杂了——两个原本无忧无虑的天使，一经"红绳系足"（这是借用东方的一种神话传说），便由过去的充满浪漫气息的天国，实拍拍地降落在前路崎岖的大地上。这样一来，百端杂务，包括两人的日常生计，双方的家庭环境，以及不尽相同的脾性、习惯和生活情趣的磨合，都将不可避免地构成无法规避的现实考验。爱恋中的信赖意识是很强烈的，但是，当它碰上同它作对的现实的礁石时，难免会产生强大的张力。

显然，双方的家庭环境与地位有着很大的差异。丽莉一家在法兰克福是数一数二的望族，资财万贯，经常贵客盈门，许多流光溢彩的钱袋拥有者都聚集在她的周围。歌德每次出入她家时，为使自己与她经常往来的时髦朋友不致相形见绌，总要检点服装，常常是换了又换。可是，一个家庭几代形成的家风、家规、习尚却与衣物不同，那是难以随俗更换的。歌德虽然出身于新兴的市民之家，但长久以来，家中却盈溢着一种浓重的复古意味。父亲是一个收入微薄的帝国法律顾问，性格孤僻，喜欢清静，酷爱书画，这就难免与讲究派头、注重排场的女方家族格格不入。

订婚的下一步就是结婚。歌德的父母亲现有房舍远不宽敞，需要为新婚子媳加盖一处新的住房；而且，作为娇小姐，丽莉的日常生活已经习惯于奢华侈丽，这也不是一个清寒之家所能应付裕如的。因此，他父亲自始就不太热衷于攀这门高亲。他当然也很想有一个儿媳妇，但肯定不是这种终日沉浸在上流社会娱乐圈里的豪族小姐。即便是歌德本人也已经意识到了，如果可爱的丽莉要稍微延续她做姑娘时的处世派头与生活方式，便会在这不大讲究的新家里感到局促不安，觉得没有展现姿采与风韵的余地。而更大的障碍，还是两家的宗教信仰不同，丽莉家是加尔文派，属于革新教派；歌德家则是路德教派，彼此是很难调和的。

毋庸讳言，这斑斑点点，对于一对未婚夫妇的爱恋之旅，无疑是布满了崎岖。当然，丽莉对这一切并没有怎么在乎，往往是一笑置之。这固然因为她还少不更事，但，更主要的还是出于对歌德的痴情眷恋，可说是爱入骨髓，一往情深。她一再声言，条件再苦再难，也会心甘情愿嫁给他，无怨无悔地跟着他过一辈子；甚至不惜抛弃眼前的一切豪华、富贵，让这位青年诗人带她到遥远的美洲去，以避开眼前面对的重重障壁。

# 七

几天前，歌德曾抱着一种愤懑的情怀，写出歌剧《克劳底纳·冯·维拉·贝拉》。他把对丽莉周围那些令人生厌的人们的不满，尽情倾泻在剧本之中，借剧中人之口说出："我实在忍受不了您那个市民环境了！""我想工作，可我得当仆人；我想快活，可我还得当仆人。难道所有那些想使自己些微有所建树的人，不应该有个自己可以支配的去处吗？"

当然，话是这么说，一到两个恋人见面，那融冰化雪的温馨、体贴，欺糖赛蜜的甜言软语，那令人意乱心酥的紧紧拥抱，又会使满天云翳划然消散。

一天，歌德向一位知心朋友描述了此时的心境：

"亲爱的，您可以想象到有这样一个歌德：他身穿镶有闪光的金银花边的上衣，令人眼花缭乱；要不然就是从头到脚都打扮得可以使妇女们觉得他气质不凡，风度翩翩。在他的四周，闪耀着壁灯和吊灯的淡雅的光辉，他活跃在各式各样的人物中间，牌桌上有一双美丽的眼睛正盯着他。他不断地改变着消遣的方式，时而与人交谈，时而去听音乐，时而又去跳舞；而且，用尽情的挑逗去博得一个金发美女的青睐。只有到那个时候，您才会看到那个过着舒适、饱暖生活的充分世俗化的歌德。"

但是，还有另外一个歌德："他在二月轻拂的微风中已经预感到春天，预感到一个可爱的广阔世界即将在他面前重新展开。他永远按照自己的想法生活、拼搏、写作。不久以后，他就要把他青少年时代天真无邪的感情写成一首首诗歌，要把生活中情趣浓郁的故事写成戏剧，并根据他的标准用粉笔在灰色的纸上画出他朋友们的形象，画出他周围的环境，画出他心爱的家庭场景。他是独出心裁而不顾及左右的。"

显然，对于过往的这段时光，他正在进行着审视与回味，他陷入了彷徨、苦闷，举棋不定之中。既真诚地爱恋着丽莉，又不肯舍弃诗性人生，不希望受到家庭与四周环境的世俗性的羁绊，他渴望着做一只振翮云天、恣意遨游的大鹏。——也许应该说，这是一种可怕的清醒。之所以可怕，是因为对于爱恋，清醒往往是不祥之物。

在经历了一番痛苦的反思之后，歌德重新发现了自己。自己究竟是个什么人呢？一个道道地地的艺术家。归根结底，艺术家是一切规范与局限的敌人。只要他深思自省，便会在自身发现整个世界，然后，就疯狂地扑过去。

# 八

就在这时，歌德的一位好朋友在赴瑞士旅行途中，顺道前来过访，并邀请他一路同行。处于徘徊歧路中的歌德，也正想调节一下近期邅邅、矛盾的心态，特别是很想疏离那种"溶于俗境而绝于神性"的轮番轰炸的交际、应酬，于是，在他父亲的极力攒掇下，没有细加考量，便欣然同意了。父亲还怂恿他：

如果时机凑合，可以顺道转往意大利旅行。这样，他很快就下了决心，迅即把行装打点停当。出发前，见到了丽莉，他没有正式辞行，只是做出"远行"的暗示，便离开了她。

在前往瑞士途中，歌德特意取道埃门丁根，专程看望嫁到这里来的妹妹。她婚后的生活很不如意，歌德一直在挂念着她。可是，见面后，她却避开个人的境况，万分恳切甚至用命令的口吻，死力劝说哥哥尽快割断同丽莉的关系。她声泪俱下地请求，千万不要与丽莉结为伉俪，也不要同任何女人成婚，永远，永远。她之所以如此决绝，其间既含有对自己婚姻不幸的惩戒，也融进了一个年轻女性对于世事洞察的经验，尤其是对于两个家庭的背景，她早就深有了解。这使歌德心中十分难过。一番痛彻骨髓的激烈言辞，反而激活了他对丽莉的恋情。

面对着四围的湖光山色，他已无心赏玩，脑子里不时地涌现出丽莉的笑靥，不经意间，就冒出了一首短诗："亲爱的丽莉，／如果我没爱过你，／这美景应给我何等的乐趣？／可是，／丽莉呀，／如果我没爱过你，／我能在这里、那里感到幸福吗？"

他记起了明天——6月23日是丽莉的生日，于是，托起她赠送的项链上的金鸡心，噙着泪花，吻了又吻，久久地不忍放下。

两个月过去了，漫游终于结束，歌德回到了丽莉身边。

出乎他的意料，情况已经发生急遽的变化。对着他的一团热火，兜头浇过来的竟是一盆凉水。原来，丽莉的母亲包括整个家族，对歌德的不辞而别颇为愤慨，认为他根本没有结婚的诚意，主张立即解除婚约。几个闺中女友也都劝丽莉痛下决心，斩断情丝，不要一误再误。可是，用情专一的她，总是觉得割舍不掉对歌德的恋情。此刻，面对着"无情的未婚夫"，看上去面容有些瘦削的丽莉，尽管也撅起了小嘴巴，但那双会说话的大眼睛仍是透露着温情脉脉的柔光，映现出三分佯怒，七分怜惜。

多少天来，她都未得安眠，十分苦恼。听了这些，歌德觉得有些愧怍。在给友人的信中，他承认离不开这个美丽的小精灵；但是，他也不愿再登上她家的小楼了。这倒不是由于她的母亲的冷淡与疏离，——对此，他完全能够理解，而且予以谅解；根本在于她的家里总是贵客盈门，高朋满座。那些人对待丽莉都像是老相识一样，过分的亲热，过分的放肆，而留给他这个堂堂正正的未婚夫的，却是翻波涌浪的胃酸和撒落一地的白眼球。

他们已是几天没有见面了，这天晚上，歌德想静下心来，同丽莉像过去那样推心置腹地恳谈一次。不料，进得院来，传来的竟是大厅中喧嚣的歌舞欢声，他的心立刻凉了下来。望了望暗淡的三楼窗口，便掉头离去。

<h1 style="text-align:center">九</h1>

转眼到了 8 月 28 日，丽莉过来，庆贺歌德的二十六岁生日。

他们强颜欢笑，稍稍热闹了一会儿，很快便又沉寂下来。过去两人聚拢在一起，总有诉说不尽的情话，连珠炮似的，一发接着一发。现在，却都心事重重，像是中间隔了一层屏障似的，即使拣起一个有趣的话题，说起来也是时断时续。丽莉的目光迷离不定，仿佛是从遥远的地方摸索回来似的，再不就是长时间地出神呆望，透出一种隐忍的悲凉。她把灵动的心扉紧紧地封闭起来，怕是再也不肯向他敞开了。他感到很苦痛。

又坐了一会儿，丽莉终于长舒了一口气，低声吐出了三个字："你变了！"

在这关键的时刻，本来，歌德应该耐心地听她说下去，却忍不住"当啷"一锤子给顶了回去："你才变了呢！"他当然意有所指——丽莉越来越像个"交际花"了。

一进九月门，法兰克福一年一度的盛大集市就开张了。各方商贾云集，丽莉家中也招来了比平日更多的她的崇拜者，连宵歌舞，闹闹嚷嚷。诗性遭遇到世俗性的粗暴侵犯，使作为未婚夫的青年诗人十分恼火。直到半个世纪过后，他还耿耿于怀，在《歌德自传》中有这样一段话：

"那些幽灵之群蜂拥而至。丽莉的家既是有名的商馆，各地的豪商巨贾陆续过访，很快我就了然明白，这些人中没有一个人想要和能够完全忘掉他与这个可爱的女郎的旧谊。其中，年轻的人虽不对丽莉有什么强求，然也像是很熟的朋友；中年的人在她面前采取一种博她欢心的恳切有礼的态度；……可是，上了年纪的绅士摆起老伯伯的样子来，真是受不了，他们的手禁不住触到她的身上，作讨厌的抚摩，甚至要求接吻，而亲亲脸颊便不容拒绝。丽莉应接他们的态度都合规合矩，没有不自然的地方。不过，他们间的谈话引起对过去种种可疑的回忆来。什么郊游泛舟的盛会呀，怎样碰着危险而终安然度过呵，跳舞会和晚上的散步呵，对可笑的求婚者的嘲弄呀，一切的话，都燃起那寂寞寡欢的恋人的心中的炉火。我觉得像是多年的辛苦得来的收获却为他人所暂时夺取了。"

为了展现他那波澜涌荡的妒忌心理和酸情醋意，歌德写了一首寓言长诗，名为《丽莉的动物园》。大意是：

没有哪个动物园会比丽莉的更加丰富多彩了。她的园中圈禁着各种珍禽异兽，有的狂奔乱跳，有的虽然剪了羽翼却还奋力飞蹿，它们追逐撕咬，争夺美丽的女主人抛给它们的干面包。其中有一头笨拙的野熊，是从莽林中抓来的，在仆从队里受到与其他动物一样的训练。在它看来，女主人真是甜美而娇媚呀！只要能为她浇一浇满园花草，即使把热血洒尽流干也心甘情愿。后来，逐渐地发现：自己原是被一张编成石榴裙的罗网套住，匍匐在她的脚下，无异于系上了一根绳索。这样，就感到不满了，狂暴地"狼奔豕突"，鼻子里重重地喘着粗气，把内在的野性尽情释放。跳啊，跑啊，终于跌倒在地，浑身瘫软，痛哭流涕。这时，突然传来女主人动情的歌声，结果，它又心软下来，重新伏在她的脚下，亲吻着她的鞋子。她用手轻轻地挠它的脑袋，它快活得嗷嗷呻唤。随后，她带着讥讽的口吻说："喏喏，要乖乖儿的！把小爪子伸过来！做个好仆从，像位骑士先生。"她就这样嘻嘻哈哈地打发走这个倒霉的可怜虫，不管它是快乐还是凄惨。有时候，她还故意把门朝它微微敞开，斜着眼睛瞧它是否打算逃脱。野熊再也忍无可忍了，吼道："还我自由！我发誓，我还强壮有力。"

丽莉看了，十分难过，呜呜地哭了起来。歌德的心为之所动。他确信，能够这样由衷地抛洒泪水的人，即便是有所欠缺，也都是应该得到宽谅的。因而，尽管脑际再度回荡起妹妹的哀哀嘱告，但他仍是下不了狠心撕破情网。心想，她真是一个神奇的"迷人精"；而自己倒像是一只吞了毒饵的老鼠，从一个洞里窜到另一个洞里，舌头舔着凉水，心里火烧火燎的，实在没法忍受了。午饭后，又见到了丽莉，眼睛红红的，显然，她是刚刚在哭过。两人对坐着，仍旧哑默无声。当然，并不是无话可说，每人心中恐怕都满盛着一缸苦水。只是，一种近乎绝望的理智与清醒，觉察到在这种情态下，话语是无济于事的。歌德很想立刻就从这种尴尬状态下解脱出来，……但是，这种念头刚一闪现，他便感到通身地战栗。

激浪！狂风！他被抛过来，抛过去，只有紧紧抓住舵轮，好使自己不至于搁浅。可还是搁浅了，他没有毅力离开他的丽莉，他的心里已经装满了她。那过往的轰轰烈烈的恋情，那满是血痕泪渍的绵绵心路，那浓得化不开的经年积愫，毕竟令人没齿难忘。

十

将近九个月的情爱之旅，终于走到了尽头。

想当日，在春风骀荡的露台上，两人一起忘情地朗诵过歌德的剧本《艾尔温和埃尔米勒》。当时绝没有料到，他们也会遭遇类似的命运："你们凋谢了，甜蜜的玫瑰，／我的爱不能将你们托付；／重开吧，为绝望的人儿，／我的心灵破碎，无比痛苦。"

婚约解除了，丽莉说："也许应该把写给我的那些诗奉还给你。"歌德说："不必了，它们已经带着我们的情感和泪血，连同那段永生难忘的岁月，融入了苍茫的历史，镌刻在两人伤恸的心版上。即使再锋利的刀斧也无法砍掉它。"

这句话还没落音，他就警觉地意识到，应该立刻走开，不然，也许会反悔"解约"的。于是，他头也不回地跑开了，背后，传来丽莉痛苦的啜泣声。这令人肝肠寸断的哭声，分明是在宣布：这部人生的盛装大戏已经落幕了。它的两个主角——当日纵情于花前月下，倜傥风流的青年歌者，和在除夕之夜风骚绝代的抚琴少女，已经飘然远逝，留下来的唯有周围那些行尸走肉般的配角，还在痛痛快快地蠕动着。

圣诞之夜。远在魏玛公国任职的歌德，辗转反侧，久不成眠，一直沉浸在痛苦的思念之中。一想到已经失去了丽莉，他的心便痛如刀割。于是，随手写下了四行诗："可爱的丽莉，／你曾一度是我全部的欢愉，全部的歌。／唉，而今你成了我全部的痛苦，／但仍是我全部的歌。"

捧起仍然挂在脖子上的丽莉赠给他的金鸡心，他黯然吟哦着："你是消逝了的／欢娱的纪念，／我仍旧系在脖颈上。／你比情丝／更久地联结着两人，／你要将短促的恋爱时日／尽量延长。／丽莉，我离开了你，／还套着你的情网，／远在异邦，／在幽谷和森林里徜徉。／唉，／你的心不会很快地／从我的心里落下。／恰像一只啄断了绳索的小鸟／飞回丛林，脚上仍然系着一段赤绳。／它已不是生下来时／那样自由的鸟，／它已有了主人。"

令人痛心的是，经过这场沉重打击之后，一生憧憬幸福的丽莉再也未曾赢得真正的爱情，尔后的两次婚姻都很不幸，始终都在扮演着悲剧角色。

后来，歌德听一位早年与他有过交往的将军夫人相告，她曾见过了丽莉。丽莉满怀深情地说，自己是"歌德的创造物"，"直到生命的最后一刻，我都对歌德怀着宗教般的崇敬"。她请这位夫人向她的"永生忘不了的朋友"转达她的心意。

丽莉去世的第十三个年头，她的一位亲戚到魏玛访问，专程拜望了歌德。谈起这个昔日的情人，已经八十高龄的歌德老人，凄然泣下，深情地告诉来访者，他像当年那样，清清楚楚地看到丽莉站在眼前，接近她的芳馨的气息。"事实上，她是我真心深爱的第一个女性，也可以说，她是我一生中唯一爱过并且永生不忘的女人。我从来没有像跟丽莉相爱时那样，接近真正的幸福。"

对于这位伟大的诗人来说，爱情乃是他终其一生都在孜孜追求的目标，也是他的人生苦旅中最不堪回首的伤痛。从中他尽享了欢乐与幸福，而更多的却是一泓苦水，无尽的忧伤。正是这一次次激动，一次次热恋，一次次失望，一次次裂肺摧肝的痛苦，催发着创作的激情，把他这个当日的日耳曼少年送上了文学的圣殿，诗国的巅峰。

其实，这世上本没有什么沃尔夫冈·歌德，有的只是夏绿蒂、丽莉，只是斯泰因夫人、乌尔丽克，一头淡黄色的卷发，一双湛蓝的迷人的眼睛，一腔浸着浓情蜜意的缱绻情怀……从这个意义上说，歌德本身就是女人的产品。

"永恒的女性，引领我们飞升！"歌德最后把这两句话写进了诗剧《浮士德》的煞尾。

# 泪　　泉

## 一

那天，吃过了早饭，我们便离开下榻的雅尔塔"奥连达"宾馆，驱车前往著名古迹巴赫奇萨拉伊参观。

路上，首先造访了当年普希金居住过的海滨疗养胜地古尔祖夫。这里四面环山，气候宜人，街道整齐、曲折，房舍多作淡褐色，楼层不高，阳台很大，建筑特色十分突出。

东面崖岸高耸，下临万古喧腾的蔚蓝色的大海，阿尤达格山酷似一头巨熊将毛茸茸的胸脯俯伏在海面上，低垂着毛发浓密的头颅在贪婪地饮水。山上有古代克里米亚人的城堡和热那亚人建筑遗迹。波兰诗人密茨凯维支很喜欢在这个山顶的羊肠小道上闲步；普希金也曾在这里登临纵目，吟诗咏怀，流连忘返。

中午，我们便赶到了巴赫奇萨拉伊。作为古克里米亚汗国的首都，这里有建于 1519 年的著名的鞑靼王基列伊的宫殿和陵墓，有一座用大理石装饰的喷泉，上面镶嵌着一钩新月，相传是基列伊国王为寄托他对痴情苦恋的一位波兰郡主的哀思而修建的。

普希金就着这个题材，经过想象加工，写出了一部题为《巴赫奇萨拉伊的喷泉》的长诗。王宫 1736 年毁于大火，后来，为了接待叶卡捷琳娜女皇巡幸，进行了部分整修，现已辟为历史博物馆。

二

事物竟是如此巧合，简直像是特意安排好的。——我们在圣彼得堡看过一台名叫《泪泉》的芭蕾舞剧，就是根据普希金这部长诗改编的。

基洛夫剧院名气很大，号称全俄第一流豪华剧院，从外观看，特色并不鲜明，但内部装饰十分精美、华丽。圆形的穹顶上绘有圣母、天使图像，下有七层包厢，四壁装饰得金碧辉煌，琳琅满目。从建院到现在，已经上演过七百多个剧目，像这类根据文学名著改编的舞剧是长盛不衰的。

入场前，观众一律把外衣、帽子和手提包存放在寄物处，女士们一般都对镜整容化妆，有的还要换鞋更衣；男士们也都衣着整肃，像是出席宴会一样。这期间，苏联刚刚解体，正值卢布贬值，通货膨胀，商品供应奇缺，也许有些人排队半晌也没能买到什么东西。可是，他们来到剧院，却显得如此悠闲，实在令人有些费解。开幕铃声响过，观众鼓掌欢迎，指挥率乐队全体起立致谢。全场秩序井然，除配乐管弦外，听不到其他任何声响。

舞剧共分四场。第一场表现波兰郡主玛丽雅·波托茨卡娅聪明美丽，天真活泼，整天酣歌畅舞，无忧无虑。谁知好景不长，突然灾祸降临：鞑靼可汗基列伊率兵侵掠，父王罹难，郡主本人成了俘虏，可汗把她关在巴赫奇萨拉伊的豪华宫殿里。

第二场：可汗的后宫珠环翠绕，有美女无数。但是，无论哪一个，可汗都不中意，唯独对这个外来的波兰郡主情有独钟，以致把年轻美貌的皇后也抛在脑后了，颇有"后宫佳丽三千人，三千宠爱在一身"之概。但这只是一厢情愿，玛丽雅郡主却对可汗冷若冰霜，视同陌路，整天愁眉深锁，缄默无言。

第三场：一天晚上，可汗又来到玛丽雅郡主身旁，摘掉了王冠，脱下了斗篷，显得殷勤备至，恭谨有礼，却照例遭到了冷遇，郡主全然不理不睬。

可汗无奈，只好悻悻然离去。玛丽雅在无边的孤寂中静静地睡去，双颊上燃烧着处女的幽梦，还带着两行新鲜的泪痕，越发显得娇柔妩媚，楚楚怜人。王后莎莱玛对可汗钟情于玛丽雅，始终耿耿于怀，不能自释。这天深夜，她悄悄来到郡主住所察看，发现可汗的王冠和斗篷留在那里，顿时妒火高燃，遂将郡主刺死。可汗闻讯，怒气填膺，当即命令卫士将王后抛入大海，予以最严厉的惩罚。

第四场：可汗陷入极度的悲愤之中，大臣们百般劝慰也不能解脱。他发狂地点燃起战火，发兵侵掠了高加索邻近诸国和俄罗斯的和平村庄。班师回朝后，为了寄托对玛丽雅郡主的无尽哀思，在王宫幽静的一角，修建了一座用大理石装饰的喷泉。泉水，盈盈珠泪般地日夜滴淌。

尾声：可汗呆立在喷泉前，眼前幻象环生，郡主与王后相继出现，他在灯光渐暗中晕厥过去。

三

《巴赫奇萨拉伊的喷泉》于 1821 至 1823 年写成，是普希金四部南方长诗中的一部，被誉为积极浪漫主义的范本。1820 年 4 月，普希金由于写诗讽刺沙皇和鼓吹自由，遭到反动统治者的忌恨，被调离首都彼得堡，流放到南方。途中，结识了 1812 年卫国战争中的英雄拉耶夫斯基将军一家，应邀到著名疗养胜地古尔祖夫做客。

将军的女儿们都有浓厚的艺术情趣和很高的文化教养，而且，特别喜欢浪漫主义诗人。普希金同她们，在一种家庭般的气氛中，愉快地度过了三个星期。后来，他说过，在古尔祖夫过的是一种"那不勒斯流浪汉式的无忧无虑的生活"，是他"一生中最幸福的时刻"。

他还同拉耶夫斯基将军一起，骑马跑了几十公里，专程游览了著名古城巴赫奇萨拉伊。其时，鞑靼王宫已经倾圮，唯有那眼清澈的喷泉依旧顺着一个生锈的铁管缓缓地流出，好像在柔声地诉说着悲怆的往事。也许那些坍塌的殿宇要比它们完整地保存下来更能说明过去的一切。

遗址周围浓荫匝地，玫瑰花在阳光下恣情地怒放，葡萄藤到处蔓延，高大的白杨树与清真寺的古塔，静静地投下了颀长的身影。它们无言而雄辩地表明，往昔的万种繁华、千般壮丽已经一去不复返了。

普希金默默地折下两枝红玫瑰，——像他 1824 年在《致巴赫奇萨拉伊的喷泉》这首抒情短诗中告诉我们的那样——把它放在潮湿的大理石上。那个叙述爱情与死亡的鞑靼民间传说和这座孑遗的喷泉，使他沉浸在深邃的思索与忆念之中。

又是凑巧，我们在莫斯科参观美术作品展览时，曾经看到过著名画家切尔涅佐夫作于 1837 年的珍贵油画《普希金在"泪泉"边》，画面上描绘的正是这个场景。

"眼睛里闪耀着泪花，心儿激动得收缩起来"。——那些倾诉痛苦的爱恋和无望的追求的诗句，从诗人的笔端喷泉般地涌出。就这样，长诗《巴赫奇萨拉伊的喷泉》诞生了。

## 四

一个古老的传说在那里流传，
知道它的有两位年轻女郎，
于是那座阴森的建筑物，
便被她们称作"泪泉"。

关于这首长诗中提到的知道这个"古老的传说"的"两位年轻女郎"究竟是谁，苏联学术界意见并不一致，大别之有两类：

普希金研究专家伊凡·诺维科夫认为，是指拉耶夫斯基的两个女儿叶卡捷琳娜和叶莲娜，正是她们将那个凄婉动人的传说讲给普希金听的。（见《普希金在流放中》）

而在列·格罗斯曼那部被国内外公认为关于普希金的权威性传记中，则认定是指波托茨基家的两姊妹索菲娅和奥尔加。她们是定居在彼得堡的著名希腊女人索菲娅·康士坦丁诺芙娜和波托茨基的女儿。两姊妹自幼住在克里米亚世袭领地的别墅里，在巴赫奇萨拉伊听到过有关本家族中这位悲剧性人物——玛丽雅·波托茨卡娅郡主的传说，并由姐姐索菲娅讲给了她们的朋友普希金。

坚持后一种说法的，还提出了另一重要证据：普希金那首根据法国诗人巴尼的诗《西色拉的一瞥》意译的《柏拉图式爱情》，便是他于 1819 年底献给索菲娅的。诗中表达了他对这位冷若冰霜、拒绝了爱神青睐的少女的炽烈恋情。后来，索菲娅嫁给了基谢列夫将军。普希金在给弟弟的一封信中曾经提到过，《巴赫奇萨拉伊的喷泉》的灵感的惠予者，就是那位被他"长期愚蠢地爱着"（即一种毫无希望的单相思）的女郎。

在这部长诗中，鞑靼可汗对波兰郡主玛丽雅·波托茨卡娅的单相思，与诗人普希金对索菲娅·波托茨卡娅的一厢情愿的狂热恋情恰相照应。因此，有人说，普希金是借他人的酒杯来浇自己的块垒。

在长诗的结尾处，他奋笔疾书，直抒胸臆：

> 我忆起同样可爱的目光，
> 和那依稀是人间的玉颜，
> 我的全部思念都向它飞去，
> 在逐放中依然把她眷恋……
> 啊，痴人，算了吧，
> 再别燃起这无益的灯盏！
> 令人心魂不宁的单恋的幻梦，
> 已使你做出了够多的奉献。

由于"普希金是用自身的炽烈的生命来温暖它们"，所以，他的"南方长诗能够唤起读者炽烈的热情"，显得格外凄怆动人。不管两位女郎究竟是谁，我想，对于车尔尼雪夫斯基的这一论断，人们当无异议。

# 忆 人 常 在 月 圆 时

## ——契诃夫 110 年冥诞感怀

一

又是月圆时候。晴空一碧，纤尘不染，空气中透着秋夜萧森的凉意。正如一句古诗所云："忆人常在月圆时"，此刻，面对着东天的皓魄，我忽然想到了契诃夫和他的妻子奥尔嘉·克尼碧尔（一译欧嘉·聂普）的绝代情缘。

1991 年年底，我在访问俄罗斯（当时还称苏联） 期间，曾在雅尔塔契诃夫纪念馆看到馆主的一封信，那是 1895 年写给他的朋友苏沃陵的："请原谅，要是你愿意的话，我就结婚。不过我的条件是：一切应该照旧，那就是说，她（指奥尔嘉）应该住在莫斯科，我住在乡下（他当时住在梅里霍沃），我会去看她的。那种从早到晚，整天厮守的幸福，我受不了。我可以当一个非常好的丈夫，只是要给我一个像月亮一般的妻子，它将不是每天都在我的天空出现。"

与此相关联，他在札记中写道："爱情，这或者是某种过去曾是伟大的东西的遗迹，或者是将来会变成伟大的东西的因素，而现在呢，它不能满足你的要求，它给你的比你所期待的要少得多。"

　　我看到这些，当时颇有感触，曾口占四句"打油"诗："至爱何辞千里远，佳姝尽可挂天边。独居自得人生趣，懒问冰轮圆未圆。"

　　契诃夫三十八岁时与奥尔嘉相爱，那时奥尔嘉二十九岁，是莫斯科艺术剧院一名骨干演员。当时契诃夫身患严重的肺结核，医生警告他：你已经不是医生，而是病人，不能住在阴湿寒冷的莫斯科，必须变换环境。于是，他选取了南方紧邻黑海、气候相对温暖、地处克里米亚半岛的雅尔塔定居，那里有温煦的阳光，蔚蓝的海水，清新、湿润的空气。前此，契诃夫与彼得堡的出版商马克斯签订了一份合同，卖出了自己作品的全部版权，换得七万五千卢布，他用这笔钱在雅尔塔附近买下一块地，建造了一所房子。

　　那么，奥尔嘉呢？由于契诃夫的极力阻止，只好留在莫斯科大剧院，完成一场又一场的舞台演出，默默地忍受着别离之苦。这样，两人结婚之后，便一直是劳燕分飞，每年只有少量时间会面。但这并没有影响夫妻间的亲密关系，他们已经习惯了以频繁递送的"来鸿去雁"传达彼此真挚而浓烈的感情。这令人想起了宋代词人秦观的《鹊桥仙》词："金风玉露一相逢，便胜却人间无数"；"两情若是久长时，又岂在朝朝暮暮！"

　　六年间，他们留下的情书多达八百多封。一封封信都写得婉丽动人，感人肺腑。其中有这样的语句："我最尊贵的女演员：我人在雅尔塔，我的监狱（他把自己的白色别墅，称作'白色的监狱'、'相思的囚笼'）。冷酷的风正吹着，海浪翻滚，船只停止了运行，人们都快被淹死了。一句话，你走之后的世界，糟透了。没有你，我简直想上吊。给你，四百个亲热的吻。你要好好照顾自己，我的小狗狗……"

　　契诃夫辞世之后，美国剧作家卡罗·罗卡摩拉以"情书"为题，别出心裁地将八百多封"两地书"串联起来，编织成一部话剧，反映一双爱侣动人的情感生活，描绘出他们间的拳拳痴情、段段爱意。重点是通过契诃夫生命中重要的关节点和情感起伏，表现"一个剧作家的爱与死"——爱情从莫斯科开始，到他终止生命的德国巴登韦勒结束。这是一部高水平的关于爱情、关于病痛、关于等待、关于思念的温馨作品。

　　信中在讲述两人的艺术生涯之外，还谈到了与同时代的列夫·托尔斯泰、高尔基、斯坦尼斯拉夫斯基等多位大师的真挚友谊。

这部剧作，2003 年曾被世界剧场大师彼得·布鲁克搬上了舞台；翌年又由中国台北地区绿光剧团移植到台湾演出。2014 年，我在沈阳看到了由台湾著名戏剧家、美国加州大学伯克利分校戏剧艺术博士赖声川翻译并导演的《让我牵着你的手……》。此语英文原为"将你的手放在我的手心"，出自契诃夫写给妻子的情书，是《情书》全剧的第一句台词，也是剧作家死在爱人的怀中，全剧结束时的最后一句话。

和传统的现实主义剧作不同，全剧由两个人对话式的自述来支撑，与其说是爱恋情景的还原，莫如说是带着布景和简单肢体表演的书信朗诵。台词倒是十分漂亮的，缠绵悱恻，活色生香，令人回味无穷。这也正好让两位演员充分施展了他们的表演功力，用话语表现爱情之初的喜悦，和男主人公病入膏肓的虚弱无力。相较契诃夫，奥尔嘉是一个容易被忽略的角色，好在她的扮演者蒋雯丽知名度很高，功力也不错，颇受观众青睐。

## 二

契诃夫在雅尔塔的住宅，是一所样式新颖的别墅，美观、明亮，小巧玲珑。上面有个像神话中所说的那种模样的小望楼，有几个突出的尖角，下有玻璃走廊，四周开着一些宽窄不等、大小不一的窗子。室内陈设比较简单。书房长十二步，宽六步，整洁干净，靠近写字台挂着一张印刷体的"请勿吸烟"的标语。对门正中，开着一扇镶着黄色花玻璃的大窗子。墙壁上糊着镶金边的壁纸，一幅列维坦的笔触粗放但画艺精美的画挂在上面，场景是：傍晚的田野，许多干草垛向远处伸展开去。

别墅坐落在花园里，铁栏杆把它和公路隔开。说是花园，其实栽种的主要是苹果、梨、杏、蜜桃、扁桃等多种果树。据纪念馆解说员介绍，契诃夫在时，如果是春天清早，他会一个人静静地待在园子里，给沾满露水的玫瑰花整枝，或者细心地观察着被风吹折的嫩苗，用硫黄抹在玫瑰花枝叶上，或者拔除花圃里的杂草。

　　公路另一旁是用一道矮墙围起来的古老荒芜的鞑靼墓园，寂静而荒凉，每座墓前都立有简陋的石碑。对面是一块旷地，竖有契诃夫的雕像，旁边立着一排屏风似的黑色石雕，雕刻着他的作品中的人物。

　　当时，高尔基、蒲宁、库普林等也都住在雅尔达，有一小段时间，列夫·托尔斯泰也住在附近。但他与这些文豪来往不多。他在札记里写道：我流放在"温暖的西伯利亚"，"就跟将来我独自一个人躺在墓地里一样，现在我确实也在独自一个人生活"。据他的女友、作家、功勋艺术家谢普金娜·库彼尔尼克所记述的：他那永久不变的安详、平静和一种像难于穿透的甲胄似的外在的冷峻，把他严严实实地包围起来。

　　他这样做，当然是由于病弱之躯确实承受不了频繁的接待。刚到这里时，出于真诚的崇敬，那些成群的拜访者，特别是读过他的作品从而衷心景慕的妇女们，总是寻找机会，带着食品前来问候。他对这种烦扰，感到苦恼至极。

　　另一个原因也是主要的——创作是羞涩的，在这方面，他比别人表现得尤为突出。他从凌晨到深夜都是手不停挥，奋力创作。他反复强调，一个人如果不写作，不经常处于那种能打开艺术家眼界的艺术气氛里，那么，即使他有所罗门王的聪明，也会感到自己是空虚和无能的。但是，他绝对不会在众人面前动笔。宋代诗人黄庭坚有两句诗，写他同时代的两位诗友截然不同的创作习惯："闭门觅句陈无己，对客挥毫秦少游。"看来，国外的大作家中，这两种情况也都是存在的。这样一来，即便是和契诃夫最亲近的人也会时刻感到，他是生活在另一个世界里，虽然身在咫尺，却不啻邈隔天涯。

　　可以说，契诃夫是没有快乐的，他那优美而略带忧郁的双眼，总是沉重而苍凉地观望着周遭的一切。由于生活经历的特殊和精神上的抑郁，他在作品中较少直接表现人民美好的方面和愉快的场面；作品中往往笼罩着一层阴郁的使人压抑的气氛。所思在《天边外的契诃夫》一文中指出："契诃夫的剧本里，有那么多惆怅、失望、痛苦，有灰色的卑微的生活，有焦虑的无奈的停滞，有永远无法抵达的梦想，有人失去了一切，有人浪费了一生，有人杀人，有人自杀，那为什么它们还是'喜剧'？""契诃夫嘲笑一切人，因为他们软弱、自私、虚荣、吝啬、幼稚、世故，贪图安逸、夸夸其谈、百无一用、自暴自弃，他们困在自我的迷宫里，每一个人都徒有梦想，却都因为个人的局限，没能成为自身想象或者期望的人。"

对于自己作品中的人物，他可说是一个纤细入微的心理医生，一个铁面严酷的审判者。他峻厉而冷静地刻画出俄罗斯官僚、市侩们的顽固、迟钝、愚蠢和麻木的精神状态。作为俄国文学史以至世界文学史上精湛而完美的艺术珍品，他的代表作《变色龙》和《套中人》，分别塑造了见风使舵、善于变色、投机钻营者和因循守旧、畏首畏尾、害怕变革者的典型。"我总觉得这位乡村医生该怎样用一个医生的眼睛看待病态社会和各种各样的病态人物啊！不说别的，单看出现在他笔下那些小官吏，那些庶务官、巡官、预审官之类的人物，他们的精神状态是怎样的卑下可怜，他们的言谈举止是怎样的庸俗可笑。而这些人物，正是我们在日常生活里经常碰到的，正是我们这个病态社会的产物。"（王西彦语）同时，他又以充满同情的笔触，描绘了横遭掠夺的农民的悲苦无助的生活的悲剧，"哀其不幸，怒其不争"；特别是痛彻地剖析了知识分子的灵魂，反映出他们的彷徨和软弱。茅盾先生说过："本世纪 20 年代的中国青年知识分子，不论是醉生梦死的，或者是苦闷彷徨的，或者是苦苦追求人生意义的，读了契诃夫的作品，他的脑子里总是不能不泛起波澜"，"因为契诃夫剥露了知识分子的内心世界，指着知识分子的鼻子问道：你洁身自好就居然以为在你眼前进行的罪恶你可以不负责吗？你敢说你不是帮凶？"

## 三

参观过契诃夫纪念馆，我在留言簿上写下了"他从这里走进了历史"几个字。

契诃夫 1860 年出生于罗斯托夫省塔甘罗格市，1904 年病殁在德国小城巴登韦勒，而葬在莫斯科新圣母公墓的墓园里。就是说，同雅尔塔都沾不上边。显然，"这里"二字指的是文学——意在说明这位 19 世纪末俄国伟大的批判现实主义作家、幽默讽刺大师、短篇小说巨匠、著名剧作家，在他构筑的文学殿堂中获得了不朽。

伟大作家也好，普通公民也好，往古来今，又有哪一个人最后不是走进坟墓呢？一朝风烛，万古尘埃。有的留下了几许踪迹，大多数都幻化成一缕苍烟，随风而逝。或迟或早，或久或暂，或先或后，最后都逃不出这一种归宿，所谓"千古贤愚共一丘"也。

结局都要走进历史，都要由"现在式"转为"过去式"，这没有例外；所不同的是，怎么走进去；走进历史之后能否站得住脚，留下痕迹；站住脚了，名留万古，还有流芳百世与遗臭万年的差别。

孔老夫子有一句名言："君子疾没世而名不称焉。"在圣人看来，"没世而名不称"，这一辈子就与草木同朽了，就白活了。于是，后世的追随者，为了名重当时，声传久远，就不择手段、不遗余力地呼号奋发，颠扑猛进，到头来换得一盘冷猪肉，或者挤进了凌烟阁。但最后也不过扮演一回舞台上的当红角色。每一个在场的人已不重要，重要的是端出了这个由各种不同的名人所组成的团体节目。在这里，个人作为一方方碎布片，再借助于史学家"受控想象"来进行谨慎的织补，使之大体还原，而成为布洛赫所说的那种有血有肉的"总体史"。

这也可以说是进入了历史。但契诃夫的进入，却与此不同，他靠的是万古长新、永不漫漶、模糊、褪色的由文字书写的作品。这样，就既不需要编排什么"团体节目"，更无须通过"受控想象"、谨慎织补，而实现大体还原的期待。诚然，他的个体生命是短暂的，不过四十四个年头；而且，如果按中国古代所说的"三不朽"来衡量，也没有任何功业可言。他的进入历史，入场券上写的是上千篇小说和五部戏剧。更重要的在于后世难以超越的质量。高尔基说过，契诃夫的小说是"内容比文字要多得多的作品"，以"篇幅不大的作品在做着一件意义巨大的事情：唤起人们对浑浑噩噩、半死不活的生活的厌恶"。

可以说，契诃夫终其一生，始终未能摆脱两种旷日持久的死亡经历：一种源于自身，属于肉体层面上的死亡。无情的病魔正在自己的孱弱之躯上疯狂肆虐，随时都在发出死亡的警告与召唤。作为一个高明的医生，凭着丰富的经验，他当会比任何人都了解死神威胁的严酷性。另一种则来自外面，属于精神层面上的死亡。在令人窒息的旧的专制环境中，伴随着茫无际涯、无比猖獗的保守势力的弥漫，成千上万的人已经埋葬在庸俗无聊的生活泥淖里。这种精神上的沦落，较之肉体上的折磨，无疑是更为痛苦，更加令人哀悯的。他在剧作《伊凡诺夫》中，就曾批判过一个缺乏坚定思想信念、因经不起艰难生活考验而自杀的知识分子主人公。他呼号奋发地呐喊着："不能再这样生活下去了！"而他最终所获得的，却是不朽，永生。

白云黄叶，飘逝过八十几度春秋。造访雅尔塔期间，当我徜徉在小说家惨淡经营的果园里，恍惚迷离中，仿佛看到他那特色独具的身影：他穿着大衣，拿着一根手杖，身形瘦削，留着胡须，依旧戴着那副夹鼻眼镜，头上罩着一顶软软的黑便帽，神情散淡而严肃。此刻，正眯着深色的眼睛，从帽檐底下往外看着什么。我下意识地放轻脚步，忍住了咳嗽，唯恐惊扰了这位文学殿堂上的尊神。

# 一"网"情深

一

"一年容易又中秋。"银盘似的月亮从东天边上升起,窗外,绵邈、青葱的草坪上撒满了月华的清辉,像是铺上了一层晶莹的露珠。草虫欢快地奏鸣着小夜曲;晚风掠过,几树白杨轻轻摇着叶片,发出了萧萧的声响。

对着盈盈素月,我深情地怀想起了远方的友人。

国外是怎样一种情况,我不清楚;反正在我们中华民族的文化传统里,月下怀人,已经成了一个终古长新的课题。古人没有条件通过电波同远在天边的亲人直接对话,折柬投书又谈何容易,便发挥奇妙的想象力,设想在同一的桂魄下,即使彼此远隔天涯,仿佛也能在这一特定情景之下聚首言欢。

于是,南朝宋的文学家谢庄便写出了一篇《月赋》,发出"隔千里兮共明月"的清吟;到了唐代,诗人张九龄引吭高歌:"海上生明月,天涯共此时",抒发其望月怀远的情愫;北宋大文豪苏东坡更是深情无限地在《水调歌头》中祝颂:"但愿人长久,千里共婵娟。"——就着同一的事物,同一的主题,三个朝代的文人,或者作赋,或者吟诗,或者填词,异曲同工,各臻其妙。

楼上,隐隐传出一片节日的欢声;"哗、哗、哗"——不知谁家,在"方城"对垒，激战方酣；隔壁的电视机也正在播放着文艺节目。往日，这时节我已经悠然入睡了；此刻，却未现丝毫倦意。拉拢了窗帘，我把电脑打开，点开了 Outlook Express 的图标，随着"小猫"的一声欢叫，联上了网线。我把"新邮件"打开，填好了对方的网址，撰写了"主题""内容"，通过网络，把"望月怀人"的思绪传递给了远方的朋友。

这时，我忽然联想到：友人会不会恰在此刻也发过来一个"伊妹儿"呢？于是，又轻轻点了一下"接收"按钮，随之便展现了一个界面："您有一封邮件，正在接收……"打开收件箱，果然跳出一个鲜活耀眼的"伊妹儿"。据说，在互联网上，每一分钟，全世界要有几百万、上千万个电子邮件同时发送与传递。而我们的邮件居然在如此浩瀚的精神牧场上互相"撞击"了，真是"身无彩凤双飞翼，心有灵犀一点通"。怎不令人激动，令人狂喜，令人欣慰呢！

友人的"伊妹儿"，原是一封长达两页的节日问候信，也是一篇使人忍俊不禁的漂亮散文。我立刻把它全部下载，打印出来，然后，坐在沙发上轻声地读着：

> ……我们已经习惯在网络上交流、在网络上会面了。我猜想，此刻，你定是同我一样，坐在酒吧间（Windows98）里，在善解人意的"爱伊"（Internet Explorer）的引领下，畅游这个名为 INTERNET 的虚拟的现实世界，领略那数字化生存的无限风光。

友人学富五车，才思敏捷，生性幽默、风趣，特别喜欢开玩笑。你猜他下面是怎么写的？可真把我逗乐了：

> 效法元代散曲大家马致远《秋思》的笔调，即兴胡诌几句歪词："今朝花落谁家，知心人在天涯。伊妹传书递柬，无端受杖，深恩——怎样酬答？"

仿佛友人就坐在对面，娓娓地叙谈着，说来动情，读着亲切。

## 二

在网络世界中，"距离"已经失去了固有的含义。想想烽火关河、他乡行役的杜陵叟"寄书长不达""家书抵万金"的悲慨，体味一番前人为与远行的亲友互通情愫而绞尽脑汁，最终不免嗒然失望的衷怀，怎能不为生活在现代的我们得以尽情享受科技进步的成果，而感到庆幸和自豪呢！

闲翻产生于公元八世纪的日本文学名著《万叶集》，发现茅上娘子的一首抒情诗："愿君长行路，折叠垒作堆。付诸昊天火，一炬化成灰。"原来，她的丈夫中臣宅守被流放到边远地区，相逢无日，信息也无从沟通，她便幻想求助于神祇，将横亘于夫妻间的迢迢长路折叠到一起，然后付诸昊天大火，一烧了之。这样，夫妻就可以消除距离，对面倾谈了。

在我国古代先民中，也曾幻想过缩地术、赶山鞭的神奇法术，流传过一些鸿雁捎书、红叶传情的凄婉动人的故事。前些年，我在云南曾听到一个关于"绿叶信"的传说：

> 从前，一个傣族青年离开心爱的姑娘去外地谋生，相约每个月通一次信。开始，青年把信写在芭蕉叶上，由一只鹦鹉传递。空间的代价是时间，经过一个月，信才传到姑娘手中，可惜，蕉叶已经枯萎破碎，认不清一个字了。后来，青年越走越远，便用刀把字刻写在贝叶上，然后交鹦鹉衔回。足足经过一年，姑娘才收到信，幸好上面的字迹还清晰可辨，只是，其时青年早已返回到家里。贝叶刻经，据说就是这样发明出来的。

试想，那时如果像今天这样，他们两人都成为"网虫"，各自拥有一只"鸡"（计算机）、一只"猫"（调制解调器）、一只"鼠"（鼠标），尽可在夜深人静之时，让那个柔情似水的"伊妹儿"充当递束的红娘，结一番"网上情缘"。那样，也就不会经历那种"信寄经年"的想望之殷、熬煎之苦了。

在尽情享受着网络交流的快捷的同时，我和每个"网虫"一样，还拥有网络时代的海量信息。网上，确实是一个精彩、神奇的世界。只要点开"搜索"的引擎，我们的眼前便仿佛展开一个光怪陆离的万花筒。我观察过昙花的开放过程，在扁平的叶状新枝的边缘，翠玉般的花蕾竟和电影特写镜头里的一模一样，次第地展开了，层层花瓣上的每根筋络都在拼力地舒张，似乎要把积聚多年的心血倾泻无遗，把全部的美感和爱心奉献出来。网上信息的展现同花蕾的绽放有些相似，也像是要在美妙的时刻，毫无保留地向"网虫"们展示出全部的珍藏。

心房疾速地搏动着，手指在键盘上轻快地起落着，一个个窗口被敲开，以复杂的感情、诧异的双眼，扫描这里，窥视那个，充满了冒险、抉奇的快感。此刻，颇像童年时期悄悄地从家里的后门溜出，跑进一个未曾寓目的崭新天地，尽情地浏览着。在现实空间越来越狭窄的情况下，人们竟能在这里开启一扇精神之门，剥离物质世界五光十色的表象，回归人文精神的家园，释放一下现代人过重的精神压力，放飞那不无沉重的浪漫，展示着不倦的追忆，去践履那没有预定的心灵之约，多一份对人生的感悟，多一份创造的激情。

有时我也感到惊讶，曾几何时，还在向旁人询问 DOS 的基本命令，练习 WPS 的排版技巧，仿佛一夜之功就闯入了网络时代。呼呼啦啦地筹划着调制解调器的安装，浏览器的使用，新邮件的收发……应该承认，我们确实是在尚未做好充分准备的情况下，迎接了计算机化、信息化、网络化的到来。面对着这一系列新的技术、新的知识、新的挑战，真有如刘姥姥懵里懵懂地闯进了大观园。

三

网络世界，作为一种无法逃避的生存状态，一种加速度的内驱力，正在营造着一个与现实不同又紧密结合的虚拟天地，使人们跨越了时间与地域的界隔，迈向无限的自由空间，自然也改变着思想和行为方式。就这个意义来说，同网络的结缘，与其说是工具手段的变换，毋宁说是观念形态的更新。它使人记起了丘吉尔的话："人们改变世界的速度，总是快过改变自己。"

当然，事物通常总是利弊互见的。网络并非无影灯，在璀璨光亮的背后，也潜藏着阴幽的暗影。它在带给人们巨大方便的同时，也有其不可忽视的负面效应。有人把因特网比做潘多拉的魔盒，人们在充分享用这一技术创新所提供的种种便利的同时，也难免要承受"被拿捏"、被制约的尴尬。一般地说，在浩瀚的虚拟空间里，人们的心灵既变得容易沟通，也完全可能逐渐走向自我封闭；由于网络的程式化、通用性，容易使人失去特点，泯没个性。上了网，人就幻化成一个以"比特"为单位的符号，一种虚化了的角色，有时，甚至会忘怀那个真实存在的自己，也便远离了现实世界。

运作快捷、量化分割的结果，是过程的简化，情感的弱化，那种温馨、甜蜜的韵味，人与人之间交往的亲切气息，也会因之而削减，甚至出现某些变味。假如我们不时时加以警惕，自觉地进行抵御，就会把鲜活的感情变得生硬呆板，面临着异化的难堪。那种情景，犹如在机制面条布满餐桌的情况下，更多的人仍然钟情于手擀面条；戴上亲人织出的手套，其感觉总和市场上买回的大不一样，尽管它的保温效果未必有什么差别。同样，面对邮件的快速传递、伊妹儿的悄然跳出，仍然不时地忆起昔时手书文字、笔走龙蛇的美感与温馨，当然，更无法代替那种"草草杯盘供笑语，昏昏灯火话平生"的促膝谈欢的陶然情味了。

月亮已经升上了中天，大地一片寂然。我想象着友人此刻也一定还在周游着网络的虚拟世界。既然，人生最苦伤离别，而"千里离人思便见"又不过是《胡大川幻想诗》中的一种虚空的想望；那么，这种万语千言瞬息可通，地远天遥须臾便至的快捷传递，就不失为优化的抉择，堪称现代人的科学的杰作。至于它的负面效应，我绝对相信人类的智慧与理性，相信在"文化自觉"之光的烛照下，通过不断地探索、创新、选择、扬弃，总会展现出日臻完善的前景。

因之，对于网络世界，我还是一往情深。

屐痕

# 烟 花 三 月 下 溱 潼

　　一到溱湖景区，真有一番意外的惊喜。因为在商潮沸反盈天，旅游热一浪高过一浪的今日，想要找一处风光如此旖旎而又宁谧、净洁的所在，着实不易。

　　此间地处江苏中部里下河水网地带，她的人文依托是姜堰市的溱潼古镇。夏历三月，林非先生、卞毓方和我，惬意的三人行，就是在这里展开的。时间不长，仅仅三天，而忘归之意已潜滋暗长。可知佛经中"浮屠不三宿桑下"之说，良有以也。

　　一只画舫，载着我们作逍遥游。霎时，那千顷碧波荡漾的溱湖，便摊开了她的全部浩瀚，连同岸边的远村、近树、麋鹿苑、水禽园，一股脑儿地收进了我那不盈寸的双眼。在距离产生的魅力下，四围的阳春烟景似乎掩映着无穷的奥秘，静候着游人去探掘；而我此刻，则心随目远，要从情与境的交萦互染中，领略般般逸趣。那情景，有如摊开长长的画卷，赏鉴着清丽的宋人山水；又像是阅读拉美现代派的小说，沉浸在那种虚无缥缈、若即若离的氛围中，而无关乎情节的疏密。

　　湖中看不到网箱之类的养殖设施，也没有机船行驶，这自然有利于保持水质净洁。尽管暂时会减少些许收入，却将获钜益于长远。且不说，此间风光之秀美雄冠四方，单就环保这一点，也足以傲世骄人。偌大一个湖面，竟能无须经过处理即可提供直接饮用水源，试问今日之域中，谁堪比并？当然，在我豪纵地放言之时，也悬着一份挂念——经济、旅游大开发之后，生态环境还能一如既往吗？

"会船"，是溱湖中一项独特的景观。会者，聚也。清明节，附近各地船只齐聚湖中比赛。这一活动，盖有年矣，现已列入"全国十大民间艺术节"。平日也能看到表演性的竞赛。看，现在湖中就有几只篙子船驶来，上面环立着身强力壮水性好的小伙子，不，全由女性撑篙的彩船也过来了。男子着装或为姜黄，或为靛蓝、雪白，女将则一袭红衣，个个长篙在手，英气勃勃。当两船或多船相会时，扬锣人手中的大锣"哐呛"一响，比赛便告开始，追头啃尾，竞进不停，鼓声杂着血脉贲张的呐喊，恬静的湖面瞬时变成一座喧腾笑闹、气势恢宏的生命舞台。

如果说，水是自然景观的精灵，那么，人文景观的精灵便是情。少了情感的滋润，再秀美的自然风景，再深厚的人文积淀，都会显得无精打采，像一个人切断血脉，失去了精气神一样。"无情有景不精神，有景无诗俗了人"。这原是一则通例。西湖不是有个断桥吗？无独有偶，溱湖有个鹊桥，它们都是情之所钟，爱之所注。溱潼八景之一"花影清潭"，与西湖十景中的"雷峰夕照"恰相对应。西湖边上的雷峰塔下压着一个白蛇娘娘，而溱潼古镇的茶花影里，掩映着一双不能同生宁愿同死的痴情爱侣。

为了亲炙"花影清潭"的芳泽，我们便舍舟登陆，踏上溱潼古镇，去看那株已有千岁高龄的茶花树和树下同时开凿的古井。想是由于充沛的水源滋润，古树长势极好，丝毫未现老态龙钟。花期刚刚过去，绿油油的繁枝密叶间，还有几点猩红伶俜摇曳着。

正是应了"兴尽悲来"那句古话，会船比赛所燃起的炽烈心潮，像淬火似的，突然被这凄凉哀婉的爱情纠葛所冷却。相传，溱潼镇上当年住着一个秦员外，老年得子，视同掌上明珠。一日，公子午倦抛书，来到村前的湖中垂钓，不慎落入水中，被一采莲姑娘救起，于是，两人便在藕花深处荡舟嬉戏。姑娘生长贫家，未曾读书进学，却是绝顶聪明，懂得许多世事，使公子深为赞服。碧眼秋波，一来二去，彼此逐渐产生了感情，便私自订下终身。哪知，这个秦员外门阀观念极重，以不是门当户对为由，硬是棒打鸳鸯。公子拼死相争，决意非村姑不娶。为了对付他，员外想出一个偷梁换柱的调包计。伴着会亲的喧腾锣鼓，公子心头涌起阵阵狂喜，以为尽管好事多磨，有情人终于成了眷属。岂料盖头一揭，却是一个素昧平生的娇小姐。他愤然逃出镇外，悄悄来到采莲姑娘家中。两人伤心绝望，抱头痛哭一场，然后相拥着跳进湖中殉情。洞房竟然成了丧门，员外悔愧交并，遂把两人合葬在墙外的花树丛中。不久，坟边长出一棵连理交柯的茶花树，年年春至，一树红焰烧灼天际，人们说它是公子和姑娘的精魂。

关于"花影清潭"，还有另外一个版本。说古时有个青年僧人与一村姑相爱，经常在井边幽会，后被家族长辈撞见，痛加责骂，村姑不堪羞辱，愤然投井自尽。第二年，井边长出了一棵茶花树，和尚认定是村姑的化身，便日夜守护在井边，浇水灌溉；而自己则眠食俱废，最后枯瘠而死，化作了翩翩彩蝶，日夜在花间飞舞盘旋。有人凭栏俯视井底，曾经见到里面晃荡着一对青年男女的俪影。清乾隆年间进士孙乔年有诗云："满庭花卉一灵泉，碧水清澄镜面圆。月下阶前僧去后，闲听窗外水涓涓。"

爱情是美好的。然而，世间万事万物中，凡是美好的东西，都是最易遭受摧折，又是最禁不起摧折的。如果说，传说中的这两对青年男女的美满爱情，摧折于旧时代吃人的封建礼教，那么，现实的童话"鱼鸟之恋"，则摧折于人们暂时还无法抗拒的自然的魔力。

"这是一曲热爱生命、珍视青春的赞歌。"当地编写的《三水文萃》记载着：溱湖的南边有个梁徐镇，梁徐镇有个东塘村，东塘村有个患了白血病的姑娘陈霞，陈霞有个男朋友叫沈新华，同样患着白血病。就是这一双患了绝症的情侣，演绎了一段凄绝惨惋的旷古奇缘，人们艳称为"鱼鸟之恋"。

当时，他们分别住在苏州的第一医院与第四医院。在进行造血干细胞移植的前夕，沈新华给已经进行过这项手术治疗的陈霞写了一封信，说，自从跌进苦难的深渊，一直饱受疾病的摧残，能够熬到今天已经不易，今后还将面对怎样的命运更是吉凶未卜。他渴望通过心灵交流增进彼此理解，汲取生存的动力。陈霞刚刚做过骨髓移植，身体极度虚弱，接信后无力伏案作复，便在电话中谈了个人的印象和感受，说她很欣赏这个充满希望和理想，坚强、乐观的青年，也喜欢这种诚挚的倾诉；相信通过同病相怜的交流，会使双方进入一个全新的精神境界。

此后，他们便频繁交往，几乎每天都要通话或者写信，有时在电话里对唱共同喜爱的歌曲，这边唱一句，那边接一句，常常是唱着唱着，就泪水交流。这种心灵的对接、情感的契合，生发出一种具有无限感召力的精神寄托。新华术后，陈霞去看他，并在所赠书籍的扉页上题词："羚羊和狮子是强者，只要我们一起奔跑，就能到达辉煌的目标。"他们谈到，如果能够活下来，一定要合力创建"爱心网站"，呼吁全社会都来为救治白血病患者奉献爱心；万一哪个人先"走"了，活下来的清明节时要去坟头祭奠，并代对方照顾好父母。两人分手时，还双双跪在夕阳的余晖里，邀苍天作证。

陈霞逐渐恢复了健康，可是新华却一病不起，在一个冬天的夜晚，匆匆地走完了生命的历程。此前，他曾给陈霞写过一封长信，信里讲了一个"鱼鸟之恋"的童话："……虽然鱼无法离开水面而同鸟一起飞翔，但鸟飞过的影子是鱼活下去的理由；鱼希望鸟越飞越高，只祈求鸟还记得在静静的湖底有一条濒临死亡的鱼在为它祝福。鱼希望鸟能再次飞过湖面，或作短暂的停留，鱼会在湖底睁大眼睛，流下眼泪，而鸟却永远不会知道。"人之将死，其言也善，令人不忍卒读。其实，活着的人更不轻松，她要以病弱之躯同时承受双倍的痛苦，续写那凄绝哀艳的爱情遗篇。

听着这个真实的故事，我把目光投向一碧如洗的晴空和静静的溱湖，上下搜寻那一对鹣鲽相亲的精灵的幻影。我相信，他们此刻不会离我们很远。哀惋中，我写下了五首咏怀绝句：

烟花三月下溱潼，怅对山茶浴晚风。
枝上秾华心上血，千年无改尚猩红。

痴蝶娇花未了情，萦心爱恋起无明。
凄清难忘溱潼景，一曲悲歌逐浪生。

为生为死两由之，阔海高天任骋驰。
鹣鲽幽怀何处见？垂杨尽日袅情丝。

天孙涕落雨如丝，银汉迢迢暗度迟。
千古鹊桥同一慨，两情难得久长时！

盈盈一水漫相思，牛女飞星会有时。
修到神仙还恋此，人间何苦笑情痴！

# 朵 乐 荷，朵 乐 荷

## 一

　　原根意义的"采风"，是搜集民间歌谣。这次中国作家采风团到凉山来，当然不只是撷采歌诗，主要还是访史问俗，亲炙这一神奇大地的沧桑巨变。但是，既然来到这素以"歌的海洋"艳称中外的八百里凉山，又不能不为遍地的山歌、情歌、酒歌、舞歌、婚嫁歌、祭祀歌、丧礼歌、节庆歌而忘情倾倒。

　　有人说，到了凉山，忘了吃，忘了喝，忘不了彝家姑娘一曲歌。

　　彝族民歌中数量最大的自然是情歌；其次，酒歌占有相当重要的位置，"人生酒歌"一般以敦勉、教诲为目的；还有一种"塘酒歌"，老人们坐在一起，通过歌唱，谈古论今，展示才智，这种酒歌多为鸿篇巨制，内容淹博，素有"歌母"之称。

　　据熟谙声乐艺术的朋友讲，彝家唱歌发声的方法很科学，很考究。他们善于使口腔、喉腔、胸腔和鼻腔巧妙、自然地加以配合，达到音距大、吐气长、音量宽阔，即使数十拍的长乐句也能一气呵成。

　　彝族人民能歌善舞，有着悠久的历史传统。早在西汉时期，司马相如就在《子虚赋》中记载了彝族先民的"颠歌"。唐人樊绰所著《蛮书》中，也有关于彝族男女吹笙、跳歌的描述。

古籍记载，这里的男女老少皆擅弦歌，转喉开口，一唱百和，举凡爱恋、婚嫁、喜庆、悲戚、放牧、农作、狩猎、行役，无不以歌讴抒怀达意。他们把弦歌看作是彝家心声自然流露的情感通道，又当成反映人情世态、时代生活的一面镜子。他们自豪地说，彝家的史书，记在弦歌之中。

彝家女儿长成大姑娘了，一般都随身携带一种用竹片或钢片制成的口弦，演奏时，将口弦置于唇间，左手握住弦柄，右手轻轻地拨动簧尖，或吹或吸，发出柔和、婉转的清音，借以表达复杂、细腻的情感。这美妙的音乐所洋溢的万种柔情，会使热恋中的小伙子如登春台，如饮醇醪。有一首民歌是这样描述的：

> 假如阿妹子的脸皮薄如纸，
> 悠悠的响簧能替你递话传情。
> 它是采集爱情鲜花的蜜蜂，
> 从这颗心钻进另一颗心。
> 假如阿妹子被苦闷缠住了身，
> 悠悠响簧能吹散胸中的阴云。
> 它是寻求友谊的金丝银线，
> 把两颗心织作一颗心。

彝家儿女历来有以歌传情、以歌代言的习尚，触事为歌，随口而唱。赛歌会上，男女青年初识乍见，交浅言深，有些耐口，往往以歌声"投石探路"，曲折传情。

> 这边，小伙子唱道：
> 唱支山歌给妹听，
> 看妹格是痴情人。
> 点灯还要双灯草，

有情小妹来接音。

那边，有时姑娘看不中对方，便用歌声加以婉言谢绝：

妹是一杯酒，苦荞子酿成。
闻着味不香，喝着味不醇。
阿哥是上品，另找可心人。

凉山彝家以真诚质朴、热情好客闻名于世。每当我们踏入彝寨，都会遇到人们主动地问询："曲博，卡波？"意思是：朋友，你去哪里？你只要说出准备拜访的人家，他们便会热情地前趋指路，甚至一直陪送到那一家。

有时，我们没经事先联系，随意走进哪个彝家，男女主人也总是很有礼貌迎迓接待，决不会冷落了这种不速之客。里巷徜徉，随时都能听到彝家的暖人情怀的祝酒歌：

远方的朋友，来哟，来哟！
珍贵的客人，来哟，来哟！
请喝一杯彝家祝福的酒，丰收的酒哟！
彝家的心像篝火一样红，金子一样真哟！
请喝下这珍贵的酒啊，接受彝家的一片深情哟！

客人登门，酒是必备的，往往客人一就座，主人便立即递过来一杯酒，然后边叙边饮，以酒代茶，一直喝到客人起身告辞。彝家待客慷慨大方，他们有句俗话："一斗米不吃十天，难以度年；十斗米不做一顿，无法待客。"

著名的民族学家林耀华先生，四十年间三上凉山，对于彝家的这种盛情待客，有更深的体会。一次，他到昭觉县的甲甲阿吉家串门，因为这里地处平坝，为了让家中的羊避暑，主人事先把羊寄放到山上的亲戚家里。现在来了客人，一时无羊可捉，没有肉食款待，主人感到很难堪，便一连气杀了四只鸡来下酒，还再三地表示过意不去。

还有一次，在尔吉久布家，见客人来到，主人当场就花二百元钱，买下了一头牛来，准备宰杀。林先生一看这种情势，赶忙登车告别，如同逃跑一般。虽然心知这样做会使主人不悦，但无论如何，也不忍心让他无端作如此大的破费。

彝家认为，善是立身处世的根本。他们说，步子直才能走得快，心肠好才能交朋友。存善心，行善事，既可以造福自己，又可以荫庇子孙。广泛流传在民间的大量故事传说，都宣扬了这类思想。长期的生产力低下，从自然界获取物质生活资料艰难，加上天灾人祸频仍，使他们养成了合群互助、团结齐心、扶弱抑强的风尚。

## 二

这次，作家采风团来到凉山彝寨，热情好客的主人更是早早地欢聚村头，置酒接风。一队靓装丽服、美目流盼的彝族姑娘，手里擎着酒杯，高歌侑酒。我以素无饮酒习惯为辞，姑娘们便齐声唱着：

> 大表哥，你要喝。
> 你能喝也得喝，
> 不能喝也得喝，
> 谁让你是我的大表哥！
> 喝呀，喝！我的大表哥！

在这种情殷意切的态势下，别说是浓香四溢的美酒，即使是椒汁胆液、苦药酸汤，也不能不倾杯而尽。

在接风席上，彝族姑娘们表演了一个《喜背新娘》的歌舞节目。

寨子里的姐妹们打扮得花枝招展，把阿呷姑娘围在木屋中央，和着歌声、笑声，为她将红白相间的童裙换成中段为黑蓝两色的少女长裙；将独辫分成双辫，盘在花头帕上。——阿呷姑娘就要出嫁了。女伴们的缠绵悱恻、难舍难分的《惹打》嫁歌还没有落音，外面的迎亲队伍已经进来了。

啊，原来，散文作家吴泰昌竟"混"在迎亲客里面，而且是"喜背新娘"的角色。真是再适合不过了，大家齐声道"好"，一致赞扬导演的眼力。只见姑娘们七手八脚，瞬时间就用锅烟灰把我们的"江南才子"打成了花脸，引得全场哄然大笑起来。吴才子灵巧机智，趁着慌乱、喧哗，背起新娘阿呷就走，把全场歌舞腾欢推上了高潮。

在凉山彝家婚礼的实际生活中，不管去往男家的路是远是近，新娘都得由人背着，有的地方也可骑马。因为新娘的双脚是不能沾地的，这祖辈传留的规矩，谁也不能违背。彝族谚语说："不抢不背身不贵，背去的媳妇赛千金。"

背新娘颇有讲究，一般由新郎胞弟或堂弟担任。要求背上的新娘要侧身、屈膝，双手搁放胸前；背新娘者不得用绳带捆系，只能双手托住新娘弯曲的小腿。如果路程遥远，需要在途中过夜，新娘亦不能进入迎亲队伍借宿的人家，只能在户外由人们轮流守护着，静待天明。

锅烟抹脸的习俗由来已久。从考古学与人类学的考据资料看，黑色在原始民众的观念中，往往具有某种神性的意义。在人的身体上特别是脸面上涂黑，是一种带神秘色彩的巫术礼仪，有驱邪、祈福、禳灾的意图。

在西羌故地天水一带，有在公爹脸上抹锅烟子以祝福纳吉的婚俗。远处东北、北部边疆的鄂伦春、鄂温克、达斡尔族，都有"抹黑日"或"抹黑节"，时间是正月十六——诸神归天、人间新生活开始这一天。早起后，老人给尚未起床的儿孙脑门上抹一点锅灰，把这作为一种佑护生灵的节庆礼仪。这在许多民族中都是共通的。

当然，时至今日，除了局部地区古风犹存，抹黑仍然保留着原始的祝福意义外，其他地方，中古以后，人们赋予色彩的情感发生了变化，黑色已经走向反面，成为贬义。这也是很有趣的事情。

依我看来，"尚黑"可能与火的崇拜有关。锅底黑的魔力，根源于对火的信仰。因此，凡是有抹黑习俗的地方，同时也都存在对火神崇拜的习俗。自古就有"彝人敬火，汉人敬官"的俗谚。

在老辈的彝族群众心目中，火是圣物，它能够净化一切。年节祭品要一一在火上转三圈，或将一块石头烧过，经淬水冒出蒸汽，再将祭品在上面绕过三圈，就可以除掉一切污浊。他们视火为神物，视锅庄、火塘为神之所在，严禁人畜践踏与跨越。猎人、牧人常用的引火绳，在家要挂在屋壁上方，用后只能用手压灭，而不许用唾沫淹灭。火是中心，哪里有了火，那里便会围上一圈人，火成了凝聚人们的轴心。

这是一个爱火、敬火的民族，它的历史就是一条火的长河。一年一度的最隆重的节日——火把节，实际上，是彝家古老的祭火节。人类最初一代的文明，是被火的光焰照亮的。世界上许多民族都有关于火的崇拜、火的禁忌的习俗。然而，像我国西南藏缅语系的几个少数民族这样，把火的崇拜神圣化，并以节日形式固定下来，同预祝丰收相结合，却是不多见的。

关于火把节，当地流布着这样一个传说：很久很久以前的一个夏天，旱情十分严重，庄稼长得瘦弱不堪。可是，天神仍然派出差役，下界催租逼债。人们苦苦求饶，还是颗粒不留，统统收走。这激怒了英雄惹地豪星，决心把这个恶差除掉。结果在六月二十四这天，在比赛摔跤时，把他摔死了。正当人们欢庆胜利的时候，天神发出命令，要放出天虫，毁灭所有庄稼。说时迟，那时快，转眼之间遮天蔽日的天虫便把一片片庄稼吞噬净尽。豪星看了心痛如焚，忽然情急生智，想起了应该借助火神威力来扑杀害虫，保护庄稼。于是，动员男女老幼采来蒿秆扎成火把，满山遍野燃烧起来，经过九天九夜的激战，终于消灭了天虫，保住了即将收获的庄稼。

后来，人们为了纪念这位为民除害的英雄，也为了祈祷丰收，年年都点燃火把，久而久之，就形成了火把节。

但是，书伦修撰的《西昌县志》记载的火把节起源，却是一个哀婉动人的故事：

唐代开元年间，南诏国想要并吞"六诏"中的另外五诏，在六月二十四这天召集五诏首领宴饮于松明楼。五诏首领中的邓赕出行前，妻子慈善看出其中的阴谋，力阻夫君前往，不听，便含悲饮泣，将一个铁镯戴在丈夫的手腕上。宴会间，松明楼火起，五诏首领均葬身火海，骸骨难以辨认。唯独邓聩因腕上戴有铁镯，被部下认出运回。

南诏王惊羡慈善的才慧，欲以重金聘之。慈善以夫死未葬为辞。既葬，她便率兵据城自守，南诏攻了三个月也没有攻下。后来弹尽粮绝，夫人盛服端坐，饥饿而死。百姓为了纪念她，每年到六月二十四这天，便燃起火把，并用以照田祈年。后人有诗云：

> 赴宴先知去不回，柴楼烟冷尚余哀。
>
> 而今火树沿成俗，忍使冰心化作灰！
>
> 慧心早卜去难回，赠到金钏隐自哀。
>
> 千古人犹照亮节，吞来六诏已成灰。

关于火把节的来源，此外还有十几种说法。就广大民众的意愿来说，当然更倾向于第一种，因而流传得也最广泛。

三

这次作家采风活动的核心内容，就是参加农历六月二十四的凉山彝族火把节。吃过早饭，大家就乘车来到普格县五道箐乡拖木沟的一处非常开阔的草坪，四周天然隆起，形似看台，上上下下已经坐满了人群，据说达三万多人。

彝家有一句谚语：过年是嘴巴的节日，火把节是眼睛的节日。意思是，过年讲究吃好喝好，而火把节讲究的是穿戴打扮，好玩耐看。放眼望去，尽是姑娘们的七彩裙、花头帕、绣花坎肩和小伙子们的白披毡、蓝披毡、花腰带，好像一个硕大无朋的五彩花环罩在青苍的碧野上。

最先出场表演的是彝家女儿，她们打着黄油伞，相互牵着三角彩巾，围成一个又一个圆圈，唱起了优美动人的"朵乐荷"。歌声美，舞步轻，织成了一条情韵绵绵的女儿河，又好似一朵朵太阳花在蓝天下缓缓滚动。

同来的诗人们看了，热情洋溢地赞颂说，彝家姑娘穿的是不用文字记载的神话，绣的是民族创世纪的史诗和悲欢离合的故事，她们用彩色丝线编织着似水柔情，倾注着对美好事物的憧憬。

　　最能充分展示这种美的姿彩的，是已有千年历史的选美活动。选美，既看姑娘们的身材容貌，穿着打扮，又要看她们的仪态丰采，还要看平时的道德品行，包括对待父母长辈的表现。评委们都是山寨中德高望重的老人，他们一整天在过节人群中寻觅、拣选，反复比较、协商，评判意见颇具权威性，没有人会怀疑、指责。每次火把节每个场地只选三名，一旦评出，便成为姑娘们心仪的目标，小伙子心中的偶像。哪家出了美女，那家的瓦板房四周，晚间便口弦声不断，清晨背水路上的脚印最多。

　　当男人们淹没在几乎清一色的汉装或西装的洪流中，凉山的彝家妇女却以多彩多姿的服饰显示着迷人的个性和鲜明的特色。同样是女性，过去很长的历史时期，汉族妇女由于受封建礼教的束缚，"两眼下视黄泉，看天就是傲慢；满脸装出死相，说话就是放肆"，连起码的社交自由也没有，更谈不到在公众场合轻歌曼舞，以女性特有的方式展示本民族的文化传统。甚至在戏剧中，女性角色都要由男人反串。相形之下，彝家女儿却是开放得多，可说是置身于一个无拘无管的世界。

　　过去我总以为，处于比较封闭、落后状态下的民族，必然追求与向往一种平衡、和谐、安定的结构与心态，只有到了人类活动趋向多元、内容多变、节奏加快的生活阶段，亦即进入现代，人的精神的基本倾向才会寻求强度的刺激，激烈的变换和更大程度的紧张。可是，来到凉山之后，却发现这里的精神生活，更适应那种刺激、动荡、紧张的现代生活方式。这从场上观众对于摔跤、赛马、斗牛、斗羊是那样的投入，那样的兴致勃勃、全神贯注，便可以看得出来。

　　它说明，广大彝族地区较之追求宁静、安适，执着于繁文缛节，以农业文明为主的汉族地区，更具活力，更为开放，"生命之光"发射得更充分。这也许由于彝族地区长久以来，生产、生活的流动性大，获取生活资料艰难，自然条件恶劣等情况，促成了其生命力旺盛，神经系统一直保持较高的激活与兴奋水平。

　　天色暗了下来，我们在街前广场上，点燃起干蒿扎成的火把，排成长长的队伍，高声唱着火把节祝歌，走向田野，走向山岗。于是，漫山遍野都响起了：

> 朵乐荷，朵乐荷，
>
> 烧死猪羊牛马瘟，
>
> 烧死吃庄稼的害虫，
>
> 烧那穿不暖的鬼，
>
> 烧那吃不饱的魔，
>
> 朵乐荷，朵乐荷！

由于火把节适值盛夏，田里秧苗正处于旺盛的生长期，也正是各种危害庄稼的昆虫繁殖的高峰期。当火把在四野燃起，那些害虫便迅速攒聚趋光，一齐葬身火海。所以确有除害保苗的实效。

时间已到深夜，登高四望，但见漫山遍野，到处都有金龙飞舞，起伏游动，浩荡奔腾，人们仿佛置身于火的世界。城市里也同时施放礼花，把光明送到天上，让暗淡的长天也大放异彩。古人有诗云：

> 云披红日恰含山，列炬参差竞往还。
>
> 万朵莲花开海市，一天星斗下人间。

可说是真实而确切的写照。

山在燃烧，水在燃烧，天空在燃烧。与此相应合，人们的情绪也在燃烧，激扬、纵放，沉浸在极度的兴奋之中。面对着星河火海，我也不禁手之舞之，足之蹈之，高声朗诵起郭沫若的《凤凰涅槃》中的诗句：

> 我们生动，我们自由，
>
> 我们雄浑，我们悠久。
>
> 一切的一，悠久。
>
> 一的一切，悠久。

......

　　火便是你。

　　火便是我。

　　火便是他。

　　火便是火。

　　翱翔！翱翔！

　　欢唱！欢唱！


　　火把节自始至终体现了一种反规范、非理性的狂欢精神。这显然带有原始的万民狂欢的基因，但更重要的是反映了现代人的一种精神需求。从更广泛的集体心理来说，人们都愿意借助这个节日，营造一种规模盛大的、自己也参与其中的欢乐氛围，使身心放松、亢奋，一反平日那种循规蹈矩、按部就班的生活秩序，而同时又不被他人认为是出格离谱、荡检逾闲。

　　正当我们交口称赞这次盛会的堂皇富丽时，彝族诗人马德清却指了指采风团中的年轻诗人吉狄马加，说：要讲火把节，正宗的并不在此，而是在吉拉布拖——吉狄马加的故乡，那里是火把节的真正故乡。只有到过布拖，才能叹为观止。一番话，使作家们对布拖充满了神奇的向往，后悔这次没能赶到那里去参加火把节。

　　我笑着接上他的话头，说，踏不上的泥土，总被认为是最香甜的，也不妨在意念中留下一方充满期待与怀想的天地，付诸余生梦想。也许，德清先生施展的是关云长的故智：当关王爷刀斩颜良，力解白马之围以后，曹操赞曰："将军真神人也！"关公却说："某何足道哉！吾弟张翼德于百万军中取上将之头，如探囊取物耳。"曹操听了，自是惊羡万般，向往不置。这叫深一层表现法。其实，并不见得张飞就比关公更胜一筹。

　　大家听了，又是一阵说笑。有的说，英雄无悔，狡猾的狐狸吃不到葡萄，就说葡萄酸。

## 四

世界上，哪个民族没有诗呢？

维柯说过，在所有民族的历史上，诗是最初的或最原始的表态方式。

海德格尔也说："诗是人类历史上最早的语言，因此，诗是人类对宇宙和自身之悟解的最早开端。"

但我敢说，要找一个像彝家那样全民族都迷恋诗歌，沉浸在写诗、诵诗、用诗的巨大热忱里，形成一种独特而鲜明的民族特征，走遍天涯也不容易。早在一千六百多年前，晋常璩在《华阳国志》中就记述了彝族"论议好比喻物"，喜欢以诗的手法和格言、谣谚来表述社会生活、抒发思想感情。凉山有着丰厚的文学积淀，到处都是诗的沃土。古老的历史，绚烂的文明，美妙的大自然，以及那些难剪难理的爱爱仇仇，统统以诗的形式载诸彝文古籍，流布于人们的口头。

广泛流传于大小凉山的著名史诗《勒俄特依》、训世诗《玛木特依》、叙事长诗《阿莫尼惹》、抒情长诗《阿冉妞》，与云南的《梅葛》《阿诗玛》，贵州的《恩布散额》，构筑成彝族民间文学的宏大殿堂。

在凉山，与诗歌堪称文学"双璧"的是遮天盖地的神话、传说。不管是历史的、传奇的神话，还是诠释某种现象、事件、名称的起源的解释性、推源性神话，都是通过"遗传"方式从远古保存下来，都体现了彝族文化传统的底蕴，反映着民族的经验与愿望。

这些神话、传说既是古代彝族文化艺术的重要组成部分，又可以说是它的丰厚的土壤。尽管这些神话、传说反映着原始人思维的前逻辑的、主客体不分的稚拙的特点，如同《山海经》《淮南子》中所保存的神话一样，情节简单、象征性单一，尚未形成一个种族的完整体系，但是，它们确曾启发了彝家各个时代无数画家、雕塑家、诗人的灵感。

如同希腊神话中反映了群婚制、母权制、血亲复仇、父权同母权的斗争等许多人类遗迹一样，彝族神话中也保存了大量神话化了的亦虚亦实的史迹。

它们当然不等于历史，但往往在虚构的外衣下包藏着真实的内容。正如高尔基所指出的："在神话和传说中，我们可以听到从事驯服动物、发现药草、发明劳动工具这些远古的回声。"

其形式，大量表现为口述流传。中文的"古"字，就是十口相传之意。通过这些口头流传的神话、传说，可以向远古追溯传统的源流，探索其更悠久、更超自然的原始形态，读出人类生活史的第一页。这对于文字历史记载较少、也不甚完整的民族来说，尤其重要。

像渴望着一切文明、幸福一样，早在远古时代，人类的先民就幻想着有朝一日能够腾身天界，遨游太空。——域外的关于法厄同的神话，关于罗达斯及其儿子伊卡洛斯的神话，中国的嫦娥奔月的传说，都反映了这一点。

几千年的想望，今天终于变成了现实。中国，这个火箭的故乡，经过无尽沧桑，今天终于面对崭新的世界，高扬起火箭的旗帜，在空间高科技领域实现了辉煌的跨越。西昌卫星发射中心已成功地发射了二十多颗实用地球同步卫星，使西昌成为人类飞向太空的港口，蜚声宇内的中国航天城。

几天来，采风团参观了坝高近百米、工程浩巨的大桥水库，雅安到攀枝花的高速公路和飞机播种营造的百万亩林区，这天午后，我们又在航天城实地参观了法国宇宙公司制造的"鑫诺"一号通信卫星的成功发射过程。伴随着"轰隆隆"一声巨响，火箭腾空而起，熊熊烈焰映红了半面天宇，划出一道人类征服太空的经天轨迹。

面对高科技的伟大成果，面对这些改天换地、征服自然的人间奇迹，我蓦然想到马克思的名言："任何神话都是用想象和借助想象以征服自然力，支配自然力，把自然力加以形象化；因而，随着这些自然力之实际上被支配，神话也就消失了。"

如同成年人常常喜欢回顾童年时期的梦幻追寻，尽管这种梦寻是极为幼稚与虚幻的，心头却依然不免充满了无尽的温馨与眷恋；人们在以满腔热情欢呼着、切盼着这些神话消逝的同时，对于远古先民那种粗粝而幼稚的神话梦寻，又总会充溢着崇敬与向往之情。

当然，那种神话与传统杂陈，不见科学真面，蒙蒙然处于扑朔迷离的雾霭之中的混沌状态，毕竟已经一去不复返了。凉山，这块风物宜人却又深藏固闭，资源富集却又相对贫穷落后的地方，如今正在发生神奇的变化，面临着一场大规模的生活方式和价值观念的调整。

显然，现代文化科技事业和市场经济的迅速发展，定会与固有的民族传统发生激烈的撞击。摆在彝家儿女面前的一个刻不容缓的任务，是以足够的思想准备，主动地调适自己的社会文化系统，以防止可能产生的某些消极后果。我们欣慰地看到彝族诗人倮伍拉且的诗句：

> 地滚动
> 挤压我们身躯
> 坚硬如铁
> 粉碎灵魂的硬壳
>
> 飘逝的时光
> 一页页翻开
> 从以往翻到现在
> 我们拥有足够的经验
> 接纳必然的明天

# 泸沽湖寻梦

一

夙愿终于得偿，近日与几位作家朋友结伴，畅游了泸沽湖。

我们从丽江出发，乘坐公共汽车，很早就上了路。但路况较差，烟尘弥漫，上坡下岭，曲曲弯弯，颠簸了五六个小时，才遥遥地望见左前方摊开一泓碧水，司机师傅说，那就是泸沽湖。"那么，格姆女神山呢？"师傅摆了摆手，意思是说不清楚。

又过了半个时辰，汽车戛然而止，原来前方横亘着一条大岭。师傅说，汽车要从一个豁口处穿出，俗称"钻洞"。怎么叫这个名字呢？我猜想，是就地形而言，路自天开，双峰对峙，岂不是钻洞一般！但有的文友解释：这是告诉来客，你已经过了门卡，从此不必严妆盛服，道貌岸然；你可以放开手脚，作兴地游玩一番。但马上就有一位滇籍作家予以驳正：即便是有这层含义，也只限于游玩，绝不意味着任谁都可以随便"走婚"，充当"阿夏"。

这时，有的文友说了，尽管无缘成为"阿夏"，但旅行在外，放松放松，开开玩笑，当无大碍。记得过去看到过由鲁迅先生翻译的日本政论家鹤见祐辅的一段话：

　　旅行者，是解放；是求自由的人间性的奔腾。旅行者，是冒险；是追究未知之境的往古猎人时代的本能的复活。旅行者，是进步；是要从旧环境所拥抱的颓废气氛中脱出，人类的无意识的自己保存底努力。而且旅行者，是诗。一切的人，将在拘谨的世故中，秘藏胸底的罗曼底的情性，尽情发露出来的。这些种种的心情，就将我们送到山和海和湖的旁边去，赶到新的未知的都市去。日日迎送着异样的眼前的风物，弄着"旅愁"呀，"客愁"呀，"孤独"呀这些字眼，但其实是统统异样地幸福的。

　　按照"入乡问俗"的要求，旅伴们请这位滇籍作家就"走婚"的风俗作些介绍——

　　原来，世代生活在泸沽湖畔的摩梭人，至今仍保留着"男不婚，女不嫁，自愿结合，离散自由"的母系氏族婚姻制度。在摩梭人看来，男女相爱，自由平等，这是至高无上的，感情在"走婚"中起着决定作用。就是说，他们的"走婚"，完全建立在彼此相互欣赏、双方全都自愿的基础之上。尽管这种"走婚"不受《婚姻法》的约束，但人们都恪守着民族固有传统，因而不会发生奸杀之类的违法事件。

　　作为"母系"家庭中的重要组成部分，摩梭人"走婚"的成年男子（称为"阿夏"），同花房中的女子，经过约会，夜晚相聚，拂晓回归母家。这种"暮来晨去"的婚恋方式，同样承载着传宗接代、繁衍后裔的义务，但与其他民族夫妇长年生活在一起迥然有异。子女由女方家庭抚养，姓氏随从母亲，当然，父亲对自己的子女也承担着一定的责任。相比较而言，男人爱姐妹的子女要胜过爱自己的子女，他们认为，姐妹与自己是同胞，属于骨肉深情；而父子之间只是血缘关系。血缘可换，骨肉难分。

## 二

晚上入住"湖畔摩梭人家"。这是一座四合院，楼高三层，客人住在北楼、南楼的正房，主人曹姓，住在西厢，东面是仓库、杂屋以及厕所。

吃过晚饭，登楼远眺，望得见后面几栋楼舍，闪着昏暗的灯火，似乎隐含着点点神秘。想象着有些家庭中的成年男子已经出去了，而对方的知心人，正在家中静静地等候着心中的"白马王子"。据说，小伙子们"走婚"时，有"三件宝"必不可少：帽子用来挂在门上，表示这家已经有人了；刀是用来拨门的；还有狗食，是用来同狗狗拉关系的，让它给予关照，不要乱叫。

楼前的广场上，正响振着嘭嘭的鼓点，伴着欢快的歌声，来自全国各地、穿着不同服装的男女青年，正在热情投入地跳舞、对歌。细听下去，原来，除了共同合唱当地流行的摩梭民歌，广东青年唱的是客家民歌《绣荷包》；云南青年唱着《康定民歌》；还有不知来自哪里的唱的是藏族民歌《白塔》，有的唱《在北京的金山上》。但最令我动情的，还是女高音唱的《泸沽寻梦》。曲调悠扬宛转，歌词也十分优美：

> 梦里
>
> 一碗青稞酒接过
>
> 辗转欲寻梦外的篝火
>
> 听不真切
>
> 此刻
>
> 你是因谁而歌
>
> 行囊不多
>
> 只为解惑
>
> 船家停泊靠岸那一刻
>
> 仿佛前世江湖我来过
>
> 白裙红衣的姑娘

桥上婀娜

这一方风土名曰摩梭

日出而作

岁月如梭

那传说本不属于我

······

世上原有许多因果

都来不及一一道破

我应是

泸沽烟水里的过客

孑然弹铗

划天地开阖

邂逅过的

梦醒之余

却忘了该如何洒脱


三


早饭过后，便到湖上出游。我发现这一天游客特别多，便问为我们划船的姑娘小马："在你看来，这么多的游人，好不好？"

她说："也好也不好。收入多了，腰包鼓了，这是好；但是，带来了各种疾病——这里过去根本没发生过传染病，现在不行了，外面有的这里全都有。""有那么严重吗？"我问。

"有一种说法"，同行的一位作家接上说，"当年哥伦布在征服世界过程中，历经了千辛万苦，最后于1493年把梅毒带回到欧洲大陆，贻祸无穷。直到1943年成功地运用青霉素治疗为止，这种说不得、听不得、问不得、治不得的痼疾，足足折腾了欧洲大陆四百五十年。到了20世纪初，竟有五分之一到四分之一的欧洲人患上了梅毒。"

　　这终究是鲜见的特例。但一些常见的传染性病毒传播进来确是事实。其实，何止是带来了疾病，丧失了往昔的健康环境；潮涌的人流，刺耳的喧嚣，也惊扰了这里的古老而质朴的酣梦，使千百年安宁、静谧的古朴生活宣告中止。像一块巨石投进映着天光鸟影、波澜不兴的宁静的湖泊中，激起了重重波浪。但愿此间不要过早告别那真淳而特异的生活方式。

　　游客中文化人不少，有的吟诗，有的作画，他们都想把这世外桃源，永久地刻进记忆中去。当然，意义恐怕并不止此。一位女作家告诉我，过去文化人来，是寻求安定、恬静、素朴，一句话：诗意人生；现在人们来此，更看重的是这里的高度自由的婚恋方式，具有充分的选择余地，也可以说是"诗意婚恋"。人们向往这里的自由、和谐而充满"罗曼蒂克"的婚恋方式和两性生活。她说，你看，这里的女性风姿绰约，无忧无虑，多么令人神往！由于男欢女爱，生下的子女也聪明、活泼、美丽；家庭生活自然也就和谐、幸福。

　　就是说，人们之所以纷纷寻访泸沽湖，不单是因为这里的风光绮丽，景色清明，也不单是因为这里有什么神秘的风情、特异的民俗，而主要的是体现一种向往、一种追求，人们向往与追求那种自由而和谐的婚姻制度，具有充分选择余地的近乎理想的两性生活。

　　已经实现的可能是唯一的，而没有实现的可能却是无限的。陶渊明的高明，在于他在兵荒马乱、民不聊生、避逃无地的乱世，以美妙的诗文为人们描绘出一个"人人心中所有，人人笔下所无"的理想化的田园。在这里，人们完全按照原生态的自然本色来生活："春蚕收长丝，秋熟靡王税"，"俎豆犹古法，衣裳无新制"，"童孺纵行歌，班白欢游诣"，"虽无纪历志，四时自成岁"，古朴、宁静、纯真、自然，处于未被人类智慧所开凿、礼法所雕琢、刀兵所蹂躏的混沌状态，且又和谐愉悦，丰衣足食。这样，诗人笔下的桃花源，不仅在当时，尔后千余年间，一直成为人们心中"理想国"的最大公约数。

　　诗本身就是为填补实有世界的空缺而存在的，以之写桃源、写幻梦，自然更是寄意于愿望的达成。它们共同的追求，都在于理想的现实化和现实的理想化。应该说，游人之向往泸沽湖，很大程度上是在寻觅理想的现实化的梦境，寻觅久已失落或者现实中未曾出现过的梦境，也就是企盼着像梦一样的愿望的达成。他们发现，这里由于长期与世隔绝，固然匮乏一般意义上的文化追怀与历史记忆，但环境幽雅，水碧山青，白云成阵，泥土芳香，而且，不乏由情的花朵、爱的果实编织而成的现实风景。尽管客居只是暂时，最后总要离开、酣梦也终于会寤醒。不是有一句时髦的话："只要曾经拥有"吗？其实，梦本身也是生活，它与现实的差异，不过是虚实、久暂而已。

# 车 上 文 化

现在到处都在掀动着"文化"热，诸如社区文化、校园文化、企业文化、军营文化，还有什么茶馆文化、宿舍文化、地头文化、炕头文化，不一而足。我不妨也凑凑热闹，侃一侃车上文化。

六十年前，丰子恺先生写过一篇题为《车厢社会》的随笔，叙写自己乘火车的三个时期的心境和车上旅客形形色色的状态，用时髦的说法来表述，可以说是火车上的文化。平时我乘汽车居多，这里想着重说说汽车上的文化。

外出旅游乘长途汽车，大体上有三种情况：一台中巴，十来个人，纵情谈笑，率情适意，人员既不过分繁杂，又足以驱除旅途寂寞，这该是最理想的了。不得已而求其次，索性乘坐大客车，几个同伴凑在一起，也尽可以笑语倾谈（当然要照顾一下四周的环境），沟通思想，而且，能够尽兴地浏览车窗外的风景。等而下之，是乘坐小轿车，三四个人挤坐在一起，空间狭窄，氛围郁闷，眼界不开，若是几辆轿车鱼贯而行，更是常令路人侧目，心里是不怎么舒服的。

在中巴车上最容易培植车上文化。当然，若是具备下述条件就更为理想了：一是车上人员互相比较熟悉；二是文化水准、职业、爱好，大体上相近，基本上处于同一层次；三是旅程较长，道路又很好走；四是车上没有病号，特别是没有晕车、呕吐者；最后一条最关紧要，必须有一两个富有情趣的人，这是车上文化资源的开发者。

有一次，我们乘汽车从兰州出发前往敦煌、阳关，穿行千里河西走廊，大约需要一天多的时间。如何消除旅途寂寞，减少些许疲劳，进而培植诸公的雅兴呢？这就有赖于车上文化了。同行的都是从事文化艺术工作，一个个自是风流倜傥，文采斐然。

东道主刚刚介绍过此行的路线和到达最终目的地的里程，一位朋友就随口说道："路漫漫其修远兮！"话一落音，另一位同志立刻就谈到，清代大诗人袁枚有两句诗："莫嫌海角天涯远，但肯摇鞭有到时"。"还有呢，"旁边又有一位接上了茬口，"千里不辞行路远，时光早晚到天涯。"由于他没有说明出处，不知是引文还是杜撰，这倒无关紧要，反正起到了振奋人心，增强信念的作用。

车上文化的主要表现形式是交谈，可以是两人间的娓娓交流，情谈款叙，也可以是整个车里的齐鸣共振，笑语喧哗。内容极为广泛，天南海北，上下古今，风物人情，"六根""八苦"，均可兼容并包。其上品、佳什，往往有真正个性化的七彩人生的独特体验，有冷峻、机敏、唇牙蕴秀的月旦评、浮世绘、众生相，有深邃的人生感悟和哲学积淀，有丰富的美学内涵、历史内涵、伦理内涵，既足赏心，并寓警策。即使是普通的谈心、叙旧、宣泄、调侃，也都不乏广泛的信息传递，浓郁的生活情趣，真挚的情感交流。

坐在我旁边的是一位写历史小说的作家。车过张掖，他告诉我，隋炀帝西征吐谷浑，从民乐县的扁都口（当时叫大斗拔谷）穿过祁连山，赶上了"六月雪"，冻死了许多士卒。而后，沿着山丹河（即古弱水）西行，到达了张掖。他在这里会见了西域的二十七国的君主，实质上是召开了一次中原王朝与西域诸国和平友好会议。悬灯结彩，盛况空前。我说："您不是又在编撰小说吧？"他把眼睛瞪得溜圆，认真地辩解，说："这是出自正史啊，不信的话，您回去翻一翻《隋书》的《炀帝本纪》和《裴炬传》，《资治通鉴》里也有记载啊！"由于语调激烈，态度又极度认真，逗得整个车上的人们轰然腾笑起来。

除了交谈，车上文化活动也还有其他一些形式。我很欣赏那种叫作"二十猜"的猜谜游戏。由一个或几个人事先暗自思考并确定一个谜底，——可以是人名或者物事，古今中外、飞潜动植不限。但是，一开始，必须明确告诉对方，是人名还是一个动物、一个地名、一件物品。对方往往是几个人合猜，但怎么设问，这里就大有文章了。长于此道的珍惜每一次"设问"机会，优化选择每一个问题，使之步步逼近答案。

比如，对方设的谜底是一个人的名字。猜这种谜，就要考虑：是今人、古人？文人、武人？活人、死人？男人、女人？中国人、外国人？实有人物还是艺术形象？一般的规律，应该是先拉大网，问一些涵盖性较强的，尽量把一些无关因素排除掉，逐渐地缩小范围，最后，步步逼近，直奔主题。设问中，要特别防止"歧路亡羊"，一个岔路走下去，会把你带到遥远的天边。

有时，谜底的设计非常狡黠，出的是人物，却不找现实中的或者历史上实有的，而是一部文学作品中的艺术形象。那次，他们就出了一个"柳湘莲"。结果，人们都按照一般的猜法，先问"今人古人""文人武人"，这么一路问下去，越问离题越远，出谜者当然很高兴了。

不过，再复杂的问题，再迷离的谜底，只要具备应有的文史知识，一般都能在二十问之内揭穿。所以，这项活动名叫"二十猜"。这是很有意义的，档次也比较高。通过猜谜，既能增长一些知识，又能锻炼敏锐而有效的思维能力。

大凡人一外出，心境都感到十分放松，日常的矛盾纠葛、家务负担、情感联系，以至职务、身份，一股脑儿放下，尽可以卸却尘劳，摆脱拘束，得数日之闲，畅游观之兴。有时，不免放浪形骸，剥离故态，露出一个"人"的自然本色。

长途行车，为了防止瞌睡，一般都喜欢逗闲嗑、说趣话、讲故事，结果总是逗得一车人哄堂大笑，激发出浓烈的兴趣。但是，故事讲着讲着，有时就下了道儿，特别是一些脸皮比较厚的男性公民，往往一讲起来，荤的、艳的、带色的都上来了。若是车里清一色的男性，或者虽有异性，而年庚较长，属于阿姨、老大姐身份，则难免信口开河，肆无忌惮；如果车上品类齐全，那些年轻的女性，除去少数不在乎的以外，一般的只要还有别的车，就将自觉地退避三舍。

那次河西走廊之行，车上有一位老兄，其人极富幽默感，却静坐一旁合眼假寐，不时地发出一声鼾鸣，似乎什么也没有入耳，实际上一切都听到了，等着某人讲到关键地方，他往往慢条斯理地捎上那么"哏哏叨叨"的两句，就会使一车人忍俊不禁，或者轰然腾笑，而他本人却不动声色。他更是讲故事的能手，一般只讲一个，只是在人们的强烈要求下，才补上一条。结果，把大家逗弄得不是笑出了眼泪，就是胀痛了肚皮。当然，车上逗笑也有一条不成文的戒律，就是绝对不能干扰司机的工作。

所谓旅游，不过是社会成员外出变换生活环境，实际感受新奇事物，而实现个体心理满足与群体自我完善的一种生活行为方式。一方面，围绕着闻见所及而构筑起来知觉体系与现象世界，这可见的世界的核心是观感；另一方面，围绕着记忆与经验而凝聚起来经验体系与本体世界，这个不可见的世界的核心是想象。前者是景，后者是情。高质量的车上文化，往往能把二者结合在一起，使眼前景物化为回忆与感悟，予人以赏心悦目的艺术享受。

同时，车上群居数日，通过有益的倾谈漫叙或开展种种文化活动，实现感情交流，也增长了见识，扩大了交往，发展了友谊，互相在记忆之井里投入进去许多值得珍视的东西，可供日后长久追怀与向往。

# 冰 城 忆

望着窗外渐渐消融的冰雪，脑际蓦地浮现出秦观的"梅英疏淡，冰澌溶泄，东风暗换年华"的名句。不过，此刻萦绕念中的却不是洛下的金谷名园、铜驼巷陌，而是松花江畔的北国冰城。

已经过了"知命之年"，早就淡化了昔日的江湖情、壮游热，通常是不易动情的。但是，当我徜徉于哈尔滨的冰城，身入"琼宫"，目迷五色的时候，却难以抑制感情潮水的放纵奔流。至今，四十天过去了，那景观，那色彩，那刀刻斧削般的深刻印象，还依然浮现在眼前、心上……

一踏进由数百块坚冰垒成的仿古城门，眼前，便立刻呈现出一个洞府、仙乡般的水晶世界。游园如展手卷。如果把迎门处"三羊开泰"的冰雕造型比作这幅手卷的"引首"，那么，珠宫贝阙、琼楼玉宇般的冰雕建筑群就相当于"卷本"，而数百件炫奇斗艳、竞逞才思的各种冰灯、冰塑，无疑就是"拖尾"了。它们在镶嵌其中的五光十色的电灯照映下，益发显得神奇瑰丽，灿烂辉煌。仿佛置身于《一千零一夜》中的童话世界：随着"开门吧，胡麻胡麻"的呼唤，石门霍然而开，里面珍宝纷呈，令人目不暇接。

我们登上了用冰块垒砌的岳阳楼，眼前虽然没有见到"衔远山，吞长江，浩浩汤汤，横无际涯"的洞庭胜状，但"登斯楼也"，确也感到"心旷神怡，宠辱皆忘"，逸兴遄飞，"其喜洋洋者矣"。元代一位诗人登岳阳楼时的题诗，

240

可谓先得我心：

> 乾坤好句唐工部，廊庙雄文宋范公。
> 秋晚登临正奇绝，只疑身在水晶宫。

　　杜陵叟的"昔闻洞庭水，今上岳阳楼"的名篇和"小范老子"的传世雄文，是早就读得烂熟的，可是，这座江南名楼却至今缘悭一面。岂料半生夙愿于此得偿，尽管属于模拟性质，也算是"慰情聊胜无"了。

　　那冰雕"玉"砌，雉堞参差，雄浑壮丽的山海关，更是美轮美奂，惟妙惟肖，再现了那座始建于六百多年前的"两京锁钥无双地，万里长城第一关"的雄姿。听说，登上后，要从陡峭的冰道上滑下，我们面面相觑，似有惧色，便只能望"关"兴叹了。

　　好在前面还有令人目眩神迷，金碧交辉，殿阁玲珑的布达拉宫在吸引着我们，也就不觉得怎么遗憾了。两年前，我在拉萨曾实地参谒过这座号称藏族古建筑艺术精华的宫堡式建筑群。想不到，今天夜晚竟在北国重逢，感到分外亲切。悠悠东流的雅鲁藏布江，依旧是澄波如鉴吧？被誉为藏族发祥地的贡布山，别来无恙乎？亲爱的二百万藏族同胞，你们好！

　　在"冰雕艺术作品展"中，中、俄、美、日、意、瑞士等国和港、台地区的冰雕爱好者，都有作品展出。风格迥异，各擅胜场。要言之，东方的显得典雅、素朴、深沉，而西方的则泼辣、热烈一些，富有象征性和梦幻特色。

　　那天，哈尔滨夜间的气温降至零下二十五摄氏度，但畅游冰城的人流仍是络绎不绝，一个个神采飞扬，毫无瑟缩之感。哈市人民素有迎风斗雪的良好习惯和"雪虐风饕愈凛然"的昂扬气概。

　　我听说人流中杂有许多冰雕艺师，他们喜欢不动声色地倾听着观众的评议。回去后，有的埋头灯下，有的闭目沉思，准备明天推出独轶群伦的新的冰雕作品。

　　据说，仙家日月过得很慢，而人们的感觉却是快的，所以有"洞中方七日，世上已千年"的诗句，和大梦沉酣，四十年出将入相，醒转来却黄粱未熟的故事。在瑰奇的冰城里，亦有同样感觉。

当时游览了许多景观，从水瘦山寒的塞外，到繁花似锦的江南，登上了世界屋脊，访问了江南名楼，欣赏了富有异国风情的冰雕作品和有着浓郁的民族特色的各式冰灯，实际上仅仅在兆麟公园转了一圈，时间不过一个多小时。当我们告别这琉璃世界，重新踏上街头时，确有离开幻境，返回了人间之感。当即口占一绝：

> 回首天边月半弯，琼楼玉宇在人间。
> 从今惯结仙乡梦，我自冰城一往还。

冰城之引人入胜，我想，不仅由于它是一个纯系冰雪构建的水晶世界，而且，因为这些冰雕都是颇为精美的艺术品，具有较高的艺术观赏价值。"天工人可代，人工天不如"。通过这些精美的冰雕，在人与自然之间，艺术美与自然美之间，架起了一座灵犀互通的桥梁。这是一种新奇而确有成效的尝试。更值得称颂的是，这些艺术品，并非出自久负盛誉的艺术大师和雕塑名家之手，它们的制作者绝大多数都是普普通通的群众。雕塑艺术，闯入"寻常百姓家"，这还不值得我们热情地赞颂吗？

这场冰城的游历，似远实近，似虚却实，它植根于现实世界，不像海市蜃楼那样可望不可即，瞬息消逝，也不像梦中仙境那样虚无缥缈，醒后踪影皆无。当然，它也有别于石林奇观、瑶琳仙境等风景点，它不能久历春秋，留存长远。即使在奇寒的北疆，三个月后，它也要幻化为流水、浮云，重返大地母亲的怀抱，流向滔滔江海。四时代序，冬去春来，这是自然的常道，我们无须为冰城的消解伤怀。应该说，它在人们的心版上，已经刻镂下深深的印象。

好去灯前施妙技，明年冰雪倍还人。一当寒风掠地，雪满松江，北国人民会适时托出一座新的冰城的。值得挂虑的倒是，年年垒建，岁岁雕冰，而世事长新，永无停日。冰城建设者、冰雕艺师们，将如何争奇斗巧，推陈出新，以满足人们无尽的追求呢？

# 沙山趣话

　　记得小时候，村子前面有一座沙山。威威赫赫地横在那里，拄天拄地，遮云蔽日。上面长满了树木，杨柳榆槐，还有人们叫不出名字的珍稀树种，亲亲密密、热热闹闹地挤在一起，枝杈都交结在一块了。

　　说来也令人纳闷，这里本是一片平原旷野，附近既没有沙漠，又没有河套，这沙山是怎么形成的呢？上面又是从什么时候开始长出这么多的大树呢？我问父亲，父亲摇头说不知道。这使我对他这个号称"天下知"的角色，减少了几分崇拜。

　　于是，我就自己钻到树林中去"格物"。你看那树，粗的要两人合抱，细的也赛过大碗口。整日里，没拘没管，任着性子长，眼看就要顶天了，可它还是不停地往上拔高。它们倒活得挺自在，愿往高里长就往高里长，愿往斜里伸就往斜里伸，不想高长、斜伸的，就自己往粗里憋，最后憋成个胖墩子，也没有人嫌它丑。

　　听人说，沙山上的树，根须扎得特别深，为的是能够接上水分。也正因为这样，年年刮大风，大风掀开了茅屋顶，吹动了场院里的石磙子，常言说"树大招风"，可是，高高的沙山上，却从来没有一棵大树被刮倒过。经过多年的水冲风蚀，有的树根裸露在沙土外面，弯七扭八的，像老爷爷手上的青筋。裸露在外面也不影响生长，树干照样钻天插云，枝叶照样遮阴蔽日，生命力真是够旺盛的了。

春天来了，杨花、柳絮、榆钱，纷纷扬扬，随风飘洒，织成一片烟雾迷离的空蒙世界。清晨起来一看，家家的院里院外都是一片洁白，恍如霜花盖地，雪压前庭。父亲早早起来，手把着长长的竹扫帚，从院里扫到院外，"刷刷刷，沙沙沙"，现在回忆起来，还仿佛在耳边回响。

再旺盛的树上也有枯枝。严冬季节，庄户人脚上绑着皮靰鞡，手里攥着一条拴着铁坠儿的长麻绳，踏着厚厚的积雪，攀上了沙岗子，见到枯枝，就把带着铁坠儿的绳索抛上去，轻轻地纽个结，然后猛劲一拉，只听"咔嚓"一声，枯枝就下来了。当地人叫作"扯干枝儿"。背回家去，这些干枝儿便成了最好的烧柴。

只有一棵老树却是谁也不去动。老树长在沙山的西端，孤零零的，挺立在高岗之上。说是树，其实已经没有一个青枝嫩杈了，只剩了一棵几搂粗的树干，撑着几个枯朽的枝丫。树干上有个门洞似的大窟窿，残存着火烧过的痕迹。听老辈人讲，那是一棵三百年的老槐树，过去树洞里藏着一个狸子精。一个大雨滂沱的夜晚，炸雷劈死了黄狸，把大树也劈开了，树身着了火，当年就枯死了。

一天，我在沙山上，贪看蚂蚁倒洞搬家，竟忘记了回家吃午饭，母亲在沙岗下面连声地喊。还没等我走下来，黑压压的云头就从西北方向铺天盖地地涌过来了。隆隆的雷声响过，突然间火光一闪，整个沙山似乎都燃烧起来。霎时，一阵狂风挟着瓢泼暴雨倾洒下来。我慌乱地滚下沙山，跑回院子里，然后爬上炕头，把鼻子顶在窗玻璃上，便见来路上已经被雨浇得冒了烟儿了。

沙山上的林木黝黑黝黑的，分不出个数，模糊了轮廓，乍看像是一座铁山，偶尔闪亮一下，接着便是震天的雷响。院子里，雨水从屋檐、墙头、树顶上跌落下来，像开了锅似的冒着泡儿，然后，滔滔滚滚地向房门外涌流出去。待到雨过天晴，出了太阳，树叶显得分外浓绿，分外光鲜，亮晶晶的，像是万万千千的小圆镜悬在空中。只是树下却乱糟糟的，这里那里散落着一些细碎的干枝，许多鸦巢倾坠了下来。当时正赶上鸟类哺育期，一些光秃秃的鸦雏摔死在地上，令人惨不忍睹。

　　小时候，气温比现在低，冬天里雪很多，三天两头一场。人们早早地就封上了后门。外面还用成捆的秫秸夹上了迎风障子。夜间，北风烟雪怒潮奔马一般，从屋后狂卷到屋前，呜呜地吼叫着，睡在土屋里就像置身于汪洋大海的船上。一宿过去，家家都被烈雪封了门，只好一点一点地往外推着，一两个时辰挤不出去。西院的"二愣子"找个窍门，把糊得严严实实的窗户打开，从窗户跳出去清除积雪。结果，半截身子陷进雪窝窝里，好长时间爬不出来，险些冻伤了手脚。

　　每逢大雪天气，起来最早的往往都有丰盛的收获。有人悄悄地溜出大门，一溜烟似的向沙岗下面的一排秫秸垛跑去。干什么去呢？《正大综艺》的主持人可以发动观众猜上一猜。大概十有八九的人会猜测他是去解手。——错了。原来，秫秸垛南面向阳背风，暴风雪再大也刮不到这里，于是，便有许多山雉、鹌鹑、野兔跑来避风。由于气温过低，经过一宿的冻饿，它们一个个早都冻麻了腿爪，看着来人了，眼睛急得咕噜咕噜转，却爬在那里动弹不得，结果，就都成了早行人的猎物。

　　雪天里，沙山最为壮观。绵软的落叶上铺上一层厚厚的积雪，上面矗立着烟褐色的长林乔木，晚归的群鸦驮着点点金色的夕晖，"呱、呱、呱"地噪醒了寒林，迷乱了天宇，真是如诗如画的境界。

　　最有趣的还是那白里透黄、细碎洁净的沙子。这是当地的土特产。用处可多着哩。舀上一撮子放进铁锅里，烧热了可以炒花生、崩爆米花，磨得锃亮的锅铲不时地搅拌着，一会儿，香味就出来了，放在嘴里一嚼，不生不糊，酥脆可口，——那味道儿，走遍天涯也忘怀不了。

　　遇上连雨天，屋地泛潮了，墙壁呀，门框呀，都湿漉漉的了，潮虫也乱乱营营地满地爬了。只要把沙子烧得滚烫，倒在地上，笤帚慢慢地一扫，地很快就干爽了。各家盘炕时，总要往炕洞里填进许多细沙。热量积存在沙子里，徐徐地往外散发，炕面便整夜温乎着。

　　细沙还能治病。劳累了一辈子的老年人，身子骨常常酸痛，夏天找一处向阳的沙滩，只穿一个裤头，把整个身子埋进去，不出一个时辰就会满身透汗，酸啊痛哪，一股脑儿都溜到爪哇国了。

按照当地人的习惯，孩子生下来是不用褯子包裹的。温热的火炕上铺上洁净的细沙子，婴儿躺在上面，随随便便搭上一方粗布。细沙随时更换，既免去了洗洗涮涮的麻烦，而且，据说长大了不易患关节炎。所以，姑娘嫁到外村去，生了小孩之后，当舅舅的总要套上一辆牛车，装上几草袋干净的细沙送过去，作为新生儿的贺礼。

沙山又是一个狸鼠横行、狐兔出没的世界。湿润的沙土地上，叠印着各种野生动物的脚印。人们在林丛里，走着走着，前面忽然闪过一个影子，一只野兔嗖地从茅草中蹿出来了。野狐的毛色是火红的，二尺长的身子拖着个一尺多长的大尾巴，像是外国歌剧院里长裙曳地的女歌星，款款地在人行道上蹿过去。

野狐、山狸、黄鼠狼，白天栖伏在沙山的洞穴里，实在闷寂了，偶尔钻出来找个僻静的地方，晒晒太阳、亮亮齿爪、捋捋胡须，夜晚便成群结队、大模大样地流窜到岗子后面的村庄里，去猎食鸡呀、鸭呀，大饱一番口福。它们似乎没有骨头，不管鸡笼、鸭架的缝隙多么狭小，也能够仄着身子钻进去。

人们睡到半夜，经常被窗外吱吱咯咯的鸡叫声吵醒，可是，任谁也不肯出去看看。女人说："又抓鸡了，"揉了揉眼睛，给孩子弄一弄被，再也没有下文；男人侧着耳朵听了听，也说："又抓鸡了，"翻了个身又睡去了，不大工夫就响起了鼾声。清晨起来，打开鸡栏一看，里面空空如也，外面满地散落着凌乱的鸡毛，洒布着几摊淋漓的血迹。处理起来也很简单，掘个坑把鸡毛掩埋了，再从灶膛里铲出一些草木灰盖上血迹，算是完成了"鸡之祭"。一句怨言也没有，实际上是不敢有。过了些天，再孵出几只鸡雏，找根木棍板条把鸡栏重新加固一下，就此了事。

"罗锅王"的大儿子是个出名的犟种，"叫他往东他偏往西，叫他撵狗他偏撵鸡。"他看东房山处有个两米多宽的过道，里面猪屎夹着人尿，气味难闻，便要把它堵上。两家的老人都说："使不得，绝对使不得。"他梗着脖子，不管这一套，硬是脱坯和泥给砌死了。

一切倒也安然。不料，半年过后，犟种的九十一岁的老奶奶正扶着门框同家人说话，说着说着，涎水下来了，没等接来"药房郎中"，人已经断气了。于是，左邻右舍都说，这是堵空场造成的罪孽，——你把胡仙的通道堵死了，还能善罢甘休吗？人们一面说，一面指点着房后的"小堂子"，说"胡仙"平素住在门前的沙山上，"小堂子"是享受香火、施威显圣的场所，通道堵死了，还怎么领受香火？犟种刚说出："既然是神仙，还找不着通道？"冷不防被"罗锅王"一巴掌扇了个大趔趄。

村子留给我的鲜明印象，就是那里是个"土"的世界。路是土路，墙是土墙，屋是土屋，穿的、盖的是土布，过的是"土里刨食"的日子。那时候，住砖瓦房的全村不过三四户，绝大多数人家都是土里生，土里长，住土房，垒土墙，风天吃土，雨天踏泥。

一年四季，街道总是灰突突的，显得十分冷清。冬天，上冻后的路面高低不平，那种木轱辘车一过来，就"格格楞楞"地响个不停。半夜里，这种响声伴和着赶车人哼哼的小曲，一同跌进土屋人的睡梦里。春天里倒是有点美的意味，道上经常铺着一层轻雪般的柳絮杨花，大车轧过去，现出两道细细的辙痕，可是，不到一袋烟工夫，新飘落的飞絮又把辙痕抹平了。

雨季一到，整条街便成了一道过水的沟渠。常常是两个人一前一后、深一脚浅一脚地跋涉着，"卟"的一声，前一个闹了个仰八叉，爬起来，带着满身满脸的泥水；后一个人见到这副模样，刚咧开大嘴笑着，一不留神，自己也闹了个前扑儿，挣扎着站起来，比前一个还要狼狈。好在，这里是沙土地，身上的泥土并不那么"多情"，太阳出来一晒，用手扑打几下，就掉得一干二净了。

阴雨连绵的季节，免不了有些土屋土墙倒塌下来，倒塌了也没有什么要紧，重新垒起来就是了。地广人稀的荒村僻野，要别的没有，泥土是取之不尽、用之不竭的。重新垒起来的院墙上，用不了多久，就会胡乱地生出一些细草棵来，稀稀拉拉，毛毛茸茸，像街西头李保长秃顶上的毛发。

土屋之外，一般人家还要套上个土的院墙，并就着临街的院墙盖上个土的猪圈，朝外留出个方方的或圆圆的洞口。春天种地之前，粪从那里扔出；平常不用它，便用柴草堵起来，周围还要画上个大白圈儿，防备着野狼从这里钻进去。那时候，野地里的狼是很多的，白天躲着人，一到夜深人静时节，就悄悄地溜进村里来觅食。暗夜里，狼的眼睛犹如鬼火，闪着绿幽幽的光，嗥叫起来怪吓人的。但是，据说，野狼从来也不敢钻白圈儿。

我的伯母家的院墙外面，有一口古旧的水井。四面围着木板的护栏，伏下身去看，井壁是用方木砌起来的，上面挂满了青苔，一泓碧水清冷幽深，偶尔有一两个青蛙伸腿游动着，平静的水面便荡起了涟漪。水是甘甜适口的。暑天炎日，常见有的小伙子穿着短裤，提上一桶"井底凉"来，"咕嘟嘟"喝下去一小半，再把剩下的多半桶水从头上浇下去，任凭气温再高，炎天播火，也会"嘚嘚嘚"地敲打起牙门骨来。

井旁原有一棵大柳树，人们嫌它春天往井里飞絮毛，秋天往井里飘黄叶，硬是锯掉了。听老辈人讲，井边还曾立过一块贤孝碑，记载着同治年间一个孝顺的媳妇，为了给年迈的公婆做饭，"三九"天来挑水，冰冻雪滑，一头栽进井里。此后，井边就安设了护栏。

我还看见过，东院的四嫂子和四哥吵架，披头散发地跑出来，坐在井口旁，一手把着护栏，一面号啕大哭，声声地喊着"再也不想活了"。我急出了一身汗，忙着去喊四哥："快、快、快去搭救！晚了，命就没啦！"四哥却慢条斯理地磕着烟袋，说："没事，没事。她若真是狠心跳井，就不会大哭大叫了。"事后，我把这番话讲给四嫂听，四嫂脸一红，"呸"地吐了一口痰，从牙缝里挤出几个字："这个没良心的，看我晚上怎么收拾他！"

看到这里，急性子读者会问：现在怎么样——那井，那树，那沙，那山？

全都不在了。"大跃进"时节，村村大建食堂，树木一砍而光。"树靠沙长，沙靠树养。"树光了，沙山还能在吗？随之，井也被流沙淤塞了。

旧时情景，都成梦忆，思之凄然。

# 还　乡

　　乡心、乡情、乡愁，颇像一曲古老而又充满温馨的歌谣，每当灯火阑珊、夜深人静之时，它就会似隐似显、忽远忽近地悄然在耳边响起，牵动着游子的情怀。这时，真恨不得两胁倏忽长出一双翅膀，翩然飞向云端，尽快投身到故园的怀抱里。可是，想望终归是想望，当你真的要束装归里了，却又常常颇费踌躇。

　　人本身就是复杂而矛盾的动物，这类反常情况不时地出现，而且，原因有多种多样。五代时有个诗人名叫韦庄，故乡在陕西长安杜陵，在他的诗词中，不时可以看到心"留秦地"、晓"望秦云"，"雁带斜阳入渭城"之类怀恋故土的句子。可是，待到真的有机会回去了，他却要说："未老莫还乡，还乡须断肠"。其意若曰，比起故园来，江南的生活更加值得留恋：这里不仅有"春水碧于天，画船听雨眠"的水乡佳景，而且，最令人迷恋的，还是那花容月貌、皓腕凝霜的垆边丽人。因此，当青春年少之时，应该在这风月繁华之地纵情游冶，诗酒风流，充分享受每日的生活；只有到了步履蹒跚、情怀索寞、游兴顿消的迟暮之年，才不得不打点行囊，再谋归计。

　　这种心理矛盾、行为反常的情况，我也曾实际体验过——当然情况迥然有别。中学时代，我住在县城的学校宿舍里，大约隔上半年左右才能回乡一次。由于渴盼着回家，提前多少天心旌就已经摇荡了，睡不好觉，吃不好饭，合上眼睛就觉着是走进了家门。可是，及至真的走进了村子，却又"足将进而趑趄"。原来，我那时刚刚戴上了一副近视眼镜。上个世纪，直到五六十年代，在偏僻、闭塞的农村，还几乎看不到戴眼镜的人，电影里、舞台上倒是常见，但不是洋鬼子、狗特务，便是老财主、大掌柜，总之都不是正面形象。偶尔有个戴着眼镜的人当街走过，定会遭到乡邻老少的冷眼，甚至会指着脊梁骨，骂一声"臭美"，"唬洋气"。因此，每次放假还乡，离村很远，我就把眼镜摘下，揣进怀里。

可是，这样一来，新的尴尬又出现了。由于眼睛近视，辨不清楚迎面过来的人是熟悉的还是陌生的，是张家二叔、李家大伯，还是完全不相干的过路人。有心主动打个招呼，又怕认错了人，闹出笑话；不打招呼吧，更怕果真是个熟人，被人家指责为"眼眶子高，架子大"。最后，只好一路低着头，目不旁瞬。"近乡情更怯"，"不敢看来人"。

在时下的青年人看来，这种做法着实可笑，完全是自讨苦吃，多此一举。索性你就戴上眼镜，大大方方地走进村子，谁还能把你怎么样？无非是开始看不惯，三回两回过去，人们了解了实情，也就见惯不怪了。可是，在当时我却缺少这样的勇气。

"少小离家老大回"，这又是一种情况。在一般人看来，这应该是不会大费周章的。但是，实际上，却并非想象的那样简单，恐怕是不同人有不同的难处，不同的苦衷。依现今乡下的惯例，凡是久别归来的人，不管你愿意不愿意，都免不了要经受一番街坊邻里、亲戚故旧的直接或间接的、令人十分厌烦的盘查——多年在外，混出了一个怎样的名堂？是不是发了大财，或者谋得了一官半职？结婚、生子没有？他们都干什么？遇有年轻一些的，还会被问道：为什么没有带回一个俊俏的媳妇或者如意郎君？……完全都是无须他人过问的个人私事，诌一句文词儿，叫作"干卿底事"。可是，有些人偏是分外关心，爱管闲事。

闲谈中，一位少时同学说起了他回乡时遭遇的尴尬场面。他是在离别故乡三十三年之后重返家园的。这天，当他背着沉重的包裹出现在邻居、亲人面前时，还没说上几句话，就觉得满院子的人所有的眼光，同时射向他那已经爬满了皱纹的脸上，射向鼓鼓囊囊的大包裹。进屋之后，自然是寒暄，是问候，是热泪盈眶，是沏茶倒水，……但是，最终总要问起：当了一个多大的官儿？每月能赚多少票子？住的是楼房、瓦房？老婆、孩子都干什么？他们为什么没有同来？而在一一作了答复之后，就要一样一样亮出行囊里的家底，当着三叔、二伯、七姑、八姨的面儿，逐个地把礼品分送到眼前。花费了很多钱自不必说了，最难处理的是如何答对得周到、圆满，摆布得四平八稳。这是一件十分麻烦、颇费脑筋的事，必须在还乡之前，就通过信件事先询问清楚，做出妥善的安排；否则，万一有个遗漏，出现了闪失，便会招来不快，直到你离开了许多日子，亲友、乡邻们还会嘀咕个没完。

在外面没有混出一点名堂来，自然没有脸面还乡，所谓"无颜见江东父老"。战国时的苏秦，游说秦王没有成功，裘敝金尽，形容枯槁，"归至家，妻不下衽，嫂不为炊，父母不与言"。其窘促之状，恰如唐人诗中所写的："归来无所利，骨肉亦不喜。黄犬却有情，当门卧摇尾。"这种情况，可说是：自古已然，于今为烈。

那么，发迹了、出息了的，就肯定有勇气面对回乡这个现实吗？也不见得。俗话说："好狗护三邻，好人护三屯。"你曾否为故乡的发展做出过什么贡献？还有，三叔的儿子的工作，你帮助没帮助安排？小舅子的女儿上大学了，你是否有过资助？还有大姑奶的外孙子、二伯父内弟的小女儿托你办的事，你都办得怎么样？一切一切，返乡之前，都必须想得周全，有个着落；发现有什么未尽事宜，能够弥补的要及早加以弥补。在这些碰头磕脸的事获得妥善处理之前，最好先别忙着回去。不然，酸言冷语，闲言碎语，七七八八，都够你"喝一壶"的。

其实，上述问题尽管十分琐碎，却还可以料理，真正令还乡游子伤情无限的，还是故乡的一切已经面目全非，旧时的踪影竟然随着童年的飞逝消失净尽。想象中的甜美与热切的期望，无法代替瞬息万变的残酷现实。于是，还乡同时就意味着失落，往往就是一番感伤之旅，凄别之旅。

故乡，令我永生眷恋的是门前的大沙岗子。那里是我儿时的乐园。沙岗上长满了大可合抱、小则瓦罐粗细的各种林木，远远望去，蓊蓊郁郁，势若云屯。不管多么热的暑天，只要往那里看上一眼，立刻会感到浑身凉爽。树上缀满了鸟巢，傍晚时节，乌鸦、喜鹊、各种叫不出名称的鸟儿，纷纷归巢，黑压压的，遮天盖地。冬天傍晚，朔风骤起，林木震撼，发出一种呜呜的声响，杂和着屋后怒潮、奔马一般的没有遮拦的北风烟雪，坐在屋子里竟有置身舟中的感觉。春天来了，杨花、柳絮、榆钱，纷纷扬扬，漫空飘撒，织成一片烟雾迷离的空蒙世界。清晨起来一看，院里院外，恍如雪花铺地。我父亲每天都扫个不停，沙沙沙，刷刷刷，至今还仿佛活在我的梦里，响在我的耳边。然而，这一切都早已化为乌有了，经过"公社化""大办食堂"的乱砍滥伐，于今，不仅长林古木杳无踪影，而且，连大沙岗子本身也已经夷为平地了。

还有那"芦花千顷水微茫"的迷人景观。小时候，南大洼的片片芦花，年年都为秋风引路。中秋月圆前后，雁声嘹唳在长空里，碧水、黄芦之上，苇花热烈而繁华地盛开着，迎着遍野金风，它们一排排地起伏荡漾，像白浪滔滔，洪潮滚滚，却听不见拍岸的声响。整个村落，罩上一层霜雪般的茫茫花雾，宛如浮荡在虚无缥缈的童话世界里。现在，这一切已经全然不见了，弥望的是横不见地边、纵不见地头的清一色的稻田。面对着这般般变化，心头总觉得好像是缺少了一点什么。

回到故乡，你最想见上一面的也许是年轻时钟情无限的女友，平时不知有多少次，只要记起她的名字，脑际便立刻重现出那盈盈的笑靥，俊俏的丰姿。可是，当这一时刻终于来到了，站在你面前的却是一个齿豁发疏、皱纹满脸的老妪形象，你会惊诧得叫出声来，下意识地低下了脑袋，不忍心再多看上一眼。紧接着涌上来的一个念头，便是：我在她的眼里，不也是如此吗？此情此境，便使一切都意兴索然了。

这里反映出一种心理上的变化，许多事物在孩子和成年人眼中，是迥然不同的；同样一种事物，在阅历不同、心境各异的人看来，也会产生截然不同的印象。本来，对于故乡的认识，游子们无一例外地都会夹杂着浓重的感情色彩和想象、向往的成分。原本十分鄙陋的乡园，经过记忆中的漫长岁月的刷新，在离人的遥遥想望中，已经变作温馨的留念与甜美的追怀，化为一种风味独具的亮点，放射出诗意的光芒。在回忆的网筛过滤之下，有一些东西被放大了，又有一些东西被汰除了，留下的是一切美好的追怀，而把种种辛酸、苦难和斑驳的泪痕统统漏出。

当然，这一切都须以淡淡的追怀、遥遥的思念为前提，当你一朝踏上了归途，真的把故乡收进眼底，那种失望与迷茫的心情便会蓦然涌起，一种追求与幻灭交织着的情怀，会令你深悔此行，觉得真不该生生地吹破了这个美丽的肥皂泡儿。借用大文豪普鲁斯特颇带感伤意味的说法：我们徒然回到我们曾经昼思夜想的埋葬过温馨童年的地方。

清人有"老经故地都嫌小"的诗句。其实，何止小呢！说是"故地"，早已无"故"可言了。我们已经没有可能重睹过往的一切，因为它们不是寄形于空间，而是存储在时间里。

时间，恰恰是时间发生了变化，重游旧地的人已不再处于曾以自己的热情装点过那个地方的童年。

# 石 上 精 灵

岁月啮群生，片石存灵迹。对此慨晨夕，沧桑现眼底。

——题记

一

　　这是一块形成于一亿二千万年前的古生物化石。定格在画面上的，不是普通标本似的呆板的形骸，而是一幅生意盎然、鲜活灵动的《鱼趣图》：十来条狼鳍鱼悠闲自在地洄游着，摇晃着尾巴，扇动着臀鳍，有的鱼贯而行，有的正在嘴对嘴地唼喋……

　　想象中当时的地理环境，大约是这样的：

　　长城外侧，山势起伏，由南向北渐渐地绵延着，形成了开阔的辽西丘陵地带。这里气候温和，雨量丰沛，到处覆盖着茂密的森林，银杏、苍松、翠柏高耸云天，苏铁和蕨类植物随处可见。湖泊星罗棋布，"河水清且涟猗"，从低等的古鳕鱼、北票鲟、白鲟到比较高等的狼鳍鱼、弓鳍鱼，悬浮上下，畅游其间。葱茏蓊郁的陆地上，怪模怪样的鹦鹉嘴龙和拖着一条尾巴的蝾螈在草丛间悠闲自在地爬行着；池沼边上，青蛙在苇荡中跳进跳出，有时蹲在草棵里发出有节奏的"阁阁"声。熏风轻轻地吹着，晴和温暖的碧云天，不时地掠过各种飞鸟的身影，那里有原始的孔子鸟、辽西鸟、三塔鸟，还有已经趋向进步的辽宁鸟、朝阳鸟；而蜻蜓、蜜蜂和三尾类蜉蝣则在散发着草香的原野上嗡嗡嘤嘤、闹闹哄哄地上下翻飞。坐落在中国北方的这个生机活泼、安定祥和的生物世界，分明是继"侏罗纪公园"之后出现的一个活脱脱的"白垩纪公园"。

但是，厄运突然降临了。伴随着一阵撼天震地的隆隆巨响，石破天惊，岩浆喷溢，烈焰腾空，铺天盖地的灼烫的尘灰，弥漫了浩浩茫茫的苍空大野。——一场由火山爆发造成的毁灭性灾难，不期而至。白昼变得混混沌沌，如同昏暗的夜晚，惊恐的鸟群本能地飞向湖泊上空，但是，很快就为火山喷发所产生的大量二氧化碳和一些有毒气体所窒息，扑腾了几下，就败叶般地纷纷落下，同水中的鱼类一道，统统被埋葬在熔岩和火山灰里。

一场远古的浩劫，一场天崩地坼的灭顶之灾，就这样，以其雷霆万钧、无可抗拒的威力，把那些鲜活灵动的生命牢牢地封存于地下。它们是不幸的牺牲品，它们的灭绝展示了生存的无奈、生命的悲哀。

但是，从另一种意义上说，这种突如其来的毁灭，又何尝不是一种幸运呢？就说这些狼鳍鱼吧，在它们的同类中，有多少死于"弱肉强食"的生物间的实力拼争，死于酷寒暴暑、气温骤变的自然灾祸，或者在狂风怒浪的袭击下触礁殒命，或者因老病衰残而奄奄待毙，最后双眼暴突，肚皮翻白，浮上水面，转瞬间归于朽腐，化为泥沙。而这些狼鳍鱼却有幸在亿万斯年之后，作为这场亘古奇观的直接见证者，以一种再生精灵的姿态，撩开岁月的纱帷，带着远古的气息，重新展现在世人面前。

它们以一种永恒形态保存下来。这是一种特殊情况下的永生，这种永生是以死亡的形式展现的，死是它的生的一种存在方式。在这里，死亡被纳入生命之中，成为生命最辉煌的完成。一如诗人冯至所赞颂的：

在历史上有多少圣贤在临死时就这样完成他们生命里最完美的
时刻。

　　它们用一种雕塑般的造型，把生命的短暂与恒久、脆弱与顽强、有常与无常、存在与虚无，展现得格外分明。

　　石上精灵会诉说。这种诉说，无言却又雄辩，邃密倒也直观。面对这些鱼化石，绞尽脑汁地穷思苦索，以求揭橥地质构成、气候变迁、生物演变的奥秘，那是研究生命进化史的科学家们的事情；而我们这些活在当下的普通人，则乐得凭着兴趣，出于好奇心理，追踪这些石上精灵的脚步，穿越时空的隧道，来翻检远古劫余的影集，左猜右猜、里猜外猜生命史中说不清道不明的种种谜团。

　　沧海桑田，水枯陆现，从前，据说只有麻姑那样的仙人才能亲见，现在，我们这些凡夫俗子，居然可以透过一方古生物化石，借助于联翩的浮想，饱谙眼底的沧桑。不能不说，这是一种幸会，一种机缘。

二

　　古生物化石是一扇回望远哉遥遥的太古世界的窗户，它帮助人们透过"存在"的现象，去把握已经逝去的本质——虚无，又从这种虚无进一步认识到现实的存在。它也是一部历时性的线型史书，是对地球历史生灭流转过程的忠实载录。面对这一片灵石，无异于展读一部再现我们这个地球的波惊浪诡的史诗，叩问亿万年前奇突、神秘的岁月。我们可以从中揣测地壳的变迁史，读出生物的进化论。它使人记起了英国诗人布莱克的名诗：

> 一颗沙里看出一个世界，
> 一朵野花里现出一个天堂。
> 把无限放在你手掌上，
> 永恒在一刹那里收藏。

　　不过，历史从来不拒绝偶然。自然的演进是一种无意识的过程，同社会进程不一样，它的存在方式是自然现象之间的盲目的相互作用。表面看去，有些像偶然性的堆积，常常从一种无序转向另一种无序，由一种混乱过渡到另一种混乱。联系到狼鳍鱼化石的生成，我是这样想的：这种鱼类生长在辽西一带的湖泊，是偶然的；而辽西一带火山突然喷发，从而导致这种鱼类在这一地区的整体灭绝，也是偶然的；它们灭绝之后，经过亿万年间的地质变化，部分形成化石，又是偶然的；现在，是它们，而不是它们的同类，有幸在阳光下重新面世，纯属偶然；至于凑巧展现在我的眼前，尤其偶然。偶然性丛生的地方，就会带来一种神秘感，产生无边的困惑，难免在科学与迷妄、存在与虚无、规律与宿命之间茫然却顾了。

其实，这也并不奇怪，即便是文化繁荣、科技昌明、智能高扬的现代，人们的思维能力也还是很有限的，以致所面对的外部世界，仍然到处都存在着广大的盲区和空白。大自然中的每一部分，虫鱼草木，飞潜动植，都有其存在的价值，都有思想有精神，都能引领我们到深邃、生动的神奇境域中去，也都蕴藏着独特的魅力和奥秘，使我们不断地发出《天问》式的无穷无尽的设问：自远古以来的五六亿年间，在世界范围内，曾发生过六次大规模的生物灭绝，最近的一次发生在六千五百万年前。

为什么每隔一个时期就要发生这种生命的骤变？难道真的如古罗马哲人西塞罗所言："一切事物自然都给予一个界限"吗？

那么，这种"物盛则衰，时极而转"的机制，究竟操纵在谁的手里？能不能说，这种生物灭绝，总有一天也会发生在人类身上？

为什么在每一次生命骤变、生物灭绝的同时，又常常存在着部分生物的孑遗，并伴随着新的生命的大爆发，最后形成更加繁盛的生物群落呢？银杏、水杉、桫椤和熊猫等有"活化石"之称的动植物，凭借什么能够历尽劫波而存活至今？它们的特殊的适应力表现在哪些方面？

为什么每一次灭绝的，往往都是盛极一时的、在生物链中最强大的物种？像恐龙、猛犸象、剑齿虎，等等；而那些柔弱无比的蚯蚓、蝗虫或者更低等的动物，为什么反而能够存活下来？

还有一个颇为有趣，而且耐人寻味的现象，就是人对客观世界的认识总是从中间开始，而后再向两极延伸。比如，我们知道这片狼鳍鱼化石形成于中生代，在它的前面还有数不完的世世代代，在它的后面，永远不能穷尽，至少是到现在的一亿二千万年。还比如，人出生后，最先认识的是眼前的事物，逐渐地晓得外面还有山川、草木，海洋、地球，直至银河系、太阳系，不断地向无限大扩展；同时还向超微处延伸，细胞、分子、电子、质子、介子、粒子。"前不见古人，后不见来者"，为什么认识事物总是从中间开始，向无限延伸？其中的奥秘在哪里？

从古至今，人类关于客观世界的探究，一刻也没有止息过。但是，我觉得最重要的还是古希腊哲学家苏格拉底所提出的："认识你自己"。在一系列的设问中，恐怕首要的还是应该问一句：大自然所加于人类的灾难，为什么日益频繁、日趋厉害？换句话说，我们要不要反思一番：人类过分迷信自身的威力，以致无情地掠夺自然、糟蹋环境，带来了怎样的后果？

我们的地球母亲，已经有四十六亿年的高寿了，她诞生了十多亿年之后，开始有生命形成，而人类的出现，大约只是三四百万年前的事。人和一切生物都是自然的创造物，自然则是人类诗意的居所。在直立之前，人类和所有的动物共同匍匐在漫长的进化之路上，依靠周围世界提供必要的物质与精神资源，生存繁衍，原本没有资格以霸主自居，摆什么"龙头老大"。可惜，后来逐渐地把这个最基础的事实、最浅显的道理淡忘了，结果无限制地自我膨胀，声威所及，生态环境遭受到惨重的破坏，制造出重重叠叠的灾难。"天作孽，犹可违；自作孽，不可活。"种种苦头，人类自身算是吃尽了。

三

在整个人生之旅中，时间与生命同义。与古生物化石一亿多年的生命史相比较，真是觉得人生所能把握的时间实在是过于短暂了。古人曾经慨叹："朝菌不知晦朔，蟪蛄不知春秋。"又说："寄蜉蝣于天地，渺沧海之一粟。"朝生暮死的蜉蝣也好，活过了初一到不了十五的朝菌也好，比起历经无数次的晦朔轮回、春秋代谢的人类来说，生命的久暂不成比例。可是，难道人类的生命就真的那么长吗？恐怕也不见得。《圣经》上说，亚当一百三十岁时生了儿子塞特，以后又活了八百岁；塞特在九百一十二岁时还生儿育女，前后活了九百一十二岁；塞特的儿子以挪士活了九百零五岁。这些都是神话。须知，上帝、神人是长生不死的。普通人能活上一百岁，就被称为"人瑞"。这又怎样？也只不过是这片狼鳍鱼化石的一百二十万分之一。真个是："叹吾生之须臾，羡宇宙之无穷。"

以浪漫主义诗人著称于世的唐代的李贺，发挥无边的想象，也只是吟出："王母桃花千遍开，彭祖巫咸几回死"。王母娘娘的仙桃三千年开一次，开过一千遍也不过三百万年，只是狼鳍鱼化石的四十分之一。即使有八百年寿命的彭祖，也不知已经死过多少万回了，更何况普通人呢！仙家的岁月不去说它了，尘世上每一个人所能享用的时间，都是非常有限的，不过是"弱水三千，只能取一瓢饮"。这么珍贵的有生之年，究竟应该如何度过？如何去支配那似水韶华？实在是一个"悠悠万事，唯此为大"的问题。

遗憾的是，在许多情况下，人只有到了生命的尽头，才开始悟解到生命的可贵、生存的价值，出现重新看待生命的"惊蛰"——对于生命的觉醒。人生就是这样，只有失去之后，才懂得加倍地珍惜。在这里，虚无为存在提供了参照物。盲姑娘海伦·凯勒的"假如给我三天光明"的设想，正是建立在这一基础之上。而且，只有到这个时候，人才能看淡一切身外之物，从而变得清醒一些、聪明一些，省悟到世俗那些蜗角虚名、蝇头微利，连"泰山一毫芒"都谈不上，实在没什么可拼争的。

死亡，与其说使人体验到生命存在的长度，毋宁说是使人体验到解悟生命的深度。西哲有句名言："只有死亡才能够使人了解自己。"是呀，有些人平时贪求无厌，私欲膨胀，自以为可以无限度地掠夺一切，到了生命再不能延续的时候就会知道，原来自己也不过是个普通的角色，任何人都逃不过死亡的关口。征服死亡，或者说长生不老，这是人类永远解决不了的难题。世上许多苦难，都可以想法躲避，实在躲避不开就咬牙忍受，一挺也就过去了，唯独死亡是个例外。七百多年前，成吉思汗西征奏凯归来，踌躇满志地说："直到如今，我还没有遇到过一个不能击败的敌手。我现在只希望征服死亡。"但是，这番话出口不多日子，他就在清水县行营里"呜呼哀哉"了。

　　真正的永恒属于时间。在生命流程中，时间涵盖了一切，任何事物都无法逃逸于时间。现代交通工具、现代通信网络可以缩短以至抹杀空间的距离，却无法把时间拉近，就在键盘上敲着这几个字的时候，时间不知又走出多远。一切生命，包括"万物之灵"的人群，都是作为具象的时间，作为时间的物质对应物而存在的。他们始终都在苍茫的时空里游荡。只有当他们偶然重叠在同一坐标上，才会感到对方是真实的存在。

　　对于时间的思考，是人类生命体验、灵魂跃升的一束投影。

# 扬 州 旧 事

　　在扬州宽阔的石塔路的中心，矗立着一座千年石塔。从前这里还有一座僧院，名叫惠昭寺。如今寺院已经荡然无存，可是一段与寺院有关的文坛轶话，却从唐代一直流传到现在。

　　王播年轻时贫无所依，寄食惠昭寺，靠那里的和尚供养。每当听到吃饭的钟声响了，他便溜到寺院饭堂，跟和尚一道用饭。日子长了，和尚们有点讨厌他。有一次，故意先吃饭后敲钟，让他扑了个空。

　　这对王播的刺激是很大的，于是，怫然离开了惠昭寺。后来，他中了贞元年间的进士，当了盐铁转运使，不久又出任淮南节度使，开府扬州。惠昭寺的和尚们得知这个消息，心情很是紧张，为了讨好王播，特地将他当年题在壁上尘封已久的诗，用碧纱笼罩起来，以示尊重。王播回到扬州，重游旧院，发现这种情事，不禁感慨万端，便提笔写了《题惠昭寺木兰院》七言绝句二首：

　　　　二十年前此院游，木兰花发院新修。
　　　　如今再到经行处，树老无花僧白头。

　　　　上堂已了各西东，惭愧阇梨饭后钟。
　　　　二十年来尘扑面，如今始得碧纱笼。

乘|物|以|游|心

诗中谈到，阇梨（和尚）饭后敲钟，使他特别难堪，一气之下，断然出走，忽忽二十年过去了。"尘扑面"，"碧纱笼"，说的是诗，实际上正是写人，道尽了世态炎凉、人事沧桑之感。

人在未成名之前，其成就不易得到社会的承认；及至成了名人，有了地位，又会过蒙关怀，备受推崇。诗，还是旧日的诗，人也是"前度刘郎"，可是，随着地位的变化，立刻就"声价十倍"了。

我以为，对于和尚当日的厌烦情绪，包括"饭后敲钟"的不甚友善的做法，无须苛责。一个大活人，自己不长进，肩不担担，手不提篮，整天凑在一群僧人堆里跟着混饭吃，难怪人们下眼瞧他。相反，如果辩证地看，这对王播成才还有一种促进作用。"本事是逼出来的。"刺激，未始不是一种有效的推动力。

问题倒是在于，王播的诗才当日必然已经显露，可是，却没有任何人予以重视，对壁上的题诗大概也没有谁肯去看上一眼。这，当然不是因为诗无足观，只是由于作者门第寒微、地位卑下而已。自古有言"最难名世白衣诗"呀。

就此，我倒想起了发生在扬州的另一桩文坛轶事：

北宋的晏殊，当过一朝宰相，又是一位出色的词家兼著名诗人。在他当政时期，引用了一大批贤能的人，像范仲淹、韩琦、欧阳修等都出自他的门下。他有一次，游览扬州的大明寺，发现壁上题诗很多，便让随从给他一一诵读，但"戒其勿言爵里姓名"。就是说，只看诗作水平，而不以门第、名位论其高下。直到遇见佳作，才询问作者的情况，结果，发现了诗才出众的王淇。当即请他来衙署一见，并招待饭食，然后把他由县主簿提拔为开封府推事，直至两浙、淮南转运使。这种做法，一时传为美谈。

还有一层。你们那些和尚，既然已经怠慢了那位专吃闲饭的，也就罢了；有什么必要，当这位"王大官僚"开府扬州时，非要用碧纱笼诗，以故意讨好呢。如果说，"饭后敲钟"还可以略迹原情的话，那么，这种"碧纱笼诗"的举动，就有些俗不可耐，令人作呕了。假如起苏季子于地下，让他问上一句："何前倨而后卑也？"你们该如何作答呀？

王播这个人入仕多年，官声并不怎么好。不过，在处理这个问题上还算得当。除了写下两首诗发了一番感慨之外，没听说他对这种"睚眦之怨"采取什么报复行动。看来，和尚们是过虑了。当然，对王播的做法，也有人很不以为然。比如，宋代著名文学家、大诗人苏东坡，就曾写过一首题为《石塔寺》的诗，对王播展开了尖锐的批评：

> 饥眼眩西东，诗肠忘早晏。
> 虽知灯是火，不悟钟非饭。
> 山僧异漂母，但可供一莞。
> 胡为二十年，记忆作此讪！
> 斋厨养若人，无益祇遗患。
> 乃知饭后钟，阇黎盖具眼。

诗的大意是说，当日王播，只顾闷头作诗，弄得目眩神迷，忘记了时间的早晚，错过了饭时。山僧缺乏向韩信施食的漂母那样的识度，但是，那种饭后敲钟的"恶作剧"却也是堪可供人莞尔一笑的。对于这样一件区区小事，身为"节度使"大员的王播，二十年后又何必重提呢！看来，这个人真不怎么样，那些和尚，你别说，还真是挺有眼光哩。

苏东坡喜欢作翻案文字，录此，或可有助于增添情趣，扩展思路。

# 神 圣 的 泥 土

　　昔日的顽憨少年，一回头，已经华发盈颠，千般都成了过去，一股脑儿地进入了苍茫的历史。而我儿时的亲热伙伴——双台子河，这漂流着我的童心、野趣的河，带领我回归"家"的审美之途的河，却还是那么姿容韶秀，静静地载浮着疲惫了的时间，滚滚西流。那清清的涟漪，汩汩的波声，亲昵依旧，温馨依旧，日日夜夜、不倦不休地喁喁絮语。只是不晓得，她是向远方的客人述说着祖辈传留的古老童话，抑或是已经认出了我这当年的昵友，尽情倾诉着蓄积了半个世纪的别绪离情。

　　游子归来，原都是为着寻觅，有所追怀的，更何况在这冷露清秋时节，在这忽而霏霏、忽而潇潇、忽而滂沱的秋雨里。此情此景，无疑是触发忆念与遐思的一种酵母剂。带着深沉的凉意，荒疏的逸趣，它使望中的一切都变得有情有义了。

　　"我们回家吧！"每当读到科普斯这句简单不过的话，我都觉得它圣洁，亲切，警策，灼人。此刻，我正在还乡的路上。"人老莫还乡，还乡须断肠。"面对着熟悉而又陌生的一切，我忆起了"弃我去者不可留"的悠悠岁月，忆起了童年，忆起了母亲，默诵着艾青的诗句："为什么我的眼里常含泪水？因为我对这土地爱得深沉……"

　　是呀，自从我离开了故园，也就割断了同滚烫的泥土相依相偎的脐带，成了虽有固定居所却安顿不了心灵的形而上意义上的漂泊者。整天生活在高楼狭巷之中，目光为霓虹灯之类的奇光异彩所眩惑，身心被十丈埃尘和无所不在的噪声污染着，生命在远离自然的自我异化中逐渐地萎缩。真是从心底里渴望着接近原生状态，从大自然身上获取一种性灵的滋养，使眼睛和心灵得到一番净化。由此，我懂得了，所谓乡情、乡思，正是反映了这种对生命之树的根基的眷恋。

当然，我也清楚地知道，故乡的一切并非我所独有。就说这多灾多难又多姿多彩的双台子河吧，不知有多少人从小就吸吮过她的乳汁；然而，对于她的每个游子来说，它又是百分之百的心灵独占，而绝非多少万分之一。

《庄子·在宥》篇我是读过的，记得里面有这样一句富于哲理的话："今夫百昌皆生于土而反于土。"意思是，而今万物都生长于泥土而又复归于泥土。但是，应该说明，我的恋土情结的形成，却并非来自书本，而是自小由母亲灌输的。母亲没有进过学堂，无从知道先贤笔下的高言伟论，更没有读过源于西方文明的《圣经·创世纪》，可是，她却郑而重之地告诉我，人是天帝用泥土制造出来的，看着一个个动来动去却呆头呆脑，天帝便往他们鼻孔里吹气，这才有了灵性。这个胎里带来的根基，使得人一辈子都要和泥土打交道，土里刨食，土里找水，土里扎根。最后到了脚尖朝上那一天，又复归于泥土之中。

母亲还说，不亲近泥土，孩子是长不大的。许是为了让我快快长大吧，从落生那天起，母亲就叫我亲近泥土——不是用布块裁成的褯子包裹，而是把我直接摊放在烧得滚热、铺满细沙的土炕上，身上随便搭一块干净的布片。沙土随时更换，既免去了洗洗涮涮的麻烦，又可以增进身体健康，据说，这样侍候出来的孩子，长大之后不容易患关节炎。到了能够在地上跑了跳了，我就成了地地道道的泥孩儿，夜晚光着脚板在河边上举火照蟹，白天跳进池塘里捕鱼捉虾，或者踏着黑泥在苇丛中钻进钻出，觅雀蛋、摘苇叶，再就是成天和村里的顽童们打泥球仗。一般情况下，母亲是不加管束的，只是看到我的身子太脏，便不容分说，将我按在一个过年时用来宰猪退毛的大木盆里，里面灌满了水，再用丝瓜瓢蘸着肥皂沫，在全身上下搓洗一通。

　　泥土伴着童年，连着童心，滋润着蓬勃、旺盛的生机活力。可以说，我的整个少年时代都是在泥土中摔打过来的。其实，泥土也许是人类最后据守的一个魂萦梦绕的故乡了。纵使没有条件长期厮守在她的身边，也应在有生之年，经常跟这个记忆中的"故乡"作倾心、惬意的情感交流，把这一方胜境珍藏在心灵深处，从多重意义、多个视角上对她作深入的品味与体察。通过回忆，发挥审美创造的潜能，达到一种情感的体认，一种审美意义的追寻，把被遮蔽的东西豁然敞开，把那本已模糊、漫漶的旧日情怀，以生动鲜活的"图式化外观"展现出来，烙印在心灵的屏幕之上。

　　可是，人们有个坏习惯，就是长大了之后常常忘记本源，我也同样。一经走进青涩的年岁，我们便开始告别泥土，进城读书、谋事，尔后竟然掉头不顾，一眨眼就是几十年。离乡伊始，游子们还常常通过泥土的梦境向故乡亲近、靠拢，随着时日的迁移，"忘却的救主"降临，便渐行渐远渐模糊了。久而久之，个人时空全部为公共时空所分割和占领，连那种模糊的影像也不复在梦中出现了。偶尔机缘凑巧，故乡重到，也是坐在车里，"刷、刷、刷"，从柏油马路上疾驰而过，然后，就一头钻进直耸云霄的大厦高楼里，根本想不到还有亲近泥土这码事。

　　亏得这次参加了中国作家协会组织的盘锦采风团，也亏得连宵的风雨使陆路车行不便，改为泛舟河上，使我有机会尽览故乡湿地的无限风光。环境、氛围十分理想，这是那种撩拨诗怀、氤氲情感的天气，它没有晴空一碧那样的澄明或者迅雷疾风的激烈，而是略带一丝感伤意绪的缠绵悱恻。飘飘洒洒的雨丝风片，缝合了长空和大地，沟通着情感与自然。

　　轻舟在微荡涟漪的双台子河上静静地漂游着。望着水天无际的浩浩茫茫，蓦地，我涌起了缕缕乡思。我对作家同行们复述了母亲那句"不亲近泥土，孩子长不大"的话。或许由于对泥土的情怀过于热切了吧，船刚刚靠岸，我就第一个冲向雨幕，跳上堤边，急匆匆地踏上这阔别数十载的泥涂。可是，两脚没有站稳，一个大滑溜，便闹了个仰面朝天，彻头彻尾地与泥土亲近了。

　　见我突然滑倒，几个小伙子赶忙跑过来把我拉起，发现除了满身挂了"泥花"，并没有丝毫伤损，大家才放下心来。一个调皮的文友忽然来了一句"没有亲近过泥土的孩子是长不大的"，逗得同行们哈哈大笑。于是，一路上，这句意味深长的话便乘着一波又一波的笑浪，浮荡在所有人的耳鼓里。

这里地当双台子河入海口，没有沉甸甸的历史记忆，积淀了久远而深厚的冷落与荒凉，自然也饱藏着开拓和创造的无穷潜力。这里蕴蓄着强大的生命力，本能地存在着一种热切的生命期待。这里的泥土肥沃得踩上一脚就会"滋滋"地往外流油，她是一切生命翠色的本源。任何富有生机的物质都想在她肥腴的胴体上开出绚丽之花，而这绚丽的花朵则是这黝黑泥土的生命表现。

这是一次心灵的回归，像一位俄国诗人所咏赞的："心灵完成了一个伟大的循环，看，我又回到童年的梦幻。"这里没有理性、概念的遮蔽，没有菩提树，也没有野玫瑰，有的只是清淳的、本真的感觉和原生的状态。人们在这里有幸接触到生命的原版，看到了未被物欲贪求所修改过的生命初稿，体验到不曾被剪裁、被遮蔽的，宛如童年时代那未经世俗灰尘所污染的心灵状态。有了这番经历，便有了对大自然的尊崇，对生命的敬畏，对环境保护的担当，对人间一切美好事物的眷恋。

# 三 道 茶

写罢了"茶"字，忽然想起了鲁迅先生的一句话："有好茶喝，会喝好茶，是一种'清福'。"

由于苏、浙、闽、皖都有一些文友，他们到时候总能捎来一些上好茶叶，因此，除了《红楼梦》中警幻仙子的产于放春山遣香洞、煎以仙花灵叶上的宿露的"千红一窟"不知何味以外，其他诸如龙井、毛尖、大红袍、铁观音、庐山云雾、金奖惠明、顾渚紫笋、莫干黄芽等等，都曾领略过。看来，前半句"有好茶喝"倒也当得；只是，喝则喝矣，对于茶艺却素少研究，所以，后半句"会喝好茶"，就谈不到了。

我同意那种"酒为热闹的社交而设，茶则是为恬静的朋侣而设"的看法。因此，喝茶时喜欢寻觅一个幽静的去处，向往那种"临水卷书帷，隔竹支茶灶，幽绿一壶寒，添入诗人料"（吴苹香诗）的韵致。我曾自嘲：如果饮茶也要分型列派的话，我当属于散漫型、自由派。

一杯春露，两腋清风，畅怀适意，优哉游哉，尽半日之闲，涤积年尘腻，什么俗氛杂念，烦闷疲劳，都一股脑儿化解在清茶的色、形、香、味里。它不像欧洲人那样解渴式的匆匆忙忙、一饮而尽的鲸吸豪饮，也有别于日本式的拘于礼仪、程序繁复、讲究"敬和清寂"的茶道。那种超然气韵，大约只有钱起诗中描绘的"竹下忘言对紫茶，全胜羽客醉流霞，尘心洗尽兴难尽，一树蝉声片影斜"，可以略相仿佛。

　　这次在大理下关，当接到"白族三道茶晚会"的请柬时，起初并未引起太大的兴趣。我以为，这种表现民族风情的茶点，可能与藏族的酥油茶、蒙古族的咸奶茶、维吾尔族的奶子茶相似。既称为茶会，免不了要肩摩踵接，履舄交错，只有合尊促坐，吹弹侑客，不容意念回旋，从容品味。同时，我还把"三道茶"同所谓"三饮知真味"的三碗茶混同起来。我真怕三大碗茶下肚后，像苏东坡那样，"枯肠未易禁三碗，坐听荒城长短更"，——整夜兴奋无眠了。实践证明，我犯了个主观臆想的错误。

　　步入会场，便听得四壁风鸣，有一种波翻浪涌、身在浮舟的感觉。原来，下关这个地方，处在点苍山的风口，因此，"下关风"与"上关花、苍山雪、洱海月"齐名，同为大理绝景。这番狂吼的疾风，客观上显示了一种时代洪潮激荡、人生变幻不居的警世意味。

　　室内客桌作 U 形设置，有二三十人入座。开场前，扩音器里奏鸣着江南丝竹乐，与室外的风号林啸恰成鲜明的对照。给人一种干戈化为玉帛、铁马秋风转作杏花春雨的舒泰感，大家的心境随之也宁静下来。

　　主人简约致辞，略云：中国的饮茶艺术，一向注重情趣和韵味，追求一种悠然自得、回味无穷的心理境界。今天的晚会力求体现这个特点，愿它能够伴着各位嘉宾度过一个难忘的春宵。

　　说着，三个头戴艳丽的流苏，身着红裤褂，腰系花围裙的白族姑娘，已经端着第一道茶穿花蛱蝶般地走了过来。这些"五朵金花"的后代，一个个美秀天成，端丽大方，分三路向客人彬彬有礼地献茶。

　　面对此情此景，我想起了苏东坡的一则轶事：一个冬夜，他梦见一位韶秀的女郎，一边歌唱着，一边把用雪水烹煮的小团茶献给他喝；醒后，还觉得音容宛在，齿颊留芳，于是，写就了两首"回文诗"忆述其事。

　　此刻，我双手接过茶杯后，便仿效着古人的茶式，先闻茶香，再观茶汤色泽，然后，小口品尝，使茶汤从舌尖到两侧，再到舌根。

　　原来，这第一道茶是经过文火烹过的，苦涩无比。客人们一边慢慢地品味着清苦之茶，一边观赏着白族男女青年表演的民族歌舞。

第二道茶是甜茶，里面加了红糖、核桃仁等，喝上一口，甜中带香。根据事先摸底，漂亮的白族少女为各地客人分别演出了他们家乡的舞蹈，令人感到分外亲切。

第三道茶里，添有蜂蜜及花椒、芥末等佐料，使人记起苏辙"俚人茗饮无不有，盐酪椒姜夸满口"的诗句。略一沾唇，便觉麻辣酸涩一齐涌来，竟然辨别不清是什么滋味。可是，饮过几口之后，细加品啜，却又颇像咀嚼橄榄，大有回甘之效，故称之为回味茶。

三道茶饮罢，客人纷纷发表感想，我即兴吟了一首七绝：

> 未经世路千重境，且饮人生三道茶。
> 消受个中禅意味，蹉跌险阻漫诧讶！

据说，白族的三道茶会，原是为欢送子弟外出求学、习艺、经商的一种礼俗，后来，演进成现在这种富有生活情趣、饱蕴人生哲理的待客方式。它熔娱乐、审美、教化作用于一炉，为人们在紧张、喧嚣、粗犷、变动的现代生活中提供一方宁静的憩园和几丝温馨的抚慰。

三道茶会，对于初出茅庐、乍涉世事的青少年，颇有教益。三杯酽茶入口，苦苦甜甜，回味无限，即使是粗心率意的钝根庸质，也总能从中得到启迪，有所感悟，减除几分稚气，增加些许成熟，不致把原本复杂曲折的社会生活简单地看作笔直、平坦的"涅瓦大街人行道"。

回味茶，尤其宜于老年。人到了一定年龄之后，沧海惯经，风霜历尽，百般磨折过去，世事从头数来；绚烂归于平淡，浮躁化为沉静。丰富的阅历，多彩的生涯，翻过筋斗、勘透机锋的智慧与超拔，使他们如窖藏数十年的陈酿，味浓而香冽。经过几番回味，其间固然不乏颓唐、退馁者流，所谓"五欲已消诸念息，世间无境可勾牵"（白居易诗）；但更多的还是"老骥伏枥，志在千里"。有人说，幸福感是经过磨折之后一种高扬的澄静。果如是，则这些老人的心境笃定是甘甜的。

身处逆境者有必要啜饮三道茶。那种苦甜交汇、忧乐相乘的意蕴，有助于他们顿悟"艰难困苦，玉汝于成"的妙谛，相信"天将降大任于是人也，必先苦其心志，劳其筋骨，饿其体肤，空乏其身，行拂乱其所为，所以动心忍性，曾（增）益其所不能"的人生哲理，领略"谁谓荼苦，其甘如荠"的辩证关系，从而磨砺意志，振奋精神，立志做烈火中的纯钢，冻雪中的红梅，暴风雨中的雄鹰。

至于那些万事亨通，一无窒碍，志得意满的幸运儿，三道茶对他们也有所裨益。他们在横绝四海、睥睨万方的奋进中，喝上一杯苦茶，当可澄心静虑，少一些浮躁，多几分清醒，懂得危机感的不可或缺，忧患意识之可贵，增强经受挫折、战胜困境的应变能力。

健全的人生离不开真善美的发掘与弘扬。借鉴与吸收外间经验，无疑是极端必要的。但是，总不能脱离民族传统的土壤。而且，正如某些民俗学家所指出的，现在有些艺术实践活动，尽管比较科学、缜密，但总不如一些优秀的民族传统活动那样清新活泼，意趣盎然，贴近生活，那样使生活的艺术化与艺术的生活化浑然一体，因而不能形成足够的社会氛围和人文趋向，不易获得整体的社会性认同与契合。

单就这个意义来说，三道茶晚会也是极有价值的。

# 一 夜 芳 邻

## 一

　　说来也是一桩人生幸事，我竟然有机会在一个半世纪之后与蜚声世界文坛的勃朗特三姊妹作了短暂的邻居。

　　来到哈沃斯已是暮色微茫了。远处的山影茫然，淡成似有若无的一袭青烟。广袤的荒原上一簇簇、一片片的石楠花开得正闹，视野所及，仿佛遍地覆盖着一层红紫斑驳的地毯。一条坡度较大的石头道把行人引向村街，两旁排列着积木般的住舍、酒馆、花店和杂货铺。衬着渐隐渐暗的霞晖，高耸的教堂钟楼微现出一层亮色，而对面的勃朗特纪念馆却显得十分暗淡了，好在里面已经多年如一日地按时亮起了灯光，使整座建筑凸显出大致的轮廓。夜幕徐徐地把小村落笼罩起来，枝头鸟雀的啁啾替换为草间鸣虫的合唱，像定音鼓似的每隔一刻钟教堂上空就要响起一次钟声。

　　纪念馆为砂石构筑的乔治安式二层小楼，原是勃朗特一家的住宅。听说，当日夏洛蒂、艾米莉、安妮三姊妹就住在左边的楼上，右边是她们的父亲的书房，在这家里已待了三十年的龙钟女仆住在楼下。现在，当然已经是人去楼空了。

　　这座阅尽勃朗特一家兴衰、嬗变，经历过三个世纪风霜浸染的老屋，于今像是一座苔藓斑驳的古碑，一轴纸色已经泛黄了的画卷，载录了 19 世纪上半叶三位才女留在英国文学史以至世界文坛上的深深印迹。

实在难以想象，这样几间看不出什么特色的普通石屋，从中竟升起了卓绝千古的文学之星，竟孕育出那些恢宏、壮美的传世杰作！凡是读过《简·爱》《呼啸山庄》和《阿格尼丝·格雷》的人，有谁不为三姊妹天马行空般的瑰奇诡异的想象力，为她们书中捍卫独立人格、表达强烈爱憎的蕴涵，美得苍凉、充满着诗情画意的文笔而倾倒呢！

纪念馆与教堂中间有一片空地，很久以前就成了村里的墓葬区，但三姊妹并未葬身其间。小妹妹死在几十英里外的一个市镇，骸骨没有运回；两个姐姐病逝之后即被安葬在这座教堂里，故乡父老毫无保留地接受了自己的诗魂。对于他们来说，教堂的意义与价值也许已经超越了一般宗教的内涵。由于这里成了两位天才女作家的终古长眠之地，乡亲们为之而骄傲，感到无比的自豪。

许多作家、艺术家生前颠沛流离，死后埋骨他乡，甚至葬身异域，勃朗特姊妹算是其中的例外，故居和葬地紧相毗连。这对于过早地失去三个女儿的老父亲，固然是一种心灵的慰藉；然而，生于斯，卒于斯，歌哭于斯，存亡异路，人天永隔，又不能不引发旷日持久的刺骨椎心般的伤痛。当然，在西方人的观念里，存殁、幽冥的界限似乎不像东方那样极度的分明。因此，也就没有那种临尸悚惧、与鬼为邻的感觉。

尤其是，当一个个被神话包装成辉煌圣殿的天体在天文望远镜下和宇宙飞船面前露出粗粝的本相，数千年来人们心目中的天国幻梦终归化为泡影的时候，倒反而觉得眼前这一方墓穴、几抔艳骨是更为实在，更可接近，更感亲切的。

我投宿的小客栈与教堂隔着一条小道，特辟的西窗斜对着三姊妹的故居，抬起头来便能望见里面的灯光。这个店主真是绝顶聪明，起码是一位文学爱好者，他懂得把视线引出石墙之外，投向那不平凡的小楼，对于专程前来的孺慕者未始不是一种欣慰。整日的旅途劳顿，我颇感两腿酸痛，眼睛也有些昏涩了，原以为只要脑袋贴上枕头就会呼呼睡去。谁知，躺下之后经过一番静息，困意反而消遁了，辗转反侧，优哉游哉，无论如何也摆脱不了对面那座小楼——那楼上不灭的光焰的诱惑。

不知什么原因，在这里住下，居然有一种岁月纷纷敛缩，转眼已成古人，自己被夹在史册的某一页而成了书中角色的奇异感觉。睡眼迷离中，我仿佛觉得来到一座庄园，一问竟是桑菲尔德府……忽然又往前走，进了一个什么山庄，随着一阵"嘚、嘚"的马蹄声，视线被引向一处峭崖，像是有两个人站在那里……翻过两遍身，幡然从梦境中淡出，我再也躺不下去了，看了看表，还差十分钟后半夜三点。

于是，起身步出户外，循着石径直奔纪念馆的灯光走去。夜风卷起了散落在阶前的黄叶，天空云幕低沉，不见一丝星月的毫光。视域里暗夜茫茫，即使没有墙垣遮蔽，左侧墓地上的碑碣也无法看清，只有几株高大的枫香、梧桐晃动着黑黝黝的树冠，发出阵阵林涛的喧响。两只寒鸦惊起后聒噪了几声，很快又在枝间落定，一切复归于静穆。

故居与教堂墓地之间的石径不过五六十米，一如勃朗特姊妹短暂的生命历程，而其内涵却是深邃而丰富的。其间不仅刻印着她们的淡淡屐痕，而且，也会浸渍着情思的泪血，留存下她们心灵的轨迹。

一遍又一遍，我往复漫步，觉得好像步入了 19 世纪的三四十年代，渐渐地走进她们的绵邈无际的心灵境域，透过有限时空读解出它的无尽沧桑；仿佛和她们一道体验着至善至美而又饱蕴酸辛的艺术人生与审美人生，感受着灵海的翻澜，生命的律动。相互间产生了心灵的感应，一句话也没有说，却又像是什么都谈过了。

夜色无今古，大自然是超时间的。具体的空间一经锁定，时间的步伐似乎也随之静止，我完全忽略了定时响振的教堂钟声。脑子里不停地翻腾着三姊妹的般般往事，闪现出她们著作里的一些动人情节。在凄清的夜色里，如果凯瑟琳的幽灵确是返回了呼啸山庄，古代中国诗人哀吟的"魂来枫林青，魄返关塞黑"果真化为现实，那么，这寂寂山村也不至于独由这几支昏黄的灯盏来撑持暗夜的荒凉了。

噢，透过临风摇曳的劲树柔枝，朦胧中仿佛看到窗上映出了几重身影，——或许三姊妹正握着纤细的羽毛笔在伏案疾书哩；甚至还产生了幻听，似乎一声声轻微的咳嗽从楼上断续传来。霎时，心头漾起一脉矜怜之情和深深的敬意。

## 二

　　天阴得更沉了，漫空飘洒起蒙蒙的雨雾，茫茫视域里一片潮天湿地。我简单地用过早餐，便急匆匆地一头钻进了想望已久的勃朗特纪念馆。这里资料比较丰富，实物也不少，几个展柜中都珍藏着手迹、书稿，衣橱里存放着夏洛蒂穿戴过的衣服、鞋、帽，厅堂里摆着艾米莉弥留之际躺过的沙发，还有安妮最珍爱的摇椅，各个居室的布置也都保持原貌。

　　当然，作为历史的再现，它所撄攫人心，令人徘徊瞻顾、穷究深索的，还不是主人一般的视听言动的遗迹，而是那种形而上的超越时空界隔、具有普遍意义的创造精神，是获得永恒价值的鲜活灵动的艺术氛围，是三位文学精灵的超常的智慧和恒久的魅力。

　　就艺术而言，作品对于作家及其创作背景具有相对的独立性，但它毕竟是某种现实的反映或心灵的再现。即使是一个普通的有机体，也还要考虑它的遗传基因和环境条件，何况一部作品乃是作家心血的结晶，灵魂的副本，是一个激情过于饱满的心灵的不可抑制的外溢。这样说来，人们自然会提出一个问题：三姊妹固然属于天纵奇才，但她们的成功是否也有现实的踪迹可寻呢？

　　从画像上看到，夏洛蒂一头短发，一双大而奇特的眼睛止水般的宁静，身材瘦小，举止稳重；艾米莉个头略高，一副神经质，不胜羞怯似的，显得落落寡合；她们的妹妹安妮长着一双略带紫罗兰色的蓝眼睛，面孔富于表情，意态有些矜持。三姊妹的体质都十分孱弱，患着同样的结核病。死神一直在这个家庭里猖獗肆虐，七年间三姊妹先后弃世，分别得年三十九岁、三十岁和二十九岁。

　　勃朗特一家基本上处于与世隔绝状态，一向清贫寒素，三姊妹童年是在寂寞与凄苦中度过的，但精神世界并不空虚。父亲是一位牧师，性格有些乖戾，却酷爱文学，出版过诗集，早岁周游各地，带回许多文学名著；母亲也是天资颖慧的，只是年纪很轻就去世了。三姊妹上过几年学校，由于赋性孤僻，与其他女孩子很少交往，更多时间是在家里自学，由父亲给她们讲课，或者跟随阅历丰富的女仆在荒原上闲步，听讲一些带有原始意味、充满离奇色彩的逸闻轶事。

　　从而她们相信，早些年仙女们经常在月色溶溶的夜晚来到溪边沐浴，后来山谷间种下了钢筋铁骨，长出一幢幢四四方方的厂房，仙女就再也不来了。她们从老女仆那里了解到社会上各色人等的生活方式和百式百样的人生厄运与家庭悲剧。

三姊妹的创作活动，早在十二三岁时就开始了。她们编撰了许多想象奇特、内容荒诞、语言夸肆的传奇、戏剧与诗歌，把它们刻印在自己编辑出版的"杂志"上。展柜中陈列的大量火柴盒、纸烟盒般大小，字迹像米粒似的纸片，便是夏洛蒂及两个妹妹当时的手稿。对于现实生活中所缺少的，孩子们大都喜欢通过想象编结一些美丽的幻梦来加以补偿；而孤独、寂静的环境又有利于孩子们养成沉思、幻想的习惯。她们把听来的外界的离奇诡异的传说，偶然接触到的各种社会现象，经过剪裁梳理、虚构夸饰，编织成有趣的文学"梦幻之网"。

长大之后，绝大多数时间，她们也还是离群索居。除了闷在房间埋头创作与绘画，就是在荒原上长时间地散步；走累了，便坐在山坡上石楠花丛，双手托腮，眼睛定定地盯着下面的村落，仿佛要把隐匿其间的一切神奇诡秘窥察个水落石出；或者仰首苍空，望着变幻多端的云朵，扑扇着幻想的羽翼，展开丝丝缕缕、片片层层的遐思。这时，她们就觉得心胸、眼界也像苍空、碧海一般的辽阔。

看来，三姊妹都属于马赛尔·普鲁斯特所说的"用智慧和情感来代替他们所缺少的材料"的作家。她们常常逸出现实空间，凭借其丰富的想象力和超常的悟性遨游在梦幻的天地里。

她们的创作激情显然并非全部源于人们的可视境域，许多都出自有待后人深入发掘的最深层、最隐蔽、也是含蕴最丰富的内心世界。可以说，这大大的荒原和小小的石屋只是托起她们那波诡云谲、万象纷呈的内宇宙的一个支点，不过是在奇光幻影的折射下所展现的环境的真实。

在一个个寂寞的白天和不眠之夜里，她们挨着病痛，伴着孤独，咀嚼着回忆与憧憬的凄清、隽永。她们傲骨嶙峋地冷对着权势，极端憎恶上流社会的虚伪与残暴；而内心里却炽燃着盈盈爱意与似水柔情，深深地同情着一切不幸的人。她们一无例外地抱着理想主义的浪漫情怀，渴望得到爱神的光顾，切盼能像同时代的女诗人伊丽莎白·勃朗宁那样拥有一个情投意合的理想伴侣。

可是，她们却又高自标置，绝不俯就，要求"爱自己的丈夫能够达到崇拜的地步，以致甘愿为他去死，否则宁可终身不嫁"。这样，现实中的"夏娃"也就难于找到孪生兄妹般的"亚当"，而盛开在她们笔下的、经过她们浓重渲染的爱情之花始终不能在实际生活中展现，只能绽放于各自的蒸腾炽热却又虚幻渺茫的想象之中。这确实是最具悲剧意味、令人无限伤情的事，千载以还，谁人能不为之倾洒一掬同情之泪！

她们只是艺术家而不是思想家，作品中除去一些鲜活的形象和耐人寻味的意蕴，看不出什么微言大义，也谈不上号角和火把。里面也蒸腾着血的气流，飞扬着爱的旗帜，但总体来说，她们对于社会、人生、爱情、事业所持的往往是悲观的态度。

在当时特定的历史条件下，恰恰由于借助这种悲观的哲学视角，使清醒的头脑、冷峻的思维获得了独特的第二视力，——从局部、暂时的平静想到整个社会的动荡不宁，鸡鸣风雨；透过花团锦簇的表面繁华看到人生背后的惨淡、悲凉；在看似正常的现象中察觉出荒诞的本质。

艾略特等西方现代诗人曾经从象征意义上写到了荒原，用以昭示资本主义繁荣景象后面人性的荒漠化。而勃朗特姊妹笔下的荒原则基本上是写实，却也同样是深邃的意象。

其实，艺术的力量说到底是生命的力量。任何一部成功之作，都必然是一种灵魂的再现，生命的转换。勃朗特三姊妹就是把至深至博的爱意贯注于她们至柔的心灵、至弱的躯体之中，然后一一熔铸到作品中去。这种情感、意念乃至血液与灵魂的移植，是春蚕般的全身心的献祭，蜡炬似的彻底的燃烧。

作品完成了，作者的生命形态、生命本质便留存其间，成为一种可以感知、能够抚摸到的活体。而当读者打开她们的作品时，便像是面对面地与之交谈，时时感受到她们的生命气息，在分享着生命愉悦的同时，也充分体验到一种强烈的生命冲击。所以说，读她们的作品需要用整个心灵，而不能只靠一双眼睛。

三

追求生命的永恒，原是人类最带本能色彩、也最具本质意义的一种向往。

可是，勃朗特三姊妹的一生却是十分短暂的。这对于作家来说，无论从生活阅历、生命感悟、经验积累、时间延续哪方面看，都是一种难以超越的限制，无法补偿的损失。但这只是一个方面，还有比生命长度更为重要的因素，那就是生命质量和生命价值。

就此而言，英年早逝的勃朗特三姊妹和许多遐龄高寿的文学大家相比却是毫无逊色的。高度浓缩的一生使她们迅速开花、成熟、结实，一二十年间便展现出绝世的才情，留下了惊人的创获。如同三颗联袂横空的陨星，在穿越大气层的剧烈摩擦中，刹那间放射出夺目的光焰，自尔神采高骞，无愧于星月辉煌，云霞灿烂。

与她们同时代的英国著名诗人马修·阿诺德写过一首题为《哈沃斯墓园》的诗，在深情悼惜勃朗特姊妹超人的智慧、非凡的热情、强烈的情感之余，称许她们为拜伦之后无与伦比的天才。作为一个文学群落，"三姊妹现象"在世界文学史上是仅见的。难怪有人说，她们的出现是近代的一则神话。直到今天，西方还有人称她们为"文学的斯芬克斯"，一个难解的谜团。

有一类作家是专门向着人类心曲说话的，他们往往以任何时代都能理解、都可以交流的旷世知音为倾诉对象。这种远离群众活动方式的选择，决定了他们一生都将在寂寥、孤独中度过。如果能够幸逢知己，即使生非并世，时隔百代千秋，也足以慰藉其傲骨、孤魂于重泉厚壤。

中国汉代文学家司马迁读了屈原的《离骚》，不禁血脉偾张，深心向慕，"悲其志，想见其为人"；唐代诗人杜甫暮年出蜀，过宋玉故宅，睹其遗迹，感其生平，一时悲从中来，发出"怅望千秋一洒泪，萧条异代不同时"的苍凉浩叹。过去，我同许多文学朋友一样，每当展读《简·爱》和《呼啸山庄》等文学名著，或者观看据此改编的影视作品，都为其恒久的魅力、高蹈的灵思而深情仰慕，由衷向往。今日天缘得便，有幸止宿于勃朗特姊妹的故宅与墓地之旁，更是生发出一种幽冥异路，觌面无缘的悲慨。我们何止是"异代不同时"啊，而且还远隔重洋，迢遥十万八千里！但我深信，作为文人，彼此的心路都是汩汩相通的。

按照钱钟书先生的说法，文学"邻近着饥寒，附带着疾病"，操此业者皆为"至傻至笨的人"。引为自豪的是，我们这些"至傻至笨的人"从事这种最艰辛的"创造意义"的劳作，竟然都是自觉的选择，全身心地投入。我从三姊妹对文学的宗教式虔诚和"之死靡它"的献身精神中体验到一种情志的互通和心灵的感应。

天色转晴，和煦的秋阳钻出了云层，枫香筛下来片片光影，教堂的七彩玻璃上映射着耀眼的光芒。"叮叮当当"，一阵钟声响起，不知不觉中已经到了上午十一点，时间过得真快呀！还有几十分钟就要登上返程的班车，告别芳邻，同三姊妹说声"再见"了。为了永不忘却的纪念，我请人拍摄了两张同故居的合影。回过头去，又凝神瞩望了好一会儿，想让这座不寻常的建筑牢牢嵌入我的记忆之窗。还有一桩要事，就是参谒夏洛蒂和艾米莉的墓地。走进教堂，我屏息敛气，放轻了脚步，穿过一排高大的拱柱，在玫瑰窗下的高台上看到那块刻录着勃朗特一家人辞世年月的特制石板，而左侧地面上就平放着标示两姊妹埋骨位置的铜质墓碑。我把事先准备好的一束鲜活俏丽的石楠花虔诚地放在上面，权当作心香一炷。金光璀璨的碑铭与紫里透红、生意盎然的鲜花相映生辉，令我悲欣交集。

一百五十三年前，在艾米莉生命的最后时刻，姐姐夏洛蒂想到应该给她献上一束平日她最喜爱的石楠花，——尽管寒冬时节花容惨淡，枝叶枯萎，但她还是撷采盈掬。遗憾的是，此时的艾米莉已经神情木然，什么也认不出来了。

对着墓碑和鲜花，我低声吟诵着《呼啸山庄》结尾的一段话："我在那温和的天空下面，在这三块墓碑前流连！望着飞蛾在石楠丛和兰铃花中扑飞，听着柔风在草间吹动，我纳闷：有谁能想象得出，在那平静的土地下面的长眠者，竟会有并不平静的睡眠。"

班车驰下了石头道，走出了荒原，离哈沃斯越来越远了。这是我的英伦之旅的最后一站。其间访问过不少名城胜迹，参观过一些王宫、城堡、塔楼、教堂，有的堂皇富丽，有的壮伟巍峨，有的古趣盎然。但都止于一般的观赏，"游于目而未入于心"，时日既久，便会如过眼云烟，无复忆念。

而在荒疏、僻陋的哈沃斯村，在勃朗特姊妹的故居和墓地，却经受到一番心灵的撞击，情志的交感，觉得那里跃动着不灭的诗魂，鲜活人物呼之欲出，因而牵肠挂肚，意驻神萦，留下了绵绵无尽的遐思。——看来，这一夜芳邻怕是永生永世也难以忘怀了。

# "少年版"福尔摩斯

访欧归来，由于受"时差"影响，睡眠不好，我觉得有点头痛，便趁星期天去一位从医的文友家闲坐。不凑巧，医生夫妇出去参加一个朋友的婚礼，只有刚上初中的儿子小冬冬在家。听我说头有点疼，冬冬便拉着我玩一种叫作"二十猜"的游戏，说："这样，伯伯的病就好了。"

玩法是：甲方事先确定一个谜底，它可以是人名或者物事，古今中外、飞潜动植不限。乙方在猜测的过程中可以提问，但是，如果不能在二十次之内猜中就算认输。因此，如何设问就颇有讲究，比如对方的谜底是一个人名，猜这种谜，就要考虑是今人、古人？文人、武人？活人、死人？男人、女人？中国人、外国人？实有人物还是艺术形象？一般的规律，应该是先拉大网，尽量把一些无关因素排除掉，逐渐缩小范围，步步逼近，最后直抵答案。

这天，我连续出了三个谜，都被冬冬猜中，而他出了一个却把我难住了，经过十八个回合，已经猜到是英国的一个名人，什么莎士比亚、牛顿、瓦特、撒切尔……都猜过了，一一遭到否认，最后我只好认输。冬冬狡黠地亮出谜底，一看竟是"福尔摩斯"。我说，这就有毛病：刚才已经问过"是不是实有其人"，你作了肯定的答复，因此就排除了文学作品中艺术形象这个因素。

冬冬说："福尔摩斯当然是真人了，现在还活着。"说着，他顺手拉开抽屉，找出几封信件，说是班上同学读过《红字的研究》和《四签名》之后，

280

写给这位神探的。——"不是真人、活人，同学们能给他写信吗？"每个信封上都有用英文标明的地址：伦敦市区贝克街221B。

"可惜太晚了，如果是半个月以前，我会亲手交给福尔摩斯博物馆的。"我说。

冬冬眼睛刷地一亮，"啊？王伯伯，您去过福尔摩斯博物馆了？"

"是的。"我说，"博物馆前身是福尔摩斯的私家侦探所，他与朋友华生医生在那里住了23年。"

"那是一个四层小楼，一楼是房东哈德森太太的餐馆，福尔摩斯的书房和卧室在二楼，三楼住着华生医生，最上一层是仆人的房间。"冬冬不假思索地说。

他对小说中的描述竟谙熟到这种程度，令我颇感惊讶。我告诉他，馆内的陈设正是这样。福尔摩斯的书房正对着贝尔大街，——这条大街是实有其地的，当时只有几十户人家，编号至84。作家防止读者以假当真，特意给它编了个221号。——书房的壁炉里似乎还升腾着红彤彤的炭火，旁边有两把老旧的沙发座椅，中间茶几上放着神探的前后两个帽遮的方格花呢帽子，还有平时常用的烟斗和放大镜。靠窗的方桌上摆着三部卷宗，分别是《人类社会学》《脚印与演绎推理实证》《化学分析原理》，桌旁立着一把制作精细的小提琴。

"神探常常从拉琴中获得灵感，侦破疑案。"冬冬插了一句。

我接着说，书房的隔壁是福尔摩斯的卧室，里面有一张单人床，床上放着一副手铐、一只黑色小皮箱和一件蓝色外套。楼上房间的陈列台上，放着一部老式的电话和福尔摩斯用过的左轮枪、拐杖、怀表、小刀等物件。还有大量的书信册，里面保存百余年来世界各地的来信，有要求得到福尔摩斯亲笔签名、照片和题词的，有抒发对其仰慕、向往之情的，更多的是遭遇了困难、碰到了疑问，请求神探帮助解决的。据博物馆接待员马修先生讲，这类信件每年都会接到数千封，馆里只好指派专人以福尔摩斯口吻对重点信件予以答复。最有趣的是，每逢1月6日福尔摩斯的生日，总有许多人寄来贺卡；平时他也经常收到一些请柬，邀他出席婚礼、毕业典礼或者生日舞会，等等。

我告诉冬冬，像到处都有球迷一样，世界各地都有数目可观的"福尔摩斯迷"，形成一种宗教式的崇拜的狂热，欧美许多地方都成立了福尔摩斯学会、协会、研究会。我还见过一份福尔摩斯的年谱，不知根据什么确定他出生于1854 年，说他是一个乡绅的后代，祖母是法国画家贺拉斯·凡尔奈的胞妹，继承了这一艺术血统，使他终生酷爱音乐。1872 年，接受大学教育，他专攻化学，不愿与人交际，只喜欢一个人闷在屋里苦苦思考。1877 年创立侦探所，连续接办多起重大疑案，均获成功，从而声名大振。1903 年之后宣告退休，金盆洗手，并离开伦敦到乡间隐居，从事养蜂研究，1914 年出版了《养蜂实用手册》，此后音讯全无。

听到这里，冬冬溢出一种洋洋自得的神情，摇着我的手说："怎么样，王伯伯？福尔摩斯是真人吧？"

"冬冬，我还和福尔摩斯合影了哩。他站在那里，戴着一顶前后双沿的花格呢帽，面目清瘦，眉毛浓重，鹰钩鼻子，短短的络腮胡子，围着一个长而尖的下巴，白衬衫打着黑领结，外罩一件也是花格呢的风衣，脚上穿着一双大皮靴。旁边一个老年妇女，可能是房东太太。华生医生坐在一旁看书。我走上前去准备和他握手，顺便问一声'您好'，可是，却不见他有任何反应，原来是一尊蜡像。"

"真扫兴。"冬冬喃喃地说。

其实，柯南道尔创造这个典型，并不是凭空想象的。他虽然从医，却对文学怀有浓厚的兴趣，并注重研究侦探技术，阅读过号称"侦探小说之父"的爱伦·坡、柯林斯的许多作品。在爱丁堡大学攻读医学过程中，他按照外科医生约瑟夫·贝尔的要求，对病人进行精确的观察和逻辑推理，做出准确的判断，从中受到很大启发，在脑海里形成一系列有趣的故事。于是，他就以贝尔教授为原型创造出神探福尔摩斯的形象，一部部作品陆续问世，获得了巨大成功。后来，他想停止这类题材的创作，便在《最后一案》中安排福尔摩斯在与宿敌莫里亚蒂搏斗中坠下悬崖。可是，广大读者却拒绝接受这个令人伤痛的结局，强烈要求作家想办法恢复神探的活动。这样，他只好让福尔摩斯攀上悬岩，化险为夷。可以看出这一典型人物在读者心目中的强大魅力，也说明典型人物一经创造出来，便成为社会的财富，生杀予夺之权已不能独操于作者之手了。

听说，地处瑞士迈林根的福尔摩斯遇险地，如今已经成为著名的旅游景点，当地村民在峡谷边挂了一块标志性的铜牌，游人可以乘缆车前往参观，亲身体验一番当时生死搏斗的险境。小镇上的贝克街221号，也有一座福尔摩斯故居，每逢周末还按照探案中的情节举行通宵的"恐怖之夜"活动。各个餐馆、酒店也都弥散着追怀这位神探的浓厚气息，像福尔摩斯冰淇淋、华生沙拉之类的食品随处可见。

说到这些虚拟实境和衍生产物，人们会联想起我国的桃花源、大观园之类的景物。它们本来都是出自作家的想象，并无实地可供考察、实物堪资钩稽的，但按迹寻踪、踵事增华者历代绵延不绝，以致至今各地还在为夺取它们的领有权而纷争不已，它雄辩地证明了文学的创造力多么强大，艺术的魅力何等惊人。

"王伯伯，我想了一个这样的问题，"原本活泼好动的小冬冬忽然变得凝静起来，歪着脑袋瓜像个哲学家似的，"我觉得，重要的不在于是真人还是虚构的，而在于是不是活在人们的心里。活在人们心里的，就是活人，就是真实的存在，就应该在茫茫宇宙之间拥有一席之地。说不定他们聚合在什么地方，但同样会构成一个奇妙的世界，那里住着孙悟空、林黛玉、丹麦王子、白雪公主，还有拇指姑娘和简·爱，当然还有福尔摩斯。您说是吗？"

"应该是这样。"我说。

临出门时，我问冬冬："那几封信你还往外邮吗？"

冬冬说："我再考虑考虑。"

# 悠 悠 童 话 路

一

　　几年前，因为散文集《北方乡梦》英文版和阿拉伯文版的出版、印行，我曾应邀参加过法兰克福国际图书博览会；这次，有幸旧地重游，再次来到了法兰克福。参观过歌德故居之后，便偕同一位出版公司的老总，以及德文翻译，结伴乘车出游，实现了"格林童话之旅"这一多年的夙愿。

　　格林兄弟，是大家所熟知的德国著名童话作家，他们以毕生精力，搜集、编写了二百多篇童话，诸如《白雪公主》《小红帽》《灰姑娘》《睡美人》等载入文学史的名篇，就都出自他们的笔下。这样，第一站我们就去了他们的出生地哈瑙。

　　这座拥有七百年历史的古镇，位于法兰克福以东二十公里处，车行不到二十分钟就赶到了。遗憾的是，他们的故居在第二次世界大战中毁于战火，现在，不要说地面建筑，甚至连废墟遗址也已踪迹全无；好在集市广场还有他们高大的纪念碑铜像，是一百一十多年前雕塑的。

　　雅各布·格林和威廉·格林，先后出生于 1785 年和 1786 年，在姑姑和外祖父的指导下，他们接受了最初的教育，并且开始埋种下钟情童话的种子。

故乡民众对格林兄弟怀有深厚的感情，以他们为本镇的巨大骄傲，每年都要举办多项活动纪念他们。历年五月至七月都要举办童话节，在露天舞台演出以格林童话为题材的多种剧目；到了十月文化周，这一对兄弟还会"复活"，肩并肩地现身于乡亲面前。

离开了哈瑙，我们继续驱车北行，来到格林兄弟童年期间居住过的施泰瑙。这座隐没于群山怀抱中的迷人古镇，至今仍然完好地保存着他们的故居。现在，就地辟为博物馆，在一楼展厅，我们看到了兄弟二人的生活照片、创作手稿和世界各地出版的书籍。据说格林童话在世界各地，已有一百六十种语言、文字加以传播，版本多得难以计数，这里展出的就有中国上海人民出版社和南京译林出版社印行的《格林童话全集》；二楼为音像馆，放映戏剧、音乐和童话故事动画片。我们带上了具有同声翻译功能的耳机，直接欣赏了作家的童话作品。然后，又到楼外花园的草坪上，观看了一组反映青蛙王子故事的雕塑；而木偶剧院，每个周末都要上演童话剧，因为还要赶路，就只能忍痛割爱了。

北行约一百公里，我们来到了有"小红帽故乡"之称的阿尔斯菲尔德。古城建于公元 13 世纪之初，至今建筑与街道还保存着中世纪的独特风貌。1975 年，它曾荣获"最典型的欧洲城市"的称号。二百多年前，格林兄弟整天游转在小城内外，搜集民间传说，酝酿童话故事。据说，他们在构思小姑娘、老奶奶和大灰狼的故事时，刚写到"从前有一个可爱的小女孩，谁见了都喜欢，最疼爱她的要数她的奶奶"时，看到了当地女孩身着传统的服饰、头戴小红帽的形象，立刻从中受到了启发；于是，接着写下去："一次，奶奶送给她一顶红绒线缝制的小红帽，往头上一戴，漂亮极了，从此，不愿再戴任何别的帽子。于是，人们就只管叫她'小红帽'了。"每年，这里都要围绕着这个童话故事，举办一些节庆活动。城内还有一座建于 1628 年的童话屋，为明黄色三层古典建筑。那天，我们在这里听到了童话说书人讲的《小红帽的故事》，描情拟态，娓娓动听。他一开头就说："很久很久以前，这里有一个可爱的小女孩，戴着一顶小红帽……"

## 二

我们乘车走过一长段曲折、盘旋的山路，进入了一座名为"哈比希特"的森林公园，午后计划访问此间的沃尔夫哈根小镇。

浴着暖风斜日，穿行于曲曲弯弯的窄巷，漫步在有着七百多年历史的老城里，观赏着一座座至今保存完好的桁架木屋，体验那种中世纪的小镇风情，煞是称心惬意。

这里是著名童话故事《狼和七只小山羊》的诞生地。在老集市广场上，有一处童话喷泉，旁边雕塑一只与实物等高的大灰狼铜像，肚子鼓得滚圆，现出一副痛楚难挨的窘相。原来这里有一个意趣盎然的儿童故事：

那天，羊妈妈从森林里回到家中，发现房门敞开，被褥、枕头从床上抛到地下，屋里一片狼藉。最让她着急的，是七个孩子统统不见了。她便挨个叫着孩儿的名字，前面六个没有回应；当叫到最小的孩子时，直听得暗处传来一声稚嫩的呼叫："妈妈，妈妈！我藏在钟盒里了。"妈妈走过去打开钟盒，抱出她来，听她讲述老狼怎么进到屋里，哥哥、姐姐怎么被吃掉……妈妈的悲伤、痛苦可想而知，最后她含泪走出家门，出外查看，小羊也跟在身后。

到了草地上，见老狼正在树下酣睡，鼓胀的肚皮，一蹦一蹦地跳动着，看来六只小羊还都活着。羊妈妈立刻跑回家里，取来剪刀和针线。她小心地剪开老狼的肚皮，小羊们一个跟着一个跑了出来。妈妈发令："快去搬些石块来！"这样，就在老狼肚子里填满了石块，然后再把肚皮用针线缝好。一切停当之后，老狼也醒了过来，觉得口渴难耐，便挪动着脚步，到井边喝水。边走边唱：

什么东西哗啦哗啦？
肚皮里面疼如刀扎！

原来以为羊羔好吃，

早知如此，不吃也罢！

　　读者看到这里，有的也许会发出疑问："纯粹瞎编胡扯——那个老狼怎么那么能睡？肚子都被剪开了，还不醒？"其实，他们不了解，这恰恰是童话的特点。在童话世界里，动物会说话，树木能行走，人能死而复生，身体可以刀枪不入，大手一挥，高山让路，河水倒流。童话离不开幻想，幻想总需要夸张，而且是故意的夸张；童话没有夸张，可说是寸步难行。粗枝大叶，似是而非，常常是合情而不合理——若是都合理，故事性就没有了。像儿童画似的，脑袋和身子不成比例，两只小手扎撒开，像个"不"字。这些都符合儿童的幻想心理与思维方式。

　　一般地说，一个地区之所以盛产童话传说、儿童故事，往往是由于年代悠久，传统古老；宁静、偏僻，开发较晚，人烟稀少，交通不甚发达，终年笼罩在白云雾霭之中，与世相对隔绝；而且，人文积淀深厚，有的曾经发生过奇闻逸事。我们一路上到过的童话景区，大都兼具这些条件。我们刚刚来到的卡塞尔市，二三百年前，也是这样。

　　雅各布·格林（哥哥）晚年在一部回忆录中，曾这样说："在卡塞尔的生活，是我们一生中最幸福的时期。"卡塞尔有"德国童话路的首都"之誉，他们兄弟二人，在这里居住了近三十年，此间的森林、山川、石城、古堡，特别是当地居民口耳相传的大量的童话传说，给了他们丰富的创作灵感与文化资源；而为他们提供素材、讲授故事的，又往往不限于个人，而是一个家庭或者家族。格林《儿童家庭童话集》等主要作品，都是在这里完成、出版的。因而，这个重要的所在，自然不能错过。

　　市区到处都有他们的足迹，兄弟二人于1912至1815年居住过的房子，这所当年的"童话制造工场"，现已辟为格林兄弟博物馆，里面陈列着他们的手迹和《白雪公主》《灰姑娘》等大量重点作品的极为珍贵的原稿；展品系统地介绍了他们的生平及家族的历史，也载记了后人对他们的追忆。

　　我们用了一个多小时，在华丽的展厅里，观看了两场家庭童话剧，亲炙了两位先贤的遗泽；尔后，又前往山地公园，登上新哥特式骑士古堡，参观了童话剧《白雪公主》的拍摄现场。

## 三

我们顶着瓢泼大雨，访问了童话景区萨巴堡。

刚刚出发时，还是晴天朗日，万里无云，可是，一进入威悉山区莱因哈特森林之中，天气陡然晦暗下来，雷鸣电闪，雨脚如麻，暴雨裹挟着冰雹，敲击在车窗玻璃上，叮咣作响；四周迷茫一片，雨水迅速汇成溪流，道路泥泞难行，又赶上对面来车，双灯灼灼如炬，令人眼花缭乱。

坐落在老城里的古堡，已经被拉到眼前，但视线模糊不清，直觉得阴森可怖。据气象部门说，这里有一个小气候，说不定什么时候，就会来一阵疾风暴雨；而在践行"童话之旅"的我们看来，这恰恰是酝酿梦幻、展现奇观、产生灵感的绝佳境域。

半个小时过后，终于云散天开。于是，我们踏着摇晃的木板，登上了"睡美人"所在的中世纪古城堡，去看望那个躺在高达三十五米的塔楼上，悠悠沉睡了一百年的"睡美人"。

童话故事很长，概括地讲，就是：

国王和王后生下了一个非常漂亮的女儿，喜不自胜，便请客庆祝。亲戚、朋友之外，还邀来了十二个女巫师，可是却漏掉了一个，这第十三个女巫师怀恨在心，蓄意进行报复，恶毒诅咒女孩必将昏睡过去，一睡就是一百年。结果，一切都成了现实。

王宫内外，荒草离离，四周长满了蒺藜棵，最后竟将整座宫殿遮蔽得严严实实，甚至连屋顶和烟囱也看不见了。一天，一位王子踏上了这块土地，听白胡子老人讲起沉睡公主的故事；还说，过去有许多公子王孙、豪门贵胄来过这儿，他们都想去探望这个"睡美人"，但都被蒺藜棵缠住了双腿，困在里面死去了。

听到这里，这位王子说："所有这些都吓不倒我，就是拼上一死，也要见到公主！"

这天，时间正好过去了一百年。当王子来到蒺藜棵前，所见全是盛开着美丽花朵的灌木丛，他很轻松地穿过了树篱，最后到达了王宫，看见大院内猫狗躺在那儿沉睡，马厩里的马也在沉睡，屋顶上的鸽子将头埋在翅膀下沉睡；走进王宫里，看见墙上的苍蝇在沉睡，厨房里的厨师也在沉睡。一切都静得出奇，连自己的呼吸都清晰可闻。终于，他踏上了古老的芙蓉楼，推开公主的房门，见到公主正在酣然睡去，双眉微挑，粉靥轻红，美艳动人，他看着看着，禁不住俯下身去吻了她一下，谁知，就这一吻，竟把公主唤醒过来。她张开双眼，透着盈盈笑意，充满深情地注视着他。于是，王子抱起她来，一起走下了宫楼。

下面的情节，自然是有情人成了眷属；但是，也有人说，又出现了波折。这且不管，反正"睡美人"已经醒了。

现在，这座古堡深宫，由于幽深僻静，又有美女的传说，成了一对对热恋着的情侣约会之地，每年，都有上千游客前来观光。

出了萨巴堡，绕道东行，便到了著名的大学城哥廷根，在这里，看到的是另一类型的"百年之吻"。

这是一座历史文化名城。建于1734年的哥廷根大学，是德国最古老也是最知名的最高学府之一。由于曾经培养出三四十名诺贝尔奖得主，在国际上享有崇高的盛誉。格林兄弟曾经在这里执教八年，至今墙壁上仍然印有他们头像的浮雕，这也是它盛名远播的一个原因。中国著名学者季羡林先生，曾在这所高等学府学习、工作达十年之久。

那么，"百年之吻"是怎么回事呢？

原来，1901年，哥廷根大学根据格林童话，在政府广场上塑造了一尊美妙无比的牧鹅少女的铜像，底座安置在一个喷水池中。童话故事有多个版本，最流行的说法是：心地善良的公主，带着女仆出嫁到远方，不料，这个女仆居心险恶，蓄意倾陷，使公主遭受无情打击，最后沦落到终日在田间牧鹅。

后来，信息传递到国王那里，予以施救，终于恢复了公主原来的身份。

故事比较一般，有些落入"佳人落难得救"的俗套；但是，塑像却具有极高的艺术水平——少女身穿长裙，微低着头，神态安详，状若仙子，身旁还有一只白鹅相伴。那绰约的丰姿，甜美的笑意，青春荡漾，玉貌花容，赢得了无数人的青睐。尤其是哥廷根大学的博士研究生，每当他们通过答辩、学位证书到手的一刻，都会头戴博士帽，在亲友的陪同下，乘坐花车，专程到这里来亲吻少女的面颊。结果，百多年来，少女的脸颊被吻得精光闪闪，铮明透亮。

每天，从早到晚，游客如织，四周布满了水果、花卉小摊，热闹非凡。据导游员说，每到情人节，城内的许多单身男士，都前来向牧鹅少女献上鲜花，表达其殷殷盛意和耿耿痴情，以致市政部门要由专人清理，最后把这上万束鲜花转送到孤儿院去。

## 四

告别了哥廷根，我们继续驱车北上，两个小时之后，便来到了以花衣吹笛人和老鼠为标志的小城哈默恩。

在述说城内游踪之前，先讲一段童话故事。故事的原型，或者说"本事"，发生在 1284 年，据说是实有其人，实有其事。后来，格林兄弟前来采风，听到之后加以整理，其后，又经过当地民俗学家的重重演绎，踵事增华，就成了一个有头有尾，活泼有趣，既富传奇特色，又有警世价值的著名童话——

很久很久以前，那时的哈默恩，还是一个不太大的村庄，这一年，突然发生了"鼠害"：老鼠迅速繁殖，遍布村内处处，各家的衣物、被褥、粮食、面粉、奶酪、书籍，地里的蔬菜、水果，全都遭到它们的糟蹋、破坏，墙壁、地板，到处都是鼠洞，甚至天棚上也絮满了鼠窝；为了寻找食物，连鸡鸭、猫狗也被咬伤致死；有的母亲防范不周，婴儿竟也被老鼠咬掉了耳朵。鼠害一天甚似一天，人们都说：除了迁徙他乡，别无出路；可是，祖祖辈辈，上下千年，实在不忍心离开，何况，这里山清水秀，物产丰饶，堪称人间福地，怎么割舍得了！

就在村民一筹莫展、无计可施之际，从城里过来一个穿着红黄相间的条纹裤褂的吹笛人。他对村长说："只要付给我五千马克，我就能把鼠害根除。"村长开始不信，后来看他说得十分肯定，便高兴地满口答应："只要能够制服老鼠，五万马克也不在话下。"

这样，花衣吹笛人便走向了街头，随手拿起挂在胸前的风笛，嘀嗒嘀嗒地吹奏起来。开始还不见什么动静，半个时辰之后，便发现老鼠随着笛声的吹奏，一个跟着一个，陆陆续续奔跑出来，屋里的，院落的，田间的，尽数跟随这悠缓的笛声，争先恐后，密密麻麻，汇成一条灰色的暗流，奔涌而去。最后，全都跳进威悉河里，被翻滚的浪涛卷走。

消除了鼠害的村庄，连日狂歌醉舞，沉浸在一片欢声笑语之中。这边的吹笛人静静地等着村长兑现承诺。可是，村长却舍不得支出巨额的钱款，只是淡淡地说："是老鼠自己跳进河里的，与你吹笛子无关。"吹笛人听了，气恼地说："对于不讲信用的人，我半个眼睛也瞧不起。你会为失信付出惨重的代价，你会后悔的。"说着，就扬长而去。

两天过后，吹笛人又出现在街头，照样操起那支笛子，嘀嗒嘀嗒地吹奏起来。这次，是全村的孩子，欢跳着跟随在他身后，半个时辰过去，一百三十个儿童全部到齐。于是，吹笛人带领他们进入了西边的威悉山；然后，吹了一个高音，岩石上立刻开出一个门洞，待他们全部进去，洞门就哗啦一声锁上了。

任凭家长们怎样号啕大叫，捶胸顿足，关门深闭，寂然无声。从此，再也没有这些儿童的信息了。

我们到了哈默恩小城——如今这里已经由偏僻的小村落发展成一个具有相当规模的城镇了——看看日轮很高，距离天黑尚早，便先去游览了威悉山，但见林木葱茏，却没有关隘、洞口的痕迹；威悉河洪流翻滚，涛声依旧，河岸边的建筑物上，到处都涂有老鼠的标识。马路上，也同样刷印上清晰的"鼠迹";城内面包店都出售老鼠形状的面包,商店里也有许多和老鼠相关的纪念品。旧市区南边转角处,有一栋石造建筑物,传说吹笛人等候讨债,曾在这里落过脚,现已改作餐厅,生意十分红火;旁边一条小巷,有标志说,就是当年儿童失踪前聚集的地方,至今这里仍然保持禁止跳舞嬉闹的传统。旧城街道中心矗立着一尊花衣吹笛人的雕像,石座四周雕满了各种形态的老鼠,许多儿童围着观看,有的还合影留念。他们料应知道由于村官失信致令孩子遭殃的陈年往事吧?

两天时间里,我们沿着格林兄弟的足迹,访问了上述十个著名景点,获得了宝贵的艺术滋养与精神享受。按照"独乐不若与人乐"——快乐应该与众分享的中国古训,我觉得有必要把一路上的亲见亲闻以及个人感受到的快乐与情趣记下来,同各位读者作亲切的交流。最后,以一首调寄《满江红》(步岳飞词韵)作结:

> 向往格林,童话路,追随未歇。抬望眼,奇观胜境,诗怀浓烈。地母搴裳极乐土,天神弄影澄波月。看等闲现出万花筒,情真切!赏"红帽",忆"白雪",喜羊活,笑狼灭!喜牧鹅少女,百年无缺。悦耳笛声除鼠患,俯身热吻倾心血。漫回眸,公主舞霓裳,芙蓉阙。

# 叙 利 亚 听 歌

一

听说我从叙利亚访问归来，早饭后，友人辛风带着他的刚从北京外国语学院毕业的小女儿辛玲过来闲坐。玲玲学的是阿拉伯语，属于小语种；但就业形势很好，已经有两个单位与她取得联系，不日即可签约了。这次过来，也是为着了解一点阿拉伯地域的风情。

我从行李箱里，翻出了几份有关阿拉伯世界的资料，还有一个音乐光盘。辛玲看了光盘上的文字，告诉他爸爸：这是在阿勒颇灌制的。我说，你讲的很准确，我正是那天晚上，在阿勒颇古堡梯形剧院听歌后，当场花了六十叙镑买到的。

父女俩听了，兴趣很浓烈，要我讲讲那里的情况。我说：

我们辽宁省友好代表团，一个星期以来，先后访问了包括首都大马士革在内的叙利亚四个大城市，算是领略了它的全部腹腴之地。这天午后的活动内容，是参观阿勒颇古城堡。连日来，不断地刮着热风，飞着黄沙，弄得人们心里无比烦闷。可是，一进阿勒颇市区，就赶上一场小到中雨。地面湿润了，连日的干热为之一扫。草坪、绿树被浇掉了灰尘，显出几许葱茏的生意。

　　阿勒颇位于叙利亚共和国西北部，是中东地区最古老的城市之一，过去是美索不达米亚平原通向地中海的交通要站，中世纪时期，又是"丝绸之路"上东西贸易往来的通衢要地。我们参观的古城堡，原本是古巴比伦王国和亚述王国神庙的所在地，耸立在城中心一座锥形的小山上，周围是一条深二十米、宽三十米的堑壕；从沟底到城墙顶端高达六十五米。我们穿过一座方形塔楼和吊桥，进入城墙的正门。入口处共有三道大铁门：第一道门因为雕有两条互相盘绕的巨蛇，而被称为"蛇门"；第二道门雕有一对狮子，面对面地坐着，显现一副威严肃穆的神态；第三道门也雕有一对狮子，一只笑着，一只哭着，情态逼真，其义未能索解。

　　暮色苍茫，过往行人全部笼罩在雨纱、雨网、雨幕中，可是，当地游客却很少有打伞的，一个个从容闲步，任凭衣服、头发淋湿。他们对雨有一种特殊的感情，说"不是下雨，是降金元、落银米啊！"陪同的东道主问我："你们也喜欢雨吗？"我说："我们更喜欢春雨——'杏花雨，仓里米'，春雨贵如油。"我们代表团里有个张云女士，说得一口流利的阿拉伯语。东道主说，是她给这里带来了喜雨。我们便说，那就干脆把她留在这里吧，让她当沈阳驻阿勒颇"气候领事"，专门负责改造干旱天气。

　　辛玲听了，拍着手，笑说："王叔！那我也去。"

　　我说："不过，可要屈尊了，只能当副领事。"

　　她爸爸说："别捣乱，听你王叔讲。"

　　于是，我就讲述了那天晚上听阿拉伯音乐的景况。

二

　　晚九点三十分，由省长、副省长——阿勒颇是个省，与我们相对应——陪同我们一行，在古城堡梯形剧场欣赏阿拉伯音乐与歌曲。

　　一开场，就上来一位精神矍铄的歌手，年纪在六十岁上下，据说是全叙驰名的功勋歌唱家。只见他怀里抱着一个类似冬不拉的弹拨乐器，一边弹着，一边放声歌唱，旁边还有三个青年歌手伴唱。乐队分列两旁，左边是一位乐师坐着弹琴，另一个人站着敲击手鼓；右边两个人都坐着，一吹长箫管，一奏小提琴。歌声与器乐，优美、和谐，配合默契。这位老年歌唱家整个身心都投入到了音乐所表达的境界中去。苍凉是歌声的基调，但听了并无衰飒、悲戚之感，而是越唱越是浩邈、激越、雄豪、闳阔，令人觉得像是置身于广漠，面对着苍天，又仿佛是在眺望大海，或者驰骋草原。虽然听不懂歌词，也不清楚歌曲的名字，但那开阔的音域、绵长的韵律、舒缓的节奏、悠远的意境，便是一辈子也难以忘怀，现在好像还回响在耳边。令人玄想无穷。

确是这样。那天晚上，听着听着，我就进入了一种畅然冥想的境界：天空流云成阵，白日如盘。一个骆驼长队，在起伏的沙脊上，沉重地迈着缓慢的步子，不知其所自来，也不晓得要到哪里去，似乎既没有起点，也没有终点，只是茫茫然行走着。耳畔，伴着阵阵驼铃，响起上达苍天、下连瀚海的无限苍凉、幽邈的歌声。此刻，即便你胸中积蓄着重重心事，有再多的郁结不舒，听了这种歌唱，也会得到化解，引导你进入一种平和的心境，精神顿时安定下来。

友人辛风接着补充了一句："同样是邈远，同样是苍凉，但是，沙漠地区的音乐与草原地区的不一样，草原的回旋柔和，抒情味浓，而沙漠地区的则显得加倍的苍凉、闳阔。"因为他年轻时曾在新疆生产建设兵团工作过，对沙漠和草原都有直接的体验，所以，说得非常到位。

我说，意大利的小说家卡尔维诺，在《看不见的城市》中，借马可·波罗之口说过一句名言："回忆的形象，一旦用语言固定下来，那它的形象便消失了。"现在正是这种情况。许多形象的东西都被我讲丢了。咱们还是打开光盘，实际听一听吧。

于是，我们就在电脑上把这张原装的叙利亚音乐片放了一遍。

"叙利亚音乐艺术，主要起源于阿拉伯先祖贝都因人。"我问玲玲："'贝都因'是阿拉伯语吧？"

辛玲说："是的，词意就是'游牧的民族'。"

"这个游牧的民族，成年累月在广袤的沙漠上游走，逐水草而居，完全融合到大自然之中，和大自然同呼吸，共命运，有着血肉的联系。他们居住在用兽皮缝制的帐篷里，日常饮食全都从骆驼和滩羊身上索取；人们性格剽悍，骁勇好斗，却又特别热情好客，哪怕是接待一个陌生人，也会拿出最美味的食品；但时间观念不强，甚至可以说缺乏时间观念。朝霞晚照，月夜星晨，他们过着无拘无束、与世隔绝的生活；眼中所见、耳畔所闻，都是风走沙鸣，鸟啼兽吼，号角驼铃。这个习惯于寂寥独处的族群，世世代代，从这种自然天籁中，汲取灵感，寻求乐趣，获得神示。这样，音乐就成了他们生活中的重要组成部分，也是他们与生俱来的天赋，整个民族共有的特长。"

## 三

那天，走出剧场，时间已是十一点。省长通过翻译告诉客人："咱们找一处高雅、干净的地方，吃夜宵。"

这是一个较为高级的餐馆，屋里已经坐上了很多衣帽整洁的男女食客；设施倒是比较简单，一律是长条木桌，对面坐人。首先端上来的，是凉菜、果蔬、饮料，还有面包、烤片；接着，是烤制的牛、羊、鸡肉；最后，上的是主食，新烤出来的大饼：原本是一个小面团，发酵过的，略一拉平之后，送进烤炉烤过，一下子成了暄蓬蓬的一张大饼。大家可能是饿了，"三下五除二"就"消灭"一张，然后交口称赞它的味道甜美。席间，有一种类似我们的麻酱，蘸了蔬菜味道很好，还有橄榄油，也颇受欢迎。大饼，吃了一张又一张，啤酒、酸奶、饮料，喝了一瓶又一瓶，肚子已经"武装"得差不多了。突然，侍者又端上来两大铁盘烤出的羊肉馅，里面伴有西红柿、青椒、橄榄油，甘香扑鼻，带有极强的诱惑力。于是，我们便又扯起大饼，照东道主省长的吃法，一块块地撕碎，然后往肉馅上一摊，用三个指头捏起，再送进嘴里。须臾间，两大盘肉馅已经见了底。

这时，省长又向客人交代：刚才在剧场看的音乐节目，过于严肃，也有些苍凉；现在，再补充一些欢快的歌舞。

说着，他就带头下了舞场。也许是有意安排，场间都是一些上流社会人士，有企业家、医生、律师、公务员，一般都带着夫人或者情人。先是跳交际舞，一手揽腰，一手搭肩，两人对舞，多是肚脐相对，上身不贴，一般都是女人比较活跃。然后是两人站在对面，只摆动手势，脚微微跳起，而眉目传情，姿态也十分优美。只是有一对舞伴不太和谐，女人总是顺着男人脖子后面，盯着另一个男人；另一对舞伴，女士对身旁的男人勉强应付，似乎在寻找机会，摆脱掉他；也有的女士，偶尔同别人打个招呼，尔后便全神贯注地同自己的伴侣翩翩对舞。

开场时，省长曾礼貌地挥手致意，邀请我们入列，但考虑到情况生疏，礼节不熟，不想贸然介入，便善意地加以回绝，主人也并不勉强，一切都顺其自然。

紧接着，民歌专场开始了。男女歌手们完全沉浸在一种迷狂、沉醉状态中，仿佛忘记了观众，也忘记了时间。《墙上的镜子，请你下来》《睡吧，小宝宝》……一支接一支地唱个没完。歌手极度投入，摇头闭眼，目中没有任何东西，也不知今世何世，今夕何夕，完全处于一种自足、自娱状态。

我最欣赏的，是一首名为《你呀，你呀》的叙利亚民歌。青年男女对唱，像一双欢快活泼的画眉鸟，嗓音嘹亮，美妙动听，喉头宛如装着个小唢呐，无比高亢、清脆，使全场听众为之倾倒。他们以非常完美的唱腔，形象地表达了一个小伙子对爱情的执着与忠诚，对姑娘的倾心爱恋与热烈追求。通过反复咏唱，小伙子的真挚、直率、热情、尴尬，以及那种爱而不舍、急而不躁、气而不恼的复杂情感，表现得淋漓尽致，惟妙惟肖；听众完全被带进一种欢欣愉悦的气氛中。

我的话音刚落，玲玲就站起来，一边唱，一边做着表演——

　　姑娘你好像一朵花
　　美丽的眼睛人人夸
　　姑娘你和我说句话？
　　为了你的眼睛
　　我到你家？
　　你把我引到了井底下

割断了绳索

就走开啦

你呀

你呀

……

　　这首广为流传的叙利亚民歌，在我们国内的电视台曾经多次播唱，我就看到过著名女高音歌唱家于淑珍的演出。在校期间，玲玲也曾在音乐会上演唱过。全部歌词轻松活泼，节奏明快，风趣乐观，委婉动听，生动诙谐。这是三段中的第一段。

　　那天在阿勒颇的聚会，长达四五个小时，回到住地，已经是深夜一点半了。当地人传统上都属于沙漠民族，而沙漠地区白天骄阳似火，夜间清爽宜人，所以，许多集会、歌舞活动都安排在晚间。这天又正赶上周六，第二天是星期日，因此，东道主乐于陪同远方来客，作长夜之欢。

　　席间，省长入座，和普通观众一样，毫无特殊之处；进场出场，也完全按照顺序，没有人予以特殊服侍、关照，这都给人留下了很好的印象。

# 东 瀛 观 剧

    看到这个题目，读者也许以为我在日本观看了松山芭蕾舞团演出的《白毛女》，或者欣赏了"前进座"的组织者、著名演员河原崎长十郎主演的《屈原》，再不就是观摩了熔音乐、舞蹈、故事于一炉的歌舞伎。不，都不是，我看到的是由形形色色的机器人表演的戏剧、美术、音乐节目。

    机器人也会演剧？会的。按照中外的古代传说，"他们"早就登上舞台了。中国古代典籍《列子·汤问》记载，三千年前，中国有个名叫偃师的人，用木头制成一个形态逼真、有感觉、会说话、能跳舞的伶人，献给了当时的天子周穆王。穆王为"她"的优美舞姿和楚楚怜人的神态所迷惑，竟像对待真人一样，深致其渴慕、爱恋之情。两千多年前，在亚历山大——马其顿的古都，曾有一家机械木偶人剧院，那里的由古希腊科学家赫龙发明、制作的机械木偶人也能说话和表演各种动作，一时轰动全城，震惊朝野，人们都以为是妙法天授，神祇显灵。

    不过，"机器人"这个名称的出现，却是近几十年的事情。捷克斯洛伐克作家卡雷尔·查倍克在他创作的剧本《罗莎姆万能机器人公司》里，描写这个公司制造了一种既听话，又勤劳，能干活，一台可以顶替两个半工人的机器人，投入使用后，使劳动生产率猛涨，利润成倍增加，因而受到资本家的青睐。但却遭到各国劳动者的激烈反对，因为机器人夺走了他们的饭碗，造成大量工人失业。他们联合起来举行罢工，并捣毁了许多机器人。资本家见势不妙，便组织机器人军队屠杀和镇压工人。正当工厂主举杯欢庆胜利的时候，躁动不安的机器人又起来造反了。他们声称，要结束人类对机器人的统治；机器人要取代人类，成为世界的主宰者。结果，人类惨遭屠杀，只有罗莎姆公司的机器人设计师幸免于难。出于正义感和爱心，他设计出两种专能制伏原有机器人的新型机器人。于是，一场新的鏖战又开始了……

当然，这是一部科学幻想剧，它同《未来世界》中惟妙惟肖的"700型"，同胸储十万马力，身怀七大神力的铁臂阿童木一样，不过是出自科幻作家的想象。

机器人根本不可能征服人类，独霸世界，这是确切无疑的了。但是，在新技术革命风起云涌的今天，集各种尖端技术之大成的智能机器人，模仿人类动作，进行各种生动的表演，确已成为事实。在日本筑波国际科学技术博览会，我就亲眼见到过这种"机器人王国"中的高级"人种"所表演的出神入化的精彩节目。

他们把能够接受成千上万个程序的先进电脑作为"人脑"，把由微型电视摄像管、光学系统和信息加工线路组成的视觉系统当作"眼睛"，用微型录音机和分析线路组成"耳朵"，以精密的语言分析、语言合成、语言发送系统组成"嘴巴"，因此，具有灵敏的感觉和认识机能。通过事先输入的程序，这些智能机器人可以自行判断周围环境，随机应变，有选择地采取行动、处理问题。

我在博览会首先看到的是机器人音乐家奏曲表演。走进主题馆，迎面见到一位身材颀长的女郎形象的机器人正向观众颔首致意。头戴彩色小帽，身着特制服装，彬彬有礼的女解说员介绍说，这位机器人音乐家在向大家问好。这个被称作"音乐家"的机器人十指纤细，动作灵活，脑后垂着几十条秀发般的导线，头部前方装有一台能识琴谱的"眼睛"——微型电视摄像机，面前摆着展放曲谱的谱架，机械手下方安放着一台有三排键盘的电子琴。

解说员亲切地招呼音乐家机器人的名字，请它为听众演奏一曲情歌。它很有礼貌地应声回答："好，请稍等一等，我先识谱。"半分钟后，只见它的十指和双脚由数十根导线牵动着，和谐地奏出了《红蜻蜓》乐曲。听说，这个智能机器人能够按照听众当场提供的乐谱，弹奏十六首古典名曲和日本民谣。

记得几年前曾经看到著名科学家沈元先生的一篇散文，他在巴黎见到一种机器人，身上不带任何导线，电源在它自己身上；而且，可以同观众直接对话。沈元告诉了自己的姓氏，它就记住了，以后便始终以"沈先生"相称。还主动提出要和沈先生握手，握过手之后，它满意地说："我感到很荣幸。"沈先生想了解一下它制作的年限，便问："您几岁了？"它答说"九岁"，然后又反问沈先生的年龄。沈先生想，对机器人没有必要说得太具体，便说："当然比你老得多了。"机器人马上就说："是的，从您的样子可以看出来。您已度过了很多年的可尊敬的生活。"沈先生还发现它能够辨别颜色，因为它从这些人的皮肤、眼睛和头发的颜色推断出属于东方人。看来，这要比这次日本展出的机器人更先进一些。

在松下电器馆，也有机器人在表演，它在给游客画像。观众中，一个活泼、漂亮的女孩子大方地走到展台前面，机器人画家向她点点头，并客气地说："请坐。"然后，就模仿那些老练的画家的动作和神态，聚精会神，仔细地对作为模特儿的女孩子端详起来。原来，它是先通过电视摄像机对模特儿的面部作静止的画面处理，形成线画信息，从中取出轮廓与对比度大的阴影部分，再用微电脑对所得到的线画信息进行取舍和大幅度压缩，把它变为与模特儿相似的画像要素，然后，胸有成竹地举起垂直的机械臂，握着饱蘸墨汁的毛笔，在白纸上熟练地画了起来。顷刻之间，一幅与本人形貌酷似、线条简洁、清晰的肖像画，便出现在人们的眼前。机器人画家谦和地问那位女孩子："怎么样？您满意吗？"姑娘连连回答："满意。非常感谢。"

告别了机器人画家，我们又来到日本芙蓉财团举办的"芙蓉机器人剧场"，观赏了由机器人表演的幻象环生、饶有趣味的各种短剧。首先演出的是"机器人幻想曲——2001 年"，主角是由号称"曲线魔术师"的德国工业设计师克拉尼设计的形如巨鸟的"两翼机器人"，它盘旋在直径为二十米的圆形舞台上空，时而升腾，时而降下。舞台上几十个憨态可掬的机器人在导演——电子计算机的遥控下，表演着种种滑稽可笑的动作，与"两翼机器人"上下呼应，紧密配合。最后，这些特殊的演员由一个从观众中选出的小男孩指挥着，做前进、后退、转弯、停止等动作，令行禁止，尽如人意，赢得了观众的热烈赞誉。

　　我们还观赏了这样一个精彩节目：开场后，两棵大树形状的机器人自动移到舞台中间，屹立不动，作为布景；而后，一个高低不平的冈峦状机器人占了舞台的一角，上面亮起了万点灯火，现出高楼林立的景观，为的是表明故事发生在闹市区，时间在夜晚。两个体态丰满、充满青春活力的机器人，作为剧中的人物相继走上舞台。一为女郎身形，戴耳环，着女式背心；一现男士形象，着挎篮背心。两人胸前都佩戴着"心"形徽记。（该是表明都怀有一片真情吧？）开始时，男士热烈、主动地追求女郎，亦步亦趋，形影不离；而女郎却反应冷淡，并不怎么理睬。经过许多夜晚（高楼灯火几度明灭）的接触，交谈，逐渐地女郎与男士建立了感情，欢谈密语，无比亲昵。演出颇富人情味。

　　看到这种匪夷所思的表演，邻座两个青年观众低声议论："照这样发展下去，未来的世界里，会不会像科幻作品中讲的，机器人越来越聪明，最后取代了活人，成为人类的祸害？"我想，存有这样担心的人，恐怕数不在少。在西方国家，近年也确曾发生过一些机器人"发疯"的事件。1982 年 8 月 17 日，美国加利福尼亚州有一个代号为"DC—2"的机器人跑到马路上捣乱，这个身高一米二的家伙到处找人搭话，并硬向人们散发企业广告，过往行人被纠缠得无法解脱，只好打电话报警，后来查明，这个机器人是由一个在娱乐场所工作的人幕后操纵的。看来，关键还在于操纵它的人。

　　机器人终究是机器，虽有"人"之名，而无人之实。到任何时候，它也不可能完全具有人的意志和知识，只能永远当一个听话的傻瓜。对于人来说，电脑的智商永远是零。人类所能做的事，有一些电子计算机也可以做，但它不过是具有人类头脑的某些功能，绝不可能是一切。人类既然能够制造出机器人来为自己服务，也就完全能够驾驭它，制伏它。正如华罗庚教授所讲的，人是电子计算机的主人，而不是它的奴仆。

　　似乎正是针对一些人的"杞忧"，"芙蓉机器人剧场"安排了这样一个场面：当表演进入高潮，人们沉浸在机器人世界中的时候，突然舞台上灯光一齐熄灭，一个个机器人不知所措，纷纷匍匐在舞台上，像迷路的羔羊似的发出阵阵哀鸣。这个即兴之作，寓意十分深刻。它说明机器人并不是万能的，它们必须按照人的意志行事，离开了人就无所施其技了。

# 太 平 洋 深 处 的 " 天 问 "

　　我们从圣地亚哥国际机场出发，乘坐了五个多小时的飞机，傍晚时分，到达了这个孤悬太平洋上的复活节岛。

　　遥远的行程，殷切的期待，强烈的好奇心，伴随着我们踏上了岛上唯一的小镇——杭阿罗阿。四顾茫茫，水天一色，一种"脚跟无线，如蓬转，望眼连天，日近长安远"的苍凉、浩渺之感，蓦然涌上了心头。

　　由于它是在公元 1722 年复活节那天，被荷兰探险家罗格文率领的探险船队发现的，因此而得名。小岛面积 167 平方公里，有原始居民 3800 人；可是，外来游客却几倍、几十倍地潮水般从世界各地涌来。里面很多是科研人员。有人说，如果按比例计算，这里聚集的探险家、人类学家、社会学家、民俗学家、语言学家、地质学家、考古学家、海洋学家，可能超过世界其他任何地方。其缘由，就在于小岛上面充满了谜团，成了世人瞩目之地。

　　复活节岛最大的谜团，是那些像残棋棋子般的散布在各个角落被称作"莫埃"的数百尊巨石雕像。这些沉默的巨人，演绎了一部曾经辉煌、瑰丽却又不幸湮灭的悲剧，最后以其神秘的存在，向人类的科学与智慧提出了恒久的挑战。早在公元前三百多年，在中国南方的楚国，产生过一部伟大的诗歌集《楚辞》，其中有一篇《天问》甚为奇特。诗人屈原被放逐之后，忧心愁悴，彷徨于山泽、陵庙、祠堂之间，为琦玮谲诡的天地、山川、神灵的图画与神话传说所震撼，心中浮现出无数难于索解的问题，于是，便以四言诗的形式，用了 369 个问句，提出了涵盖古代神话、历史，关于天、地、人的 178 条的质疑与问难。

比如，诗人是这样叩天问地的："圆则九重，孰营度之？惟兹何功，孰初作之？斡维焉系？天极焉加？八柱何当？东南何亏？"大意是：人们说天是圆的共有九层，是谁用什么办法把它测定？九重天的工程何等浩大，是谁、从何时、又怎样把它建成？九重圜圆是怎样在天轴上系挂？天轴又是怎样贯通上下？传说中的擎天八柱挺立在何方？既然大地是平的，东南何以那样低洼？

如果说，《天问》中的问题，不过出于浪漫主义诗人的神奇想象，那么，复活节岛上的问题，则全部源于现实，实物般般俱在，可以抚摸，可以感受。当然，就其疑团纠结，众说纷纭，难以做出确凿的结论来说，二者是一致的。

岛上石雕多为半身人像，一个个都是长脸、高鼻、薄唇；浓重的双眉、长长的耳朵，宛如一母同胞；神情冷漠、阴郁而严肃，看上去有的在沉思，有的在惊愕，有的在闭目养神，没有一个是笑逐颜开的。个头多为三四米，最大的高过十米。雕像头上都有一顶用赭红色岩石雕制的大帽子，岛民称之为"普靠"。专家们经过考证，对此做出了多种猜测。有的认为，那并非帽子，而是象征着红色头发——因为岛上的先人头发都是红色的。石像都矗立在高大的当地称为"阿胡"的石台上，全都面向陆地，背朝大海。据说，刚被发现时，大部分石像已经扑倒在地，现今看到的一些立像，是近年来以现代吊装技术重新竖起的。

谁也弄不清楚，这些神秘的石像究竟代表着什么——是神灵？是魔怪？是天外来客？是神秘的外来者？是当地活着的酋长？还是死去的部族首领？

是什么人，在什么时候，出于何种需要，雕塑出这么多的石像？

雕成这些石像，总共花费多长时间？其间曾经遇到过怎样的波折？

石像雕成之后，是采用什么办法把它们一个个运到海边的？

然后又通过怎样的技术操作，把它们安置在三米高台之上？

石像一律面陆背海，出于什么考虑？

为什么要给石像戴上一顶又重又大的赭红色的石帽子？

这帽子是装饰式的附属物？还是类似帝王冠冕那样的身份、地位的象征？

为了什么要把费尽九牛二虎之力竖立起来的石像全部推倒？

是什么时候、靠着什么力量推倒的？

如果是人力推倒的，那他们是些什么人——起义的山民？造反的奴隶？暴动的野蛮人？还是外来的入侵者？

如果是来自大自然的伟力，那它是地震？是火山爆发？是席卷一切的飓风？是排山倒海的海啸？还是由于地壳下沉？

……

问号连着问号，谜团绕着谜团，像一堆缠夹不清的乱麻，没有人能够理出头绪，可说是一部不折不扣的外文版的《楚辞·天问》。

岛的东南部有座石山，山下为采石场。坚硬的岩石像被切蛋糕似的随意割开。一百多尊石像，或立或卧，有的已经完成，放在远处等着运走，有的加工了一多半，最大的一尊高二十二米，仰卧在山坡上。还有一尊石像全身和脸部已雕凿完成，只有后脑勺和山体连接，再有几刀就可以分开，然而，它的制作者却突然住手了。

这里的一切似乎都是突然停止的。石斧、石镐、石钎、石凿散乱地弃置一旁。好像人们突然接到一个无法抗拒的命令，顷刻间丢弃了一切，匆匆离去。这又是怎么回事？小岛上到底发生了什么事情？颇为令人费解。

岛上至今还覆盖着火山岩灰。据有的科学家考察，复活节岛为火山岛，由三座海底火山喷发而成，它们恰好分布在三个角上。从前，有的探险家记载，他们曾在这一带看到过新的地面，可是，再次经过时却不见了。有人据此推测，这里曾经发生过惊人的变故。岛的西南角，有一座名为"拉诺考"的火山口，里面储有淡水，呈淡水湖状，湖面上长着一片片青青的高大芦苇。湖的外侧就是烟波浩荡的太平洋。那么，小岛的命运是否又同这些火山有什么瓜葛呢？

曾有人推算，雕塑这么多的石像，加上运输、安装，总工作量极为浩大，至少需要五千个精壮劳动力干上几年，可是岛上哪有这么多的劳动力？

这个贫瘠的小岛，不能种植粮谷，也没有其他物产，就算是有五千名劳动力，靠什么来维持生命？

据小岛发现者罗格文海军上将记载，当时岛上住着各种肤色的土著居民，黝黑、微红、褐色、白色的都有。这又是怎么回事？小小的孤岛上，怎么会有这么多个人种？他们来自何方？是暂住，还是久居？是平等相处，还是存在着种族分裂、种族压迫？

考古学家在岛上曾发现一些古代居民留下的所谓"会说话的木板"，有的长达两米。木板的正反两面，用石器或鲨鱼齿刻满了象形符号。这些类似古代文字的符号，究竟记载了一些什么事情，至今尚未破译。原来有很多块，大多数已经朽腐、残破，现在只剩下二十六块较为完整的，分别收藏在几个欧美国家的博物馆里。

关于复活节岛本身，也是一个谜团。当地土著居民一向把这里称作"地球的中心"。他们究竟出于什么心态、根据什么，要把这个孤悬大洋之上的小岛说成是世界的中心？

有的学者猜测，它是已经沉入海底的文明古国——太平洲的残存遗迹；

有的认为它是太平洲上的海上圣地麦加或者海上墓地，居民每逢过节或者举行宗教仪式时就乘船来到此地；

有的更进一步考证，认为它是太平洲的贵族墓地，根据是：岛上的那些石雕像，一个个都是高傲地紧闭嘴巴、双眼下视，现出不可一世的样子，这正是那个文明古国统治者的尊容；

有人根据柏拉图在两千年前提到的大西洋中有一块沉没了的陆地，即一度繁荣昌盛的文明古国大西国，推测这里可能是另一个文明古国；

还有人断定，远在一万多年前，南太平洋上有块面积很大的陆地，成千上万的居民过着文明的生活，后来，突然发生了海陆变迁，大片陆地沉没海底，仅东部的边缘部分——复活节岛得以幸存。现在岛上所遗留的石像和其他文物，就是这一时代的遗物。但是，史书上并没有关于这片大陆沉陷的记载。

而最引人深思的，则是这样一种推测：岛上最早的居民是波利尼西亚人。当时这里像天堂一样，林木葱茏，鸟语花香，人们生活安逸、富庶；可是，随着人口的繁衍，加上过度的开发，土地不堪重负，自然资源枯竭，生态遭到严重的破坏，最后，形成了毁灭性的灾难。如果真是这样，这倒是一处难得的历史教材。复活节岛的今天，正是许多地方的明天。世人应该从中汲取沉痛的教训。